我才不想做家务

纪静蓉 著

江苏凤凰文艺出版社

图书在版编目（CIP）数据

我才不想做家务 / 纪静蓉著. -- 南京 : 江苏凤凰文艺出版社, 2025. 7. -- ISBN 978-7-5594-9666-9

Ⅰ. I247.5

中国国家版本馆 CIP 数据核字第 2025RU2524 号

我才不想做家务

纪静蓉　著

责任编辑	丁小卉　　白　涵
特约编辑	陈欣慧　　代国凤
封面设计	梁剑清　　王　晓
内文插画	王若愚
责任印制	杨　丹
出版发行	江苏凤凰文艺出版社
	南京市中央路 165 号，邮编：210009
网　　址	http://www.jswenyi.com
印　　刷	三河市中晟雅豪印务有限公司
开　　本	880 毫米 ×1230 毫米 1/32
印　　张	14.75
字　　数	313 千字
版　　次	2025 年 7 月第 1 版
印　　次	2025 年 7 月第 1 次印刷
标准书号	ISBN 978-7-5594-9666-9
定　　价	59.90 元

江苏凤凰文艺版图书凡印刷、装订错误，可向出版社调换，联系电话：010-87681002。

目 录

楔　子　我这辈子都不结婚 / 001

第一章　订婚宴上的权衡与打量 / 009

第二章　阳光灿烂的早晨，林志民要离婚 / 025

第三章　订婚考验初显峥嵘 / 039

第四章　她终于有了家，妈妈的家却要没了 / 065

第五章　预制菜没有灵魂 / 089

第六章　民以食为天，天要塌了？ / 111

第七章　女儿的家是母亲的家吗？ / 131

第八章　一桌家常菜，足以慰平生 / 149

第九章　我的妈妈无家可归 / 165

第十章　宁卓原名宁大鹏 / 185

第十一章　北京不相信眼泪 / 203

第十二章　结婚应该计较吗？ / 233

第十三章　首次直播爆单 / 255

第十四章　老妈出走 / 277

第十五章　我无法成为像你妈妈和我妈妈那样的妻子 / 299

第十六章　没有救世主 / 317

第十七章　活在当下，当下就是未来，未来已来 / 337

第十八章　把男人放在女人的位置上，他就成了女人 / 361

第十九章　人间烟火最珍贵 / 379

第二十章　意料之外，情理之中 / 403

第二十一章　萍水相逢了无痕 / 419

第二十二章　我本位思考 / 437

尾　声　你在哪里？ / 459

楔　子
我这辈子都不结婚

"自私，太自私了！"林越的妈妈张雪华和林越的大姑林瑞玲在厨房张罗着两家的国庆家宴，林瑞玲从牙缝里蹦出这一句，表情庄重，但声音在太过铿锵的观点的对比下反而显得平静，只能用点头来加重惊叹。

林越此时正好进厨房倒水喝，听到这一声控诉，心头升起一阵烦躁，知道大姑和妈妈必定又是在东家长西家短，这会儿不知道在说谁呢。但无论说谁，战火最后肯定烧到她这边，为着她二十八岁单身还北漂。

这些年北漂的人少了，人们被北京的生活门槛吓跑了，纷纷躲着北京。北京无动于衷，横竖相看两厌。林越，不回西北十八线小城老家，北京买不起房，没有户口，又不去天津买房落户，又不谈恋爱，在一家日薄西山的京菜品牌"王家菜"餐饮集团策划部有一搭没一搭地上着班，每月万把块的工资只够养活自己，渐渐地散发着可疑的气息。有钱的女人才配单身；没钱又单身的女人，人们总觉得有义务给她指出正确的人生方向。

"不成家的人都自私。"大姑又说了一句。

林越不想卷入论战，怎奈这句评价实在奇葩。她端着水，喝了一口，似笑非笑："不成家的人怎么就自私了？"

"现在的人就是想自己舒服，一点都不想付出。"大姑说。

林越冷笑道："想舒服还错了？那受罪才对吗？"

雪华道："成了家，就不可能舒服。养儿育女，柴米油盐，样样需要操心，不可能舒服。"她切着洋葱和尖椒片，被辣得直眨巴眼睛，一串眼泪流了下来。她歪着头，用肩头蹭掉滴到腮边的泪水，为"不可能舒服"做下形象注解。

林越瞪着这两个女人，昨天晚上她还在酒吧和人侃侃而谈女性主义、结构性不平等。此时此刻，波伏娃和上野千鹤子在林越脑中争先恐后地大喊着"让我来，让我来怼她们"。但想了想，那些精妙的话语恐怕这两个女性长辈既听不懂也不想懂，完全是屠龙之技，鸡同鸭讲，只能用大白话来回怼了。

"所以，人只要不成家，就可以一直舒服了。"林越懒洋洋道，端着水走出厨房。

"不成家那还像个人吗？东遛遛西逛逛，像一个乞丐。"大姑道。

林越生下来的时候，奶奶已经很老了，没能力带她，大姑便充当了奶奶的角色,在她婴儿期及小时候帮衬着林越的父母把她带大,故两人感情非常亲近,大姑说话便很随意。

大姑的一儿一女还没来。林越的爸爸林志民在建材店关闭之后,有一搭没一搭地做着买卖。这两年,他斗志全消,只等五十五岁退休,百无聊赖,遂迷上了健身,每天闲着没事就往健身房跑。此时,他健身还没回,因此屋里只有大姑夫妻和林越母女四人。姑父陈良庆刷着短视频,偶尔抬头看着正在厨房边唠叨边洗油菜的妻子,露出不屑的讥笑。

"你消停点,少说两句吧。天天催婚,跟你有什么关系啊?"他呵斥着,烟酒嗓嘶嘶啦啦的,如砂纸般粗糙。

林瑞玲不服气回道:"怎么没关系?这是亲弟弟的独生女,你是姑父,也不操操心?"

"人家一个在北京上学上班的人,眼光高着呢!哪里轮得到你这个老太婆安排?"

林瑞玲不说话,屋里短暂的安静,只有短视频机械的、哈哈笑的配音声。两个女人继续准备家宴。需要提前烧制的菜,比如香辣猪蹄、红烧羊蝎子已经在锅里咕嘟咕嘟地炖煮着,其他绿叶菜洗净切毕放在塑料滤网里,灶台上摆满了碟子和盘子。林瑞玲的一儿一女都有了一个孩子,今天共计十一个人要吃饭,工程量浩大。所有的年轻人都提议上饭店吃,但长辈们都不让,说这样吃饭没氛围,而且饭店的菜又贵又难吃,不知加了多少添加剂呢。

雪华准备做地三鲜。这道菜是丈夫林志民的最爱,做起来特别地费事,要先把茄子和土豆油炸了,再下锅与青椒片共炒。茄子和土豆还不能一起炸,因为需要的时长不一样。不过雪华从来不怕麻烦。把屋子收拾得窗明几净,做出满桌菜,然后邀请一大堆亲友来一盘盘吃掉这些菜,听他们边吃边赞美她能干,是她最大的幸福。此刻她正在炸土豆,热油吱吱响着。

林瑞玲仍在絮叨着,说儿媳妇在家就吃速冻饺子,还爱点外卖。"现在的年轻媳妇,给你提鞋都不配。"林瑞玲道。

雪华和所有的预制食品都不共戴天,此时便与她同仇敌忾:"现在年轻人不爱做饭,说什么没时间,其实就是没有安排好。一回家,马上把米饭蒸上,这边炉灶坐上火,一口锅蒸几块带鱼,记得头天晚上提前把鱼从冰箱里拿出来化冻腌上就行;另一口锅炒个土豆丝。等你这头都做完,那头鱼都蒸好了,再拿葱花炝油打个蛋花汤。这样一顿饭有肉、有菜、有汤,能多费事?净吃一些速冻饺子,那能有营养吗?"

两人越说越来劲,林瑞玲觉得一味地扫射自己家儿媳有点没面子,巧妙地过渡了话头:"是啊,成家过日子怎么可能省事?现在人都自私,就不想付出,所以结个婚这么难。像我们那年代,媒人介绍,见过几次面,觉得人踏实,也就定下来了。就这样不也过了一辈子,生儿育女,儿孙满堂……"

林瑞玲的话多又绵长,如纺纱一般源源不断地、温柔地从嘴里"纺"出来。这是她这个人的特点,好脾气,热心,但嘴碎,爱唠叨。她可以滔滔不绝地说下去,一个人说很久很久。她说话时语速并不快,特别会察言观色,说着说着就会停顿片刻,特地留出话头来让别人接话。如果没有人接,她就捡起那话头的末端,用"虽然、但是、所以、不过、你也得理解、你别说"之类的词把话续下去。一段段话就这样如看不出接头的纱一样,丝滑地纺出来,流淌到地上。

林越知道大姑这番话其实都是替妈妈说的。妈妈的嘴没有大姑的快,好歹比大姑小十七岁,不好意思说出这样一番"腐"气扑鼻的话来。但意思是一样的,那就是认为林越一直单身,是太过自我,安于享受,根本不想为了走进婚姻而克服人性中好吃懒做、好逸恶劳的劣根性。妈妈打小儿就教她做饭做家务,经常说的一句话是"女孩子不学做家务,以后去了婆家怎么办"。话里话外要她为成为一个好妻子而努力,以得到那个隐形丈夫的喜爱。

林越觉得自懂事以来,妈妈就一直替那个隐形的男人打量她,如同妈妈一直在用随时接受客人检验的标准打量这个家。妈妈擦地是戴着橡胶手套、蹲在地上、用替换下来的旧纯棉毛巾一寸寸擦的,不用任何拖地机或者拖把,嫌墩得不干净;看见木地板上有一根头发,她都要立刻走过去用纸巾撮起;镜子上有微不可见的水印,她也马上呵一口气拭净;书柜里的书本本立正,衣柜里的衣服件件平整,连内裤褶皱都要尽力抚平。就连最容易藏污纳垢的厨房、酱油瓶和醋瓶身上也光滑锃亮的。有轻微洁癖的她不允许目光所及之处有一丝一点的污痕和凌乱,像个手艺人一样,把家当艺术品,颠来倒去地雕琢,拉开距离端详着,间或拿起手中的刻刀在哪里添上一刀。

"我说别太挑了,别仗着自己长得漂亮,女人花期就是比男人短——"

听着这番话，看着厨房那一片狼藉，想着宴后所有的女眷都要帮着收拾，包括自己，林越那股烦躁之气突然冲到喉头，喷涌而出。她打开手机摄像头，朝着厨房的方向，对着两人厉声喝道："你们催婚催得这么来劲，好，如果因为你们催婚我随便找了个男人结婚，出了任何意外，谁来对我负责？"

雪华和林瑞玲惊呆了，连姑父也抬头看了过来。

"说话呀！"林越挑衅地说。

林瑞玲老脸涨得通红，强笑着。

雪华喝道："林越！"声音带着哀求。

林越死死地盯着她们。

林瑞玲张口结舌，半晌忽然笑着对雪华说："我看生抽快没了，待会儿炒地三鲜怕不够用，我买一瓶去。"

林瑞玲走出家门，林越仍对着她离开的背影，大声喊："我这辈子都不结婚，你们以后少催婚。"她这番话其实是说给妈妈听，给门外那喧嚣的世界听，更是给自己听的。

陈良庆看着妻子讪讪离去的背影，嗤笑了一声，继续玩着抖音。所有人都不把林瑞玲当回事，都知道她永远不会发火，即使吃了天大的难堪，她也会自己打圆场糊弄过去，甚至怕给自己难堪的人心里过不去，还要反过来安慰对方，主动和对方搭话，把梯子架过去，率先进行关系修复。这么窝囊的林瑞玲是他的老婆，他觉得连同自己也窝囊起来了，可又知道和她过日子很实惠。她要不是这么有付出精神，永远操心别人，又骂不还口，他这一辈子怎么会这么称心如意？

雪华也松了口气，要不一般的姑嫂都钩心斗角，她却能和大姑姐处成最要好的朋友呢。大姑姐啊，就像她替换下来的旧棉毛巾，先拿来擦手，洗不出来了再拿来当抹布，再洗不出来，就拿来擦地。大姑姐，抹布一样的好人，替一切兜底。

林越的特点就是喜欢挑战权威，但在暴怒后又往往感到心虚气短。大喊后的她瘫倒在沙发上，后悔自己太冲动，担心大姑一家走后妈妈不可能就这样放过自己，也许大姑夫也会有看法，背后不定会怎么批判自己呢。为了平息这种心虚，她努力地煽动心中未息的怒火壮胆……哦，对了，她在大一的时候就看过波伏娃的《第二性》。警钟长鸣啊！人生的本质就是孤独，要做好单身的准备。一个饱读诗书、受过高等教育的女人，学识就是她的铠甲，可挡各种人生风雨！

想到这里，林越又得了力量，从沙发上坐直身子，挺起胸，面对着不知身在何处的敌人，顾盼自雄。

第一章

订婚宴上的权衡与打量

第一章　订婚宴上的权衡与打量

过完三十岁生日的第二天,在集团楼下"王家菜"总店的包厢里,林越和男朋友许子轩坐在一起,许子轩的父母和林越的父母分坐在两旁。她莫名地想起两年前自己那一番斩钉截铁的话,心中一阵哂笑,旋即又想到,人经常推翻自己,经常不同意昨天的自己,这也是常态。

那个国庆返京后的第一个周末,林越就在一次部门组织的剧本杀活动中认识了许子轩。他是林越的上司——"王家菜"集团策划部经理王晓辉的发小,北京人,在一家央企上班。两人在剧本杀中配合默契,很投缘;活动结束后联系频繁,渐渐地谈起恋爱来。

基于此,林越知道,自己并不是什么坚定的不婚主义者。身边有合适人选,她也是蠢蠢欲动的。她是个有繁殖欲的异性恋,不想靠约会解决情感需求。所以除了找个男朋友结婚外,这漫长的一生她该如何安置自己这高一米六五的肉身、柔软敏感又欲望满满的灵魂?她有必要向其他人交代吗?因为曾发过不婚的豪言,就要坚守诺言,单身到死?什么?可以效仿网上"去父留子"单身生育,和自己父母组成一个家?第一,她没钱,众所周知孩子是碎钞机;第二,父母也断然不可能支持,谈都不用谈。那么,双职工带娃尚需长辈鼎力支持且都人仰马翻，何况这种不被长辈支持的"去父留子"呢？

再说了，同宿舍六个女同学，年少时均号称"才不找臭男人呢"，其实一个已经结了婚，两个有男朋友，还在单身的只有两个。这也非常符合网上看到的数据，别看社交媒体上"不婚不育"的口号震天响，其实终身不婚的人未必有那么多。绝大多数的发达国家，单身率超过了40%，终身不婚率一般达到10%～15%。但网上数据显示，截至2023年，中国终身未婚者的比例只有不到5%，仍属于"普婚社会"。婚姻这道浑水到底有多可怕？她现在就来蹚一蹚。她那样聪明且坚定，根本没在怕的。她知道这样想很不酷，承认自己终究还是落入了窠臼。好在落入窠臼的毕竟是绝大多数，大家一起承担"婚女"骂名，摊到她身上也就只剩微不可感的一点压力，不足为惧。

许子轩随和开朗，高大健壮，五官有点小帅。两年相处下来，没发现他有什么不良习惯，两人也还挺谈得来，出去吃饭时他会抢着买单，节假日也想着给她买礼物。北京人，独生子，985本硕，工作好，家境好，这放在婚恋网上简直是"婚托"一样的存在，让林越给撞上了，是她运气好。不过凭啥她运气不好？

今天是林越和许子轩两人交往两年后，双方父母的首次见面。一般来说，能约见双方父母，尤其林越的父母还是特地从老家过来的，这就意味着关系基本确认，是一锤定音的那"一锤"。实际上，许子轩去年就带林越回过几次父母家，最近更坦言想结婚。父母知道这一次他想安定下来了，毕竟三十三岁了。然而生养了独生子的家庭，在儿子的婚姻上都会斟酌再三的。许东和周明丽都是大学毕

第一章 订婚宴上的权衡与打量

业,许东是北京本地人,做点不大不小的买卖;周明丽是外地考进北京的,进了体制解决了户口,现在是某单位的副处级干部。他们社会地位和钱都有了,于是更要小心。这年头,婚姻就是资产重组,他们这种北京有四套房、总资产五千万元左右的家庭,虽在北京算不上有钱,可正因为一辈子打拼才挣下这家业,所以更要慎重。

许子轩出生在海淀妇幼医院,小学在知春里小学,中学在中关村中学,本硕都在北理工。照理说,北京户口的独生子女一般会出国读研,但当时爷爷奶奶还在世,放话他们必须每周末都要见孙子一面。许东是个孝子,孝子一般都希望儿女把"孝"的接力棒传下去,否则他不是白"孝"了一场?索性就让儿子直接考了本校的研究生。毕业后,许子轩进了某家央企,办公地点也在中关村。不出意外的话,他从生到死都会是中关村的一只井底之蛙。别看许子轩一米八五,高高大大,一脸成熟,但在许东夫妻心目中儿子还是个小宝宝,根本不懂这世道有多险恶。自家儿子对林越的家境只知道个大概,完全不知道做尽职调查,不知道评估资产风险债务,这叫他们如何谈判?

比如,和林越结婚,小夫妻住哪套房?许子轩说,不是有三套房出租呢吗?收回一套呗,万柳那套大房不是说准备给我当婚房吗?这不是现成的?

虽说现在房市不景气,那套房市价跌得狠,但至少也要一千四百万元。这是全家最贵的家当,就一个儿子,给他当婚房当然没问题,当初就是冲着它是三小的学区房才买的。许子轩上知春里小学,是周明丽单位共建的名额,本不需要他们费心再买下万柳那套房。他们买它，为的就是它不但地段好，有地铁，而且位于可以让未来的孙辈上中关村三小的万柳校区。"父母之爱子，则为之计深远。"他们连孙辈上学的事情都想到了，那么林家呢？他们准备陪嫁多少钱？

许子轩说："打住，什么年代了，还一口一个彩礼陪嫁的？咱有房有车，干什么还需要她家出钱？再说了，人家虽然是小地方人，可没说要彩礼。咱是首都人民，国际大都市，反倒要收嫁妆，寒不寒碜哪？"

许子轩笑嘻嘻，一副没心没肺的模样。周明丽恨他蠢，好色且单纯，真是别人手里的一块肉。大城市土著更愿意找本地人联姻，不让人轻易占了便宜去，道理就在这里。一套房就值很多钱了，北京中产独生子找北京中产独生女资产重组，对方再差，一两套房总是有的。外地人嫁北京人，两手空空地住进来，白趁一套房再捞个户口？

许子轩听她唠叨，抽空丢下一句："都是婚前财产，房子她又不要求产权加名，怎么能算白趁一套房？妈你说话不客观。"这话貌似替林越说，周明丽却知原来儿子也不像表面上那样大大咧咧。再怎么井底之蛙，好歹北京这口井够大，心中稍宽慰了些。

许子轩继续替林越说话，他终于明白自己要什么样的伴侣了。她必须有工作，但工作又不能太忙。有工作，充实，不会因与社会脱节而生出怨气折腾丈夫，且不会让丈夫养；不忙，可以照顾家庭和孩子。一个家不能两口子都忙，最好是丈夫忙事业，妻子忙家庭。不然两人各自干事业干到飞起，家和孩子谁管？因此，林越就是他最适合的对象。

第一章 订婚宴上的权衡与打量

林越,三十岁,在北京来说岁数不算大;末流211本科广告系毕业,学历不算差。家里原本做点小生意,小日子殷实;但后来生意不景气,一点家底全折腾完了。所以林越既见过些世面,被富养过,不会小家子气;又因见识过生活的残酷,很接地气。林越目前在这家餐饮集团总部的策划部工作,基本不加班。最重要的两点是林越长得漂亮,不排斥做饭。

谈恋爱这两年,许子轩每周末都和林越过,有时他去林越的出租屋,有时林越去他的住处。两人一起去买菜,林越做菜,他在旁边打下手。林越的手艺一般,但三菜一汤还是做得出的。两人在小饭桌上说说笑笑地吃着饭,让他找到了家的温暖。他的住处离父母家只有八站地铁,没认识林越前他每周末都回家吃饭,他快三十四岁了,是时候给自己找个成家的伴侣,总不能吃一辈子妈妈做的饭吧?而林越之前,他的每一任女朋友,没一个愿意做饭的,一般都点外卖,吃完外卖连扔饭盒都不主动。

"我伺候不起那帮'小仙女'了,一个个娇生惯养的,别说做饭,连方便面都能煮煳了,煮煳了还得给我脸色看,最后还得我刷锅。人生苦短,找个适合过日子的吧。"

周明丽脑中翻腾着儿子说过的话,筷子慢腾腾地夹了一块海参吃着,暗地打量着林越的父母。据说他们当年在同一个炼油厂上班,后来厂子不景气,两口子前后脚下岗做生意,再后来林越的母亲张雪华回归家庭当全职主妇。

这两口子都寡言,不过男人的沉默显得稳重,女人的沉默却透着畏缩。父亲林志民气质很好,身材挺拔,肩膀宽宽,灰色衬衫下胸肌隐约可见；双鬓微霜，两侧推得平平，顶上的寸头略长，发丝用发胶打理过，根根竖立，显得很时髦。看着不像是五十五岁，倒像是四十多岁。他原来在炼油厂一线工作，属于特殊工种，所以五十五岁就退休了，退休金每月五千多元，每天都泡在健身房，怪不得身材这么好。生活方式这么新潮，这在小地方倒是不多见。

母亲张雪华原来在厂部做一些辅助性的工作，今年五十三岁，当了二十来年家庭主妇，已退休三年，退休金非常少，不到两千元。她的双手因为常年做家务，指甲短短的，手背略粗糙，上面青筋暴起；小圆脸透着温良，除了微有法令纹和鱼尾纹外，皮肤还算圆润饱满，但肩膀垮塌，双肩内扣，脖颈习惯性地往前倾，这使她的背显得比实际的肥厚，带了点老年人的笨拙气质。她和丈夫都两鬓微霜，但白发只增加了林志民的权威感，却使张雪华很显老。她身上的红色真丝衬衫很新，也许是女儿紧急给买的，这衣服和她搭在椅背上的灰色暗花七分袖时装式夹克外套一起，都透着和张雪华的格格不入。它们和她不熟。倒不见得是真的经济拮据到这种程度，而是这具身体因为长年的懈怠，被宽松的家居服宠溺到极致，已接受不了一丁点时装的训诫。

周明丽心中又多了一层鄙夷，张雪华这类家庭主妇，以为自己过了必须讨男人欢心的年龄，就自暴自弃，放弃在容貌和身材上要求自己，并把这称为洒脱、看开。她们不知道，一个高度社会化的女性，一定不会放松管理自己的外形。就像她这样，单位的处级干部，新时代中老年女性，她的发型、身段、服饰甚至脖颈的线条，都严格雕琢过并时刻警戒着，以迎接最苛刻目光的攻击。这目光可

第一章 订婚宴上的权衡与打量

不只来自男性,有时女性对同性的外形评价更苛刻。

周明丽心中品鉴着,与雪华的目光相对,她笑了下,雪华也笑了下,却有点心不在焉,周明丽内心戏敲锣打鼓的时候,雪华正在咂摸着菜品的味道。这家店相当有名,醉心于做饭的雪华便细心揣测着各道菜的做法。小炒黄牛肉,牛肉是拿嫩肉粉腌过的,虽嫩滑,但肉香味欠缺,差评;一碟老醋蜇头只有一块脆蜇头,其余全是发软的蜇丝,滥竽充数到这个地步,差评;烤鸭千篇一律地好吃,没什么可说的;葱烧海参,葱段柔嫩多汁,反倒比疏松寡淡的海参要可口;木须肉,肉片鲜嫩,木耳脆,黄花菜有嚼劲,鸡蛋油香,想必起锅前淋了点料酒,整道菜咸香下饭,又有点特殊的风味,不愧是招牌菜……

雪华并不是不关心女儿的婚事,适婚年龄的独生女要结婚了,做父母的该准备什么,她当然知道。只不过,她的标准和周明丽的标准,小城市的标准和北京的标准,差得实在有点远。早先她催着女儿回老家发展,也是因为家里根本没有多少现金能助女儿在北京安家。小地方的房不值钱,安个家容易多了。他们曾买过两套很好的房,可惜都在生意中赔掉了。现在住的是公婆给的房,已经过户到丈夫名下。还有一套单位分的老公房,是危房,即将原地推倒重建,未来补个二十来万元的差价就完全属于自己的了——现在那个地方是好地段,这房市价五六十万元。女儿如果要在本地结婚,陪嫁这样一套房,再给个二三十万元现金,说出去也算体面了。

女儿一心要在北京发展,可上了多年班,挣的钱只够自己在北京生活,也没什么积蓄,家里目前这点钱也就只能买点家电家具当嫁妆了。她放着现成的平坦大路不走，非要爬喜马拉雅山，让自己和父母这么辛苦，又有什么办法？

对方会不会嫌弃林越？理论上来讲，会。林越分明就是传说中的凤凰女。那么她可倚仗的，就是许子轩的爱。不过，就是那点神秘莫测的"爱"，让许多在世人看来不般配的男女走到一起，过了一生。男人可以往下兼容，古今中外皆如此，所以这倚仗也不算卑微。再说了，林越长得好看，这就是最重要的。男人娶妻，首先看脸。最后，林越又不是无业人士，也算独立女性。他们做父母的，把她培养到211本科毕业，这就相当于送了一份顶好的嫁妆了。雪华就这样上上下下地评估盘算了一番，终于心平气和，可以来和准亲家吃这顿饭。

其实不只雪华，林越来吃饭前，也做了一番心理建设。当下一线城市结婚好比两家公司资产重组，她岂有不知之理？家里能给什么，她早就盘过了，结论是娘家资产在北京几乎可以忽略不计。她与许子轩的关系不像资产重组，她这家"公司"除了营业执照外，算得上是零资产。她与许子轩结婚也不像合伙开公司，倒像是她给许子轩打工。但是，资方不会无缘无故地注资，老板也不会高薪请一个吃干饭的人，世间的事情必有它的道理。道理就是——她是林越，秀外慧中，风华正茂。要她这样一个人就够了，还要什么自行车？她就是自己这家"公司"的核心资产，如果婚姻是合作开公司，她这算技术入股。

饭吃到一半，许子轩的父母已摸清，林越的父母除了能给出三十万元外，再掏不出钱来给这对小情侣结婚助力了。说是因为前

第一章 订婚宴上的权衡与打量

几年行情不好，不仅家中的建材门店倒闭了，而且把从前的积蓄也耗尽了。许子轩的父母对视，品出彼此眼神中的潜台词。这年头，什么事情都可以推到外部因素上。固然有许多人确实因为种种客观因素而颠覆了命运，却也让多少平庸、懈怠、愚蠢、目光短浅、自私冷酷、背信弃义的人或事，有了催人泪下的借口。

如果林越的父母生的是儿子，再怎么倒霉，断然不敢仅凭三十万元就让儿子在北京成家。手中没钱，当爹的怎么还好意思整天去健身，当妈的只知道待在家里当一个全职主妇？多少养了儿子的父母，六七十岁还在外奔波，搬砖、当园丁、干保洁、摊煎饼、烙大饼、烤烧饼、炸油饼……总之卖一切能卖的饼，为儿子结婚生子攒下每一块钱。而他们只因生的是女儿，就自暴自弃，打算两手一摊，让女儿去吃软饭，实在可耻。"父母之爱子，则为之计深远"里的"子"，难道特指儿子？

周明丽心中千言万语，抨击着准亲家，但见儿子整晚眼神都没有离开过林越，一会儿给她夹个菜，一会儿轻撞一下她的肩，附耳说些只有两人知道的话。林越抿嘴一笑，眼角眉梢与儿子全是默契，周明丽冷硬的心不由得又柔软了一分。林越也许能把许子轩从他们的襁褓里接过去，给他另一个温暖的怀抱，老娘新娘无缝衔接。为了儿子，他们就认了吧。好在已经有了对策，林越这个"凤凰女"能不能栖上儿子这棵梧桐树，将在他们设立的缓冲区中见分晓。

这缓冲区就是，两人先订婚，一年后再领证。周明丽给出了一个明年大致的日期，说拿林越和许子轩的属相、生辰八字请大师算过命，那个日期对许子轩和林越未来的运势和婚姻美满都有好处。

再一个,原本打算给许子轩当婚房的房子租出去了,租期还有好几个月。等到期收回来,好好装修一下,置齐家具和家电,再晾晾味儿,前后也差不多一年了。

这番话合情合理,雪华本来也担心女儿恋爱谈着谈着,搬去和男朋友同居,没名没分的,万一关系再黄了,说出去不好听。订婚听着就郑重多了,是大戏前的排练,冲刺前的热身。周明丽说,两人订婚后,可以先搬去他们家一套小房住。那房刚好租期到了,收回来让两个孩子共同生活一段,磨合一下。接着,她拿出一个首饰盒,当面打开。许子轩从里面拿出一只绿油油的、水润润的翡翠镯子,给林越戴上。周明丽笑道:"我和轩爸亲自去挑的,就当订婚信物了。"

林越细抚手上这凉滑细腻之物,见它翠绿欲滴,晶莹通透,虽不懂玉器,也觉得价格必不能太低。玉镯子这种东西老气,一般上了年纪的人爱戴。但它又有点富贵的意思,一个女人戴个品相上好的玉镯子,旁人往往会认为她家里有点底子。这才刚开始,许家就要把他们的好物件与她共享了,不是好事是什么?此时许子轩父亲许东不经意道:"九万九,取个吉利。"林越见父母均眼眶微扩了下,知道他们和自己一样,心中一喜。送人礼物时报价格,按理来说很粗俗,但这东西很贵,被粗俗一点对待,也就可以忍受了。

酒足饭饱,几人走出包厢,见金碧辉煌的大厅没几桌客人,此时才八点多,又是周末,饭店却显得颇为冷清。林越又对自己和许子轩的关系庆幸了一分。她在"王家菜"餐饮集团策划部工作,主要负责公众号和网络维护、公司内刊运营、优惠活动策划和广告投放等。每月工资到手一万两千元,五险一金都交的是最低档,不理想。她早就想跳槽来着,但行业变动,她见势不妙,头一缩闷声过冬。三年期间,集团一度艰难,工资减半。她能有这份工作,已是万幸,再不敢作他想。但这是集团最老的店,也是集团的总店,"王家菜"就是从这家店起家的。发展了三十年,这个著名的京菜品牌每况愈下,也不知还能维持多久。她还能在这里"苟"多久,不好说。

年轻时,林越绝不能承认自己需要像妈妈一样建立一个家,不能承认其实心底羡慕妈妈有个家,有伴侣,有孩子。因为这个时代,年轻女孩以不需要男人和婚姻为荣。可现实太强大了,强大到令她无力反抗:大环境如此不景气,她三十岁了,再找工作会比较艰难,但她绝不能灰溜溜地逃回老家。在即将沉船的时候,许子轩就是她的岸。婚姻将把她摆渡到坚实的彼岸,容她休养生息。她需要一个家,让她能在北京扎根。想要拥有惬意的"一个人的老后",前提是有钱,女性独立第一条要义是经济基础,有钱她才能解放。

女性独立解放不一定就非要不婚不育,上野千鹤子也说过并不反对女人结婚生子。林越挽紧了许子轩的胳膊。她是爱他的,千真万确,所以这不是卑劣的交换。他吻她的时候,她会怦然;他手指抚过她全身时,她浑身的战栗是货真价实的。许子轩像是感受到了她的依恋,亲昵地摸摸她的头发。

林越的父母看到这一幕,不约而同地对视,眼神中满是欣慰。尤其雪华,一瞬间眼睛就湿润了。这几年,她对女儿的催婚是软硬兼施,或明示,或暗喻;或亲自上马,或请亲友助阵;或哭闹,或晓之以理动之以情，日夜忧心女儿过了三十岁这个坎还没结婚，接下来的婚恋将是一泻千里的失败。如今终于修成正果了——虽然没有结婚，但订金都下了，九万九的玉镯子硬生生地把女儿"订"住了，难道还能黄了吗？雪华看着门外京城的绚烂灯火，有长跑到头的释然，更有咂摸人生滋味的伤感思考：生儿育女的意义是什么？人活着的意义是什么？

大家往外走，门口一个穿着灰西装、身材高大挺拔的三十来岁模样的男子来回踱着步，巡视着，迎面看见他们。

林越打招呼："宁总，这么晚了还没下班呀？"

男子点头微笑着回应。

林越道："谢谢您给我们打了折。"

男子道："不客气。"

林越向大家介绍，他叫宁卓，是总店的大堂经理，也是集团运营部副总。

宁卓道："晚上的菜怎么样啊？哪道菜好吃，哪道菜有问题，可以提个意见吗？本店正在搜集顾客的反馈。"

他打开手机录音做记录，大家一一作答，林越感觉宁卓眼神投射过来时，两位母亲都有瞬间的慌乱，不由忍俊不禁。女人总是抵挡不了帅哥的魅力，无论多大年纪。宁卓刚来时，全员惊艳，不知哪里请来的这号人物。

宁卓录完，大家作别，继续往前走。

雪华悄声："我还以为是什么明星在这儿吃饭呢，长得也太帅了。"

许东赞同："小伙子的确帅。"

第一章　订婚宴上的权衡与打量

周明丽道："刚才他一抬头吓我一跳，以为是那个什么……叫什么来着——对了，钟汉良。"

雪华道："我觉得他有点像宋承宪。"

遮住宁卓的上半边脸或下半边脸，人们都能代入若干个男星。又或者说，他有着所有好看的男人该有的特征。肩宽腿长，脸形端正，五官精致立体，下颌线条分明，头发多又密，眉毛浓黑，眼神深邃，看人时似有千言万语，哪怕他并无其他含义，但女人和他说话，总会不自然。

他平时上班开的是一辆黑色宝马7系，举手投足透着清贵，穿戴看似低调，但仔细一琢磨就知道，件件价格不菲，有懂行的悄声说他手上戴的表是江诗丹顿，众人议论纷纷，不知空降来的这一尊到底是何方神圣。他该进军娱乐圈，生活在镜头下，为什么突兀地出现在"王家菜"集团？为什么给了集团副总的头衔，却又派到总店当大堂经理，干这辛苦的活计？

林越最后回头看了一眼，灯火辉煌中，宁卓仍在大厅中踱着步，巡视着。店十点打烊，还要开会、做总结，餐饮这一行着实辛苦。再怎么清贵的人物，也要在职场一日日挨，这就是北京。林越思绪随即又回到自己身上，集团创始人王闯三年前出了一场严重的车祸，侥幸保住了命，这些年一直病恹恹的。集团旗下北京八十家店、华北区二十家店全线亏损，她要不要未雨绸缪，赶紧跳槽？还是索性能熬一天是一天，专心准备结婚的事？

大家作别，许东和周明丽要开车回家，林越租的小开间也住不下父母，要送他们回酒店。周明丽对着林越笑道："从此就是一家人了,以后我们家子轩就要请你多多照顾了。"

林越笑着,看看父母,看看许子轩,又看看周明丽,本想回答"没问题",但上野千鹤子在心里用胳膊肘捅了一下她,到嘴边的话鬼使神差地变成:"嘿嘿,互相照顾。"

她眼见周明丽的笑容僵了一下。

第二章

阳光灿烂的早晨,林志民要离婚

第二章　阳光灿烂的早晨，林志民要离婚

阳光灿烂的早晨，雪华在家里忙碌着。

她把早餐的盘碗收拾进厨房，换下卫生间的马桶棉坐垫，用手搓净，晾到阳台。返回客厅，把靠垫套上洗净的米色丝绒套；将换下的脏垫套扔进洗衣机的一瞬间，她看到套子下部有一块淡淡的油渍，这用洗衣机是洗不掉的。她在油渍上滴两滴洗洁精，两手的大拇指、食指各撮起一边，将油渍部位置于指甲缝中细细地揉搓，再在水龙头下冲洗，果然油渍褪掉，一如给小时候的女儿洗外衣上的污渍一般；把脏了的垫套扔进洗衣机，按下洗衣钮倒下洗涤剂时，她一眼看到洗衣机和墙壁缝隙里结了一条蛛丝，于是拿了扫把将蛛丝清理掉，又把扫把冲洗了一下，然后提到阳台去晾干；一路走过去时，扫把在刚刚擦净的木地板滴下两滴水渍。她回身进屋，顺手扯出一张纸巾，俯下身去擦干水渍。

视线一扫，就看到沙发下方居然不知何时掉了几朵枯萎的茉莉花。想必是沙发紧挨着的客厅阳台上的茉莉开败了后，她没有及时剪掉残蕾，掉了下来。每年夏天她都会买一盆茉莉花放在客厅阳台，一盆三十块钱的茉莉，可以使整个夏夜馥郁怡人。她想用扫把将残花划拉出来，又想到扫把已经晾出去了，于是趴下身，伸长胳

膊使劲去够残花,却够不着,反倒把肩膀抻到了。她起身,痛得哎呀呀地叫。

雪华忙得欢,反观林志民坐在沙发上刷着手机上的健身视频,头都不抬。这些年,无论是女儿在,还是只有他俩,她都在家的这一方小天地里忙忙叨叨,像一只母兽在洞穴里进进出出,叼来食物,叼走残渣,蝇营狗苟而不亦乐乎。他已经习惯了。

雪华叫道:"志民,起来,帮我把沙发挪开。"林志民没动屁股。

雪华又唤,林志民机械地起身,也不帮她搬沙发。雪华无法,自己吭哧吭哧地把沙发挪开一条缝,挤进去把那茉莉残蕾捡起来。残蕾已在木地板上洇出几小块污渍。雪华又去拿了一块小海绵,细细地蹭掉污渍,再把地板擦干净,将沙发归位。林志民余光见沙发已归位,一屁股坐下,像浑然不知发生了什么事。

雪华已累得满头汗,在屋里踱着步,四处巡视着,目光所及之处,无不整齐洁净,才不由得满意地点点头,终于坐下了。她知道自己当主妇二十来年,已经和社会脱节了,故一走出家门就微有自卑,显得慢半拍,于是越来越不爱出门。但在家里,她是敏捷灵动的。家就是她的领土,在这王国里,她胸有成竹,运筹帷幄,决定何时洗窗帘,何时刷马桶,何时把厚冬被换成春秋薄被。整个家都要听她领导,今晚是吃黄花鱼,还是先把吃剩的红烧腔骨加上一把豆角熬一熬吃掉,把黄花鱼留到明天中午吃,这最高的指挥权归她。

雪华打算今天上午先放过自己。家务就像蟑螂一样,发现了一只,还会发现第二只。但旋即想起碗还没洗,下午原打算酱点牛肉,待会儿就要把腱子拿出来化冻;老公爱吃地三鲜,但是尖椒没有

第二章　阳光灿烂的早晨，林志民要离婚

了，要去超市买，还要记得回来的时候顺便把快递取了……她正打算站起身来去再度奔忙，却迟迟懒得动弹。雪华一扭头，看到老公，心中突然一阵伤感。屋里这样静，固然从前也是这样静，但此刻的静仿佛别有意味，女儿明年就真的嫁出去了，从此这个家就剩老两口相依为命了。

她端详着林志民的脸，这张脸在五十五岁的男人中真不赖，虽眼袋、鱼尾纹、法令纹都有，但脸部线条仍在，大大的双眼，高挺的鼻子。女儿正是遗传了他的长相，才长成了个小美女。因健身，他的脖颈及双肩较一般老年人要挺拔。他上下穿的都是运动衣，坚实的胸肌把上身的灰T恤撑得满满的，透着力量感，发型利落又时髦。假使有人在健身房遇见了他，说不定会认为这个紧跟潮流的酷大爷是哪个有钱的大老板。

他们俩在炼油厂认识，相恋，结婚，生女，下岗，下岗后离开炼油厂创业。两人从青丝到白发，她五十三岁，他五十五岁，离老得走不动道的时候还有二三十年呢。老伴儿老伴儿，老来伴儿，这余生长长的日子，就和他过了。这就是女人的一辈子啊，充实的一辈子。家就是女人永远的避风港，自己嫁对了人，林志民给了她幸福的生活。

雪华心中涌动着亲切和爱慕，又因对丈夫突然涌现的强烈情感而带了点羞怯，刚想说点话打岔下，眼睛看见书房，涣散的思维就又跑到另一件事情上了。刚刚结婚的侄子两口子要来城里找工作，打算借住一段时间。虽说不是什么要紧的事，但怎么也得和丈夫说一声。

"志民，宇翔两口子最近打算来城里找工作，我想让他们在咱家住一阵子。你也知道，他们本来就没什么钱，能省一点是一点。"

林志民手机上的健身视频仍在动次打次，一二三四，一个身材健美、满头短白发的女教练正在演示着哑铃动作，他没回话。

"两人学历不好，两眼一抹黑，也不知道找什么工作。不然你看看，帮着四处问问？"

林志民没说话，雪华以为他没在意，捅了捅他。林志民顿了顿，转过头来，两下眼神一对视，雪华吓一跳。林志民的眼神又冷又热，冷的是冷酷，热的是愤怒，她从来没有见过丈夫这样的神情。

林志民道："张雪华，我们离婚吧。"

雪华困惑地看着他。这个早晨太过平常，她方才那番话也正常得不能再正常，故"离婚"两个字没有进入她的脑海里。它们在外盘旋着，嗡嗡响着，死活进不去，她听不懂这两个字到底是什么意思。

雪华道："你说什么？"

林志民提高声音说："我说，我要和你离婚。"

雪华讷讷道："为什么？"

林志民噌地站起身，雪华见他双手都攥成拳了，可见他为她这句话暴怒到何等程度。而她想不明白，自己到底犯下了什么罪行，让他愤怒到这种地步？他往前欺了一步，简直想揍雪华，却又克制住自己："你股票账户里，为什么一分钱也没有了？"

雪华心里一紧，家里的钱，从前是她在管，因为林志民念她回家当主妇，怕她心里不踏实，店里挣了钱，大都交给她来打理。后

第二章　阳光灿烂的早晨，林志民要离婚

来林志民嫌她总是把钱拿去贴补娘家，把财政大权重新要了回去。但股票账户里的三十万元还在，她平时炒着股，炒股这一点是跟别的家庭主妇学的。有股可炒，便不算百分之百与社会脱节。

林志民从来不管这个钱，为什么突然提起这个事呢？这恰恰是她最心虚的地方，她本想拖着拖着，最后以全亏光了为由不了了之的。早年间炒股偶尔也能挣点零花钱，这些年股市不行，股票一点点缩水，说跌没了，是很完美的借口。

雪华吞吞吐吐："我哥说……我妈她……"哥哥总会向她伸手要钱，雪华便五千、一万地一点一点从账户里提出来给他，转头对丈夫说的是亏损了。炒股亏嘛也很正常，林志民便不很细究。

农村早婚，去年二十岁的侄子要结婚，哥哥打来电话，哭诉女方要彩礼、要车要三金、要装修出一间婚房，要她帮着想想办法。雪华还在犹豫，母亲在电话旁边一声声地号。想着这年头农村男孩结婚确实困难，雪华心里一急，热血上头，把股票账户里剩下的二十万元取出来全借给他了。说是借，照例有去无回。

其实她不说，林志民也知道，罪魁祸首就是她那一贫如洗又永不满足的农村娘家。这半辈子，他和雪华过，越过越心凉。她就像个偷家的贼一样，一点一点地把他家里的东西往外搬。娘家房太破，起不了新楼，雪华哥哥就娶不上媳妇；盖了楼、娶了媳妇，哥哥打工摔断腿，又一大笔钱。这个愚蠢的家庭，居然连每年几十块钱的新农合都不交；女儿出生了，又一个女儿出生了，又一个女儿出生了，第四胎终于有了个儿子！张家那三层楼、两亩地、猪圈里的五头黑猪总算有儿子来继承了。三女一子养起来艰难无比，雪华

跟着着急上火，给钱不说，还帮着出主意。孩子们得努力考到县城去，初中必须补课，怎么也得上高中……张宇翔高中没考上，上了个职业中专学厨师，雪华又帮着掏学费。

这三十年来，托了她这根血管源源不断输血的福，张家人丁兴旺，三层楼住得满满的，反倒是她自己的家，生意一败涂地，只剩两套不值钱的房，只有一个女儿，人丁稀少，凄清落魄。林志民心想：雪华这个当妈的，可有为独生女的未来操心过吗？天底下怎么会有这么不负责的母亲和妻子？

林志民破口大骂，三十年的积怨一股脑地倾泻出来。雪华浑身僵硬，心跳得怦怦响，泵出一阵又一阵的汗。过往她资助娘家，他也没这么大意见啊。如果有意见早提，她也不会对娘家付出这么多不是？

雪华大着胆子，结结巴巴插了一句："你以前，不，不也没有说什么吗？"

林志民一时哑火。

雪华的心虚有一些化作委屈，令她挺直了腰。何其不公平？如果丈夫这三十年化整为零，定期、小额地向她讨要公道，她早就及时对娘家止损了。他不言不语的，有时甚至表现得很大方，让她不知不觉间欠下这还不起的天量公道债，难道他没有责任吗？

林志民回忆着，为什么他很少对妻子向娘家的输血表示出不满呢？对了，因为他是定居城市的妹夫，是有能耐的生意人。农村的岳家向来仰视他，他也便乐得扮演富裕且大方的女婿。最重要的是，他从小便被教育，顶天立地的男子汉就该大手一挥，不计较那

第二章　阳光灿烂的早晨，林志民要离婚

么多，要解救穷亲戚于水火中。何况这亲戚是妻子的母亲、兄弟、侄子侄女，血浓于水啊。

可是渐渐地，他疲惫了。生意不景气，他也一天天老了。雪华越在娘家做一个负责任的女儿、妹妹、姑姑，便越亏欠自己的家。能力越大，责任越大。没能力还要负责任，就是为了落一个美名，把别人身上的巨石接过来给自己人背。这样的人太虚荣、太可恶了。林志民不去想每次大包小包和雪华回娘家时，每次在酒桌上推杯换盏时，那些恭维的话令他飘飘然的程度比雪华尤甚，不去想这虚荣的罪名自己原也是要担一些的。

临去北京见准亲家时，林志民盘点家当，目前家里一共有五十万元存款，他管着。夫妻留二十万元养老不过分吧？那只能拿三十万元给女儿结婚了。这点存款像一床太小的被子，盖住头，就露出了腚。折腾一辈子，就只剩这点钱。对方可是家境殷实的北京人啊！不多给女儿点陪嫁资金，人家怎么能看得起她呢？林志民心底如火烧，于是想到了雪华的股票，她支支吾吾，说股票血亏，她不想卖，还是放着慢慢等着股市回暖吧。他心知有异，从她手机备忘录里找到账号和登录密码，登录了她的账户。谢天谢地，雪华总怕自己忘了各类账户的登录密码，有记下来的习惯。进了账户之后他发现那里已一分不剩，情知雪华又化整为零地给了娘家，当下大怒。但出行在即，便不想当场撕破脸。北京之行，他全程表示得兴致不高，一是愤怒，二是内疚，觉得愧对女儿。本来想回家后和妻子算账的，没想到她居然不知悔改，还变本加厉。

当年雪华给娘家钱盖房，打的是照顾老娘的名义。赡养老人天

经地义，林志民慨然答应。盖完房，又哭诉哥哥娶妻困难。手足情深，原也该扶持，好，结婚时的彩礼他们也帮着出了。几个侄女、侄子出生，要读书，要交学费，还有年节、老人过寿、生病住院……要钱的理由层出不穷，大大小小的费用他们都给了。可如今竟还要供养侄子张宇翔，这就过分了吧？他难道要管张家三代人吗？

女儿远嫁北京，妻子看来是早就盘算好了，这三室一厅横竖是空着两间，侄子带着侄媳妇正好住进来。未来也许还要在这里生孩子，帮他们带孩子，帮他们在城里扎根，无穷无尽，没完没了。这张家，吃定了他生的是独生女，一早就盘算好了要吃他绝户呢。而妻子带头吃起，吃得兴高采烈，吃得鲜血顺着嘴角往下滴。这哪里是妻子，这是不知哪里来的吸血鬼呢。难道未来他要拿着退休金，继续供养这一家子吗？够了，真的是够了！

林志民凌厉地瞪视着妻子，重复了一句："我要和你离婚。"

雪华叫着："这个岁数了离什么婚？"

林志民冷笑一声："八十岁还有离婚的呢，五十多算什么？"

他拿起手机，穿上鞋要出门。

雪华急了，拉着他的衣服喊："一大早的你抽什么风？别走，咱们好好谈一谈。"

林志民一甩她，道："你不是说钱是借给你哥的吗？把钱要回来再谈。"

雪华道："宇翔结婚时钱全花了，他们拿什么还？"

林志民道："要不回来，我们就离婚。你给我收拾行李滚出去，爱上哪儿上哪儿。"

第二章 阳光灿烂的早晨，林志民要离婚

再怎么吵架，这话也过头了。

雪华血轰的一下往脸上涌："这是我家，你凭什么赶我走？"

林志民冷笑道："这是我父母留给我的房，和你有什么关系？"

"婚后财产，夫妻平分。"

"我父母留遗嘱了，这房只单独赠予我，和你没有一点关系。我也留遗嘱了，我要是比你先死，我名下全部财产都留给我闺女，你侄子再也别想从我林家捞走一根毛。"

雪华惊呆了，模糊想起十年前还在世的公婆把房过户给他们的细节。当时林志民自己去房管局办的过户手续，房产证拿回来一看，只有他的名字。她虽然不快，但又一想，夫妻婚后财产共有，丈夫的就是她的，也没区别，于是不再计较。没想到公婆居然早早地生出了戒备心，也许她对娘家这一系列操作早已落在人家眼里，所以不动声色地做了财产防火墙。

雪华声音已颓然，还在做垂死挣扎，说："我不信，你给我看遗嘱。"

"两份遗嘱我都放林越那里了。"林志民道。

雪华的心又凉了一分，难道女儿也早早地和爷爷、奶奶、爸爸结成了同盟，默默地防范着她这个妈妈吗？女儿向来和她亲近，怎么从来没有提过这个事呢？见她脸色迟疑不定，林志民道："我警告你，不要去问她，要闹也要等到她结婚之后。"

雪华冷笑道："你倒是特别为女儿着想了，那为什么不等到她结婚后再来逼我呢？"

"因为你先逼我，要把你侄子夫妻往我家领，我实在忍无可

忍了。"

林志民出门，临走前声音有些伤感地丢下一句："张雪华，到底哪个才是你的家？是你的娘家还是我们这个小家？这辈子你想清楚过没有？"

林志民走了，屋里一片死寂。雪华呆坐在沙发上，少顷起身，机械地挪动步子走到厨房，下意识地打开水龙头，洗着碗。盘碗叮当，潺潺水流冰凉，这鲜活的触感使她从巨大冲击的麻木中复苏过来。这当然是她的家，尤其厨房，是一个家的灵魂。她常年盘踞于这灵魂高地，炒出一道道充满锅气的菜，一盘盘端给丈夫和女儿吃，再把碗盘一个个收拾好，整整齐齐地竖立在消毒碗柜里。多少年了，这些家务她烂熟于心，甚至都不用过脑子，手脚就能自动一丝不苟地完成这一流程。笑话，一个家没有一个主妇，还叫什么家？女儿远嫁，丈夫五十五岁了，不想要这个家？和她赌气罢了。

雪华底气足了一些，可走出厨房，又迟疑了，环视着这一尘不染的屋子。这是谁的家？原来"家"的含义，不是年复一年、日复一日倾注心血地建设和维护，洗、擦、收纳、采买、烧制……而是大红本的"房产证"，但那上面并没有"张雪华"三个字。她背后再度惊出一层汗，天哪，这居然是丈夫一个人的家？婚姻好，丈夫的当然就是她的；婚姻不好，她可就是彻头彻尾的外人。至亲至疏夫妻，古人果然没有说错。

雪华悲从中来，一层耻辱厚厚地贴在脸上，让她慌乱地在屋里四顾，也不知自己想找些什么。她坐到沙发上发怔，手无意识地拿起小靠枕，又放下，手摸到手机，找到女儿微信，又立刻按掉，另

第二章　阳光灿烂的早晨，林志民要离婚

去搜寻通信录上一个个的名字。当了多年主妇，她早没什么朋友，这通信录上的许多人已不联系，大家互为旁观者，每日在朋友圈瞻仰彼此的生活风采……母亲八十多岁了，根本不会用手机，没有微信。再说了，也不可能和娘家人说这些事。丈夫问到底哪个才是她的家，她突然意识到，娘家这个家，提供不了哪怕是精神上的慰藉。因为几十年来她一贯是强者，是从农村走出来定居城市的成功者、老板娘，哪有弱者向强者提供帮助的道理？

真奇怪，就在半个小时之前，这个家还是温馨的避风港，由她领导的桃花源，此时目光所及却桩桩件件透着陌生，她成了即将被驱逐出境的"贱民"。沙发旁那盆绿萝绿油油的，雪华想着自己每天都精心擦拭着片片叶子的认真劲儿，"你给我收拾行李滚出去"，这句话炸开在耳畔，让她倏地站起身。

她再也不能在这屋里待下去了。

第三章

订婚考验初显峥嵘

第三章　订婚考验初显峥嵘

　　林越觉得,"未婚夫"和"未婚妻"这两个词有点意思。往好了说,透着古典的美感;往坏了说,陈腐不堪。"订婚"是什么意思?试用期是吧?同居就不能试用吗?好像同居是个什么见不得人的事情,必须给大众一个交代;又像是要验货,先把这段婚姻打出个小样来给路人甲们瞧瞧。其实谁在意你的生活呢?

　　谈恋爱一年左右时,许子轩曾提议搬到一起住。林越拒绝,因为她和许子轩的住处都分别离自己的单位近,谁搬到谁住处都不方便。但订婚后,许家给的房正好在两人单位的中间,紧邻地铁,两人各坐几站地铁就到单位了。林越这回同意了,一个月能省三千块钱的房租,何乐不为?且"试用期",还说不好是谁试用谁呢。许家在考验她,焉知她没有在考验许子轩?

　　把三个大行李箱并若干小零碎搬进许子轩的小屋时,林越有种跃跃欲试的喜悦。虽说是"试用期",毕竟也有着"转正"的盼头。集团业务不景气,策划部每天六点准时下班,她坐地铁到家才六点半,顺路在楼下小超市买菜。回到家后,她先把米饭蒸上,把青菜洗净,葱姜蒜、蔬菜、鱼和肉之类的都切好,按每道菜需要烹制的时间长短,开始依次做菜。肉类先做,青菜最后炒,以保证所有菜都热气腾腾地带着锅气。许子轩稍晚一点到家，快到时他会发微信，林越陆续把菜下锅。许子轩进屋，总是能看到桌上的菜热气袅袅，满屋饭菜香。这时他会上前抱着林越先亲上几口，两人拥抱着，静静地待一会儿。幸福可能就是这种滋味吧？胸口经受着巨大心潮的激荡，情感汹涌澎湃，耳边如闻礼花绽放，合奏出喧天乐章；又觉万籁俱寂，天地间独剩两人。

小屋是老房，橱柜很小，水盆也小，想安洗碗机只能把柜子全打了重新安。反正是过渡房，也没有几个碗，林越与许子轩约好，她做饭，许子轩洗碗。这叫分工，两人都觉得公平。男人不做家务，是所有女人内心深处的无名阵痛，感到不公平，却无处言说，因为几千年如此。男人开始做家务，哪怕只做一点，女人就会感到幸福。

许子轩洗碗时林越坐在沙发上刷手机，偶尔抬头，看到厨房里的他扎着围裙洗碗，再次觉得甜蜜，也许是"公平"带来甜蜜。她举起手机，拍下这一幕。有图有真相，她找的男人，尊重女性。

许子轩月薪到手两万元，他每个月拿出五千元给林越采买家用，另外的存起来了，两人的钱各存各的。许子轩说婚后可以设立共同账户，他自己每月留几千块钱零花，其他的都打到账户里，由林越来管，密码两人共知。平时由林越持家，大额支出两人商量着来。这提议听起来公道得不能再公道了，林越想到自己起码目前房租就省了，吃饭也几乎不花钱，每月都几乎可以净存钱，心底泛起一阵妥帖的喜悦，随即又觉得自己猥琐。

每天下班买完菜，提着菜走在小区里，看着星星点点的万家灯火时，林越心里很踏实。那座高楼上有一个窗口是属于她的，有一

第三章　订婚考验初显峥嵘

盏灯为她燃着。在京十二年，此时总算有融入的感觉了。她这些年几度徘徊，差点回老家，或者转道天津。现在终于不用了，她要与之结婚的是有房的北京人。这是终极融入了，像冰块融在水里一般了无痕迹。她的后代不用回老家高考，也不用退而求其次去天津生活，她将成为货真价实的北京人。

她划拉了一下这些账，问心里的主义们：这样的婚姻，不能算失权吧？

上野千鹤子率领主义们微笑答：不能算。

有天，许子轩的父母说周末要来一起吃饭，说是自打许子轩和林越在一起后就不回家，只能他们过来看看小两口了。周明丽打着哈哈，林越却知她是来检验两人的同居成果，这是试用期必然的步骤。林越也不怕，现在大城市的公婆一般不会介入小夫妻的生活，这可是新时代。但是想介入也正好，总要叫他们知道一下她和他们儿子的相处模式，未来天长日久的，大家趁早适应。她又有了一个体会，订婚不但是她和许子轩的磨合，其实也是和准公婆的磨合。所以这样看来，订婚也可以叫结婚冷静期，大家都冷静冷静，先别上头。

他们周六上午来，吃的是中午饭，林越做了四菜一汤。她做饭的时候，周明丽踱进厨房看了几眼，见林越刀工熟练，蒸鲈鱼、木须肉、小葱炒鸡蛋、蒜蓉油菜、苦瓜排骨汤，荤素搭配得当。周明丽满意，点点头，微笑着走出去。

林越微妙地感到不快。刚才周明丽进来时，她存心卖弄，手下的刀噔噔噔越发切得爽利。看着周明丽的表情，她知道准婆婆很满意，不由自主地又立刻觉出卑微来。她炒着菜，看着门外的小客厅里一家三口说说笑笑，一边吃着干果和小零食，一股窝囊感涌上心头：自己分明是上门媳妇在讨欢心、献殷勤。周明丽方才那样背着手，探头看她干活，像不像工头在监视工人？林越觉得主义们在瞪着她，由此有点心虚，暗暗说，我不会被欺负的，一会儿你们等着瞧吧。

吃饭全程倒是挺欢快，两个男人尤其开怀。许东夹起木须肉里的熘肉片，大发感慨："现在想在外面餐馆里吃点现炒的菜不容易啊，太多预制菜了。"

林越道："我们集团的饭店就有这个现炒的木须肉，招牌菜。"这道菜就是她和许子轩在集团的饭店吃饭时学的，许子轩当时就大赞好吃，林越回家后按着印象，摸索着，把这菜学会了。这菜很下饭，就是麻烦。要提前泡发黄花菜和木耳，有的黄花菜和木耳泡完发软，要一点点挑拣出去。黄瓜切片，肉片提前腌制，鸡蛋单炒出来，再将所有菜一起快速爆炒起锅。

许子轩笑道："晓辉告诉我，就因为这样，所以你们'王家菜'亏损。现炒菜多，成本高，价格高。但菜品质量不稳定，而且上餐速度慢，顾客总是意见很大。"晓辉就是林越的上司，集团策划部的经理，许子轩的发小，照例姓王。

林越默然，就是这么回事。"王家菜"这个企业从上到下透着一个"老"字：装修老，菜单老，集团一堆跟着创业的老人，又加了家族企业的毛病，塞了各路人马的七大姑八大姨，从菜品到管理都透着一股关系户兼手工艺人行将作古的不合时宜和傲气，目前也只余一个招牌的空架子罢了。

周明丽品着蒜蓉油菜，赞道："不错，火候恰到好处。青菜炒久

第三章　订婚考验初显峥嵘

了发软，不脆生，维生素流失；炒短了又不断生，调料不入味。越越的手艺还是挺棒的。"

许东夹了一大筷子油菜："在外头应酬多，大鱼大肉吃得我味觉疲劳。其实我最喜欢吃家里做的菜，就像这样，简简单单的一盘炒油菜，吃得多顺口。"

三人赞着，林越微哂。

世人说到"喜欢吃点简单的家常菜"这件事时，通常带着自夸，认为自己朴素，不是那贪图口腹之欲的人。殊不知，哪怕是"简简单单的一盘炒油菜"，做起来也非常麻烦。油菜一片片叶子掰开，切掉根部；怕有农药，先用专门洗果蔬的洗涤剂浸泡，再反复地清洗七八遍，放在滤网上滤干；大蒜剥成一瓣瓣，用刀挨个拍瘪，再用压蒜器压碎成蒜蓉，放进小碗里备用；勾一点芡备用；将油菜叶片与茎切开，分开放，因为熟的时间不一样，不能一起炒。热油下蒜蓉爆香，滴几滴生抽调香；先下油菜茎炒至断生，再下油菜叶，快速翻炒几下，要快；中间要洒一点芡水，以免火太大让菜发干；最后放盐和味精，翻炒均匀后关火装盘。这过程结束，厨房操作台上已散落着蒜瓣皮、残叶、老根、淀粉渍，地面因洗菜溅出的水花而湿了一片，炉灶上沾着油渍和生抽老抽等调料渍，跟刚刚世界大战似的一片狼藉。

他们说"我只想吃一盘简简单单的炒油菜"，上下嘴皮一动，眼神诚挚温和，表情无辜，觉得这要求朴素至极，应当快速得到满足。且自己这般清心寡欲，真是令人肃然起敬，其实哪知道这内里的烦琐呢？林越觉得，如果是她开餐馆，卖一盘这样的炒油菜，起

045

我才不想做家务

码要一百块钱才能抚平因劳累而产生的烦躁,更别说蒸鲈鱼、木须肉这样的硬菜了。

饭罢,大家推开碗,起身推开椅子,离开餐桌。林越最后一个起身,余光见许子轩已一屁股坐在沙发上,和父母说说笑笑,心里咯噔一下。她和许子轩平时的分工,可是她做饭,许子轩收拾洗刷的。一般吃完饭,他就会捡了碗盘,擦桌子,然后洗碗。但此刻看上去他并不想干这些事,难道要叫她干吗?她正想着,许子轩抬头,给她使眼色,果然是叫她收拾。林越迟疑着,老大不情愿。都说男女相处时,有许多微妙的服从性测试,为往后两人的关系定下调子。许子轩在两人单独相处时,并没有向她发出这类测试,所以现在他是替父母在测试自己?

林越纠结了下,手缩了回去,装作没在意许子轩的眼色,也在沙发上坐下,笑吟吟侧头看着一家三口:"你们在聊什么呢?"

许东的话头没有断,起劲地谈着对人工智能的见解。许子轩是搞人工智能的,这些年这个方向越来越热,许东庆幸儿子当年报考大学专业时自己的高瞻远瞩,让儿子站到了时代的风口,林越便也跟着高谈阔论起来。据说最近 OpenAI[1] 投资的一款人形机器人迎来重磅更新,接入最新版 GPT[2] 后,它可以与人类全面对话,还能听、看、做家务,自主决策。林越道,科学家可算做了点正事,机器人最该干的事不是画画、写小说,而是做家务。

他们谈得欢,周明丽却如坐针毡,几次看向桌面,最后起身道:

---

[1] OpenAI:一家开放人工智能研究和部署的公司。
[2] GPT:一种基于人工智能技术的语言模型。

"该收拾收拾了。"一边说着,一边去收拾。

林越瞬间心虚气短,刚想起身一起去干活,另一个声音在心中强迫道:"你给我坐着。"

林越坐定,鼓起勇气道:"阿姨,您放着,让子轩来吧。我俩分工好了,我做饭,他洗碗收拾的。"

许子轩赶紧说:"对对对,妈你别管了,我一会儿收拾吧。"

周明丽笑着,笑容已带了不快,声音仍温和:"你们聊,我来收拾。"

周明丽把碗盘收拾到厨房,麻利地挽起袖子,开始洗碗。自从家里安了洗碗机之后,周明丽已经好些年没有亲手洗过碗了,虽然洗碗机并不能自己走到盘碗狼藉的餐桌旁把餐具收走,倒掉食物残渣,并将它们挨个放进栅格里,放好洗碗块,按动电钮开始工作,但毕竟能省去很大的工作量。此刻冰凉的水流到手上,指腹触到碗底的油腻,勾起久远的不快回忆,一股轻微的憎恶从心头升起,周明丽的脸沉了下来。再也没有比洗碗更让人厌烦的家务了。

林越再度感到心虚,听着父子俩的聊天,已心不在焉。许子轩也如此,兴致已没有前面的高,说着说着,起身进了厨房,道:"妈,你放着吧,一会儿我洗。"

周明丽说:"没事,你在客厅歇着吧,这点活累不着人。"

许子轩讪笑道:"一般林越做了饭,我负责洗碗收拾。"

周明丽道:"哦,你们俩还分得这么清楚呀?"

林越听着话里有话,有点不舒服,道:"这是分工。"

周明丽道:"两口子过日子,谁多干点,谁少干点,不要太计较。"

林越笑道:"听到没有呀,许子轩?以后你把菜也做了,不要太计较。"

周明丽大怒,停下手中洗碗的动作,想发作,细琢磨这话竟无从反驳,只好悻悻地洗着碗,越洗越气愤。许子轩不安地看看母亲,又看看林越。

许东微笑喝着水,摸了一把开口的松子嗑着,一脸看好戏模样,对许子轩道:"你妈就整天操心一些没用的东西,到哪儿都是受累的命。"

周明丽可算找到出气口了,板着脸对丈夫道:"谁有你好命?什么都不操心,吃现成的。"

许东笑了笑,并不反驳。准婆媳间的暗流涌动,儿子的手足无措,根本没对他造成任何干扰。他就像海边的礁岸一样坚硬、高大、绵长,海浪再怎么冲击,也不会对它造成什么影响,而且跑不出它的势力范围去。周明丽见状更恼火了,总是这样,她在焦躁地抗争着什么的时候,丈夫总是云淡风轻,这更衬得她像个无事生非的小丑。

他们走了,林越有种大战过后的疲惫。和人较量心力,对体力的透支不亚于肉搏。她更有一种后怕,挑战权威后的人往往有这种强烈的不安。但她的性格就是越不安,越要挑战。她质问许子轩为什么吃完饭不马上收拾桌子,使什么眼色?许子轩解释说父母来的次数也不多,你装一装,让他们放心不就完了吗?

林越道:"为什么我做饭,你洗碗,这分工让他们不放心?"

许子轩道:"嗐,因为我在家没干惯家务,我妈这不是心疼我吗?"

第三章 订婚考验初显峥嵘

林越冷笑道:"我在家也没做惯菜,和你在一起还不是学着做了?谁还不是父母的心肝宝贝来着?"

许子轩无言,虽觉得有道理,又觉得面子上过不去,还有一种说不出的恼火。本来是很小的事,为什么林越不能妥协?毕竟父母是长辈,而且给了这么多。他一时感情复杂,林越也觉得失望,为什么许子轩只要父母在跟前,就要立刻自动切换与她的相处模式呢?许子轩是露出本色,还是为了糊弄父母而为之?

半晌,许子轩温言道:"好了,以后我会跟我妈说,叫她不要管咱们俩的事。你放心吧,我不会让他们插手咱们的生活,婆媳矛盾是当丈夫的不作为,这一点我还是明白的。"

林越一下子感动了,又觉得刚才在周明丽面前表现得太强硬,其实就算是收拾了这一次,也不怎么的,当时为什么自己一口气那么过不去,那么倔呢?她想到自己在经济上占了许家很大便宜,又气短了一分,也放缓口气道:"对不起,我刚才确实有点较劲了。以后在你父母面前,我争取温和一点。"

许子轩松了一口气,一把搂过林越,笑道:"我老婆果然是最好的。"

林越哼道:"别老婆老婆地叫,还没结婚呢。"

许子轩道:"你还跑得掉?"

他把林越搂得更紧了。林越欣慰地闭上眼睛。她不愿意承认一件事:她其实比许子轩更怕这段关系的破裂。但事实就是这么回事,是许子轩接纳她进入稳定、殷实的主流轨道里,和他在一起,房子和车子都会有。进京的户口指标虽然近来有收缩之势,但只要未来的孩子能落户，她的户口也就没那么要紧了。要个北京户口，归根结底还是为了孩子上学方便。

"王家菜"和别的公司不太一样，总部的工作人员中有不少北京土著。他们因为不用考虑户口和房子等能把外地人压倒的难题，同样的收入下日子会显得加倍富足，精神上也更松弛。她撩开帘子一角，窥见了京城殷实闲适生活的面貌，而许子轩从里面伸出手，领她走进这生活。

林越也奇怪，为什么每次遇到有人想施以强压时，她总是像个儿童一样，非要言过其实地大放厥词，挑战远比自己强大的对方呢？自杀一样的，那股不平之气，到底是图什么呢？她暗暗训斥自己，以后不要意气用事，不要和许子轩的父母较劲，人家才是实打实的金主。

回到家，周明丽对许东道："那天林越说什么互相照顾，我就看出她不是善茬。果然今天让我试出来了，咱儿子以后恐怕要吃亏。"

周明丽想起有一天在林越的朋友圈看到她发了张许子轩做家务的照片，更加火大。难道儿子在林越手里，居然活成这副窝囊的模样吗？洗碗就算了，为什么要把这样的场景发得众人皆知，叫所有人知道许子轩是个在家洗碗、怕女人的窝囊废呢？

许东道："你自己就是个恶茬，为什么盼着别人是善茬？"

周明丽冷笑道："正因为我是恶茬，才盼着儿子找善茬。都说人和人之间要平等，其实夫妻关系根本不可能做到各百分之五十那样的平等。与其我儿让一分，不如对方让两分。再说了，我们出什么，对方又出什么？"

第三章　订婚考验初显峥嵘

周明丽想到林越说的"分工"两字，越发觉得恶心。传统分工，男人出房出钱养家，女人做家务育儿；现代分工，男女一起买房，一起养家，一起做家务育儿。林越这个凤凰女嘴里的分工，是什么？男人出房，挣得比她多，家底比她厚，还要分摊家务育儿，公平在哪里？凤凰女唯一能拿出来交换的，就是她的劳动。连这都不愿意提供的，那叫软饭硬吃，流氓无产者。

周明丽这样在心里模拟厮杀着，一时胸中硝烟四起刀剑铮铮作响，半晌一抬头，见丈夫歪在沙发上正津津有味地看着手机短视频，对她提出的话并没有进一步探讨的兴趣，更加火大。自古以来都只有婆媳矛盾，鲜有公媳矛盾，就是因为公公知道婆婆会操心，他乐得大方，立人淡如菊的宽厚人设。儿子成家，未来有了孩子，带孩子的主力也只会是奶奶，不会是爷爷。做多错多，做多，摩擦就多。女人到底为什么那么想不开，一定要身先士卒、奋不顾身呢？世人都喜欢生儿子，其实儿子何尝不是赔钱货？吸干父母的钱买房买车，还要父母帮着带娃。唉，生儿子真麻烦，既怕他打光棍，又怕儿媳妇隔山打牛，不动声色地吸公婆的血搞转移支付。丁克最明智！

周明丽赌气往被窝里一滑，一时暗地发誓不想掺和儿子的婚姻，好坏任他去。

时间如水般流过，只要准公婆不来打扰，林越就觉得日子挺舒服。但她心底隐隐地不安，这不安来自工作。集团月月亏损已变得众所周知，可工资照发，正常上下班，因此平静中老像酝酿着什么不祥似的。不过有时她又自我安慰，集团成立三十年，家大业大，用别的经营和投资收益贴补餐饮的巨亏也未可知。资本家是不会做亏本买卖的，还在维持必有它的道理。许多生意不就是这样吗？有个门面招牌，是挣是赔不在乎，图的是这旗号飘扬，下一盘大棋。

而且订婚是个节点，总不好在这个节点上跳槽，还不如趁这半死不活带来的清闲，好好与许子轩做婚前的磨合，以备顺顺当当地走入婚姻呢。只要结了婚，稳定下来，想跳槽就有底气了。林越这样想着，便收了不安，认真地混日子。集团还是一周一次部门会，一月一次总部全体大会。只要工资还在发，例会还在开，日子就还能无风无浪地过下去。

自创始人王闯三年前出了那场几乎丧命的严重车祸后，林越就再没在办公室见过她，总经理王旭主持着日常工作。王旭是王闯亲大哥的儿子，最早是她的司机，接着在集团物流部当头儿，后来又提为副总，管着一切杂事，其实是王闯的传声筒。人人都知道他没什么能耐，要不是王闯独生女王如薇讨厌餐饮业，放话此生绝不可能接班，王闯根本不可能如此重用侄子。王闯从前花重金请过两个"海归"职业经理人当集团总经理，但他们都很快就走了。也许是管理风格不适合本土的餐饮品牌，也许是和王旭与王闯两人处不来。王闯也没办法，和亲侄子比，外人当然更不可信。后来她再也没有请过外人来担任总经理职位，终于把这个位置给了王旭。

但和王旭"一人之下，万人之上"位置不匹配的，是他并无实际决策权。事实上，大家都知道王闯只是把王旭放在这个位置上使个障眼法，所有大事都要请示王闯，由她批示才行。她不想干的事，就推给王旭，叫他去得罪人。

所以王旭得了双相情感障碍。轻躁狂发作起来时，他情绪高涨,精力充沛,开会时喋喋不休,口沫横飞,特别勤勉地制定了一大堆鸡零狗碎、并不伤筋动骨但让人反感的管理条例,比如大搞降本增效,总部办公室的复印纸必须双面使用,要讲环保,违者罚款。但一旦抑郁发作,他又沉默寡言,情绪低落,有气无力。这个时候最好别找他,先找他的助理探探风声。

林越觉得,如果她是王旭,也会精神出毛病的。王闯是一个工作狂,工作起来根本没有休息和吃饭的概念,但不是工作狂也创不下这偌大家业。她就是万中无一的那类人,以工作为乐,可以三百六十五天多线程、超负荷运转,一天仅需要休息四五个小时就能充完电,满血复活。和她在一起近身工作,就像被龙卷风裹挟一样昏天黑地的,脑力和体力完全跟不上,只能跌跌撞撞、连跑带颠地跟着。

而且王闯又是个控制狂,三十年来从不接受任何投资,为此错过了资本的黄金时代,企业没能上市大发展,但她从来不为所动。大事不放权,小事王闯也亲力亲为。哪家连锁店开业,她能住到装修现场去,拿鞭子抽着工程进度。她撤台、铺台布和摆碟的速度,超过任何一位服务员。和这样一位脑力、体力、工作技能都极其出众的铁人老板在一起工作,王旭每天都在被藐视、被考验,动辄得咎,精神上惊恐,体力上透支,苦不堪言,难怪得病。

王旭平时面相闷闷不乐,开口必让人感到焦虑。但真有大事找他时,他又总不敢拍板。他也知道自己地位尴尬,越发色厉内荏,恶性循环。开会时他总是片儿汤话来回说,大而无当,又臭又长,让人厌烦。然而他是一把手,大家又能怎么样呢?看着工资,也就忍了。

这天周一，也是十号，照例是公司全体大会。上午十点，林越夹着笔记本，和同事小楠随着人流走进大会议室。大会议室坐得满满当当，总经理王旭已坐定，所有的高层都在列，包括副总宁卓。

大家陆续坐定，女员工们目光越过一排厚背、圆肩、往前探的脖颈、双鬓微霜的头，落到了侧颜如雕像、挺胸直背的宁卓身上。他今天穿了米白色衬衫和驼色卡其裤，在一干暗色POLO衫、黑西裤黑皮鞋、体态臃肿的中老年高管中显得超然不群。在这堆圆的、下坠的、混沌模糊的线条里，他是清晰且方正的存在：鼻子是挺的，下颌线刚硬紧实，眉骨高，嘴唇线条分明。他必是常年健身，才会有这样宽又挺的肩、结实的背和手臂。

小楠在笔记本上勾勒着一个男子的速写像。林越探头一看，用气声问："画的谁？"小楠用眼神向宁卓的方向示意了下，道："你觉不觉得他的脸特像美术课上的石膏头像吗？上好的素描模版。"两人偷偷笑着。

小楠道："这两人长得不搭界，但仔细一琢磨，他都神奇地和他们有几分相像。这人是帅哥长相啊。"

两人偷偷笑着。小楠画完头像，正勾勒着脖颈和肩膀的轮廓时，主座上的王旭开口："下面我宣布，集团将进行重大改革，成立预制菜中心，全面进军预制菜产业。预制菜中心将由我和宁卓负责，组织架构全部打散重组。"

这几句如晴天炸雷，所有人都震惊了。小楠的笔尖停住了，林越不由自主地坐直了身体，王旭环视着众人，并没有接着说话。他知道

第三章 订婚考验初显峥嵘

方才那番话如陨石撞进大海里,要好好欣赏一下它所引发的轩然大波。这就是权力带来的快乐,可以操控许多人的情绪。林越感到一股肃杀之气扑面而来,一向大而无当的王旭此刻看在她眼里,突然充满了质感。下一刻林越脑中各种想法纷至沓来,吵成一片。进军预制菜这方向是对的,与市场上其他的老字号餐饮品牌比,"王家菜"进军预制菜的步伐已经太晚了。虽然总部的中央厨房也在做一些预制食品,但不成气候,主要是保质期相对短的熟食、凉拌菜和面点等,产能无法与现代化的工厂流水线比。三年前,王闯就在着手进军预制菜产业,却因车祸而搁浅。今日亡羊补牢,也不知能否力挽狂澜。

王旭接着说:"旗下所有门店都将配合这一改革,陆续重新装修和修改菜单。今时不同往日,未来的工作内容将完全不同,节奏和流程也会大幅度加快,大家要打起精神,迎接新挑战。"接着他又隆重介绍了宁卓,宁卓起身,向大家致意。果然他是集团提前埋伏的一枚秘密炸弹,今日方才引爆,也许是哪家猎头猎来的职业经理人。外来的和尚好念经,集团全是老人,死水一潭,想大刀阔斧改革,只能靠外来的鲇鱼搅动了。

这是宁卓首次正式登场,不过他的发言很简短,只说希望大家配合,连"请多多关照"之类的客气话都没说。他刚说完,还没坐下,突然会议室的大门砰的一声被打开了,几个穿着厨师衣戴着厨师白帽的人冲了进来,是楼下总店的总厨王春成和他的几个后厨骨干。王春成是集团德高望重的元老,带出了不知多少徒弟,也是王闯的表哥。这几个人突然冲进来不算,手里还都端着几盘热气腾腾现炒的菜,王春成手里还拿了把长长的炒勺,顿时大会议室洋溢着菜香味。

王旭大惊，叫道："成叔，您怎么来了？"

王春成满脸悲愤，哐当一声，把那把炒勺扔到桌面，大声道："中国菜要死在你们这帮人手里了。"

他一手举着一包预制菜，高高扬起，另一只手指着几个厨师端着的菜，问："这两个能一样吗？你去问问食客，他们爱吃料理包，还是现炒的菜？锅气，你们懂什么叫锅气吗？"

他接过一盘炒烤羊肉，指着继续道："'王家菜'的几道招牌菜，一道都不能预制。这羊肉，今天早晨五点刚送来的。"

他指着另一盘葱烧海参："葱烧海参，海参现发，鲜葱段现过油炸。葱段海参泡汁里抽真空，放仓库冷冻个一年半载的，它能还是这个味儿吗？预制菜那是给人吃的吗？"

他端着菜，凑到身边的一个人面前，痛心疾首地、苦口婆心地道："你闻闻，你闻闻，现炒的菜，要的就是这个锅气，香不香？中餐不能预制，预制就是死路一条啊……"

众人一时被震住，听着他滔滔不绝地讲着。这时宁卓打断："成叔，上个月总店营业额多少？"

王春成一时愣住。

宁卓道："那么大的面积，上个月堂食十万元，外卖八千元。"

满堂沉默，都知道集团生意惨淡，没想到惨成这样。

"好，我再问一句，所有餐饮品牌都在做外卖自救，总店外卖卡过几次餐？被骑手投诉过几次？"

王春成张着嘴，回答不上来。

宁卓："卡过八次。线下堂食做不起来，线上外卖你又出不来餐，影响门店在网上的权重。现在你到外卖软件上查一查，'王家菜'还有推荐吗？已经沉到第几页了？"

王春成怒道："每一道菜都是现炒的，怎么可能快？精工慢做，这就是'王家菜'能保证品质的原因。再说了，你就敢保证预制菜的质量没有问题？"

"从生产到储存到冷链物流，预制菜产业已经有非常成熟的技术了。无菌车间生产，出厂有质检，售后有食品召回管理，各环节都有国家行业标准监管，有什么问题？我上个月参观过一家大型预制菜品牌的生产线。他们炸鸡块的油酸价超过3就会全部倒掉，换新油；检测中心会对产品做兽药残留、农药残留、微生物、添加剂的检测；金属探测仪和X射线机保证每一包产品出厂时，都不含异物。你的后厨做到这样的监管吗？总店去年十月八号因为后厨卫生不达标，被区市场监督管理局警告，现炒的菜质量就没有问题吗？"

王春成再度涨红了脸："谁不知道预制菜里的防腐剂和添加剂多，谁敢吃？"

宁卓冷笑道："请先更新你的认知。国家相关部门的预制菜新国标已经出炉，聚焦食品添加剂标识规范与餐饮溯源系统改造，强制要求标识具体添加剂种类，建立覆盖生产、运输、销售的全链条溯源体系；要求所有添加剂符合最新版《食品安全国家标准 食品添加剂使用标准》，并通过冷冻、冷藏等物理保鲜技术替代化学防腐剂。你如果质疑国家标准，可以去推动修改立法；怀疑哪家产品添加剂超标，你去举报，你有这个权利。"

全场安静，包括王春成，可能他一时没想到怎么反驳。此时宁卓又道:"我倒要好好说说你的这个'精工细做',为什么这两年,好几道招牌菜一直被投诉?为什么换了羊肉和海参供应商?"

王春成脸色一变:"什么意思?你质疑采购有问题,去采购部查账,和我们后厨有什么关系?"

宁卓轻嗤了一声,打开手机,播放早已剪辑好的食客采访,果然意见大都集中在"王家菜"几道招牌菜如葱烧海参、炒烤羊肉上。这是最有力的证据,王春成欲辩,却又不知该如何辩起。

王旭在一旁道:"成叔,你们先走,有什么事回头再说。"

王春成居然一指王旭大声道:"你给我闭嘴,你心里打什么主意我还不明白吗?不就是你不方便下手,借姓宁的这把刀来杀我们吗?"

王旭气急,宁卓冷冷地扫了王春成一眼,顺势用手中的手机一指他:"你再不走,我就叫保安了。"

王春成勃然大怒,还没说话,后面一个年轻的厨师突然抓起会议桌上的炒勺,一挥,直接把宁卓的手机打飞,王春成也就势将手中的菜劈头盖脸地乱砸一气。几个厨师有样学样,也把手中的盘子一股脑地乱砸乱摔。顿时菜汁盘碗满天飞,场面一时大乱,几个年轻的男同事跟厨师对打了起来,林越等女同事惊叫着躲闪。一个精壮厨师打得兴起,抓起椅子往林越方向摔去,宁卓刚好在她身边,伸手一推,把那人连着椅子一起推开,摔倒在地。那个持炒勺的厨师乱挥着勺子,宁卓手一伸挡,铁勺打在他手臂上,好险没砸到他的头,但他也整个人摔倒在地。此时行政部人员和保安们赶到,把闹事的厨师们制住。

林越一干人到了派出所,王春成等人已经冷静下来了,对自己的莽撞后悔不已。林越没受伤,只是受了惊吓。宁卓的小臂被打肿了,倒无大碍,但他的手机被那个厨师一勺子打飞,又摔到了地上,砸坏了。

林越感激宁卓出手相救,掏出包里的湿纸巾给他,让他擦掉身上和手上的油渍。宁卓一边擦着,一边道:"这手机是威图的定制款,三十二万元。"

众人抽了口凉气。

肇事的秦姓厨师不服气:"你说三十二万就三十二万呀?唬谁呢?"

宁卓说:"半年前买的,发票还在,购买记录可查。"

肇事厨师傻眼了,看着王春成。

王春成梗着脖子道:"不赔怎的?"

警察道:"如果是故意损坏他人财物,五千元以上立案,五万元以上的处三年以上七年以下有期徒刑。"

王春成怒道:"打架嘛,当然下手没轻没重,怎么能说是故意的呢?你没还手吗?这不算互殴?"

宁卓道:"是你们先动手的,他特地举着勺子冲我的手机来的,是不是故意,你们心里很清楚。在场的都是人证。"

王春成傻眼了,眼睛看向王旭。王旭恨恨地瞪着他,不想管,又无法,只得没好气道:"愣着干什么,还不赶紧给宁总赔个不是?"

两人又羞又恼,张了张口,终究是磨不开。王旭又对宁卓道:"宁总,你看——"

他拖着声音,想着宁卓能展示大度一面,给个令大家满意的答复。但宁卓道："要么坐牢，要么赔钱和解，没有第三种选择。"

王春成紧张得满脸通红，又怕又怒又愧，一时说不出话来。王春成见连王旭都不说话，掏出手机作势要打电话，一边大声道："我要给董事长打电话。"

宁卓平静道："你给天王老子打电话也不好使。"

王春成见他那坚决的模样，破口大骂："你有钱定制威图手机？你个吃软饭的小白脸儿少给自己贴金了，还不是我们家如薇给你买的？西北山沟沟里的穷光蛋一路靠陪女人睡觉爬上来的，谁不知道你那点底细……"

王旭大吼道："成叔，闭嘴。"

林越和几个同事都惊呆了，大气不敢出。宁卓分明身形一动不动，表情也没有变化，但林越不知道为什么，觉得他整个人气场一变，就像兽遇敌之后一样蓦地绷紧了浑身肌肉，根根毛发竖立，抬起爪子，蓄势待发。

宁卓道："现在你只剩一个选择了。"

他回头对警察道："我拒绝和解，您看怎么处理吧。"

他毫不掩饰自己睚眦必报的狠辣，而且速度这样快，叫所有人怔住。

黄昏，林越与小楠坐在工位上，浑身瘫软，心有余悸，一时感慨。

原来是赘婿！

王闯独生女王如薇，在国外留学学画画，后来回国成了一名自由策展人，一身艺术家散漫飘逸的做派，从不染指集团的餐饮业务。集团有个集艺术观赏和餐饮文化于一体的高端会所"如薇轩",是王闯结交各路人脉的高端场所,室内所有装潢设计全由王如薇一手打造。听王春成的意思,这宁卓竟然是农村出身的穷人,他是怎么和王如薇走到一起的呢?

两人正在惊叹这一八卦,宁卓助理叫她们去他办公室。进到办公室,见宁卓已换下被弄脏的衣服,上身淡蓝色短袖衬衫,下身灰色休闲西裤。他是住在办公室了,才会备了日常衣物。林越想到他在总店当大堂经理的勤恳模样,不由得唏嘘,自古赘婿难当。

宁卓的小臂肿起一块,青红渗血,但他不以为意。那把椅子要是砸在林越身上,后果不堪设想,他是为她才吃那一勺子的。林越再次感念他危急关头的相救之恩,宁卓摆手,又恢复云淡风轻模样。林越想起王春成的话,揣测着,那句"靠陪女人睡觉爬上来的"一直在她脑海里打转,令他这英俊面容、健硕身材多了点别样韵味。不过她又想起方才在派出所见过他凶狠一面,知道他这个人并不好惹,旋即又多了一分敬畏。

宁卓说本来想在大会上宣布人事变动的,没想到被王春成打断了。策划部除林越和小楠之外,其他人都被辞退了,从今天起,林越将和小楠在预制菜中心和宁卓一起工作,林越职位是产品部的产品经理,小楠仍是策划。

他道,餐饮企业做预制菜,在菜品研发方面有天然优势,而且"王家菜"京派老字号的品牌价值仍在,只待重新包装,发扬光大。最大困难在于两点,第一是思维转化和组建团队,第二是如何打通

B端[1]和C端[2]的销售渠道。无论是想发挥优势，还是想补足缺陷，都需要互联网思维。

宁卓对"王家菜"未来的定位，是一家互联网型的餐饮企业。策划部长期在做集团的会员活动策划、广告投放、撰写宣传文案、配合团购搞优惠券等，与互联网平台常年打交道，是全集团最具电商思维的部门，而且对菜品情况也很了解。从今天起，他将像重视生产一样，重视策划型的售卖。未来预制菜中心最重要的两个部门：一个是电商部门，产品将通过天猫、京东、抖音、美团、自营线上商城等进行销售，并紧密与MCN[3]机构合作，邀请当红主播直播带货，打响品牌，更多地吸引年轻客户；另一个就是产品部，它是连接上游研发生产与下游销售的中枢神经。

王春成实在太冲动了，他和几个骨干本会被调到研发部，主抓产品研发。作为资深大厨，他们几十年的经验一滴都不会浪费，但是王春成一直倚老卖老，抗拒转型，并且固执地要求把他的整个厨师班底都留下，这怎么可能？

现在绝大部分商场都不允许用明火了，许多菜用电磁炉炒出来的味道根本无法达到和煤气灶一样的水准。因为电磁炉与燃气灶比火力不够冲，在炒菜过程中很难让食材表面的水分迅速蒸发的同时激起"美拉德反应"，还要能锁住内部的鲜味，所以炒菜的质量一天不如一天。而且厨师的用工成本那么高，一旦换人，还会有菜品质

---

[1] B端：Business-to-Business，针对企业和商家，即面对商业客户。
[2] C端：Consumer-to-Consumer，面向个人消费者，即普通消费者。
[3] MCN：Multi-Channel Network，多频道网络，与内容创作者合作或直接生产各种独特内容的任何实体或组织。

量不稳定的风险。炒菜最难标准化,现在许多餐厅的炒菜种类都在大量减少,就是这个原因。国内百分之九十的连锁餐饮品牌都在做预制菜,"王家菜"已经太晚了,一定要奋起直追。

宁卓目光炯炯:"预制菜是当下的经济风口。这是个数万亿级别的市场,一定要抓住这个时机。"

林越感觉一股跃跃欲试的热流从脚底直蹿向全身。现在工作不好找,做生不如做熟,而且听上去,新的岗位既接触生产,又接触销售渠道,是复合型的工作,未来事业前景更加广阔,自己命运的齿轮终于要开始转动了吗?

"但是,"宁卓又强调,"进入新业务之后,会非常忙,工作量和挑战数倍于从前,是你们从来没有遇到过的,要做好心理准备。当然,我会给你们涨薪。你们俩可以吗?不可以立刻告诉我,我会再找人。"

小楠说可以,林越顿了顿,想到和许子轩的婚期。婚房装修不用她盯着,她不掏钱,也不好多提意见。不过装修完毕后要买家具家电,要收拾,还有婚礼前的一大堆准备工作,这都需要她去操心,或者至少是参与讨论。还有,目前舒适的生活节奏可是刚刚与许子轩磨合出来的,她的节奏变了,许子轩能适应吗?

宁卓询问地看着林越,林越仍迟疑着。小楠一时口快说她快结婚了,林越索性坦白道:"没错,可能过几个月要准备婚礼。"

她见宁卓扬了扬眉毛,赶紧道:"不过没事,我可以迎接挑战。"

宁卓道:"这就对了,结婚正是需要大笔花钱的时候,有钱,才能当新时代独立女性,不是吗?"

宁卓的眼神饱含着嘲弄和理解的笑意，这话正中林越痛点，她立刻想到准婆婆对她和许子轩的"分工"那样地不屑，心里一阵硌硬，尴尬地点点头。

宁卓笑了。小楠发现了一个新的问题："策划部就留我们两个人吗？"

"对，其他四个人全开掉了，业务不行，我已让人力部门加紧招聘。"

两人一怔，这个人真是雷厉风行，单刀直入。这样有好处，就是省去揣测他心意的过程；也有坏处，他根本不容你掩饰，直接逼出你内心最真实的想法。从前没打过交道，只是远远地观望，没想到他是这样爽利的性格。

谈完话，两人回到工位，小楠悄声道："发现没有？走掉的四个人，有三个是王家的人。"

林越蓦然醒悟。没错，策划部的经理王晓辉就是王闯堂哥的儿子，另外两个也和王家沾亲带故，不是本姓王，就是家里的长辈有姓王的。这个宁卓，上来就是杀伐果断，毫不留情。他是软饭硬吃，还是得了王闯的授意？他之所以对她们两个说话有点肆无忌惮的亲切，也许就是因为她们和他一样，是"外人"吧？想到这里，林越又生出一丝同仇敌忾。

无论如何，刺激的新生活将要开始了。

第四章

她终于有了家，妈妈的家却要没了

第四章　她终于有了家，妈妈的家却要没了

　　林瑞玲一直觉得自己的生活刚刚好，堪称经济适用型成功老太太的模板。

　　她有一儿一女，刚刚好；一儿一女都婚育了，不会被嘲笑，刚刚好；儿子生的是女儿，女儿生的是儿子，不用他们催，最近儿媳妇和女儿又都怀了二胎，刚刚好；她没有丧偶，丈夫和她一起活到现在。他们这代人，丈夫不吃喝嫖赌、不家暴，挣了钱往家拿，已经是好男人了。所以，虽然丈夫是个油瓶倒了都不扶的大男子主义者，也刚刚好——不然难道叫她单身吗？她的身体不错，虽然经常腰酸背痛，牙齿脱落了八颗，最近走路快了胸口发闷，捯不上来气，但没有别的毛病，牙也都补上了。这岁数了，就像机器用久了会有损耗一样，很正常。

　　林瑞玲更把所有的人际关系处理得刚刚好。丈夫再不同意，她也一直抗争，终于给了女儿市场价的嫁妆，这是她人生中为数不多和丈夫正面对抗的时候；孙女和外孙子都是她带大的，一视同仁。这年头，为着家里重男轻女，子女之间打得不可开交的新闻还少吗？她以自己的一碗水端平而自豪，连女儿也挑不出理来，和她颇为亲近。

另外，她和亲戚之间关系也好，父母生了他们姐弟五个，她最大，弟弟最小，她和弟弟在本市住，其他三个妹妹都在外地。弟弟与弟媳当年做生意忙，她便亲手帮着带了几年小林越；平素两家走动也亲密。父母晚年是她和弟媳妇轮流伺候的，可房给了弟弟，她并无怨言。她一直懂事。

刚刚好，林瑞玲总是这样想。她这辈子可算是全全乎乎的一个人，上上下下挑不出一点毛病来。夫妻恩爱，亲情融洽，邻里和睦，死后阎王爷见到她，也得给竖个大拇指点赞。为此，她脸上总是显出庄重自矜的神情来，但如果看见熟人，远远地，她就会打招呼，笑得灿烂亲切，脸上的庄重自矜碎成一朵花。

自林志民要雪华滚出去的那一次吵架后，两人相处得很尴尬，第二天雪华就识趣地搬到客房住了。连续一周，她都是发蒙的状态，频频失眠。有时好不容易入睡，突然一凛，又立刻醒了。一个人行走在万丈悬崖上，前路雾气弥漫，才会这样提心吊胆，战战兢兢。有时她疑心这不过是一场漫长的梦，醒来就好了，怎么会三十年的夫妻，说翻脸就翻脸呢？可清晨醒来，她看到丈夫毫无表情的脸、冷若冰霜的眼神，便明白，这噩梦一时半会儿是醒不来了。

雪华终于憋不住，来找大姑姐诉苦。她到林瑞玲家，林瑞玲正给孙女和外孙子削水果。两个娃，一个四岁，一个五岁，周一至周五都是她带。最近一个发烧了，很快传染另一个，都没去幼儿园，她只能在家照顾他们。

五十五岁的弟弟突然要离婚，这让林瑞玲大吃一惊。五十五岁，不是一个可以离婚的年纪，活到这个阶段，该是奔着合葬去才

第四章　她终于有了家，妈妈的家却要没了

对。再说了，老头都怕离婚，他们需要老太太推轮椅。中年风流说的都是五十岁之前的阶段，俗话说"人过五十天过午"，该留个心眼了，按理说该刀枪入库，马放南山，不再折腾才对。

五十五岁，也与中年危机无关了。内心深处如火山岩浆般翻滚的激情渐渐平静，连灰烬也渐渐熄灭，只留微不可见的一缕青烟，似生命的叹息。此后，不甘心、悸动、热血沸腾，都和这个年纪的人没关系了。他们将会渐渐习惯一个身份——老年人，渐渐地找到倚老卖老的乐趣，滑向另一种人生境界。

林瑞玲对雪华不是没有意见，因为雪华几十年一直在贴补娘家。从娘家父母角度来看，她可算是大孝女。不错，男人一找老婆，就说喜欢找孝顺的，但指的是叫她孝顺公婆，可不是叫她孝顺自个儿家的父母。林瑞玲父母还活着的时候，母亲总是和她嘀咕这些事。林瑞玲应和着，一边觉得弟媳妇过分，一边也理解她。因为林瑞玲就打心眼儿里心疼自己的父母，总惦记着给他们买东西。但林瑞玲会尽力帮弟媳妇，不只为她，也为弟弟。五十五岁了，离婚像什么样？难道接下来打算当个老光棍吗？钻石王老五说的是有钱人，可不是领退休金的半大老头。

雪华气恨恨地和林瑞玲分析，半辈子她都是"扶哥魔"，丈夫没说什么，老了老了突然因此提离婚，必有猫腻，她觉得就是他健身健出的幺蛾子。

三年前，林志民关了建材店。结婚率低，人们手里没钱，房地产不景气，整个城市的建材市场哀鸿遍野。大河都干了，小河当然一片焦土。生意没做头了，店开一天赔一天，半生挣的利润都贴回去了,被拖欠的货款打了官司也要不回来,因为欠款的老板已经破产跑路了。

他们靠着积蓄和雪华近两千元的退休金生活,只等着林志民五十五岁退休。人老了,世道不景气,折腾一辈子手里没剩几个钱,三者叠加在一起,让林志民状态越发颓废。余生他不知道还有什么盼头,女儿嫁人可能算一样,但和雪华不同,他不怎么催婚。似宽容,似无视。人活到五十多岁,就像从前的老版安卓系统用久了会变慢一样,灵魂被太多人生经历留下来的精神碎片拖累着,反应一天慢似一天。林志民渐渐地散发生无可恋的气息,每天吃饱了就往沙发上一歪,有一搭没一搭地看电视,看着看着眼皮耷拉下来,睡着了。

某次夫妻路过商场,几个健身房的工作人员塞过来健身优惠券,健身房就在商场旁边小区的底商,工作人员热情邀请,林志民抱着好奇心去了。只要不请私教,本城的健身房年卡一年才一千多元,这份本不属于无业人员的奢侈,原来这么实惠,林志民立刻就上瘾了。健身如给他换了一套新的操作系统,让他整个人都振作起来了,很快成为健身房里中老年群体中的佼佼者,酒肉过度的肚腩下去了,背挺了起来,胸肌腹肌渐显,衣服换成一水儿的运动服,皮鞋换成了空气跑鞋。从背影看,这个头戴灰白色棒球帽的男人身材健硕,运动内裤下露出的小腿结实匀称,不知情的还以为是哪个壮小伙子呢。

健身同时让林志民结交了一群朋友,他们相约着去钓鱼,去自驾游,甚至是去拼饭,哪怕只是 AA,一群人说说笑笑,也很快乐。失去生意曾让林志民心灰意懒,不只是钱,更是失去与社会的联系，但现在，爱好又让他重建联结。且这回的联结更加深刻，他的舞台是大好河山，山南海北，广阔天地，大有作为。

和大姑姐一样，雪华也一直认为，只有中年男人才会出轨，过了五十岁之后的男人就不算中年人，而算老年人。此时他们和女人一样，失去了性别。当然，他们的性欲和色心仍在，但已经没有机会了。除非特别有钱，否则谁会和他们搞正经外遇呢？可是吵架之后，雪华的信念突然崩塌了，丈夫挺拔的背影此时显得那样显眼，也许这样的背影看在某类女人眼里，也是诱人的呢？也许钓鱼、自驾游、拼饭的群体里，有某种香艳的存在呢？

雪华和林瑞玲盘点了一下，林志民平时的生活里，有一个女人出现频率最高，那就是他常去那家健身房的老板力姐，她也是个健身教练。林志民总在家刷力姐的视频，她经常在上面发一些教人健身的内容。林志民平时总叫雪华向人家学习，瞧瞧人家，都是女人，她活成什么样，你什么样？说那话时，他总显得一半赞美一半鄙夷，赞美给力姐，鄙夷给雪华。

可力姐已经五十八岁了。

这个年龄，好像不是合格的出轨年龄，而且力姐有老公。但雪华转念一想，又觉得力姐可疑，据说她的老公已经内退了，但住在别的地方，这算哪门子婚姻呢？

雪华调出力姐的视频，和林瑞玲头碰头，一条条看过去，大致明白了这个力姐的来历。力姐，原来叫秦凯丽，本来大家叫她"丽姐"，叫着叫着就叫成"力姐"了。听这名字也知道，这不是个普通女人。她早年是散打运动员，后来退役了，开了家健身房。她这辈子最热衷的就是运动，常年长跑、攀岩、游泳。由于运动时总不擦防晒霜，浑身晒得黝黑，脸上有不少斑点和皱纹。她是少白头，四十岁就满头白发，头发剪得极短，几近寸头，显出几分凌厉来，可是笑起来特别地开怀，带有毫不设防的天真，这又让她的凌厉带了几分孩子气的率性。她不像个老人，像个男孩。她和老公是丁克族，也许这能解释她为何显得年轻。

雪华和林瑞玲看着视频里力姐发达的肱二头肌，平板的胸，笑得肆意的白牙和皱纹，一再地困惑：这个人，看起来又老，又年轻；是个女人，但又像个男人。可能一个人突破禁锢达到了某种境界，就会显现出这类无法定义的属性。

无论如何，她看上去不是个能出轨的对象，因为缺少香、艳、软等可与出轨联系在一起的因素。可丈夫健身以来，总是抱着手机看力姐的视频，每回看视频时总带着赞叹不已的笑容，这固然可以说是在学习，也可以说是在云幽会，不是吗？一个本该是奶奶辈的女人，居然在当健身教练，这人也许有点东西，就是这点东西吸引住男人了。

林瑞玲吸着气，心里想的是，男人就是这样，没吃过的东西，是屎他也想尝一尝。弟弟也不例外，但嘴上却说："志民不至于看上她，你瞅她有个女人样吗？"看着雪华的神色，她知道这话没有说服力。吸引男人的也许不是"女人样"，而是"不一样"。

雪华一如既往地做家务。但除了早餐，林志民越来越少在家吃饭了，给他打电话，他也是三两句挂掉，很不耐烦。雪华看着满桌的菜一点点冷掉，眼泪掉下来。但要主动说不然我回娘家要一下钱

第四章　她终于有了家，妈妈的家却要没了

试试，却知那根本不可能。娘家是永远干涸开裂的土地，她的钱像雨滴一样，掉下就会被立刻吸干，仿佛从未下过。母亲已耄耋之年，哥嫂两口子地里刨食，外出打工也没人要了，目前的生活是三个女儿给点钱外加地里一点收成维持着。侄子结婚掏空了父母、姐妹、她这个姑姑，马上又面临就业、生孩子等，那裂开的口子还大大地张着呢，哪有钱还她？再说她也张不开口。

这天上午，雪华淘了抹布准备擦地，路过客厅时，见林志民在穿衣镜前精心打扮着。他洗了头，正用啫喱膏把头发打理得根根竖起，又用吹风机吹着，塑着型，一边小声哼着歌，显见心情很好。他上身穿了件白色紧身运动衣，下身是条蓝黑色五分运动裤，看着比年轻时还要时尚。一个月五千多元的退休金，竟然能让他活得这样丰富多彩，这样脱胎换骨。雪华看着他，两人眼神在镜中对视，林志民的情绪不起一丝波澜，歌声和动作没一丝卡顿。是啊，他那样轻松自在，因为这个家的领主是他，他下了逐客令，正纳闷妻子为何还厚脸皮不离开呢。

雪华讪讪地移开眼神，她此前从未领教过丈夫的冷战本领，真是高超至极。也许厌恶一个人到了顶点，就能做到这么绝。什么时候，她和丈夫的婚姻出了一道裂缝，她刚发现这条缝，已来不及修补，裂缝已一路迅速蔓延，婚姻如瓷瓶一般四分五裂。

她本来想擦客厅的，但平时做惯的动作此刻做，将显出刻意地讨好来，太卑微。她走到厨房水池，打开水龙头，假意要去淘擦地的抹布，以躲开与林志民的相处。呆立几分钟后，耳朵听得门砰的一声关上，他又上健身房去了。

雪华手里拿着抹布，走到客厅，蹲下来开始擦地。坐到镜子前，她盯着镜子里发丝凌乱、满面哀愁的自己发愣。过往丈夫也邀请过雪华一起去健身，她都拒绝了。在她看来，健身这个事更适合男性。丈夫去健身可以说老年励志，她赞成，男的嘛，强壮一点总是应该的。但五十岁的女人去健身，就显得太炒作、太标新立异了。女人应以削肩薄背为美，把自己练得膀大腰圆一身腱子肉，不男不女的，太出格了，甚至令人轻微地恶心。

丈夫真的喜欢力姐这样的女人吗？那一身如铁板的肌肉，抱起来是什么感觉？图什么？五十五岁男人和五十八岁女人的偷情，说出去会让人微微恶心吧？身为初老者，雪华都看不起自己的年龄。两颗双鬓斑白的头靠在一起，对着彼此的皱纹，除了看到死亡将近外，能有什么美感呢？她本人就自觉地在绝经之后，把性欲一并断绝了。就是如此，光靠亲情和丈夫生活就够了，人们都是这样过的。

雪华脑海里一片凌乱，突然想跟到健身房去看个究竟了。这到底是个什么地方啊？为什么丈夫乐此不疲，天天泡在那里呢？那吸引力到底是健身，还是力姐？力姐是老板，在健身房里给自己单独设个办公室，两人在办公室搞点什么，也很方便吧？她扔下抹布，穿上衣服出了门。

雪华打了辆车，直奔力姐的健身房。到了健身房外，见林志民开的那辆旧长城SUV果然停在停车位里，雪华走向健身房，站到门口，却又迟疑。她从没来过健身房，因为觉得那不是自己该来的地方，今天除了觉得那是陌生的异世界之外，还多了一分胆怯，怕与丈夫对峙、撕破脸的胆怯。想来想去，还是求助大姑姐。林瑞玲刚

第四章 她终于有了家，妈妈的家却要没了

把孩子送到幼儿园，正在买菜，说马上就赶过来，雪华心里稍安。

其实她叫林瑞玲来，除了壮胆之外，还有一层意思。这阵子她的心空荡得没有力气，需要身边有个人。假如林志民真的在健身房和力姐有点什么，那就证实雪华是无辜的，父老乡亲们必须为她做主，在婚姻里吃的这个大亏必须让丈夫的姐姐做个证。公婆都不在了，大姑姐就是婆家的代表，要让她亲眼看到自家人的无耻，体恤雪华受到的伤害，以减轻雪华在这场失败婚姻里的责任：因为她是个偷家的贼，伤害了丈夫和女儿的利益，婚姻才惨败的。日后翻起这笔道德账来，雪华也算收支平衡。

林瑞玲赶到时，见雪华坐在小区中心公园石凳上发呆。林瑞玲气喘吁吁的，提着一袋油菜和鸡蛋，呼扇着衣服落汗，问怎么了。

雪华努努嘴，示意她看前面不远处的健身房："你陪我进去看看吧，我一个人不敢进。"

林瑞玲讷讷道："志民他，真的就是去健身吧。"

"无论是不是，这回我真的想进去看看，看看他到底为什么一天天泡在这个地方。"

林瑞玲借着喘息拖延着做决定的时间，真的冲进去当场戳穿弟弟的偷情吗？就她和雪华两个？当然，雪华不算老，可也不是什么强壮敏捷之人。她更不行，她七十岁了，平时最注意不要摔跤，不要做激烈的动作。小区里好几个老年人只是轻轻摔了一跤，就各种腿骨骨折、腰椎骨折呢。她想起结实如一颗子弹的力姐，咽了下口水，想着不然把弟弟电话叫出来，教训一顿得了。

林瑞玲正想着，雪华突然站起来，一扭头说："走。"像是借着

这起身的劲儿给自己增加勇气，她大踏步往前走着，可走两步却又停下来解释道："要是看到什么，我们也不闹，咱们今天来，只是想把事情搞个清楚。"林瑞玲说："那当然，再说了，动手咱也讨不了好去。对方是练散打的，你没见视频里她能举起那么老大个儿的哑铃来？她一只胳臂就能夹死我。"

雪华借着这股气，往前快走着，林瑞玲在后面紧跟着。两人走到健身房门口，见这健身房很大，分成好几个区域，里面健身的人非常多，举铁的举铁，跑步的跑步，热闹非凡。雪华和林瑞玲对视了下，从彼此的眼神中看到畏惧和好奇。这个世界好陌生啊，居然有人对身体的修饰与管理达到这样精心的地步，有这个必要吗？这是一种怎样的生活？雪华更加觉得丈夫不可理喻了。到底人为什么需要到这样的场所，来专门进行某个部位肌肉的强化锻炼？乐趣在哪里呢？从什么时候起，丈夫和她渐行渐远了呢？

健身房的前台接待小妹见两人进来，迎上去，拿出职业热情道："两位阿姨好，想了解一下健身吗？"跟着心里一阵嘀咕，这两人身形臃肿垮塌，一身最常见的老年妇女廉价宽松款碎花涤纶衣，看着就不像是舍得花钱健身的潜在客户。

雪华正恍惚想着，林瑞玲眼尖，隐约见到林志民在里面屋的身影，赶紧叫着雪华走过去。前台小妹在后面叫着："你们找谁呢……哎，不能这样往里走……"但两人没理睬，自顾自快步往里走。

里面屋是动感单车房，劲爆的音乐响着，屋顶布着红蓝黄的灯带，带了点太空的设计元素，随着音乐节奏一闪一闪。十几辆动感单车排成两排，每一辆上面都骑着人，全部是老人，有老头也有老

第四章 她终于有了家，妈妈的家却要没了

太太，或一头白发，或满鬓微霜，都穿着精干的紧身运动衣，裸露着的手臂和小腿肌肉鼓鼓，一看就是常年健身，林志民也在其中。骑在前排中间那一辆的就是力姐，三台架起来的手机从不同的角度正对着他们拍，力姐正和着音乐节拍喊着加油的口号，一边不知疲倦地踩着单车的踏板，后面所有人都在跟着她的节奏动着。

雪华两人看呆了，她们从来没有见过动感单车，更没见过这么多的老头、老太太一起进行这么时髦的运动。这时力姐看到这两位不速之客，运动节奏一时被打断，脚下慢了下来。林志民也看见她们了，大为惊讶，赶紧从车上下来，窘迫地上前，毫无必要地压低声音，急促道："你们怎么会来这里？"

他拉着她们往外走，但雪华甩开他的手："你天天不回家，就是在这里和一帮男男女女鬼混的？"

林志民低声吼道："什么鬼混？我们在帮健身房拍视频呢。"

回过神来的力姐已关掉音乐，一边从车上下来休息，喝着水。所有人都停下踩动的步伐，一脸了然地看着夫妻俩。他们都活了这么大岁数了，岂不知雪华上演的是什么戏码？雪华看着他们，这帮人汗流浃背，头发都湿透了，但都精神抖擞，身材健美，身上的衣服或白，或蓝，或红，或粉，全是明晃晃的色调。最主要的是浑身透着一种与她完全不同的气息，那是不把年龄当回事，蔑视自己老年人身份的无所畏惧的气息。而她和大姑姐，龟颈，驼背，弯腰，挺肚，站成一个一波三折的问号：为什么我们这么不一样呢？这一刻，雪华觉得巨大的敌意扑面而来，她和大姑姐在这敌意面前不战而败。他们什么都没做，她们就成了不战而败的小丑。

我才不想做家务

力姐擦着汗道:"林志民,你们回家说吧。"

雪华看着力姐,蓦然记起,那年商场外发健身房优惠券的,就是她。当时力姐往她和林志民手里塞优惠券,两人打了个照面。彼时她对力姐有种难言的感觉,像是看到某类全新的物种,说不出地震撼,还有点硌硬。一个女人,怎么把自己搞得像个男人一样?一个老年人,怎么把自己装成年轻人?不服老的女人最可怜,不服从性别属性的女人加倍可怜。你以为装成个男人,就可以免去女人的命运吗?

当时力姐在雪华心目中,是强行挽尊的双倍可怜。没想到今天,她自己在人家的地盘成了众目睽睽的笑话。雪华终于明白了,当时觉得力姐可怜,其实是自己可怜。她太羡慕力姐了,居然有女人的晚年能活成这样,为了压制住这种自卑,偷天换日。

雪华终究还是使出最后的大招:叫女儿回来主持公道。往往如此,夫妻一有矛盾,就要让子女来评评理。林越吓一大跳,赶紧请了假,买了高铁票往家赶。一路上她心情忐忑,不知父母到底闹到哪个程度,又摇头苦笑,妈妈这些年拼命催婚,在她终于要有个自己家的时候,妈妈的家却要没了,这太讽刺了。从前的种种蛛丝马迹此刻串在一起,指向今天的结局。倒也不意外,只是为何是现在?父母都退休,小舟该早已闯过惊涛骇浪,抵达宁静的桃花岛才是。

雪华看着林越带回来的两份遗嘱,果然如林志民所说。虽然早已有了思想准备,但那上面公婆手写的字迹还是再度给她当头一棒。林志民那张的字又大,笔画又粗硬,像他斩钉截铁的口吻:我名下所有财产皆由我女儿林越一个人继承,其他人不参与分配。

雪华不敢抬头看父女俩,像贼被当场擒获。林越看着母亲,觉

第四章　她终于有了家，妈妈的家却要没了

得她实在可怜了。不错，过往她也烦妈妈像姥姥家的提款机和永不挂线的心理咨询热线一样，无止境地付出。

姥姥和舅舅两人一打电话，必是诉苦，诉完苦就是要钱。挂完电话后的妈妈总是心情低落，接着语重心长叮嘱林越，妈妈只有一个哥哥，你是个独生女，所以舅舅和表妹、表弟都是你在这个世界最亲的亲人，你们身上流着共同的血，你以后要和他们多亲近，多帮着他们点。

妈妈太过自负了，因为扎根城里，就怀了救世主的情怀，要来拯救农村的亲人，从没想过自己也有孩子，每在别人身上付出一块钱，都损害了亲生女儿的利益。

可是妈妈五十三岁了，一辈子为这个家牺牲，为原生家庭牺牲，到头来一无所有，爸爸难道不残忍吗？林越替妈妈求情，说自己攒了十来万元，可以帮妈妈把这个钱填上一部分，爸爸不要再生气了。

林志民一脸不敢置信："你是不是傻？爸生气是因为她把我们要给你结婚的钱拿去给你表弟结婚，我要这个钱干什么？"

"我不要这个钱，子轩家里有钱，不需要我花钱。"

林志民冷笑："你难道和你妈一样天真吗？不多带点钱到婆家去壮胆，人家怎么看你？当天那个饭，许子轩爹妈一脸的人上人，你没看出来吗？"

"壮胆"这个词用得好啊，原来谈婚论嫁如两军对阵，带的武器越多，就越能威慑对方。

"他们对我都很好，你不要担心。我只希望你们俩好好的。爸，你就当妈妈已经把这个钱给我了好不好？都这个岁数了，就不要离

婚了。"林越恳切道。

林志民脸色一变,道:"什么叫'都这个岁数了'?哪个岁数?你觉得我们这个岁数的人完了是吗?我五十五岁了,老了,没搞头了,只能在家等死了?告诉你,没完。我们还有很多事情可以做,有很多日子可以过得很精彩,你们别太小看我们了!"

他怒目圆睁,慷慨激昂,过分地愤怒。林越知道那不完全对自己,那是"我们"在对抗看不见的"你们"。他因为有了"我们",胆气倍儿壮。"我们"是谁?

"那你带着妈妈一起做嘛,你们老夫老妻,正好都退休了,可以一起精彩呀。"林越多么希望妈妈也能加入这个"我们"。

林志民瞥了雪华一眼:"你问问她,她爱动吗?我叫她学开车,大家一起长途自驾游当驴友,她不学,嫌麻烦;叫她一起健身锻炼,撸撸铁,她也不去,嫌累。一天你吃完早饭就准备做午饭,睡过午觉就准备做晚饭。"

林志民越说越鄙夷,刻薄之情倾泻而出:"过年你必须包饺子,端午必须包粽子,中秋必须有月饼,正月不能出去旅游因为要走亲戚,做顿家宴少来个亲戚你就跟死了个人一样耷拉着一张脸。这几十年来,你除了做饭、擦地,和我姐东家长西家短地嚼舌根之外,有什么爱好吗?我姐七十岁了,还知道有空跳个广场舞,你呢?张雪华,你三十岁那年就死了,到现在还没埋而已。"

雪华被这咄咄的评价连连打击得无力招架,勉强道:"我要做家务——"

林志民厌烦地打断:"你有必要天天擦地、抹桌子吗?有必要一定要手包饺子、手擀面吗？我要求你这么干了吗？"

雪华低头看着因为常年洗洗涮涮而变得粗糙的手，原来这才是罪证。

林越有一瞬间是理解爸爸的，因为妈妈的确是一个相当刻板且自负的人。平时无论给她提什么意见或者建议，基本能听到她脱口而出的拒绝。彼时她或温和地微笑，带了点"一切尽在掌控"的嘲讽；或避而不谈，换话题表示自己不感兴趣。好像被他人说服，是一种莫大的羞耻一样。她固执地活在自己的轨道上，一丝不苟地执行着某些仪式感。随着年龄的老去，在家待着的时间越来越久，她这个毛病越来越严重。可能是因为自卑，总想坚持点什么东西，以证明自己并非没有见识、被人牵着鼻子走的家庭妇女，她也是有观点、有主张的；也有可能是脑子退化了，失去了自我更新、与时俱进的能力。

可是下一刻，林越又觉得爸爸非常过分，难道不正是因为妈妈几近洁癖的洗洗涮涮，醉心于研究食谱，维护人情往来，他才可以享受窗明几净的家、挺括的衣服、干净美味的一日三餐、融洽的亲友关系吗？怎能得了便宜还卖乖？而且这番话也揭示了某种真相：爸爸并不完全是因为妈妈是个"扶哥魔"才爆发，是有股无名火一拱一拱，在退休这一年要烧成漫天大火。不能与时俱进的妈妈，此时就成了"你们"，成了他要对抗的目标。把妈妈打倒，和妈妈切割，他就重生了。

林越道："爸，当年我妈和你一起开店，后来是你让她回家照顾家庭和爷爷奶奶的。我记得当年她在店里管着那几个工人，做得很好。她当年也是个能干的职业女性，你把她活生生地磨成了家庭主妇，再嫌弃她失去和时代同步的能力，这不公平啊。"

林志民挺直腰板，如受莫大冤屈："说话要有证据，我从头到尾没有逼她回家当全职主妇，是她自己愿意的。"

林越哑然，看向雪华，回忆起从前的岁月。那些年，她渐渐大了，要送补习班，要盯着学习。此外，家务需要有人打理，一日三餐要有人做，这些事情当然保姆是可以代理的，但妈妈从来看不上保姆干活的质量，而且可心的保姆也不好找，三天两头地换。后来爸爸因为三餐不规律，又喝酒应酬，把胃搞坏了，再不能吃外卖了，妈妈便回家为他精心烹制每顿餐食，用保温桶提去店里给他吃。人的一天只有二十四小时，忙了这个，便忙不了那个，妈妈就这样一步一步地回家当了主妇。

总是这样。许多时候，女人只要进入和男人的亲密关系，不知怎么的，走着走着，就会自动站到了男人的背后；许多时候，做妻子的不知怎么的，活着活着，就会退缩到家庭这一方小天地里。也许是情非得已，也许是甘之如饴。

这几十年，一家三口的家庭生活在妈妈的料理下，多么幸福。栗色木地板擦到反光，沙发套永远散发着洗衣液的淡淡香味；边桌上摆放的绿萝片片叶子油绿洁净。妈妈收拾屋子，是到了会把绿植的每一片叶子都擦一遍的地步。只要在家吃正餐，饭桌上的主菜就没下过四道。妈妈对做饭乐在其中，包包子，煎牛肉饼，自制浆水做酸汤饺，红烧黄河大鲤鱼，炖牛肉……一周的菜谱花样翻新且大部分都是费事的吃食。她的醋熘土豆丝尤其一绝，土豆丝切得又匀又细，旺火热油放干辣椒丝和醋一熘，香辣酸脆，父女就着这一盘菜能干掉两碗饭。

每个人都需要一个家，每个普通的家都需要有这样一个人——大概率这个人是妈妈。她们永远都在，随叫随到，把不大的屋子收拾得整洁；无论家人几点回家，都能端出干净可口的菜肴；守着一盏灯，夜幕下的高楼窗帘里晕出橘黄色的温暖剪影，晚归的人一抬头看到这情景，心头就妥帖踏实，每个毛孔都散发着由衷的喜悦与宁静。

家需要妈妈，妈妈心甘情愿地回家了。有妈妈在，这个家就有了质感，有了灵魂。妈妈就是家的定海神针。可如今，家要没了，定海神针成了一根因使用年头太长而发黑长霉的擀面杖，要被丢进垃圾桶。人人称颂家的温暖，说有个温暖的家庭特别重要，可没人看得起苦心经营家庭温暖的人。这么荒唐的悖论，是如何代代延续的呢？林越非常替妈妈感到不公平，却又一句话都说不出来。过往这三十年的生活，恩怨、得失、是非，已经搅成一团，这个账连当事人都算不清，她又怎能一点点掰扯清楚？

雪华想辩解、求情、讨功，想愤怒地指着丈夫的鼻子说他忘恩负义，想下跪承认自己偷家行径的无耻，想倒在地上大哭大闹，想把这费尽她无数心血经营起来的家全部砸烂，想和这个世界同归于尽。想来想去，她终归只说了一句："你爸没有逼我，确实是我心甘情愿。"

人要讲道理，林志民一直和她讲道理，是她亏欠他道理。她和丈夫的关系，的确不能用"牺牲"二字。丈夫从未逼迫她，只是在两难的时候叹口气，或者捂住隐隐作痛的胃部，她就心领神会，奋不顾身。从头到尾，她心甘情愿。

心甘情愿的事，你上哪里讨要公道呢？她用心甘情愿地回归家庭做家务，换丈夫心甘情愿地默许她对娘家输血。她以为这心甘情愿心照不宣，没想到与丈夫的想法完全错轨，擦肩而过：做家务、照顾一家老小，怎么能和丈夫算钱呢？心甘情愿的事往往了无痕迹，账也没法一笔一笔地算清楚，索性爽快承认错全在自己吧。事情败坏到这个地步，至少落个坦诚。

雪华手紧紧地抓住身上那件洗得松垮的碎白花灰色棉睡衣的衣角，她这身打扮从前看在林越眼里，显得闲适写意，如今却那样寒碜。妈妈看起来比实际年龄老，全部世界只得家这一方小天地，爸爸却是老夫聊发少年狂，目光坚定地投往阔大的远方，只待策马奔腾，抓住夕阳最后一抹余晖。林越鼻子酸了，仍不放弃说服爸爸："爸，我妈当了二十年家庭主妇，真要离婚，你也得补偿她。她退休金那么低，这房爷爷奶奶又只给你，叫她怎么生活？可是补偿的话，你剩下的钱也不够吧？折腾什么呢？"

林志民道："我已经打听过了，如果离婚，她只能得到几万块钱的补偿。因为我们共同经营的生意破产了，没有其他的经济收入，法律上她是拿不到多少钱的。"

爸爸居然已经提前详细打听过离婚的相关事宜了？他打着为女儿而战的旗号，林越却只是心底发冷。雪华环顾着，这么说，她几十年的心血经营，其实一文不值？

林志民道，离婚后，雪华可以继续住这里，大家当个舍友也不是不可以。单位公房重建,一年之后新房交付,交二十万元,届时她就可以住过去了。但有个前提,房产证必须写林越的名字,雪华娘家人不能来住。

雪华低声道:"那是自然。"

林志民恶狠狠道:"给了你一个大教训,你才会说'那是自然'吧?如果我不提离婚,那房你是不是想着可以让你侄子住过来?"

雪华连忙说:"那不会的。"随即一阵心虚,她的确曾经有过这样的一闪念。

林志民道:"其实大家年纪不算老,现在人均寿命八十几,还有三十年好活。张雪华,你也试着过点自己想过的日子吧。别寻死觅活的,想开点,人生中有比洗衣和做饭更有意思的事情。"

他居然用人生导师的口吻来指导妈妈,林越知道他说得有道理,却一阵悲哀,仍在做最后的努力:"其实退一步来讲,你愿意去健身,去和那帮朋友长途自驾游,当驴友,妈妈也不会干涉你,为什么一定要离婚呢?"

林志民道:"我为什么要挂着已婚人士的身份,去白白地浪费开展新生活的机会呢?不离婚,我和任何女人在一起,都要被你们抓住把柄说我不忠吧?"

林越想起力姐,妈妈在电话里哭着说你爸现在成天围着那个老太婆转,为了她,居然想和我离婚。林越坐火车时,打开力姐所有的视频,一条条看完,明白爸爸到底为什么成了这个女教练的"迷弟"了。一个一辈子反男性凝视的女人,她的我行我素和强壮其实反而更吸引某些男人,尤其到了老年,更显得独树一帜。老,一般意味着孱弱而落伍，老年经济能力也往往较年轻时差。而力姐，有钱又力量感爆棚，男人恰好天生就慕强。爸爸享受完妈妈这种把所有精力和爱都给了家庭的女人后，突然迷上只为自己而活的女强人了。

可林越问妈妈半天，也没问出爸爸和力姐真正婚姻不忠的证据。也许爸爸只是一厢情愿地喜欢力姐，也许连喜欢都没有，只是追随她，扎堆玩，让新的生活方式为他的老年续命，让人多势众吓退死亡的威胁，或者让死亡的威胁因为摊薄到每个人的头上而不足为惧。这叫她怎么断案呢？再说了，就算真的婚姻不忠，她又能把爸爸怎么样呢？连法律都无可奈何呢。

林越抓住这话头，回道："你的意思，现在你有喜欢的女人？"

林志民道："没有，但我以后可能会有呀。无论有还是没有，我要自由。"

他穿上跑鞋，说要去跑步。临走前他说："越越，我真没想到，你居然站在你妈那一边。可能女儿真的是天然和妈妈更亲吧，哪怕其实是我为你考虑得更多，你也不会领情。"

他看了林越一眼，林越觉得那一眼里包含着伤心，但不多，更多的是决绝。好像在说，是这样也没关系……也许晚年已至的爸爸真的不一样了，他要专注探索新世界。时间不多了，他不能浪费在不相干的人和事上面，亲情，也是一种不相干的东西。

林越只请了两天假，要赶紧回去上班，临走她给妈妈出的主意是：拖着，不离。反正现在起诉离婚的门槛非常高，感情破裂想成为离婚的理由很难，至少第一次诉讼离婚，是不会判离的。爸爸现在没有去起诉，证明他并没有那么决绝。也许是更年期姗姗来迟，毕竟男人也是有更年期的，也许是退休综合征，或者是不知什么机缘，鬼使神差，总之他得折腾这么一次。没准儿拖几个月，折腾的劲头会过去呢。他目前的状态就像一个外面有小伙伴召唤的五岁儿童，急不可待地扒拉着碗里的饭，只想着赶紧冲出门去玩。可是玩累了，他还是想回家的，到时说不定两人就重归于好了。反正他说了，重建的公房交付之前，妈妈是可以一直住在这里的。

林越说这番话的时候并不觉得自己恶心。这事如果发生在别人身上，她一准儿高谈阔论，大手一挥：离，必须离，马上离！离晚了一秒钟，自尊心都要受到践踏了。可是轮到自己父母身上，她又觉得不是那么一回事了。从女儿的角度来讲，她舍不得父母各奔东西。她本来有一个那么温馨的家，又不是童年起父母就争吵不休；从理性的角度讲，"一个人的老后"也太残酷了点，妈妈从来没有一个人生活过，爸爸更没有。这个岁数了要重建生活，谈何容易？

雪华木然地听着这些话，她是活该，几十年浑浑噩噩，竟不知老之将至，凛冬将至，没有预见到老年生活会是一场艰难的战争。睁眼一看，她的五十三岁，除了一个月两千元不到的退休金，竟连立锥之地都没有。

雪华拉着林越的手，并没有回答她说的那些建议，而是唠叨着不相干的话："越越，这一切都是妈妈的错。可是……我五岁的时候，你姥爷就去世了。原本我上头还有个哥哥和姐姐，一个生病死了，一个掉进河里淹死了，只剩我和你大舅。你姥姥带着我们兄妹俩，怕我们受委屈没有再嫁人，一把血一把泪，挣着一条命，把我们俩带大了。

你大舅不爱读书，主动和你姥姥说，妈，让妹上学吧。他和你姥姥两人供着我上了县里读寄宿，我才能高中毕业，有了到城里厂子工作的机会。我就是……我一直记得我们那些年，你姥姥命苦，你大舅没能耐，就我一个人强点，我怎么着也不能不管他们……"

雪华的泪一滴滴掉到林越的手背上。这些话，林越从小到大听了无数遍，早就听麻木了。但雪华接下来的话却让她掉泪了："妈妈对不住你和你爸爸……"

临走前林越不放心，又去见了林瑞玲，要她多关照妈妈。林瑞玲拍着胸脯说："放心吧，大姑会帮你盯着你爸妈的，绝不能叫他们离婚。这个岁数了，离什么婚？"

"就是，这个岁数了，离什么婚？"林越稍感安慰。

林越带着满腔郁闷登上返京高铁，回到家，看着书柜上的《第二性》《从零开始的女性主义》《一个人的老后》《父权制与资本主义》，一时失语。

女性主义理论听着很科学，但实践起来又那么困难。活来活去，她活成了自己最讨厌的样子。她在心里给书架上的这一排主义挨个道了个歉。

对不起，生活真的太复杂了。

第五章
预制菜没有灵魂

第五章　预制菜没有灵魂

生活真的太复杂了，林越整理衣橱的时候再一次哀叹。原来同居和谈恋爱，区别这么大。

家务难道只有做饭这一项吗？过日子实在是太琐碎了。就比如，家里的米面油、调料、洗发水、厕纸没有了，需要定期采买；水、电、煤气卡需要想着去续费；厨房、浴室和卫生间要定期清理，马桶两天不刷，就会有一圈令人恶心的黄渍；进门的地垫要定期更换清洗，又不能扔进洗衣机里洗，只能用毛刷洗净拧干，拿到阳台去晒。据说老外通常是把地垫扔进洗烘一体机里洗，至少中国人是不可想象的，并且绝大多数家庭也没有洗烘一体机；枕套被套要定期换下清洗，换季的衣物被褥要晾晒收纳，需干洗的大件衣物要记得送去干洗店……

还有灰尘！天知道到底哪来的灰尘，即使天天收拾，地板和家具上也很快会蒙上灰。虽微不可见，但只要逆着光，就能看到那发白的、绒绒的一层，覆盖在家的每一个角落。从前林越自己租住的房间小，没多少家具，地面是灰白色地砖，也不显脏，如今她搬来同住，有了个深切体会：灰尘才是对做家务的人极致的考验，漫长的、无辜的恶作剧。

没想到只是多了一个人，居然多出这么多的家务。这些家务都需要有人惦记着，统筹安排。一个家想运行良好，每个链条都不可缺失，且要定期上润滑油，否则运行起来就会微有卡顿，影响体感。卡顿的地方多了，次数频繁了，运转就停止了。哪怕是请家政，也需要有人登录家政 App [1]，挑选合适的家政工，联系客服，安排面试，确认合作，并约好对方登门的时间在家等着吧？以上动作不也是"家务"，不是家务是什么？为什么有人听到家务，总能轻飘飘地说一句"找家政不就行了"？难道说完这句话，合适的家政侠就会身背工具包、手持拖把，徐徐降落于你面前，把你从沉重的家务劳役中解救出来？！

再说到智能家电。不错，现在做家务已经有许多智能家电了，可即使拖地有拖地机，也需要清洗拖地机的海绵拖头，或者给它的水管加上水，再在拖完地之后把脏水倒掉，把拖地机收至墙角充电，将海绵拖头取出晾干；自动扫地机吸不动稍大一点的垃圾，要手动扫掉。被捧上神坛的洗碗机在工作之前，也同样需要人工做许多收拾、摆放的活。都说人工智能将使人们从家务中解放出来，但林越从未用过一台百分之百可信的这类智能家电，有些根本就是人工智障。洗衣服有洗衣机，但脏衣服并不会自动分成内外衣，自动跳进洗衣机里，加洗衣液，并在洗完之后挨个把自己晾上，内裤还要手洗，衣领还要喷上洗洁精特地搓洗。许子轩还有个不好的习惯，一回家，脱下袜子随处一放，袜子团成个球状，东一只西一

---

[1]　App：指智能手机的第三方应用程序。

只。林越发了几次火,他才改掉这习惯,把脱下的袜子展平,放到洗衣机里。

五十年前就在科幻作品里看到说未来做家务有家务机器人,人人都可以跷脚享福,过上衣来伸手饭来张口的日子。没想到科学家们这么废,2024 年了,居然还需要人一只只地晾袜子,一件件地叠衣服,一盒盒地取快递、拆快递,并要在拆完快递后分门别类地将垃圾放进不同的垃圾桶里。

夏天,偶尔走到潮湿的草丛里,会有一簇簇微不可见的黑色飞虫从草叶里飞出来,在你的耳、眼、鼻处徘徊,不致命,不出声,不令你发痒,但让你烦心。这些琐碎的家务就像这种小黑虫子一样,三三两两,持续不断,在你潜意识里飞舞着,让你发狂。

林越之前感激许子轩让她来当家,但磨合下来之后,她发现这是一件费力不讨好的事。因为"操心"才是世界上最昂贵的劳动,可你拿了人家的钱,住了人家的房,又不得不操心这个家的运转。但许子轩和许多男人相比已经算好的了,多少男人不但不操心,也不给钱呢。

还有,他给的五千元虽然不少,但平均下来,也只合一天一百七十块钱左右。她拿着男人的钱,来安排两人伙食,毕竟不好吃得太差。光统筹采买,就需要动不少脑筋。许子轩是一个爱吃的人,原生家庭条件好,养成他挑嘴的习惯。牛肉要去大超市买大品牌排过酸的,八九十一斤是常态;进口的水果也得时不时来一点。一斤牛肋条一顿吃没了,两只螃蟹不够许子轩塞牙缝的,三个小小的佳沃金猕猴桃三十六块钱,削完了铺在盘子里看着是满满一盘,可他风卷残云三下五除二吃光。唉，他这么大的个子，食量当然大。

再说，一日三餐吃什么，本身就是一件让人头疼的事。林越单身时，711、全家之类的便利店就是她的厨房，早餐自己在出租屋打杯豆浆煮个鸡蛋吃片面包解决，中饭和晚饭都是便利店的盒饭，有时路边买个煎饼凉皮之类的，随便一吃也是一顿。现在和许子轩同居了，养成了晚上做饭的习惯。原本下班早，这个问题尚能解决，但进入预制菜中心之后，工作量陡增，基本上每天都要八点以后才能下班。每晚她到家，匆匆焖个饭，炒两个菜，吃完已经快十点。她提议要不然两人在单位吃完盒饭再回家，许子轩也同意，但有次她回家，却发现许子轩在热前一晚剩下的肉丝炒熏干吃，就着一块馒头。那是一块被遗忘在冰箱冷冻室里、历史悠久的馒头，冻得梆梆硬，他用微波炉加热过，也没在上面洒点水，热完了干巴巴的。

"实在不想顿顿吃外卖……一股塑料盒被焐热过的味道，我宁可吃家里的剩饭。"许子轩说。

许子轩说没事，吃饱就行，但林越心里有点过意不去。她也说不出为什么，好像她这个未婚妻失职了一样，又或者许子轩的口吻听着并不像"没事"。但最主要的应该是她心中有微妙的自知，和许子轩的这段关系里，她用操持家务来换取房子的居住权和其他有形无形的收益。如果有人提出这一点，她一定会强硬地反驳，但那点自知总是在无人处作祟，令她产生精神内耗。

为了不内耗，或者说，为了彰显她本人一再倡导的"公平"，林越想了个办法，解决工作日两人的晚餐。她在周末酱了不少五香牛肉和猪头肉，炖出一大锅西红柿牛腩，有时是蘑菇鸡汤，然后把汤分成若干份冻起来,家里备了干面条。每晚回家后,下面条,化汤汁,将卤肉薄切。面条起锅前烫几片碧绿的生菜叶,浇上浓郁汤汁,盖上满满的肉片,就是一顿丰盛的晚餐。许子轩把头埋在大海碗里,稀里呼噜,吃得酣畅淋漓,眼睛被汤面的热气熏得亮晶晶的。林越觉得他真像个大宝宝,任由妈妈安排吃喝拉撒,吃饱喝足就会喜笑颜开。为此她暂时忍下煮面条化汤汁切肉烫菜的烦躁——那也的确麻烦啊。

"老婆孩子热炕头,就差孩子了。"饱食一顿的许子轩鼓着肚子,坐在沙发上,搂着林越,梦呓般,飘飘然。

这样可保证半小时内就能吃上干净美味家常饭的操作方式,并不省事,只不过把工作量挪到周末而已。周末就是林越大忙的日子,采买洗切炖煮,忙得不亦乐乎。许子轩虽然眼里没活,但听安排,肯打下手,她叫干啥就干啥,暂时相安无事。

宁卓对"王家菜"的未来定位是互联网电商企业,为此他的许多打法也是电商打法,像经营美妆、快时尚品牌一样去打造王家预制菜品牌。产品部有一部分工作是每日在抖音、快手、小红书里找话题热点,找百度指数和微信微博指数,通过研究社会热点来开发和调整产品。这些做法完全颠覆了公司许多人的认知和工作习惯,很不适应,但林越却如鱼得水,因为她原来的工作内容主要部分就与这一定位重叠,思路稍加调整即可。

与这一策略相应的,宁卓认为,预制菜时代产品经理比行政总厨要重要。在几个产品经理中,他最器重林越,不只因为林越在集团多年的表现良好,且与互联网接触密切,更因为林越在家里主导着厨房,对主妇和宝妈人群的采买喜好更为了解。在选品、找对标、定产品、数据调研、联系工厂制作小样等每个环节上,林越的意见总是能被宁卓采纳,她由此在公司干得更加起劲。

这天,预制菜中心正在大会议室开会,王春成走进来。他的脸色很奇怪,是悲壮、愤怒与拘谨,强行露出讨好笑容的混杂体。宁卓不动声色看着他,王春成期期艾艾。宁卓那天在派出所要求立案后,王春成私下找了不少人来说情,宁卓坚决不动摇。眼看就要走诉讼程序了,王春成终于拉下老脸亲自来求了:"宁总,那天的事,算是我们冲动了,您大人不记小人过,能不能和解算了。"

宁卓道:"不和解。"

林越渐渐发现了,宁卓对所有下属都很好,对管理层却显得强硬,秉承"你敬我一尺,我敬你一尺,绝不多一寸;你如犯我,我必往死里犯你"的做派。也许因为这帮王姓高层要么暗暗显出对他的不敬,要么臣服得不够迅速和彻底。这是他的立足策略,明知准赘婿角色尴尬,本该软和一点,笑脸迎人才对,他偏要反其道而行之,硬碰硬,杀出一条血路。

其中,宁卓与王旭的关系最微妙。预制菜改革,所有决策均由王旭拍板,由他签字才能执行。也就是说宁卓无论多么辛苦,所有工作都要接受王旭检阅。但林越隐约听说,宁卓几次去向老太太告状,让两张签不下来的单子很快签完。一个亲侄子,一个准赘婿。林越觉得这两个位置上的人,谁都不好过,而她要是王闯,也实在不知天平该倾向哪头,到底谁是外人,谁是"内人"?两人隐然对立,连累林越这帮底下人日子也不好过,无时无刻不察言观色、衡量利弊，心累得很。

在宁卓心目中，王春成当然也和王旭一样，代表着蔑视他的"王家"。他硬，宁卓必然更硬，王旭宁卓都敢正面开杠呢，更何况王春成？

此时王春成脸上的表情不知是哭还是笑："您看，小秦儿子刚满月，爱人没工作，经济很困难。他当时也是一听后厨要改革，他有失业的可能，一时心急，才——"

宁卓冷淡道："穷是吧？穷为什么要意气用事？不知道自己买不起单吗？"

王春成突然双膝一软，给宁卓跪下。举座大惊，两个副总上前，赶紧把他扶起来，王春成脾气倔强，又兼平日里在集团德高望重，一冲动跪下，也觉丢脸，顺势起身，不过一双眼睛仍死死盯住宁卓，手扶着桌沿，神色仍是哀伤、愤怒与讨好的奇怪混合。宁卓非常恼火，见所有人都在恳切地看着他，有和王春成交好的，眼中更隐约有谴责痛切之色，知道王春成的苦肉计非常有效，反而表情平静下来。

"要我和解也行，立刻打钱。今晚十二点之前，三十二万元，一分都不能少。"他抱起臂，懒洋洋道，口吻像绑票的歹徒，透着匪气。

王春成道："我刚才和您说过了，他家里经济很困难。"

"他没钱，你有呀。你是他师傅，替他买个单怎么了？"

王春成羞恼不已，没想到反被将了一军，待要反驳，见所有眼睛又齐刷刷看着自己，一时不知说什么。

宁卓又道："你这个当师傅的，三十二万元都舍不得掏，就这样见死不救，不合适吧？"

王春成涨红了脸，低声咕哝："杀人不过头点地，你是不是太狠了？"

宁卓嗤了下："你也知道杀人不过头点地，说话做事就要给自己留余地。"

说完，他扫视了屋里一眼，这威慑其实也是给众副总以及厨师组几个参与研发的资深大厨。林越和小楠对视一眼，都读出了彼此眼神里的潜台词：这才是宁卓，他要不是这么滚刀肉，是如何一步步从底层杀出来的呢？王如薇当然可以为他撑腰，但在这楼里上班的每一天、每一小时、每一分钟，都要他实打实地熬过来。仗要自己打，没准儿王如薇也在借这个机会考验他到底配不配，他又怎能动不动就搬救兵？

王春成沉默半晌开口，语气带了几分沧桑的痛心："宁总，您不是餐饮行业，不知道培养一个厨师到底有多难。从打荷开始干起，末荷、三荷、二荷、头荷，一步步熬到上灶炒员工餐，到尾锅炒青菜、粉面，最后到主灶。这条路，小秦走了十年。高温四十度的厨房，一待就是十年。头些年工资低，好不容易熬到了上主灶，就指着能多挣点钱养家糊口。您一来，把他们全开了，想过他们怎么办没有？"

宁卓道："谁说要把他们全开了？小秦本来有机会调到研发部一起搞研发，是谁撺掇他违法闹事的？大浪淘沙，适者生存。他冲动，眼皮子浅，耳根子软，被人当枪使，是他辜负了自己在后厨熬的那

第五章　预制菜没有灵魂

十年。"

王春成低下头，转身走了。林越心中暗叹，"王家菜"转型做预制菜是大势所趋，厨师们已无力回天，能留下的只能是极少数人。随着餐饮业产业洗牌，厨师大规模失业已是正在发生的事实，眼睁睁看着一整个行业的人面对时代大潮的冲击不知所措，真叫人唏嘘。

做预制菜，产品经理比行政总厨更重要。预制菜三要素：平均好吃、相对廉价和非常方便，达到以上三点就行。所以做预制菜，对消费者的口味调研、成本、物流、工厂选择，特别是后期的营销推广非常重要，这与传统的线下餐饮业非常不同。厨师们只会在菜品上下功夫，产品经理却是统筹考虑并将产品做出来卖掉的第一人。厨师能想通，不抗拒改革，固然好，择优者参与产品研发；不能的话，正中老板下怀，像秋风扫落叶一般将他们无情地一扫而空。这件事，王旭和王闯碍于亲族关系，都不好下手，只有宁卓可以毫无顾忌痛下杀手。他正愁找什么借口下手呢，王春成他们就自己送上门来，真是找死。

头一批即热型预制菜的测试小样终于出来了，送到办公室，大家一起试吃。这是第一次测试，每一款产品都要测最少十次，预制菜中心的所有工作人员都要试吃，对味型、口感发表意见。今天的测试品是小炒黄牛肉和木须肉，王春成那天咆哮着说葱烧海参无法预制，其实这类大餐从来就不在预制菜中心的考虑范围里，因为预制菜市场上，消费者最接受的单品菜价一般在十五元至二十五元。

正好到饭点，是测试，也是工作餐。大家将料理包拆袋倒进盘子里，放进微波炉加热。几分钟过后，热腾腾香喷喷的饭菜就出炉了。大家吃着，林越咂摸着，觉得味道还可以。如果能在下班的时候来上这么两道菜，也能把家的温馨复刻个八九不离十了。其实她每周末辛苦酱肉、炖汤、冷藏、冷冻，再在下周的每个工作日依次将它们加热、吃掉，和工厂出来的预制菜有什么区别呢？

小楠道："区别就是，手工制作的菜，每次都会有一些微妙的口味差异。正是这点差异，让家常菜有别于预制菜。而且再怎么家里冷冻，和在仓库里一放就是几个月甚至半年，口感上还是差很多的。"

这话在理，因为预制木须肉里的炒鸡蛋就没有现炒的那般松软油香，而是略微发硬的一团团。但是林越想起自己辛苦做饭，有点生气，道："这就是你们不下厨的人在这里站着说话不腰疼，做饭真是件苦差事，谁做谁烦。吃一顿饭到底为什么要这么麻烦，口腹之欲就这么重要吗？"

宁卓点头："确实，从小到大，家里都是我做饭，中国人在吃方面真的耗费太多时间了。所以这不正是预制菜的作用吗？在你没时间做饭的时候，可以拿出来应急，几分钟就可以做出不错的一餐。"

小楠笑道："您在家还做饭呀？可看不出来。"

熟了之后，大家与宁卓说话便没那么拘束了。宁卓看着一身奢侈品，其实身上带着底层出身的勤勉和亲和，没什么架子，会随手帮别人倒水，撕开预制菜盒子的包装，递碗筷。看到谁要坐过来，他很自然地就会伸出腿，帮着把椅子往对方那边推一下，手也不闲着，已把水杯往他面前推过去，俗话说的"眼里有活儿"。大家便很快去掉对他的敬畏，和他熟了起来。

第五章　预制菜没有灵魂

宁卓道："那可不？我会用土豆做十种菜，全桌土豆宴，样样不重复，而且味道还很好。"他笑出一口白牙。

林越看着宁卓，想起他也是西北人，老家是和她一市之隔的某个盛产土豆的县，不由得心中多了一分亲切。他今天穿一件细纹暗格灰衬衫，显得人很儒雅。她已知道他浑身上下的衣物都是王如薇在一家非常著名的高端商场给他买的。

和王如薇的恋情，也是宁卓此生与财富亲密接触的唯一机会吗？王闯发迹早，赶上了时代红利，积累了巨额财富。如今主业虽然不景气，但无损其亿万身家。王春成骂过宁卓是从西北山沟沟里靠和女人睡觉爬出来的穷光蛋，那么到底是什么样的机缘，让他结识白富美王如薇，和她相爱，取得她和母亲的信任，居然入主其家族产业？他小时候是什么样子的？怎样的水土和人家，能养出这样万中无一的颜值？他在家做饭？黄土高原上，山沟里，一个小小的孩子在烧土豆，土屋土灶，烟熏火燎……西北的农村，早年间真是穷到无法想象……

林越浮想联翩，宁卓吃热了，把衬衫解开一个扣子。林越眼角一瞥，见到那敞开的衣领之下，结实胸肌形成的浅浅一条沟。她心中有根弦怦然一跳，又立刻清醒过来，低头扒着饭，掩饰着突如其来的窘迫。再一抬头，正中宁卓的眼神，虽并无其他意味，只是平常的视线交汇，她的脸却热了，此时必须说点什么。

林越道："菜好咸。"

宁卓把一瓶矿泉水拧开盖，递过来。她接过，大口喝着冰凉的水，脸热稍退，又道："我发现市面上大部分预制菜都偏咸。我们的配料表上，盐和味精的量应该还可以的，不知为什么还是咸。"

宁卓道："预制菜酱料里糖盐油总是比较多，所以口味就重了。我并不觉得咸，但我从小做菜口味就重，不用听我的意见。"

电商部的副总说："我也不觉得咸，正好下饭，下饭菜不能太淡。"

小楠道："没错，淡了没味儿。谁外食不想吃口香的、有味的呢？"

她说着，伸手去夹菜，袖子不小心把纸杯拂倒，水流了出来，淌湿了衣服，不由得吓一跳。宁卓叫道："你的衣服。"赶紧抽了纸递给她，帮着把碗和盘子挪开，又抽出纸巾把水吸干。小楠用纸巾吸着自己湿了的衣服，宁卓一张张递给她干纸巾，还把湿了的衣服接过来，放到桌上的塑料袋里。最后抽出一张纸，彻底把那一小块桌面擦干净，再把饭推至小楠面前。他这样体贴，令小楠渐渐扭捏起来，脸红了。她低下头吃饭，浑身散发着局促的气息。林越旁观全过程，心里了然，同时庆幸自己的心猿意马转瞬即逝，不似小楠这样显眼。

每一天，宁卓的服饰，修长的手指，俊朗的容貌，隐约可见的肌肉，都在散发着强烈的性魅力。权力和财富是最好的刺激，拥有这两样，或者至少是暂时拥有这两样的宁卓，加倍地性感。赝品总裁又如何？焉知未来他不会真正拥有这一切？他本人应该是那种帅而自知的人，但他的自知并不表现为卖弄，而是毋庸置疑的自信，这种自信又因他的随和而显得亲切，故又增加了魅力。

全公司，但凡是个女人，不管是已婚的还是未婚的，就没有不被宁卓吸引的。倒不是想和他发展点什么，而是人面对美貌实在是太没有抵抗力了。美人像旋涡，会情不自禁地把人吸进去，就像盯着一朵阳光下怒放的玫瑰看，它艳丽的颜色令人目眩。更何况宁卓善于察言观色，对别人体贴且不显得刻意和卑下，而是相当自然妥帖，让人非常舒服，就更吸引人了。

林越也对宁卓有好感，这样聪明、英俊、善解人意又赏识她的上司，每日相处的时间比男友还长，她没有理由不喜欢他。但与其他未婚女比如小楠这样的不同，她有许子轩，许子轩就是她最坚实的防浪堤。宁卓是赝品霸总，她可不是什么花痴上脑的灰姑娘。为此，她感谢许子轩接纳她于健康、正常的情感轨道里，使她偶尔的心猿意马不至于落到他人眼中，沦为可笑的悲剧。她对宁卓的好感，仅仅是出于赏花心态。人们赏一朵花，并不期待与花发生点什么，不是吗？

公司鼓励员工把用来测试的预制菜小样带回家，给家人品尝，搜集意见。林越突然借此解决了做饭的难题，每晚回家，只需要十分钟，她就可以做出丰盛的一餐。预制的米饭虽不及家中现焖的，也大致不差；菜有时是红烧肉和木须肉，有时是糖醋里脊和豌豆牛柳，全看当天带回来的是什么。预制菜虽咸，倒也下饭，再打个紫菜蛋花汤，简直太方便了。

许子轩一开始没说什么，兴致勃勃地一起品尝着这些预制菜，认真发表意见，林越都把这些意见记下来。但一段时间之后，许子轩失去了吃预制菜的兴头，只要看到她在厨房拆料理包，就会半开玩笑大叫："今天又给我投喂饲料。"

林越啐道："你最爱吃葱油煎饼和广式茶餐厅的炸乳鸽，那也是在仓库里冻三五个月的，怎么没听你说吃饲料？"

许子轩惊讶："炸乳鸽也能预制？"

林越道："那可不？绝大多数馆子里的炸乳鸽都是预制菜，鸽子先经过调味腌制，再冷冻保鲜。做的时候解冻，放进油锅里炸熟。不然你以为什么样的餐馆能在十分钟之内同时给所有食客上齐香喷喷的炸乳鸽？现开膛拔毛吗？"

许子轩皱眉叹气："那，那起码葱油饼、炸乳鸽有个再加工的过程，让我觉得我作为食客有被尊重，而不是直接被投喂微波炉叮一下的料理包。"

林越冷笑道："对哦，你也说了，作为食客被尊重。但在家里，你并不是食客，因为你没有付费。"

此时微波炉叮的一声响，加热时间到了。林越端出黑椒牛肉粒和金汤鱼片，把米饭往许子轩面前一推，放下筷子，不耐烦道："吃吧，已经九点多了。"

今天开了一上午会，下午和无数部门打了无数个电话，临下班分别给爸爸和妈妈打了个电话，问题依旧无解。此时林越累得脑子都不转了，白天各种纷繁的信息此刻还在心里吵成一团，久久不能平静，一股无名邪火直往上蹿，思绪混乱。再怎么说，预制菜不也是由她撕开塑料袋，放进盘子里，推进微波炉吗？难道料理包会自己撕开自己，从消毒碗柜里找出合适的餐盘，倒进去，再自动飘进微波炉加热吗……这批样品的易撕袋撕口质量很差，撕的时候袋口经常不能被轻松撕成一条笔直的线，而是经用力撕扯后呈锯齿状，令油汁洒到灶台上，沾到手指上，让人特别恼火。明天要记得把包装袋的问题重点反馈一下,消费者的体验是全方位的,任何一丝体验不好,都会影响复购率……

许子轩看着面前的两道预制菜,它们颜色漂亮,该有的味道都有。牛肉粒切得颗颗规整,一样大小,散发着胡椒和肉制品混合在一起的香味;金汤鱼片汤汁黄澄澄,散发着酸香和鱼肉的鲜腥味,鱼片很薄。如果在家切,什么样的主厨才有这么巧的刀工呢?

但这两道菜引不起许子轩的食欲,虽然他已经很饿了。他瞪着这两盘菜,仿佛看到牛肉粒和鱼片在预制菜工厂的切肉机里被源源不断切出来,在流水线上排列整齐,被颤动着输送到硕大的锅里。一台巨大的机械臂不知疲劳地在锅里翻炒着,另一台机械臂往里投放着各类酱料。然后它们被冷却,按量装袋,消毒,打包,放进箱子里,由叉车运至冷库储存。

这些菜过的是集体生活,因此有着千篇一律被规训过的甜美卖相;味道因为在机器里被塑造成形,在真空包装里沉睡许久,而统一带有金属的冰冷和塑料的寡淡。再热气腾腾也像冰块,强烈的刺激不过是因为太过冰冷所致,冷到极致和热带来的体感是一样的。又像真人秀,楚门的世界:呈味核苷酸二钠提升鲜味,羟丙基二淀粉磷酸酯让汤汁更浓稠,无磷保水剂使肉锁水保嫩。伪食品,伪生活。

他见林越正吃得欢,也许不是欢,是因为上了一天班,太累太饿,此刻的狼吞虎咽不过是为了维持生命体征而做的机械动作。该死的工业化,把所有人都格式化成机器。工业化拒绝偏差和失误,在标准化的生产中,人的差异化因素要尽可能地抹去。但正是每一个人的那一点点失准和模糊,使哪怕同一个人做的菜都不一样,那点不一样就是灵魂,它因即兴、失控、无标准、想一出是一出的旁逸斜出而显得可亲可感。他白天在工位上当机器,晚上回到家,只想过一点有灵魂的生活——新鲜食材与炙热锅底情投意合产生化学反应,灵魂吱吱作响地自锅中冉冉升起,那样活色生香的生活。

而预制菜没有灵魂!

许子轩扒拉了一口米饭,没滋没味道:"好歹也炒个青菜吧,我只想吃一盘简简单单的炒油菜。"

中国人的餐桌上,没有一盘现炒的菜,像话吗?对他来说料理包就是标准化的工业饲料,吃饲料,那他就真的坐实"社畜"这个身份了。他当了一天"畜",盼着回家当人,没想到一推门,再度与饲料狭路相逢,逃无可逃。

林越恼火。预制菜最大的短板就是缺少蔬菜,因为普通蔬菜尤其是绿叶蔬菜无法做到长期保存保鲜,同时也经不住工业化制造中多道工序以及最后再次加热的摧残。他这朴素的要求,多么的奢侈。为什么永远要她来操心吃什么呢?她也想吃一盘碧绿绿脆嫩嫩简简单单的炒油菜啊。

她道:"你说到我心坎里去了,冰箱里还剩半把油菜,你去炒吧。"

许子轩被怼得哑口无言。两人埋头吃饭,那两道菜许子轩几乎没动,少顷他起身,去厨房洗了一根葱,拆开一袋甜面酱,为了省一个碗,直接用葱蘸着袋口的酱吃,咬一口,蘸一点酱。往往是这样,家里负责做饭的人看到别人吃葱或者黄瓜蘸酱,或者拿出榨菜来吃,都会感到对方貌似无要求,实则赌气,感到被无言地控诉:

第五章　预制菜没有灵魂

你做的菜不好吃，你让我没菜吃。许子轩嚼葱的声音咔嚓咔嚓，每一声都响在林越的耳膜上。

吃完饭，林越瘫倒在沙发上，许子轩默默收拾完碗筷去厨房，林越听到剩菜被扑通一声倒进垃圾桶里的声音，跟着是洗碗的流水声。

像往常一样，强硬过后，林越感到心虚。

她与许子轩的分工里，她负责做饭，许子轩负责洗碗。如今她只给人家吃料理包，还是许子轩洗碗，他会不会觉得不公平呢？没想到组建家庭这么麻烦，再和谐的两个人，陷进家务分工里，也会钩心斗角，无穷尽地权衡算计。

吃料理包有什么不好？社交媒体上"白人饭"的梗正盛行一时，为每顿饭头疼的林越甚至都想买上一冰箱的面包片、奶酪、火腿切片、生菜，每晚吃点面包片夹奶酪火腿生菜，再喝杯牛奶拉倒呢。其实人每日所需营养并不太多，为什么一定要在吃方面耗费那么多的精力呢？这么旺盛的口腹之欲到底是怎么培养起来的呢？

林越带着心虚，起身走进厨房，从背后环抱住许子轩。许子轩默默洗着碗，并没有停下动作。

林越温柔道："这周日不加班，我给你做大餐吧。"

她把头贴到他厚实的背上，感受着他的体温。少顷，一阵震动传来，那是许子轩在回应："嗯。"

两人重归于好，这拥抱带来宁静的喜悦。大宝贝果然好哄，林越松了口气。许子轩说："我要吃蒜香排骨，尖椒熘肥肠，炒油菜。"

林越道："没问题。"

我才不想做家务

她松开双臂，走到他身边，一起干活。吃饭是件多么麻烦的事啊，都没做菜，只是吃预制菜，就要洗两个碗两双筷子两个盘子。金汤鱼片有不少汤，可许子轩一般没耐心把汤完全滗干，会匆匆地把剩菜都扣进垃圾桶去。如果垃圾袋有漏洞，扔垃圾时就会一路滴答油汁，令人大为光火。而垃圾桶底也会残留汤汁，还要洗垃圾桶，并把垃圾桶倒扣过来晾干。刚才撕包装袋时汤汁洒了下来，滴在灶台上，许子轩用抹布去擦，又把白色的抹布染上金汤黄黄的油汁，待会儿还得洗。扔包装袋时不留意，油又洒了一点在地上。如果是林越，她就会用餐桌上收下来的用过的纸巾先把油渍吸掉，再用抹布擦一遍，而不是直接就用抹布擦，因为这样抹布不好洗，但许子轩完全没有这种意识。

许子轩做家务，经常只做个五成。但这已经进步很大了，这还是林越教育过的结果。两人谈恋爱的时候，他欣然践行"你做饭我洗碗"的分工，然而林越没想到，他居然真的只是洗碗。炒锅炖锅没洗，灶台、抽油烟机、操作台一概脏兮兮，邻近水池处的地板又湿又脏，抹布油腻腻团在水池一角。而他自以为洗完碗了，是个尊重女性分担家务的好男人，豪迈地甩了甩手上的水珠，一屁股倒在沙发上刷起手机。他干的活儿总是这样，要林越在屁股后头收拾，否则就会处处油渍，抹布散发着因没彻底洗净又长期潮湿而捂出来的臭气，垃圾桶散发着食物残渣腐烂的恶臭……

苍天啊，人活着，为什么这么麻烦？家务的小黑虫又在潜意识里飞舞了。林越想起妈妈，爸爸永远不会知道，他们一尘不染的家，到底花费了妈妈多少心血去建设、去维护。

第五章　预制菜没有灵魂

　　许子轩早已不生气了，笑着看着林越，亲昵地用肩轻撞了一下，令她从烦扰中回过神来。她撩了一下水龙头的水，作势要撩到他的脸上，一边吊起嗓子唱起《武林外传》里的那首曲子。这个剧是他们一起吃饭时的下饭剧，两人都很喜欢。

　　"你是不是饿滴慌呀，呀嘀咿呀嘿！"

　　许子轩一边躲着她的水花，一边跟着唱了起来："你要是饿滴慌呀，请你就对我林越讲！林越我给你熘肥肠……"

　　这一刻，林越是快乐的。

第六章

民以食为天,天要塌了?

第六章　民以食为天，天要塌了？

在林瑞玲家，周六是家庭聚餐日。儿子和女儿会带着各自的伴侣来吃饭，走时把孩子带回去，林瑞玲于是能得周末一天空。周末晚上，他们会把孩子都送来，林瑞玲重新开启一周的接送照顾工作，无形中成为"996时尚潮人"。

"也不是很累，白天娃们上幼儿园，我这不就能闲下来吗？"林瑞玲对所有同情她操劳的人，都这样回答。她是真的这样想的，儿女结婚生育，天经地义。她给看第三代，理所当然。理所当然的事，累什么累？

周六惯常的聚餐，儿女总提议上饭店，怕母亲累。但林瑞玲总不同意，丈夫陈良庆更不同意。老两口于是达成一致，他们最讨厌的就是上饭店。哪怕是儿女掏钱，在饭店吃饭，也会使他们如坐针毡。林瑞玲每上一道菜都要问价格，现出痛心表情，往下咽的每一口菜都像刀片一样顺着嗓子往下割。那盘里没几块肉就要五十块？一盘芥末菠菜拌花生米，一人夹一口没了，要十五块？十五块可以买一大捆菠菜、两斤生花生仁呢。也是，这年头下馆子吃顿饭越来越贵了。陈良庆是嫌菜不好吃，没有一道菜合他胃口，搞不好全是预制菜，只有老伴儿现炒的土豆丝、现炖的豆角有锅气。但林瑞玲在家做饭，每端出一道，他也要嫌弃，一边吃一边骂骂咧咧。好像但凡流露出一丝赞赏的表情，都让他难为情。

今天大家去公园赏花，拍了全家福。这是陈良庆的要求，每年他都要拍全家福，公园花展是拍全家福的好时候。在花团锦簇前全家排列整齐，按下快门那一瞬间，是他最高兴的时候。甚至可以说，他一辈子就为这样的时刻而活，拍完全家福就兴味索然了，他是来拍照的，不是来赏花的。拍全家福是他不知从哪年起突然给自己下的死任务，牢不可撼，好像拍了全家福，他对人世间就有所交代：这一年他很圆满。拍完照他立刻发朋友圈，有图有真相，照片上的这些人就是他沉甸甸的资产、做人成功的证据，他要把这个证据固定下来给大家看。

逛完花展，大家已经很累了，儿媳靳菲菲和女儿陈美琪都怀了二胎，都是四个月左右，此刻都微挺着肚子。靳菲菲说就近找个餐馆得了，省得回家做。

陈良庆却皱眉道："我就想回家吃个简简单单的家常便饭，不想吃那大鱼大肉的。"

女儿陈美琪说："饭馆也有酸辣土豆丝、鸡蛋西红柿面这种家常便饭啊。"

陈良庆说："算了吧，谁知道是不是预制菜？"

美琪道："预制菜又怎么样？人家工厂清洗消毒制作，出厂都有质检，比分散的个人餐馆卫生更达标。"

陈良庆冷笑道："工厂？进嘴的东西打工厂里出来，像话吗？不嫌沾机油？"

第六章 民以食为天，天要塌了？

美琪啼笑皆非："你爱吃的肥肠罐头、黄桃罐头，都是从工厂里出来的，你吃出机油味来了吗？那就是预制食品。"

陈良庆道："那能一样吗？"

美琪道："怎么就不一样了？而且你怎么知道餐馆里的菜全是预制菜？"

大家一边说一边往饭馆走。其实陈良庆的威信并没有那么大，如果林瑞玲也一起走，陈良庆就会势单力薄，他不可能自己一个人回家吃，就会跟着大家进馆子，一边吃一边沉着脸。但此时林瑞玲见马上要吵起来了，赶紧道："没事没事，回家吃吧。我不嫌费事，家里还有昨晚酱的大骨头和牛肉。吃面条，再做俩菜就得。"

儿女们踌躇着，没有一个人敢说不然你俩回家吧，我们在外面吃。没有一个人试过，他们都期待别人头一个起义当这个不孝子。四人等着，然而都从别人脸上看到了各自的盘算。此时陈良庆已转身往前走，林瑞玲紧跟在后面。错过了时机，大家只好跟着他们回家。

夺回主场权的陈良庆边走边训："民以食为天，一个家连饭都不做，净想着下馆子，这天不是塌了吗？"

陈良庆一脸庄重，凛然不可侵犯。菲菲和美琪都觉得他很可恶，连带着林瑞玲也可恶。两个娃在一旁嚷嚷要吃比萨，美琪说现在就给点外卖，回家就送到了。陈良庆一再警告，就点孩子吃的，大人还是得吃家里的饭。靳菲菲心里有气，回家婆婆做饭，她这个当儿媳的好意思在旁边看着不动？每次看到婆婆一人在厨房忙碌，她总过意不去，要去打个下手，帮个忙。从今往后要把这点道德去了,婆婆不怕苦,就一个人累去好了。

到了家,大家已疲惫不堪,各自倒在沙发上,刷手机的刷手机,聊天的聊天,只有林瑞玲进了厨房开始忙碌。美琪丈夫彭军瞥了厨房一眼,小声对老婆道:"你也好意思不去帮忙?"

美琪冷笑:"我哥我嫂子都不动弹,凭什么使唤我?从小在家,就只有我干家务的份儿,我哥从来不干。我都快四十了,又怀着二胎,凭什么还要受这个气?我妈这毛病不是一天两天了,每次说在外面吃都跟要杀了她一样。既然她愿意受罪,就让她受去,我累死了。"

她瞪了彭军一眼:"你说便宜话,为什么不去帮忙?"

彭军道:"哪有上丈母娘家吃饭,使唤女婿的道理?"

两人身子都往下一滑,使自己更深地陷入沙发中继续专注地抠手机。

靳菲菲的脚酸胀得受不了,捅捅陈宇峰,要他去帮忙。陈宇峰说:"得了吧,我进去准让我妈撵出来,她从来看不得男人下厨房,你看我爸一辈子下过厨房吗?"

靳菲菲道:"其实我觉得罪魁祸首是你爸。你爸非要在家吃饭,你妈我看吃什么都行。"

陈宇峰笑嘻嘻:"老爸高兴了,老妈才会高兴,所以为什么要去改变他们呢?一个七十二岁,一个七十岁,改不了啦。放下助人情结,尊重父母命运。"

两人的身子往下一滑,使自己更深地陷入沙发中,继续专注地抠手机。

林瑞玲在厨房又切又洗,累得眼睛都看不清了,看着外面齐刷刷躺一排的人，心里万分委屈。她恍惚间，也知道不只丈夫，儿女和儿媳女婿都是唾弃她的。尤其是女儿和儿媳，都在惩罚她，惩罚她虔诚的付出，惩罚她暗戳戳地想拉着她们这两个女性一同下厨做饭。从前她们会因为心疼她而配合，再不情愿，也沉着脸一起把家务做了，但现在借着怀孕，她们罢工了。她看向外面，女儿深陷在沙发上，她迎不到女儿的视线。这辈子她只有女儿这样一个盟友，但现在这个盟友抛弃她了。

林瑞玲不想让老头子不高兴，说不清为什么，总之她不想。而且在饭馆吃饭时也不痛快，每一盘菜她都会根据价格折算成能买到的食材，越算越觉得贵，每吃一口都堵心。她一辈子没有收入，一直靠老公和子女自愿给钱活着，每一块钱看在眼里都很珍贵。她也不想让儿女不高兴，所以不叫任何人做家务。

她越老越弱势，好像没有得到传说中倚老卖老的特权，那个东西她学不会。可是没关系，她做了那么多，哪能一场空呢？所有人对她的这份不理解，迟早会变成理解。那一天必将到来，她被广泛理解的那一天，该是旌旗飘扬，锣鼓齐鸣，圣光四射。到那一天，她要大哭一场。她这个人无才、无财、无貌，一辈子一事无成，让每个人高兴就是她最大的成就。家和万事兴，她是黏合剂，是引擎，她罢工，整个家就散架了，停摆了。一辈子只剩这个家了，她不能和自己对着干。

林瑞玲切着土豆丝，菜刀打在菜板上，噔噔噔，多么寂寞的回响，可又多么忠诚温良。她一口口把委屈咽下肚，理顺发闷的胸口，克制着烦躁，克服着脚跟的酸痛，两只脚倒着重心地站着。切着切着，她突然想起，她有雪华这个盟友啊，叫雪华来聚餐呗。雪华一手好厨艺，正好帮她做饭。

林越走后的几次聚餐，林瑞玲都叫着雪华。她儿女双全子孙满堂，弟弟却只有一个独生女，还即将远嫁，而且目前连家都要散了，她一边感到充实，一边真诚地替弟媳妇和弟弟难过。而且她也答应过侄女，一定要想方设法修复两人关系。更重要的是，雪华不只是她的弟妹，也是最好的朋友，某种时刻两人互为生活出口。林瑞玲叫完雪华，又给弟弟打电话，想着让他也来，她可以趁机帮着修复他和雪华的关系，但电话没有打通。

雪华本一个人在家伤神呢，十五分钟就到了。本来两家就只有一条街的距离，骑个电动车就到了。她知道大姑姐叫她来不只是聚餐，也有帮着在厨房打下手的意思，但她并不计较。大姑姐每每来家吃饭，也会在厨房帮忙，这才是感情亲密无间的表现呢。

姑嫂两人在厨房忙着，雪华看着外面林瑞玲的儿女和他们各自的儿女欢闹着，心里既羡慕又凄凉。人活一辈子，要的不就是眼前这一幕？

"大姐，真是羡慕你啊。到明年，你家就变成十口人了，这餐桌都坐不下了。"雪华想起自己的事，眼圈红了，又马上一笑，掩饰着。

林瑞玲扭头看着外面，本来在笑的，表情却渐渐愁苦起来。她上前把厨房门掩上，小声道："你不知道，我都快上吊了。"

原来两个二胎都想让林瑞玲带。陈宇峰两口子晚婚晚育，陈美琪则因为曾患巧克力囊肿，做了手术后调养了多年才怀上孩子。

耗到林瑞玲今年七十岁了，兄妹俩的两个大娃才一个五岁，一个四岁。俩娃都是林瑞玲一手带大，好不容易稍微大点，好带一点了，这又来了第二拨。

"带一个娃，就是一个最少六年的有期徒刑。我刚要从牢里出来，这又判上刑了。"林瑞玲苦笑。

雪华替大姑姐打抱不平，女儿的婆婆、儿媳妇的娘家妈为什么不能带呢？林瑞玲说，女儿说孩子让娘家妈带，不会有婆媳矛盾。当初第一胎就是这么说的。而且第二胎，女儿想争取一下姓陈，要不自己辛苦生了两个娃，最后都姓彭？彭军同意，说如果你妈带，就让一个随你姓。陈良庆一听这话大喜，觉得女儿非常有志气，于是非常支持。儿媳妇呢，说如果让自己娘家妈带，孩子就要跟她姓。因为她和老公一起挣钱养家，她挣得还多一些呢。凭什么两个孩子都姓陈呢？

靳菲菲是独生女，早就为孩子的冠姓权耿耿于怀了。结婚时两家谈判，陈家出房出钱，孩子随父姓。但靳家也可以给小两口买房，孩子姓靳就可以了。陈良庆暴跳如雷，他只有一个儿子，怎么能入赘？当即买了房，连嫁妆都没要，务求孩子姓陈。没想到这第二胎，关于冠姓权又争上了。而且万一儿媳妇这二胎是个儿子怎么办？老头子万万不可能答应唯一的孙子随母姓。

林瑞玲说，其实她也无所谓的，姓什么都可以，但陈良庆坚决不让步。靳菲菲一怒之下，下了"最后通牒"，不管二胎是男是女，总之婆婆带，就还姓陈，否则就姓靳。她吃定林瑞玲要带女儿的二胎，根本腾不出手来。

陈良庆说:"当然奶奶带,奶奶带孙,天经地义。"

可是难道让林瑞玲一个人看两个新生儿外加两个幼儿园的孩子吗?陈良庆的解决办法是,月子各自在自己的娘家坐,产假结束,妈妈们去上班,婴儿都让他们老两口看。届时儿女各自添钱,请一个保姆,再加老两口,三个大人看两个婴儿,还能看不好?

雪华觉得不可思议:两个老人加一个保姆,挤在这屋里,带两大两小四个娃?林瑞玲道,丈夫觉得这没什么不行的,说从前我们村,人家生四个五个的,都相差个一两岁,还不是亲妈一个人带大了?再说两个大娃,都大了嘛,好带得很。

雪华很生气,陈良庆号称要亲自带孩子,实际上他这辈子全是老伴儿侍候,添饭都不亲添,为什么这么自私,一定要争冠姓权呢?她更觉得那一儿一女很过分,明明没有安顿好带娃和工作的问题,为什么一定要生二胎呢?

"二胎……那还是得要!不管男女,俩娃最好。"林瑞玲道,此刻她忽然又忘了刚才说的"带娃像坐牢"。或者她也没辙,怀都怀了,难道要劝她们去流产吗?再说了,她自己都生了一儿一女,怎能阻止儿女也盼着儿女双全?一子一女,组成的便是个"好"字。他们好了,她才会好。

说来说去,最后得不出个结论,林瑞玲大手一挥,不去管它。这辈子,她靠"以后再说吧"这一招,度过许多艰难时刻,相信这一回她也能挺过去。

两人说着,林瑞玲又想起弟弟,再打电话,这回打通了。林志民照例拒绝,说和朋友们在郊区钓鱼呢。他退休后还迷上了钓鱼,有时和钓友们在烈日下的鱼塘边一晒就是四个小时,好像在进行某种极限挑战。钓完的鱼要么送人,要么直接放了,图的就是一个乐。

听到林志民拒绝,雪华心沉了下,神情低落。林瑞玲没办成这个事,有点讪讪的,一会儿道:"志民这几年真不一样了,怎么能玩得这么疯呢?"

雪华酸溜溜道:"男男女女一堆人,又不用带孩子又不用做饭,是你你也喜欢在外面鬼混。"

林瑞玲摇摇头:"人哪能就这样一直在外面疯?有什么意思?早晚都是会回家的。"她像在点评,又像在安慰雪华。

两个孩子已经吃比萨吃饱了,自顾自玩着。大人们嫌弃预制食品,可小孩子们却没有不喜欢肯德基必胜客的。那不就是预制食品吗?这边两人把菜全部做好,端上桌,满满一桌菜。大人们吃菜,喝酒,倒也其乐融融。大家都知道雪华的事了,又一次为她抱不平,出主意,批评林志民不明智。酒下肚,陈良庆情绪高涨起来,拍着桌子说要把小舅子叫来教训一番,雪华却知他只是虚张声势。

林瑞玲坐在离厨房最近的地方,整顿饭察言观色,不时起身去添点饭和汤。又关心男人们的酒杯是不是空了。陈良庆几十年来每顿饭都会喝上二两白酒,没白酒,他会喝一瓶本地产的五百毫升啤酒。见他爱吃什么,林瑞玲会把菜往他面前推推;下酒的拌黄瓜没了,林瑞玲又赶紧去切皮蛋,在剩下的拌黄瓜汁里添点香油和醋,浇在皮蛋上,将小碟推到他面前。

总之,照顾好饭桌上的男人尤其老公是她应尽的义务。但她这样殷勤只招来了陈良庆的厌烦,每当她体贴他时,比如说"我切个皮蛋吧",或者把菜盘往他面前推,陈良庆总是不耐烦地嘴里发出莫名的"喊"声,或者皱眉,好像林瑞玲在骚扰他。但大家知道,他只是做出这副模样,其实很受用,不过不能表现出受用,总之他不能对林瑞玲有一点好脸色。这很奇怪,但老夫妻一辈子这么过来了,旁人又有什么话讲?可能这是一种独属于两人的情趣。

雪华做的菜全部被吃光,林瑞玲做的青椒炒茄子、芹菜肉丝剩一半。剩菜是对掌勺者的侮辱,沉默地否定,是她咎由自取。因为做饭这件事归她管,由她来统筹,她应当把饭菜做得刚刚好,不多也不少。多了少了,她都是兜底的那个人,总之她得买单。林瑞玲讪讪的,嘴里说着"又剩下了",一边夹起菜吃着。

陈美琪知道,这些菜如果吃不完,下顿又只有妈妈吃,她道:"倒了吧,不要了。"

林瑞玲道:"哪能不要?我吃。"

陈美琪撇撇嘴,不再劝说。妈妈一身的肉,其实就是吃剩饭剩菜养出的膘。她活生生地把自己变成了一个大号垃圾桶,而且无人领情。妈妈是实在太过隐忍和节俭,还是想通过牺牲奉献来寻找价值感,美琪已经分不清了。前些年她努力想分清,现在已经无所谓了。妈妈七十岁了,能改变什么?

这边,雪华看着林瑞玲像只陀螺一样转着,却无比羡慕。儿孙满堂的女人就是这样,再操劳也幸福。所以大姑姐害怕带二胎,又支持儿女都要二胎。大姑姐这就是好日子,儿孙把这屋子填满,热热闹闹,红红火火。而自己呢?举目四望,自己不但没有这份红火热闹,老年也即将无家可归,无处可去。雪华抿了抿嘴,极力克制着想哭的欲望。这时，她的手机响了，是侄子张宇翔。两口子终于要上城里来找她了。

"姑，我俩下午的火车到，你在家吧？"他口气那样理所当然，像是投奔自己的老妈。

雪华愣住了，一抬头，所有人的眼睛都齐刷刷看着她。他们都知道雪华因为娘家的事和林志民闹得很僵，此时都在等着她如何回应。雪华张口结舌，一时不知如何是好。

自从和林越交过一次手之后，周明丽有点不知道该怎么对付这个准儿媳了。缓冲区是她设下的，眼看这个缓冲过了好几个月，进度条一天天往前推进，林越迄今为止没有通过她的测试，可她说了算吗？有了媳妇忘了娘，儿子会站在她这边吗？周明丽带了点宠溺地想，如果没有儿子，她才犯不上和一个素昧平生的女人较劲呢。这小子，太不懂当妈的心了。

思来想去，周明丽决定再探究竟。她挑了个林越加班的周六上门，一进门见许子轩在浴室洗着什么东西，打过招呼之后，她习惯性地先进厨房。厨房很干净，出来她巡视着屋内，见屋里也保持得很整洁，心稍放下一点。可许子轩却说，屋子是保洁收拾的，周明丽的眉头又皱起来了。她踱进浴室，见许子轩手里搓着的是他的内裤，感到很刺眼。这种东西，不是应该老婆来洗吗？

许子轩道，林越禁止把内裤放到洗衣机里洗，说怕有细菌，袜子也必须手洗。两人的内裤和袜子各自手洗。她是每晚洗了澡就顺手搓起来晾上，他懒，就攒几天一起洗，林越也不管他。

洗内裤和洗碗这两件事，在周明丽心目中是最卑下的两件家务，说不清为什么。可能是因为内裤私密且脏，带了难登大雅之堂的滑稽感，而洗碗毫无技术含量。但为什么拖地、把脏衣服放进洗衣机里、洗袜子之类的家务，同样没有技术含量，干起来却没有强烈的不快，周明丽没有分析过。现在有洗碗机，不用手洗碗，但许东的内裤还是要手洗。许东当然不可能自己洗，周明丽也无法开口让老公自己洗，但帮他洗内裤时，洗着洗着她会偶尔感到难堪，脸色渐渐阴沉。她也觉得奇怪，她的脸色阴沉至此，许东难道就看不出来吗？是人总该有自觉，可许东视而不见。有时她赌气把他的内裤扔进洗衣机里和秋衣一起洗，对他执行天大的惩罚。但许东稳稳坐在沙发上玩手机，毫不在意。她泄气了，下一次还是仔细地把他的内裤用手搓洗起来。很小的一件事啊，夫妻之间不要总是斤斤计较，都要计较起来，日子就过不下去了。在水流下搓内裤时周明丽这样想。此时不在场的林越看在她眼里，便显得格外计较。

周明丽阴阳怪气道："这就是她说的'分工'吧？"

许子轩道："总不好叫她给我手洗内裤。"

周明丽道："夫妻关系是这世界上最亲近的关系，老婆帮老公洗内裤怎么了？"

许子轩道："我如果这么跟她说，她就会说：'好啊，你帮我把我的内裤洗了吧。'"

周明丽一怔，继而恼怒，却又说不出什么话来。她总不好说"老婆天然就是应该侍候老公"这样的话，虽然心里是那个意思，但不好赤裸裸说出来。半晌她悻悻地挽起袖子，要给他洗，许子轩坚决不让。其实从前住家里,也是母亲给手洗内裤的,可与林越同居之后,再让母亲碰这样私密的东西,总觉得不自在。他又恍然,原来现在在自己的心目中,林越才是最亲密的人。周明丽察觉到儿子内心微妙的变化,又一阵不适。

晾完衣服,又闲扯一阵,到了饭点。周明丽问中午吃什么,许子轩说不知道,林越这阵子加班很厉害,随便点点外卖吃就行。小区里最近开了社区食堂,不行下楼打个盒饭,十五块钱就吃饱了。

社区食堂?

"对呀,现在不少小区都有社区食堂了,你不知道吗?"

这些年全市不少小区陆续开了社区食堂,相关报道周明丽也时有所闻,但从未关心过。食堂,那是只为维持生命体征而存在的地方。她有家,有个装修豪华、宽敞明亮、被智能家电武装到牙齿的厨房,双开门大冰箱里各种昂贵食材应有尽有,有什么必要去关心食堂呢?

周明丽和许子轩来到楼下的社区食堂。这食堂开在小区一角,看着和开设在各类商场地下的快餐区没什么两样,收拾得倒也干净。菜是最常见的家常菜,地三鲜、梅菜扣肉、炖带鱼等。许子轩打了两份,找了个空位,和母亲吃了起来。周明丽品着,不难吃,可也不好吃。米饭又松又干,不似自个儿家里焖的那样油润有嚼头。

她没滋没味地吃着,道:"这宫保鸡丁油也太多了。"

许子轩匆匆咀嚼着口中的饭菜,稍后咽下抬头道:"预制菜。"

周明丽一愣。

许子轩遥指着前方售卖区大铁盘里的菜,道:"这里面我敢肯定宫爆鸡丁和梅菜扣肉是预制菜,其他的没吃过,不敢说。黄瓜拌木耳和绿豆汤倒有可能是中央厨房统一做出来配送的。"

周明丽咂摸着口中的菜:"你怎么知道这是预制菜呢?"

许子轩一笑:"林越公司正在做预制菜,天天把样品带回家给我吃,我早就成半个行家了。"

他指着盘中圆得一丝不苟的煎蛋道:"你相信吗?现在连煎蛋都可以预制,我觉得这个就是,因为吃起来有一种橡胶质感。"

周明丽环视着食堂,见来吃的不但有白发苍苍的老人,还有不少中年人和年轻人,心里不知是什么滋味。她捧在手心里养大的儿子,居然沦落到顿顿外食,连一盘新鲜的现炒菜都吃不上。而且这帮人又是怎么回事?老人们行动不便、体力不支,不想做饭可以理解,年轻人和中年人大周六的为什么也不愿意做饭?民以食为天,连饭都不做,这个世界还会不会好了?

许子轩见母亲表情不悦中带了不忍,忙安慰道:"预制菜反而比现做的菜在食品安全方面要更过关,你也不用担心。"他这话其实也是在自我安慰,他下了很大功夫开导自己。

周明丽痛心道:"但是这些菜油太多,口味太重,而且青菜不足,搭配得很不健康。你本来就有脂肪肝,饮食要很注意才对,林越到底在忙些什么?"

她的儿子只是想下了班之后,进门有口热饭吃,就这么难吗?千百年来,这本不是一件难事啊!

许子轩说林越的公司在改革,她被调到很重要的部门,担任重要职务,事业前景看好,他作为老公——这时周明丽打断他:"是男朋友，不是老公。"

"我们俩都订婚了。"

周明丽冷笑道："结婚都能离，订婚算什么？"

许子轩沉默了下，回："妈，我会和她结婚的。"

他看着周明丽，眼神坚决，要母亲明白自己的决心。周明丽悲哀之后，是对林越更深的怨怼。她付出这么多，指望一无所有的林越能够懂事，多多照顾儿子，没想到林越只是把许子轩当飞升的垫脚石。心思不在经营家庭上的女人，根本不可娶。现在的外地凤凰女，可真是算盘打得啪啪响。她夫妻二人费尽一生心血，培养儿子，挣下家业，未来这些钱和房都是要给他继承的。给了儿子，就等于给了儿媳妇，而林越，不配得到这么多。

许子轩品出母亲那沉默里的一大段控诉。他告诉母亲，林越只要有时间，都会尽可能地在家做饭，而且特地做他爱吃的，家务也是她干得多。林越是个有心、有情的好女人，他能够感受到她的温度。女人事业心重是好事，没有事业心的女人才可怕呢，因为她一门心思地想靠婚姻吃软饭，父母也不想儿子找这样一个女人吧？

周明丽道："林越为什么不能协调好事业和家庭的关系呢？虽然女人不能靠着婚姻吃软饭，但的确应该更以家庭为重，比如你妈我就是。"

母子之间忽然有短暂的安静，也许是她说的这段话让两人有点困惑，觉出这话的逻辑不通：一个不能靠婚姻吃软饭的女人，为什么要比男人更以家庭为重呢？

许子轩看着母亲，周明丽脑子有一瞬间的混乱，拼命想把自己的逻辑理顺——哦，对了，她是想说，比如自己，就又有事业，又把家庭经营得特别好。虽然家庭经济主力是丈夫，但她的"处级干部"头衔有着体制加持，相较下也不差。她用轻巧精致、惠而不费的光环来对冲许东的收入，达到了表面上的男女平等。丈夫把她带出去时也是满满的自豪，觉得这个老婆让自己既有面子又有"里子"，因为她持家也是一把好手。

想经营一段幸福婚姻的女人应该知道如何既让丈夫里外都舒服，同时又符合新时代所需的男女平等理念，与国际接轨。这种辗转腾挪的智慧博大精深，也许是天分，有的女人生来就懂，比如周明丽这类独立女性就特别懂。在家看似她做主，时不时也做狮子吼，但其实是把真正的一家之主给丈夫来做的。许东在家油瓶倒了不扶，衣食住行、吃穿用度全部由周明丽操心，大宗开支必须丈夫点头，重要节日都在公婆家过。在外她称呼丈夫为"我们家掌柜的"，在家族群里称呼丈夫为"领导"，用戏谑的口吻透出对丈夫的尊崇之意。当周明丽说"我是个比较传统的女人"时，她的口吻是自豪的。丈夫对她精明强干、牙尖嘴利包裹之下的贤惠内核心领神会，把她的狮子吼当成情趣，把惧内人设立得牢牢的。看，她一边做家务一边唠叨的模样多可爱，母亲一般都这样，想接受她的宠溺，总得忍受一点她的抱怨。总之，他们夫妻俩就是特别懂如何经济实惠地践行男女平等，让自己满意，让父老乡亲满意，新旧配比、强弱平衡达到相当辩证的地步。

周明丽自认开明，一想到儿子和林越恩恩爱爱地挽着手一起走着，她心头会滚过喜悦的暖流。陪伴儿子余生的肯定是他的老婆，不会是父母,这个她懂。她允许儿媳妇和儿子恩爱,但前提是儿媳妇最好复制她与许东的婚姻模式,这是最完美的男女相处模式,她不明白林越为何不效仿。

许子轩读懂了母亲那一大段内心独白,而周明丽也看懂了儿子的沉默。他在说:妈妈,你的时代过去了,一切都不一样了。

周明丽按下怨气,给许子轩提了个主意,请家政工上门给他做饭。许子轩说请过,第一个家政工在他在家的时候表现良好,可是有次他加班,此人按约定的时间自行上门做饭,后来在监控录像里发现她偷偷翻客厅抽屉。第二个家政工则是做的菜不合口味,咸不说,青菜还炒得烂乎乎的。第三个家政工不讲卫生,擤了鼻涕后直接拿手抓青菜下锅,让他一阵恶心。他后来向家政公司投诉了,她辩解当时只是鼻子痒,捏了捏,根本没有擤出鼻涕,但谁知道呢?人就是如此,自己可以不讲究,但花钱雇来的人也这么做,就罪不可赦了。第四个家政工人品和手艺都无可挑剔,试用过后非常满意,却再也约不到她的档期。后来他也懒得找新的人手,再去磨合了,于是后面再没请过。

周明丽默然,好的家政工的确不好找,就像浪里淘金一样,要去茫茫人海里淘。

许子轩道:"妈,你不要再操心我的生活了。我都这么大岁数了,该怎么经营一个家庭,我懂。就算不懂,也让我慢慢去摸索、去学习,好吗?"

周明丽再说下去,许子轩就会动摇了,而这样的动摇对他非常不利。林越之前,他交过三个女朋友,林越已经是表现最好的人选了。他在母亲的襁褓里长大,身上带着原生家庭的余温,满怀憧憬地走上社会,期待找到类似的怀抱。他从前以为林越是母亲这样的女人,人格硬中带软,软硬适中,有工作,很独立,也能把家庭照顾得很好。但他不得不面对这个事实:林越不是,但林越已经是他的最优选了。

时代变了,怀抱没有了。母亲根本不明白现在的"90后"女生多么地坚硬,十指不沾阳春水,自己还是个大宝宝呢,想叫她们煎个蛋给男人吃,根本不可能。他已经想通了,平时吃外卖、预制菜,周末只要林越还愿意在厨房给他煎炒烹炸,他就还能拥有家庭的温暖。

这温暖虽然缩水了,打折了,总比没有强。

第七章

女儿的家是母亲的家吗？

第七章　女儿的家是母亲的家吗？

这是林越三年以来，第一次在公司见到创始人王闯。

三年前，五十七岁的王闯去河南出差。凌晨三点，犯困的司机一失神，车撞在护栏上。司机当场死亡，王闯脑部损伤，全身多处骨折，断掉的肋骨刺破脾脏，严重大出血，送到医院抢救，在重症监护室七天七夜才脱离危险。此后元气大伤的她一直在缓慢地复健，又感染了两次肺炎，折腾得半死，再也没有在公司出现过。

林越还没入职时，就在媒体的各类报道中听说过这个餐饮业传奇老板的种种故事。出身北京密云农村的王闯幼年丧父，二十七岁时因为丈夫婚内不忠，毅然离婚，独生女判给她抚养。她一个人带着女儿白手起家创业，曾在进货的途中被人偷了全部货款，大哭一场后徒步三十千米走回家；曾一个人持刀打退前来餐馆挑衅的流氓；曾因餐馆后厨煤气泄漏引发火灾赔光了所有积蓄，一切推倒重来……就这样风雨三十年，把"王家菜"打造成京菜的一块金字招牌。

后来林越来到"王家菜"上班，终于见到王闯，原来这传奇老板不过一米五八的个子，虽长相平平，但浑身自带强悍气场，走路风风火火，嬉笑怒骂皆率性。一双眼睛极亮，她看谁，谁就像被雪

133

亮的探照灯突然照见一样，立刻不自在起来，打起十二分精神。全集团的员工都对王闯很崇拜，包括林越。

此刻，三年未见的王闯在宁卓和王旭的陪伴下突然走进会议室，全员震惊，全体起立。王闯抬手示意大家放松，走到主座上坐下，宁卓坐到她左边，王旭坐到她右边。王闯坐定，如往昔般挺直腰板。乍一看，老太太已康复，妆容得体，已花白的头发修剪成短烫发，看着既优雅又精干。但仔细一看，她的两颊凹陷得厉害，嘴角下垂，法令纹更深了，环视众人时，一双眼睛已失去光芒，曾经明亮锐利的探照灯电量不足，暗淡无光。也许是衰老和消瘦使她的眼皮耷拉下来，遮住视线；也许是伤病吸干了她的元气。她毕竟也是六十岁的老人了，任何人在那个年纪遭遇那么严重的车祸，能不能活下来都不好说，她此刻还能好好地坐在这里开会，实属奇迹。

王闯要求大家该开会开会，表示自己是来旁听的。她声音一如既往地坚定有力，只是略带沙哑。林越稍感踏实，外表只是个壳，声音才是王闯的灵魂。只要这声音还这样铿锵有力，她就还是那个怎么杀也杀不死的王闯。

预制菜样品测试已到了第七轮，反复调整过食材配比、口味等，今天要解决包装袋口的易撕膜不好撕的问题。通过与各方沟通，原因已找到。预制菜包装袋的材质要求具备高阻氧性和阻油性，还要既耐冷又耐热，尤其是里层膜的延展性要好、品质要高。但凡差一点点，都会在不同的场景里出现撕口难以爽利撕开的情况。最重要的一点，包装袋的环保性与食品安全性是重中之重。可集合以上特点的包装袋，成本会提高，也不能不考虑。

第七章 女儿的家是母亲的家吗?

林越此前从未想过,原来打造一款产品如此千头万绪,甚至连制袋机的气动冲孔器的冲孔效果,也会影响袋口的易撕程度。然而在这过程中一点点排除障碍,就像排雷一样,也特别有成就感。林越已联系了制作样品的工厂,提出要求,重做成本,重新换包装,再出一批样品,再测试一轮。

会议中还有另一个重要议题,就是挑选合适的 MCN 机构合作,找直播团队试水直播。从全球发达国家及新兴市场来看,预制菜直接走进千家万户是大势所趋,打造品牌才是重点。预制菜中心一方面要通过当红主播,让王家预制菜在直播间首次亮相;另一方面宣传也要跟上,密集刊发各类宣传文章,将品牌打出去。

这个会开的时间非常长,王闯全程听得很专注,偶尔点评几句。散会,王闯起身,宁卓和王旭恭敬上前,要扶着她。王闯却拒绝,自己走出会议室。她脚步稳健,并没有看出多少疲惫。林越跟在后面,看着王闯瘦瘦小小的背影、花白的头发,想到她几十年的创业经历,想到她从这场近乎毁灭性的车祸中挣扎着活了下来,如今又直面企业重大转型的考验,毫不退缩,一时心中万分感佩。林越现在提了薪,也才税后两万元,简直无法想象一个如此瘦小的、带娃的单亲妈妈,却能赤手空拳创下这样庞大的产业。"王家菜"百家连锁店都是在资本热潮之前创立的,不造泡沫,不圈钱,实打实地全部直营,想想都觉得惊人。

林越目送宁卓等人走进王闯的董事长办公室,浮想联翩,忽然一个念头出现在脑中,激动起来,快走几步,想敲门,却又犹豫,但最终下了决心,叩开门。

一走进去,林越发现屋里除了宁卓、王旭、王闯外,还有一位黑衣女子。这女子的衣服造型很特别,上下都是不对称的剪裁,袖子宽宽大大,看着很飘逸。她的长鬈发松松地披着,长相平平无奇,但身上有一种洒脱、漫不经心的气质。要很有钱、生活很闲适、灵魂足够自由,才能打造出这样昂贵的漫不经意。见有人进来,女子抬头,眼睛非常亮。林越愣了下,才想起来,她就是王如薇。王如薇几乎从来不踏足"王家菜"集团总部,林越在公司上班七年,只见过她两面,所以一时没认出来。

林越为自己贸然打扰道歉,宁卓问她有什么事汇报,林越说:"其实一直以来,董事长才是'王家菜'的金字招牌。我们如果要做预制菜品牌,应该把董事长这个资源用上。"

林越说,王闯车祸之前,一直活跃在媒体面前,其个人微博粉丝有百万之多,平时发博也比较频繁。不过这三年近乎销声匿迹,微博已停发,媒体渐渐淡忘了她。但如今王闯已从生死线上归来,这是绝佳的时机。从即日起,应该将王闯个人微博重新运营,把抖音、快手和小红书等账号也开设起来,先经营一段时间。在产品试直播当天,同步向媒体宣告王闯回归这一重磅消息。甚至有可能,首场直播就在王闯个人的抖音直播间。

"企业家往往是一家企业最大的品牌,是品牌的人格外化。董事长的口才和镜头感一直很好,虽然没有做过直播,但我相信她没有问题。这年头,品牌传播就是讲故事,由您来打响咱们第一场直播,故事感十足,事半功倍。"

林越非常兴奋,滔滔不绝,但说着说着停下话头。她见王闯脸

第七章 女儿的家是母亲的家吗？

上突然现出痛苦表情，身子几乎坐不直，半依偎在王旭的怀里。宁卓赶忙倒了一杯水，递给王闯，王如薇从包里利落地掏出一个小白药瓶，倒出一粒药给她喂下。王闯吃了药，喝了水，半闭着眼睛，喘息渐渐平缓，但也不复刚才在会议室和走廊里那行走自如的健康模样。林越暗暗叫苦，王闯刚才的淡定自如竟是强撑。而她之所以强撑，就是不想病弱的模样落在员工眼中，但自己居然撞见了这敏感一幕。

王闯疲惫笑道："不碍事……刚才开会时间太久……没来得及吃止痛药而已。"

王旭抬头瞪着林越，满脸怒容，道："你长没长眼睛？董事长都这样了，你还想让她做直播？"

宁卓用眼神示意林越赶紧离开，林越惶恐得手心出汗，点头哈腰道歉，刚要退去，王闯低声道："不要怪她，她的主意非常可取……我的身体一天天好转……也许真的可以考虑直播。"

王旭急道："姑姑，不行啊。"

王闯看着宁卓，宁卓沉吟片刻，温言道："或者，我们不着急做决定，但把微博先捡起来，发什么内容仔细策划下，您看行吗？"

王闯点点头，林越如释重负，挤出笑容。王旭仍怒视着林越，林越点头哈腰，转身快速离开。

坐在工位上，林越感觉很受伤。一方面热情受挫，方才那一幕让她觉出自己地位的卑下。她明明是为了工作，为什么要如此忐忑？也许，打工人和老板们永远不能平等。另一方面，她责备自己，求成心切，没有审时度势。唉，以后和大老板有关的任何事情，还是要斟酌再斟酌才是。但同时也有点小小的窃喜，王闯看上去还挺认可自己的，哼，等着瞧吧，等到她完全康复，回公司主持工作时，就该知道，林越是个优秀的人才，不可小瞧，必要重用……

林越正想着，宁卓发来微信，解释说王闯其实身体无碍，不过是些后遗症，要吃止痛药而已，已一天天减轻。同时叮嘱她不要把王闯的状况说出去，以免外界过度解读。林越赶紧回了个"好的"。刚放下手机，它又响了，是妈妈。她的心更乱了，连日工作忙，无心过问爸妈的近况，如今她看到他们任何一个人来电，都会觉得害怕。孩子就是这样，夹在父母当中，左右为难，一门心思想一碗水端平，想抹平父母之间的裂缝，谁都不想伤害，感觉各有道理，不知如何是好。

电话接起来，听到雪华说："我五个小时之后到北京。"

侄子张宇翔要带着老婆来城里投奔雪华，要住她家里。雪华实在不知该如何拒绝，慌不择路之下，随口说自己要上北京探望闺女，准备结婚事宜。张宇翔居然说你去吧，不碍事，姑父不是在家吗？

雪华不快起来，抵消了撒谎的心虚。侄子没有眼力见儿到这个程度，可见是有多不把她放在眼里，她这些年的确太纵容娘家人了。

"你姑父打算和朋友们开车去旅游，可能这几天就走。"雪华又说。这倒不算撒谎，林志民这两年活得很随性，说走就走的旅行信手拈来。从前她只是觉得丈夫爱玩，现在却品出来他对她有多么漠视。

"哦，那钥匙给留下就成，不用管我们。"

雪华终于发作了："不合适。"

她挂了手机，一抬头，看大姑子全家都看着她。她脱口而出：

第七章　女儿的家是母亲的家吗？

"我真的上北京看越越去,她要结婚了,我得帮着她张罗张罗。"

那一瞬间,雪华突然部分理解了林志民。事情坏到这样的地步,她仍无法直接拒绝侄子,她不敢。她替丈夫鄙夷自己。

雪华拉着小行李箱,在北京西站见到林越时,鼻子一酸,眼泪流了下来。丈夫不要她了,除了女儿,她不知道该投奔谁。世界这么大,她无处可去。林越本来心情复杂,见到妈妈这个样子,其他情绪消失了,只剩一个念头:妈妈没有家了,她就是妈妈的家。她会说服妈妈回家,但在回到爸爸的家之前,她是妈妈的家。

林越接雪华时,已告诉许子轩:妈妈要来看望他们,叫他准备饭。回到家时晚上九点,林越进屋,发现许子轩已从社区食堂打来饭菜,掐好点等着她们进屋,加热过摆在桌上。三人吃饭,雪华局促,一再向许子轩说明,她是来北京探望他们,顺便旅游,过阵子就走。

许子轩笑道:"没事,阿姨,很快就是一家人了。您就把这里当自己家,就是屋子太小,可能您要受累睡沙发。另外我俩工作都忙,不能经常陪您。"

雪华忙答道:"不妨事,不妨事。"

夜深,许子轩睡去了。林越把小沙发拉出来,铺上干净床单,母女俩坐在上面,一时无言。雪华心里满满的内疚。她最对不起的就是女儿,最不该连累的也是女儿,最最不该出现的时候,就是女儿即将结婚的这个阶段,但她真的走投无路了。

林越问雪华到底为啥来北京,雪华说躲张宇翔的投奔。两人沉默,雪华又加了一句:"其实我也不想在你爸的房子里待下去。"

林越道:"什么我爸的房子,那是咱们家。"

雪华笑着，不无悲哀："是吗？"

丈夫的家是女儿的家，却未必天然是她的家。她告诉女儿，丈夫每日的冷若冰霜，视而不见，对她造成多么大的伤害。她做了饭他不吃，她对他笑他面无表情，她和他搭讪他一言不发。原来冷暴力的杀伤力这么大，满桌冷掉的饭菜是对她最大的嘲弄，窗明几净的屋里他的沉默震耳欲聋，在那个屋子里她一天比一天拘谨，浑身缩成一团，仿佛那样就可以尽量减少自己的存在感。到最后，她简直不敢出客房了，恐惧与丈夫碰面，避免提醒他她的多余。再在那个屋子里待下去，她会发疯的。

林越为爸爸的绝情而恼怒，却又知他并非没道理。爸爸现在一口气憋在心头，非要和妈妈正面杠到底，而妈妈又绝不可能向大舅讨回那二十万元。这三十年的"扶哥魔"硬邦邦的代价，要妈妈一口服下，妈妈消化不了啊。

雪华环视着这五十三平方米的小房。这原是个大开间，后来打了隔断，做成一室一厅。厅和室都小小的，两人住刚刚好，透着温馨。这本就是个二人世界，她出现在这里，相当不和谐。雪华又难过一分，刚在火车站见到女儿，她像留守儿童见到母亲那样感到委屈和踏实，可这小房犹如当头一棒，提醒她，女儿有家，但并不是她的家。

人生好残酷，自己生下的孩子，血肉相连，辛苦养大，到最后，人们告诉你，每个人都是独立的个体，每个人都要去解决自己何以为家的问题。雪华余光落到了沙发旁的行李箱，活到五十三岁，她的家，就只剩下这行李箱了。

第七章 女儿的家是母亲的家吗？

林越理解妈妈此刻自卑、孤独和彷徨到了极点的心情，抱住她，温言安慰道："妈，只要有我在，你就有家。我在哪个屋子里，哪个屋子就是你的家，放心吧。"

雪华眼泪又流下来了，自己是一个多么不称职的母亲，而林越是一个多么好的孩子。两人静静抱在一起，享受着这深夜的宁静，此时卧室传来许子轩的鼾声，很小声，但如炸雷般响在雪华耳畔，她温热翻腾的心流瞬间冷下来了。一个念头浮上来：女儿其实也没有家，这个屋子是别人的。准女婿愿意对女儿好，女儿就有家；不愿意，女儿就流离失所了，像雪华自己一样。

雪华坐直身体，看着女儿的脸，如梦初醒。丈夫质问过她，哪个才是她的家，她真的错了，大错特错！娘家不是她的家，丈夫的房子也不是她的家，她买了房，才有家。房产证上有名字，才是家，否则就只是个不要钱的房客，要靠看人脸色过活。瞧，她这个不掏钱的房客，不是终于看不下去脸色，一夜之间成为流浪狗了吗？

那么，女儿呢？

林越并不知道妈妈在想什么，见她盯着自己目不转睛，还以为她仍沉浸在浓烈的情感里，于是亲切地笑了笑。雪华为了安抚自己的负罪感，谈起了未来的安排，想让女儿安心。老公房已经推倒在建了，大概八个月之后可以竣工。想要房，就要在竣工后去交齐二十万元。不想要，单位悉听尊便，另有处置，但没人不要。林志民给过雪华两个选择：第一个选择是，她去娘家讨回二十万元，他不再提离婚，他的家仍然可以是她的家，但此生张家人不得再来叨扰他们的生活。他就是故意为难，明明知道她无法和娘家开口讨钱，而娘家也没钱还。所以第二个选择是，他们拿出积蓄，付了新公房的钱，房产证写林越的名字，雪华搬过去住。两人离婚，从此各过各的。

林越道："妈，我有十五万元存款，另外你们不是要给我三十万元结婚吗？从里面拿出来五万元，凑二十万元来给你，你和我爸说是大舅还你的，不就行了吗？"

雪华道："我不能那样做，那是给你的钱，我本来就已经非常对不起你了。而且你爸也早就料到你会这样做，早就警告过我了，在你领证之前，这三十万元陪嫁是不会给你的。"

林越道："那我不要他的钱，我涨工资了，很快就能攒齐二十万元，到时给你就是了。反正那房也是给我买的，我算自己置办了婚前房产，也不亏。"

雪华瞥了一眼卧室方向，悄声道："三十万元当嫁妆，不是要给人家置办家具家电的嘛。小许虽然对你好，你临结婚前买自己的房，对小家一分钱不出，他能没意见吗？而且你也不能嫁过来，自己手里一分钱没有，留点钱在身边，心里踏实。"

她想起自己做全职主妇，手里不握钱，这次离家出走，身上只带了靠微薄退休金攒下的几千块钱，心里越发感到沉重。真奇怪，世人为什么觉得陌生的两个男女，只因为领了那张证，就可以生死相托呢？一夜陌路甚至成仇的，不也有的是？但她不想对林越说太多关于夫妻之道的感悟，不想让女儿对婚姻失去信心，否则这个婚还怎么结？

雪华所说的"嫁妆、嫁过来"的字眼让林越听得刺耳，她想纠

第七章　女儿的家是母亲的家吗？

正妈妈的话，想说她不是"嫁过来"，是结婚，却又说不出口。她的确是"嫁过来"没错，她拼命想把和许子轩的关系说成是平等的联姻，是合伙开公司，可一天比一天没把握了。

林越勉强道："子轩对我挺好的，他不需要我的钱。"对于两性关系，她也有自己的感悟，但她也不能在妈妈最无助的时候说。妈妈落水了，拼命扑腾，好不容易抱住了她这块浮木，她怎么能告诉妈妈，其实自己也未见得百分之百稳固？

雪华说身上有钱，先在北京待一阵。这一阵是多久，她心里也没数，总之要熬到那房下来，也许是一年。林越沉默，雪华忙道："我不会在这里住一年的，住一阵我就走。"

林越道："那你去哪里？"

雪华道："到处走一走，玩一玩。"她没说惯"玩"字，说得很生涩。林志民"玩"就那么自然，她"玩"就有点东施效颦之意，况且又有什么闲钱去"玩"？她意识到了，又加了句："找个事做也行，打工也挺好的。说实话，我也闲不住。"

既然没讨论出个头绪来，母女便也不再死磕，两人各自睡去。第二天一早七点，林越和许子轩在食物的甜香味中醒来。两人走出卧室一看，饭桌上已凉好了三碗杂粮粥，一个盘里放着三个黄白相间的煎蛋，一个也没煎破；一个盘里是一大沓金黄色的煎饼，一个大碗里是香油蒜泥拌的黑木耳黄瓜腐竹，三个小碟子里分别是榨菜、四小瓣切得均匀淌黄油的咸鸭蛋，切成薄片的酱牛肉。林越认出那酱牛肉是她每周末酱了放在冰箱用来下面条的"镇箱之宝"，妈妈刀工好，切出来的牛肉都比她切得要薄、要规整，看着赏心悦目。

143

许子轩坐到饭桌边,愣了下,抬头对林越笑道:"老婆,咱们是在吃五星级酒店的自助早餐吗?"

林越也觉得高兴,这几个月来,难得有这么丰盛的早餐。不,其实普通家庭除非有个全职主妇,并且这主妇非常热爱做饭,否则不太可能早起现和面煎饼,现做凉菜,准备出这么丰盛的早餐。妈妈沉醉在家务中,既因为贤惠,更因为热爱。

林越得意道:"瞧你这没见过世面的样儿,这在我家就是标配,随便吃吃啦。"

许子轩做出要晕倒的样子,表示惊喜到无以复加。

雪华谦虚道:"不知道小许爱吃什么,又怕打搅你们,就随便做了。这个煎饼是香蕉鸡蛋饼,我看桌上放着两根发黑的香蕉,正好,摊这种饼就得用烂熟的香蕉,做出来才香甜。"

许子轩已夹了一大块香蕉鸡蛋饼吃了起来,细品之下觉得这饼真是外酥里嫩,甜香满口,挑起大拇指赞美。林越嫌他没刷牙就吃,许子轩说吃完再刷。林越又挑剔妈妈一早给人吃肉,太横了点。雪华道:"早餐最重要,你们上班那么累,耗脑子,得搭配均衡。肉、蛋、碳水、蔬菜、杂粮,什么都吃一点。"

跟着雪华吃了一口酱牛肉,笑道:"我闺女这是家传的手艺,学得还不赖。"原来这酱牛肉的手艺是林越和她学的。

林越故意道:"你把我的镇箱之宝吃了,晚饭我们吃什么?"

雪华笑道:"有你妈在,还怕没得吃?放心吧。"

吃完早餐,许子轩摸着肚子直喊撑。雪华说冰箱里没什么菜了,待会儿她要去市场转转。林越说楼下就是小超市,隔两条马路

第七章 女儿的家是母亲的家吗？

的胡同里有个大菜市场，说着把地址发给雪华，她知道逛菜市场是妈妈的一大爱好。

雪华正看着微信上的地址，林越又转来了五千块钱，不由得眼睛一热。女儿这是怕落魄老妈此番出走身上没钱花，不然买菜也花不了这么多呀。她抬头看着女儿，笑说自己有钱。林越不由分说，拿过她的手机，帮着点了收款："你要买菜，哪能让你花钱？"

雪华拿着手机，还在愣神，林越又特地加重语气道："我涨工资就是要给家里人花的，你是我的家里人，不给你给谁？"许子轩在一旁穿着鞋，虽不知细节，也大概猜出是林越给雪华转钱，附和着说没错，您就收下吧。

小两口上班去了，临走前雪华问清两人下班时间，说要做好晚饭等着他们一起吃。许子轩眉开眼笑点头不迭，两人出门。雪华心里酸酸的，又甜甜的，出了会神，回身收拾碗筷，进了厨房，洗完碗之后，发现灶台的边缝里全是长年油烟留下的污渍。她清理了灶台，又觉得灶台上的墙面脏，擦完墙，又觉得纱窗脏。她卸下纱窗冲洗干净，拿到阳台去晾干，回到屋之后，觉得余下三个窗户的纱窗也都灰蒙蒙的，于是又依次卸下洗净，拿去晾。回到屋里，刚坐下，又觉得眼前电视柜里的杂物摆放无序，看着刺眼。忙到中午十二点，累得腰都直不起来了，才觉得勉强把屋子收拾了大概。

想想屋里没吃的，雪华下楼，看见社区食堂，信步走了进去。吃饭的人不少，因为是工作日，多为老人。雪华打了两个菜和一碗米饭，吃着，觉得味道实在是一般，糊弄个饱而已。她一边吃，一边想起了丈夫。冷战这段时间，一贯挑嘴的林志民基本不在家吃，那他在外面吃什么呢？吃大餐，他的退休金不经花。一条一斤的鲈鱼三十块钱左右，雪华买回来红烧着吃，香喷喷，又下饭又省钱。在餐馆吃要五六十块，还不一定是活杀的鲜鱼，搞不好是冰冻的便宜鱼。吃快餐，既不好吃又不卫生，难道吃社区食堂吗？雪华家的小区也开了社区食堂，凭退休证就餐，早餐减一元，中餐减两元，晚餐减两元。虽然不多，但对于退休金微薄的老人群体来说还是很实惠的。林志民能想到曾经很富足、家里顿顿四菜一汤不带重样的自己，晚年居然过上了东吃一顿西吃一顿、为每顿能减块八毛而高兴的生活吗？

雪华多方观察打听，终于确定，林志民和力姐之间并无暧昧，他们只是喜欢扎堆一起玩。这帮人有七八个，都是退休了的老人，都单身，要么寡妇，要么鳏夫，要么离异人士。他们在健身房认识，渐渐扎堆，团结在以力姐为核心的小团体中，成为固定的玩伴。那么，他们会在一起做饭吃吗？或者拼饭？大家玩累了，点上几个菜，说说笑笑，吃完 AA 一算账，花不了几个钱，又热闹又开心。

这世道怎么了？雪华从未想过，老年生活也可以有这样的模板。千百年来，白头偕老，儿孙满堂，夕阳下躺椅摇晃，含饴弄孙，宁静地等着丧钟敲响，不是大家所向往的吗？怎么能有老人把"玩"当成最高的人生追求呢？他们不需要家吗？不过她又自嘲地想，自己五十三岁了，居然把家给搞没了，只得跑到女儿住处蹭吃蹭住，这种模板不也很奇怪吗？人生啊，不到最后一刻，你根本不知道会发生什么事。

雪华看着周围的白发老者，觉得伤心，自己也像他们这样没个

第七章 女儿的家是母亲的家吗？

家，不能开伙，才吃食堂啊。这满堂全是伤心人、可怜人。她揩掉泪，勉强吃完，匆匆离开食堂。

按女儿说的地址，雪华找到了菜市场。这菜市场在胡同的尽头，还挺大，瓜果蔬菜、鱼虾肉类、调料、熟食应有尽有。一股熟悉的菜市场味道扑鼻而来：海鲜的腥味尖锐，肉的腥味混浊，黄瓜清香，八角桂皮辛香，熏肉焦香，苹果甜香。这一切共同组成庞大的味道复调，合奏出充满烟火气的生活旋律。雪华的心平静了下来，到哪里都是买菜做饭不是？只要有菜市场，她就能找到生活的锚点，秩序就不至于失控。

她审视每一个菜摊，认真地挑起菜来。

第八章

一桌家常菜，足以慰平生

第八章　一桌家常菜，足以慰平生

林越上班，忙到昏天黑地，去茶水间打了杯咖啡，端着边走边喝。此时王旭自走道对面过来，林越下意识地放慢脚步，对他恭敬地点了点头。改制以来，她和这个集团一把手虽然工作上有了一些交集，但好在她归宁卓管理，业务流程不会短兵相接，之前也一直相安无事。但此刻，看着王旭瞪起来的双眼，林越意识到不妙，果然王旭叫她到他的办公室去。

进了办公室，王旭劈头盖脸开始骂起来。真倒霉，碰上了他这双相情感障碍里的躁狂发作了。王旭大意是，林越不该越级报告。她的汇报线属于宁卓，有什么想法，也该先和宁卓说，不能擅自闯进董事长办公室。骂完她的违反流程，王旭又骂林越冒进的工作风格。董事长九死一生，刚刚勉强活过来，林越居然为了出业绩，想使唤董事长。她就是爱出风头，急于邀功。董事长的身体万一出点什么差错，她一个小卒子担得起责任吗？也不掂量一下自己几斤几两重。再有下次，必将严惩不贷。

林越手脚冰冷，嗓子发干。归到宁卓手下之后，因为他总鼓励大家大胆创新，不拘一格，故她从未想到过原来向王闯当面提创意，居然也是件"大逆不道"的事。王旭此举如当头暴击，提醒着她的僭越，无情地揭示了她卑贱的地位。

王旭暴风骤雨般把林越骂了个狗血淋头，最后咆哮了一声"滚出去"。林越脑子嗡嗡的，机械地走出去。她上班这么多年，从未遭受过公司层级这么高的领导这样直接的辱骂，又惊又怕，一出门眼圈就红了，快速走向大办公区，待要走进去，又意识到不妥，于是转身，想到步行梯的角落里自己消化一下这沉重的屈辱，一抬头见到刚来上班的宁卓。他见她表情异样，问怎么了，林越没说话，宁卓叫她进自己的办公室。

进了办公室，林越简单说了刚才的情形。其实她猜到了，王旭不过是借题发挥，想针对的是宁卓，她毕竟是宁卓的人。说来无奈，宁卓一来，集团自动形成两派，拥王派和拥宁派。林越无心站队，但人在职场身不由己，又因宁卓特别赏识她，重用她，她倍加卖力，看上去十足的"拥宁派"。她和宁卓说完，本以为他会同仇敌忾，理解她的委屈，开导她，没想到宁卓脸沉了下来。

"为什么他叫你去，你就去？"宁卓道。

林越一怔，道："他是集团总经理啊，他叫我，我怎么敢不去呢？"

"你是我的人，他凭什么管你？你就该说有什么事你找宁总说，叫他来找我呀。"

林越惊呆了，谁敢这样说？这不是强人所难吗？她看着宁卓的脸，昔日一贯熟悉亲切、叫人赏心悦目的脸，此刻带了狐疑和愤怒，变得这样陌生。

"宁总，我哪敢这么对待王总呀？"她嗫嚅道。

第八章 一桌家常菜，足以慰平生

宁卓冷笑道："你不敢，是因为你不想得罪他吧？你不知道我到底能干多久，所以尽管我给你机会，对你这么好，你还是在观望。你想两头讨好，端水找平衡。不过，林越我告诉你，所有人都知道你是我的人，中间的道路是没有的。王旭冲你撒气，其实是冲我来的。你要么跟着我，把预制菜这场仗打好；要么出局。无论如何，王旭绝不可能用你。而我当初重用你，也是因为你不姓王，明白吗？"

这是第一次，宁卓如此赤裸地挑明他和王旭之间的竞争，而且语气如此尖刻冰冷。林越又怒又怕，更加委屈了。他当然有叫板的资本，可他怎么不想想，她只是一个小员工，怎么敢公然得罪老板？他想让她奋不顾身地挑战集团一把手，激化矛盾？他把她当枪使？

林越恍惚间想起他是怎么对王春成和小秦的。这就是宁卓，只要他遇到了敌意，尤其是来自王家的，就会立刻竖起满身尖刺，攻击性暴露无遗。这大概就是他身为赘婿的软肋吧，因为自卑，所以敏感，动辄过激。原来他和王旭的病灶是一样的，又卑又亢。自己真是愚蠢，居然平时还敢对他想入非非，根本不知道这英俊的外表下，藏着一颗怎样的灵魂……

林越撑不住，终于哭了，泪水大颗大颗地滴落下来。屋里一时沉寂，只有她微微的哭泣声。半晌，宁卓抽了张纸巾给她，口气已温和："对不起，刚才我心情不好，话说得重了点。你别怕，有我在，王旭不敢对你怎么样。不过以后你要多长个心眼，公司的情况复杂得很。"

林越抬头，见宁卓脸色已缓了下来，甚至有点歉疚之意。林越委屈稍减，但接下来是感到更大的屈辱。打工人可真惨，领导稍微一服软，自己就受用了。她不想再和他说话，微点了个头，敷衍道："好的，我知道了。如果没什么事，我先出去了。"不等宁卓说话，她起身离开了办公室。

宁卓看着她的背影，那样微微佝偻瘦瘦的背似曾相识，勾起许多遥远的回忆，属于他的从前，渺小的、任人宰割的命运。如今他也当一回蛮不讲理的人，任意发泄情绪，宰制他人命运，却没有多少快感。可能因为良心尚存，伤害比他更弱小的人，并不能使他愉悦。他握紧手，什么时候，他才能真正向强者的脸上挥动拳头呢？

林越跑到楼道角落里待了很久，调整情绪，克制着继续流泪的欲望。还要上班呢，哭得面红眼肿的，落在众人眼里多不好。职场最忌讳露出破绽，而哭是最大的破绽，因为这证明你既搞不定人际关系，也搞不定自己的情绪。

也许是因为愤怒和委屈没有发泄出来，郁结于心，一整天，林越头痛欲裂。宁卓那句"我当初重用你，也是因为你不姓王"一直在心里翻腾，让她心底一阵阵发冷。他对她的各种欣赏此刻想起来，全都不算数了。不过林越神色平静，一如既往地干着活儿。不知情的人根本看不出，她在经受着怎样的内心风暴。人人如此，心里翻江倒海，天地倾覆，外表依旧镇定自若。让别人看到了觉得自己深不可测，这是生存之道。人心莫测，你见他人皆莫测，料他人见你应如是。

这件事林越连对小楠也没有吐露半点。自从和宁卓工作接触越来越多之后，林越和小楠两人再也没有聊过宁卓的八卦，不知为什么，也许是都害怕传他小话会吃亏。但更有可能的是，宁卓在她和小

第八章 一桌家常菜，足以慰平生

楠心中都具有特殊地位，是私密的存在。除去他是上司之外，还有别的一层意味。这个人于你特别了，才不会向他人提及，不是吗？

到了下班点，虽然手头事情多，但林越不想加班，只想快速逃离这可憎的地方。一路地铁里，林越心情低落，进了小区，脚步越走越快。今天和往日不同，妈妈在家啊。有妈妈在，家就有了灵魂。昨晚她是妈妈的救星，今晚妈妈是她的救星，她迫不及待地要见到妈妈，就像在学校遭同学霸凌的小孩。

打开家门，屋里一股熟悉的饭菜香味扑鼻而来，将她包裹，肠胃立刻通过万千皮肤的毛孔品尝到这气味的盛宴，咕咕叫着。小时候的记忆刹那间如潮水般袭来，每个黄昏，她如倦鸟归巢，推门后都有这样的情景：妈妈在厨房忙碌，铲子在铁锅里翻炒发出嚓嚓声，抽油烟机呼呼响，蒸锅咕嘟咕嘟，水汽氤氲，油在锅里噼啪作响，小小的金黄气泡自鸡蛋糊的边缘密集滋生……什么都不用想了，一切交给妈妈。

林越浑身放松下来，欢叫了声"我回来啦"，跟着冲进厨房，紧紧搂住雪华。妈妈身上的油烟味真好闻啊！人为什么要长大呢？如果能一直在妈妈的怀抱里该有多好？

雪华歪了歪头，和林越亲昵地碰了碰脸，笑道："回来啦？去歇会儿吧。等小许到家，再下锅炒菜，就可以吃饭啦。"

林越走出厨房，把自己重重摔进沙发里，见沙发旁边的小边桌上多了盆碧绿油嫩的绿萝；电视柜下面的小书柜里，"主义们"已排列整齐；顶柜上多了个放杂物的长方形带盖草编收纳盒，卷尺、棉签盒、电子体温计、电视遥控器等一干小物品都被收进里面；沙发套带着洗过晾干、微微发硬的触感，散发着薰衣草洗衣液的淡香；浅栗色旧木地板由于擦得太干净，连木头纹理都较往日清晰。这么干净，一定是用洗涤剂擦了好几遍。屋里从未像今天这样整洁，妈妈简直挖地三尺般把它翻新了一遍。她把老家的家完美复刻到这里，绿萝就是证据，但林越并不讨厌她这一举动，不认为这是入侵。何止不讨厌，简直举双手欢迎。

林越正环视着，许子轩也回来了。雪华听得进门声，扬声说："饿了吧？马上开饭。"两人对视，久违的这一声令他们差点落泪。许子轩走进厨房，见雪华正在炒菜，他由衷地赞美："我以为炒这个动作已经快从厨房消失了。"

雪华把四菜一汤摆到桌上，分别是尖椒肥肠、酸辣土豆丝、豆角烧排骨、白菜炖粉条、海带腔骨汤。许子轩连赞美都顾不上，频频下筷，狼吞虎咽。林越也饿坏了，她已经很久没有这样正式地吃一顿家常菜，而且今天心力交瘁，加倍耗体力，更觉得这顿饭像回魂丹一般，让涣散的心神一点点聚拢，她终于又成个人了。啊，洁净的家，美味的饭菜，她终于明白"田螺姑娘"的故事为何代代相传了。谁不渴望家里有个田螺姑娘啊？

她吃得香，想起爸爸贬斥妈妈说"吃完早饭就准备做午饭，睡过午觉就准备做晚饭"。可一个家庭如果想吃上丰盛美味的饭菜，主妇怎能不提前筹划、采买、洗涤、煎炒炖煮？放下碗骂厨子，这真是世界上最不要脸的行径。

雪华微笑地看着他们，孩子们大口大口吃着自己做的饭菜，这是一位母亲能得到的快乐之一，一道家常菜，就是母亲对孩子们羞于启齿的爱意。是啊，林越才是她的亲孩子，为什么这些年把那么多心血花在侄子侄女身上？大错特错！她亏欠女儿太多了。她同时也心酸，这俩娃，平时上班忙成那样，该是多久没有吃过家里的正经饭菜了？

许子轩吃得直叹气，最后放下筷子，道："为了这一口锅气，一辈子刷碗我也愿意。"

他又点评着："阿姨您这是北派饮食，我妈是南方人，专做南方菜。不管北方南方，家常菜就是好吃。改天你俩切磋切磋。"

雪华笑道："其实现在做饭也不怎么分南方北方了，我就在抖音里学了不少南方菜的做法呢，等以后都做给你们吃。"

许子轩笑得灿烂，忙回："有妈妈在，真好。"

林越示意许子轩看一下屋里有什么不同，许子轩东张西望，说："多了盆绿植？"

林越嗔怪他没眼色，不觉得整洁多了吗？比请保洁干的活儿质量还要高。许子轩恍然，说对对对，真的干净很多。林越微觉无趣，也许大多数男人对整洁这件事要求真的不高，许多主妇呕心沥血保持家里的一尘不染，可能在男人那里根本邀不了功。一尘不染有什么用？家里处处尘埃，凌乱不堪，天也不会塌下来，不是吗？

林越看着雪华，妈妈看上去已经很疲惫了。她今天干的活是一个全职保姆满负荷运转才做得到的，而且由于她有轻微洁癖，对洁净的标准更高，所以她更累，可到底谁领情呀？并且口惠而实不至的这种"领情"对妈妈来说，有什么好处呢？世人都歌颂"妈妈的味道"，殊不知那是妈妈付出多少劳动才能制造出来的味道啊。

如果不用上班，林越接下来的日子简直完美。每天早上醒来，都有一顿丰盛的早餐等着；晚上回家，有花样翻新的晚餐迎接；屋里处处洁净有序；她和许子轩换下的脏衣服已洗净晾干，外衣全部熨烫过。她连自己要穿的衣服都做不到件件熨烫呢，实在太忙了。有次周明丽旁敲侧击，许子轩的上衣皱巴巴的，这样穿出去不好。她立刻反感，回答："挂烫机就挂在卧室，他自己不去搞，我有什么办法？"见周明丽脸一黑，林越心里一阵舒服：莫非和你儿结婚，我就成他丫鬟了？

不过某个瞬间，林越心里又隐隐不快：她不是许子轩的丫鬟，可妈妈如此不知疲倦地做着家务，这重任不过是从她这里转移到了妈妈手里。但有些微妙的感觉不好讲出口，她隐约觉得妈妈因为住在这里心里发虚，用家务换住处。她宽慰自己，妈妈照顾她习惯了，不过是捎带手照顾到许子轩而已。她同时明了自己是个在自尊上斤斤计较的人，因为总在现实生活中受挫，所以只能在心里时刻盘算，东划拉来，西划拉去，缝缝补补到逻辑自洽。也许这是她这个穷人的特点吧？

在公司，林越调整了心态，还是认真工作，但对宁卓不再那么用心了。用心，是指把他的话听得特别重，特别把他引为"自己人"。她仍是亲切而恭敬地与宁卓相处，他毕竟可以成就她的事业嘛。但她不动声色地拉开距离，比如不再接他开玩笑的话茬，比如更加客气。这种微妙的感觉宁卓也捕捉到了，有时他说了句话，打趣或暗喻，他以为林越会接住——平常她是会立刻接住的，但现在她听任那话头掉在地上。宁卓看着林越，眼神中似有失落，欲言又止，彼时林越觉得又伤心又解气。他以为可以把所有女人呼来喝去，自如地掌控着她们的情绪吗？长得好看的人总以为自己有这个能量。他该知道自己也不过是个过河的卒子，自身难保，有什么可骄傲的？

但有时林越又觉得是想多了。她是什么人？宁卓怎么会在意她？宁卓的一双眼看谁都似有千言万语，自己不过是错觉而已。并且宁卓有女朋友，她有未婚夫，自己这番幽微曲折的心路历程像是男女暧昧之初的拉扯，合适吗？她品出一些丑恶来，脸上微热，又因这心路历程没准儿全是一厢情愿的意淫，瞬间如坐针毡，要赶紧起身去接杯水来喝，强迫自己忘掉这么可笑的"一个人的战争"。

林越争取周末能休息一天，带着雪华出去玩。既然雪华是来"旅游"的，她不能让妈妈白来一趟。从前她读大学时，妈妈也来过北京几次，但很少像现在这样时间充裕。她勉强算是在北京"安家"了，妈妈不用带着旅人的任务感和紧迫感来去匆匆，可以慢悠悠起床，吃过饭出门，只逛一个景点。到了黄昏，大家在外吃顿饭，再打个车回家休息。

雪华喜欢北京吗？并不。北京太大，大到像威胁，大到雪华犯起巨物恐惧症，北京是她无法掌控的存在。有一次小两口带她去一个巨大无比的商业综合体里吃饭看电影，停好车，三人下车，一起走向去往商场的扶梯。走着走着，看到旁边有洗手间的指示，雪华说上洗手间，要两人等她一下。上完洗手间，雪华出来后习惯性右拐，走着走着，一抬头傻眼了，因为眼前的地形已然不是她进来时的样子，出错口了。她打电话给林越，却死活说不明白自己所在的位置。林越无法，要她回到当初他们停车的地方，跟着给了停车地面上的车位号。可是雪华怎么转，都找不到那个"D区514"。这个地下停车场太大了，一共四层，每层都分了四个区，长得一模一样。仅仅是停车的地方，就这么大，有什么必要呢？她东张西望，心里着急，一时没留意原来看每个区域柱子上的颜色和字母标识，就可以辨认出不同的区域。

地下停车场的灯惨白昏暗，车一辆辆在身边掠过，汽车轮胎在光滑的地面摩擦，发出刺耳可怖的吱吱声，简直下一秒钟就要撞到她。雪华惊恐，急得快哭出来，背心被汗湿透。更无助的是，这是个自动收费停车场，连个保安和指引的服务人员都没有。在大城市生活是一种复杂的经验，北京尤其如此，它要人们各凭本事活下去，活不下去，迷路或者饿死，也是活该。雪华好不容易看到前方有辆车停进车位里，车主熄火下车，雪华赶紧鼓起勇气，上前求助，让他把她带到地面一层，找了个店铺，打电话让林越和许子轩来碰面，这才解了窘境。

雪华不喜欢北京，但喜欢和女儿在一起，那样心里踏实。从前的规划里，丈夫是和她生活到最后的人，林越生了孩子之后他们会来北京帮她带孩子，但孩子大了之后她会和林志民一起养老。不都是这样的吗？子女有了后代，父母给其带孩子，孙辈到上小学的年龄后，老两口功成身退，回到老家养老，最后的岁月里一起进养老院，只在心里默默地想念着子女。可现在计划变了，女儿就是她的一切，她不得不喜欢上北京。

在外就餐往往不合雪华口味。也不知为什么，现如今繁华商业区有那么多主打麻辣口味的饭店，麻辣香锅、麻辣火锅、麻辣涮涮锅、麻辣小龙虾、麻辣烤鱼、麻辣肉蟹煲……散发着乍闻诱人，再闻令人心浮气躁的重口味气息。它们如此麻辣，到底想掩饰什么？

第八章 一桌家常菜，足以慰平生

要么就是一些在雪华看来"不好好做饭"的店：创新菜品，各类炸物店，中式汉堡店，精酿烤吧，分子料理，一律噱头足足，口感平平，价格昂贵。而常规的那些耳熟能详的连锁品牌中餐馆，除了少数几种炒菜，又都是预制菜。无论吃什么，雪华一律评价说"太咸"和"太油"，吃完口干舌燥。

其实即使是所谓的泰餐、越南菜，就不会用料理包吗？林越深深怀疑。因为有一次她在网上买了冬阴功汤料包，和在某家著名的泰式餐厅里吃到的一模一样。餐厅汤里只不过多了虾和贻贝，但那口感吃着像冻品。换言之，汤料包加冻海鲜，只因是现场上锅煮了一下，就比预制菜要高级、要有"锅气"吗？她和许子轩吐槽，许子轩再一次大喊"料理包要杀死餐饮业了"，哀叹现在除了烤肉和火锅，吃什么馆子都是在吃预制菜。吃日料还不如自己上网买三文鱼、北极贝、甜虾、海藻，店里不过是给你切片摆盘而已，连加热都不用，芥末都自己挤。

两人带着雪华，原是带着她开眼界的。这花花世界，霓虹渐欲迷人眼，餐馆鳞次栉比，要的就是这种任由选择的畅快。不料换了几个商业区，吃了好多家菜品，竟没几家可口的，原来这多元不过是千篇一律。两人觉得失望又没面子，也疑惑，外食究竟是从哪一年开始，渐渐失去吸引力了呢？

他们终究还是吃了烤肉，虽然肉片大概率也是冻品，好歹看得见肉的本来面目。不像那些馆子，菜被反复调制，死去活来，活来又死去，九九八十一难后重生归来，已难辨其前世容颜。

烤肉香是香，但太油了。许子轩喝啤酒，林越母女喝冰可乐，借以解腻。许子轩酒兴大发，喝得眉飞色舞，一边给雪华烤肉，一边批评林越从事的预制菜产业是作孽的营生，全部努力不过务求干掉博大精深的中餐。林越努力辩解，中餐永远不会死，但一盘盘现炒的中餐未来只会活在昂贵的少数私房菜馆里以及家庭内部而已，因为人力成本实在太高了。可是未来人们愿意在家做饭的也越来越少了，以美国和日本为例，预制菜渗透率已达到60%，并且这个数字还在不断攀升。

许子轩苦口婆心道："中餐不能预制，预制会让中餐失去精髓，不能一味地效仿国外。"

林越承认："我也知道咱们的饮食文化和别的国家饮食文化不同，但如果一种生活方式渐渐难以维系，快被时代淘汰，是不是到了需要调整的时候？以'王家菜'为例，集团餐厅所在的地段，租金加人力成本已经远超五年前，不用预制菜，全部现炒菜，成本根本受不了，上餐速度也跟不上，就只能倒闭了。这就是市场规律。"

许子轩刚要开口反驳，林越又道："不说餐厅吧，就说在家里做饭，你这么爱吃，讲究吃，你做吗？"

许子轩一时语塞，林越白了他一眼："谁吃谁做，不做的人，那就别人做什么你吃什么，少废话，少那么多要求！你所从事的人工智能行业力求把人能做的事尽量交给机器，为什么单单要求做饭的苦差事还要保留给女人干？"

许子轩喷的一声："做饭也不只是女人在干呀，我大舅、我初中班主任、王晓辉，都是家里掌勺的那个人。"

林越哼一声："你身边即世界？大数据表明，全球范围内，下厨主力还是女性。"

第八章　一桌家常菜，足以慰平生

许子轩放弃辩论，道："那倒是。"

林越笑嘻嘻夹给雪华一块烤牛排道："妈妈们做的饭，吃一顿少一顿了，且吃且珍惜。"

许子轩道："伟大的母亲们，你们辛苦了。"

他搂住林越亲了一口，同时对雪华行了个滑稽的礼："有您在，我们的日子快乐似神仙。"三人哈哈大笑。这一刻，林越和雪华是幸福的。

大家回到车上，微醺的许子轩靠在副驾，林越开车。北京的璀璨夜景中，车龙排得长长的。北京太大了，吃个饭，居然要驱车二十多千米。人也实在太多了，现在已经九点多了，这条长街依然这么堵。雪华感叹着，见林越熟练地一打方向盘，脚下轻点，车提速，驶向另一条街，顿时一股心潮涌上来，敬佩、喜悦混杂着心酸，在雪华胸口激荡。她所畏惧的巨无霸北京，女儿并不怕。这些年女儿吃了多少苦，才有了这样一副老练的模样？她这个当妈的，又为女儿做了什么呢？

林越从后视镜里看到妈妈的注视，道："妈，我爸当初要你学车，你为什么不学呢？"

雪华道："我觉得我学不会，也觉得没必要，没需求。"

林越道："这是最简单的技能，练习到熟，就自然会开。你将来要不要去学车？方向盘掌握在自己手里的感觉好极了。再说，需求是可以培养的。"

雪华迷茫地看着一路掠过的灯火，已经五十三岁的她，会有那么一天吗？

第九章
我的妈妈无家可归

第九章 我的妈妈无家可归

林志民和健身的朋友们自驾游去了甘青大环线,足足玩了大半个月才回来。

就是喜欢这种在路上无拘无束的感觉!林志民叉着腿站在茫崖翡翠湖边,看着碧绿色的湖水一望无垠,像翡翠一样通透晶莹,不由得心旷神怡地张开双臂,豪情满怀。同时忆起女儿说的"这个岁数了",轻蔑地一笑。哪个岁数?什么岁数也拦不住一个向往自由的灵魂。又或者正因为这个岁数了,才更需要奔放。他看着自己结实的双臂,无比自信。

整个旅途中,他很少想起妻子来。雪华在不在家,是不是要和他离婚,他并不是很有所谓。有一瞬间,他后悔对她太凶了,赶她走这个举动真不像是他能做出来的。其实这些年妻子不管钱,"扶哥魔"行为已几乎没有了,除了那笔二十万元之外。所以他突然对妻子翻脸,也有点借题发挥的意思,借着这个当口把压抑许久的、对她的鄙夷释放出来。

但更多的时候,林志民不去琢磨这个事。人活在世上,要遵循丛林法则,"天地不仁,以万物为刍狗",人会变老就是证据。人一天天衰老,是最残忍的事,这么残忍的事,他都忍下来了。雪华也必须忍受他的残酷和冷漠，这是法则，有几个妻子不被丈夫呵斥？他甚至为自己的残酷而有一丝自豪，据说人老了心肠会变软，他这么杀伐果断，看来还不算太老吧？

和力姐学健身这几年，林志民更深切感受到这一点。健身，就是比赛着谁更能扛住摧残。跑步，跑到腿酸痛无比，心情厌烦到了极点，也要忍着，再忍一千米就好了。一千米都忍过来了，不然再多忍一千米吧。撸铁，手臂累到打战，也要坚持举起最后一个。好，非常好……再来一个！力姐这样喝道。一天天地这样扛过来，他就脱胎换骨了。他这是在用意志和岁月拔河啊，他摧残了自己，岁月就摧残不了他。每当听到别人惊讶地说"啊？你都五十五岁了，真看不出来"，他就知道，这场拔河赛他赢了。为此，他不染发，就这样公然地亮着斑白的两鬓。一半黑一半白的头发，像生命的进度条，眼见白多黑少，进度条快走完，但那又如何？我远比满头黑发的你强壮健康。

张掖七彩丹霞，雄浑壮丽，连绵不绝。敦煌莫高窟，大漠苍茫，驼队不见首也不见尾。突起大风扬沙，驼铃迎风作响，沙子扑打在黝黑的脸庞，丝般滑落。祁连山下，绿草茵茵，牦牛、羊群悠然踱步。洁白的雪山一排排蜿蜒曲折在澄澈的蔚蓝天际，最伟大的画家也调不出这浑然天成的配色。怎么会有人不爱这广阔天地？不出门的人永远不知道，世界有多大，自己有多小。

进了城，他们意犹未尽，聚到健身房旁的饭馆吃饭。一帮人叫了两箱啤酒，说说笑笑，喝得开怀。力姐本来就黑，这一趟下来更黑得发光，胳膊和腿被衣服遮盖住的部分偶尔露出来，与被太阳暴晒的地方黑白分明，看着煞是滑稽。别人虽没有她那么黑，也都照着平时黑了几个色号。大家互相取笑，又叹大半个月没有撸铁，肌肉都缩小了，要抓紧最后的这次机会，畅饮啤酒，从明天开始，恢复健身。

正说笑，健身房前台小妹走进餐馆，向力姐走过来，附耳小声说着什么，原本开怀大笑的力姐脸色一变，笑容消失。大家不知发生什么事，前台小妹为难地看着力姐，又抬头看看饭馆外。大家顺着她眼神的方向看过去，只见一个五十多岁、两鬓斑白的老头站在玻璃门外，手里牵着一个两岁左右的小男孩，正看着力姐。力姐的表情如被雷击般，说不出地震惊，还带了点憎恶。大家不知究竟，却也知道这事非同寻常，这个人必定与力姐有着极其密切的关系。

力姐噌的一下起身，快步走向门外的老头，大家见状也要跟过去。力姐厉声道："不，你们别过来，他就是人越多越来劲。"

大家只好坐下去，只见力姐走到老头面前，老头表情卑微地说着什么，力姐一脸不屑和愤怒，两人吵着。力姐转身要走，老头上前拉着她的手，继续卑微而坚持地哀求着。力姐瞪起眼睛，甩着他手，却甩不掉。林志民好奇，走到门口，躲在门后听到老头紧张地对着孩子说："宝宝，爸爸刚才和你说什么记得吗？叫大姨，说大姨好。"

小男孩仰头看着力姐，见她满头白发加皱纹，愣了下，叫道："奶奶好。"

林志民从门缝里见力姐畏缩了下，像是被这个称呼吓到了。固然她平时也会被小孩子叫"奶奶"，但这个词从这孩子口中说出，如最残暴的攻击。

力姐大喝道："你给我放手。"

老头道："你不同意一起过，那咱们离婚可以，财产分割好说好商量。我得养孩子，不能苦了孩子。"

力姐道："那你别怪我不客气了。"

力姐一反手，向前欺身一步，大家还没看见怎么回事，这老头就被力姐猛地一个背摔，狠狠摔在地上。他痛得满脸都扭曲了，啊啊地呻吟着。小男孩吓坏了，哇的一声哭了起来。众人在屋里看呆了，林志民抖了下。

老头强忍着痛，爬起来搂住小男孩，安慰着。力姐冷冷地看了父子一眼，转头进了餐馆，坐回位置上，自顾自地再次喝起酒来。众人询问究竟，力姐也不避讳，一边喝着，一边把这桩事大概说了一遍。

事情果然如众人平日里猜测的一样，这老头是力姐的老公包文杰。两人同岁，初中同学，青梅竹马。力姐上了体校，包文杰大专毕业后去了本城的某个单位，当了个普通的科员。两人三十岁那年结婚，力姐恐惧生育的疼痛，厌恶操劳家务，包文杰顶住父母的压力，同意丁克。力姐从省散打队退役后，一开始在别的健身房当教练，后来创业开了健身房，健身房越开越大，渐渐在本城小有名气。两人前二十几年的婚姻，美满似神仙。包文杰平时不怎么参与健身房的事务，下了班就在家打理家务，力姐则从来不做家务，别说做饭，碗都不用洗，活得相当滋润。

"他和我说，你不是一般的女人，不必过普通女人的生活。做你自己吧。"力姐喝着酒，不无感慨和自嘲。他们曾经是这混浊的人

第九章 我的妈妈无家可归

间烟火中清逸出尘的天仙配，看谁都觉得俗不可耐。也是，能把繁殖欲都灭掉的人，何人能敌？可谁能想到，晚年他们居然活成了比谁都不堪的一对呢？

力姐固然不是一般的女人，包文杰却活着活着，露出了普通得不能再普通的男人底色。三年前，力姐发现包文杰出轨了一个KTV的服务员，二十岁。包文杰是怎么和她勾搭上的，力姐说不清楚。也许一个开八十万元的奔驰、浑身都是名牌的男人，无论多大岁数，总是能引发某类女人的爱慕。发现包文杰不忠时，这女孩已经怀孕了。

包文杰的繁殖欲就这样在五十五岁的时候突然苏醒了，他和女孩吹了牛，许下美好的诺言，女孩认为包文杰才是这偌大的健身房的幕后老板，决定把孩子生下来，母凭子贵。包文杰的父母则惊喜不已，支持他离婚，他们会帮他养孩子。力姐心灰意懒，同意离婚，但要包文杰净身出户。

包文杰自然是不干的，居然住到了女孩的出租屋里。女孩本以为等包文杰分割完婚内财产之后，自己就可以过上富贵的生活，改变命运了。但很快她就发现包文杰原来是骗她的，他和力姐有不少存款没错，但都放在力姐名下。房是两人的名字，不离婚也分不走。包文杰只有工资是自由支配的，但工资并不高，平时全靠着一辆奔驰在外撑着他的风光，这车也是力姐买给他的。女孩气坏了，两人闹得鸡飞狗跳，女孩一怒之下跑掉了。包文杰因为婚外生子的事在单位闹得很不好，被强迫内退，反正他的岁数也没什么干头了。

包文杰灰头土脸，带着孩子住到老家的父母家。没承想父母其实是叶公好龙,因为都八十多岁了,根本带不了孩子。三个老人带个婴儿,过得一地鸡毛,很快老两口就双双住院了。包文杰还有个妹妹,上门把哥哥骂得狗血淋头,要他掏钱出医药费,出护工费,否则她将彻底不管父母。包文杰焦头烂额,只能回头来找力姐。

在数次的谈判中,包文杰这样告诉力姐,他其实暗戳戳在下一盘大棋。这全是为了他们俩,一个家还是得有个孩子。力姐这个岁数,生不了孩子了,但代孕是违法的,而且也不能说服力姐拿钱出来做这件事。正好借着,打着情和爱的名义,去哄骗年轻的女人给自己生个孩子——不,是为他和力姐生个孩子。

"一个家,没有孩子,哪能叫家呢?"他哭着对力姐说。

力姐也哭了,问他:"你一辈子都同意丁克,为什么都到五十五岁了,突然来和我说这件事?"

包文杰说他拗不过身上基因传承的本能,一想到死了之后,"自己"这个概念就彻底被从这个世界上抹掉,就感到极大的恐惧,觉得灵魂将堕入无边的黑暗,无法解脱。每一天,他照着镜子,看到自己满头霜花,眼袋浓重,嘴角下垂,再看看妻子,同样苍老,他就觉得阵阵虚无,好像自己要化成一阵空气,立刻消失了一般。虚无这个东西太可怕了,他承受不住。而新生的生命,稚嫩的、发光的、胶原蛋白满满的婴儿的脸庞,一天天长大的生命,抱在手里沉甸甸的温热,是对抗虚无最好的武器。

夫妻这样反反复复谈,掰开揉碎了谈,或暴跳如雷,或相视垂泪。谈着谈着,包文杰的话头就会滑向对力姐的控诉,他控诉力姐太强势,不但从来不做家务,而且牢牢把控家里的财政大权。他感受不

第九章　我的妈妈无家可归

到家庭的温暖，尤其是来自女性柔软的慰藉，更感受不到身为一个男子汉的尊严。控诉完他又循循善诱，有个孩子，也许可以让力姐余生尝试不一样的生活，说不定她会爱上洗手做羹汤、含饴弄"娃"呢？

力姐说完，大家一阵沉默。这个故事实在太狗血了，而且居然就发生在自己身边，一时不知如何评价。力姐懒洋洋地笑骂道："我不生孩子，怕的就是把屎把尿，起夜喂奶，接送补课。这都快六十岁了，突然搞个私生子出来，还想让我当贤妻良母替他养，真是想得美！我能干那事吗？"

大家同声骂包文杰不是东西，又蠢又坏。本来可以有着富足自由的晚年，居然一手好牌打得稀烂。力姐道："离婚是不可能离的，他有本事就耗下去。拖着他那个私生子一起受罪，他们越受罪我越高兴。"

有人担心道："但如果他多起诉几次，法院也许会判离，到时财产你也得和人家平分，法官可能会觉得孩子可怜。"

这"可怜"二字暴露了说话人的心思，貌似替力姐担心，实则是同情包文杰，暗觉力姐狠心。

力姐露出狞笑，道："财产是吧？经营健身房，每月收支抵一抵，我是亏损的，还得用存款来维持运营，房子也早被我抵押出去了，你猜钱都到哪儿去了？"她自得地挑挑眉。

众人愕然，又肃然起敬，林志民在心里又抖了一下。这才是力姐，她岂能白白落了个坚硬的外表？她这么多年不生养，难道不会给自己留后路？也许那警觉早在二十年前她临近四十岁时就萌芽，日益发展壮大，直到最坏的结果来临时，它已长成坚实的巨盾，挡住厄运的风雨。晚年没有男人可以，没有钱万万不可以。

力姐打了个酒嗝，道："就剩这家健身房了，把它关了我也无所谓。另起炉灶再开一家就好了，反正会员认的是我力姐，又不是包老头。"

另一个老头道："谁能干得过力姐啊？"

力姐听出来了，这帮玩伴其实并不完全赞成她。不生孩子，控制财权，心狠手辣——这么多女性雷点，力姐全踩中了。即使平时他们再怎么尊她为精神领袖，毕竟性别在这里放着。一个女人，太过公然地坚硬，尤其是在钱方面表现得很赤裸，总归叫人不是滋味。毕竟人们说起"无毒不丈夫"来，带了几分敬仰；而说到"最毒妇人心"时，却带了恶狠狠的惊恐。男人狠，叫人佩服；女人狠，就叫人厌恶。幸好她不怕被别人厌恶，因为一般人都打不过她。

力姐斜着眼，看着这一圈老男人和老女人。这帮人全部单身，要么丧偶，要么离异，要么正在分居中，比如林志民。她醉醺醺地一指林志民："我承认我不是个好妻子，我也不想当母亲，有这样的结局我认。你呢？你老婆是个贤妻良母，你一家三口其乐融融，为什么你也要离婚？"

林志民道："我老婆是个'扶哥魔'，一辈子贴补娘家，吸血鬼一样没完没了，我受不了了。"

力姐道："但人家做了一辈子家务，侍候你和你女儿，没有功劳也有苦劳吧？"

林志民用力撞了一下力姐的酒杯，金黄色酒液溢了出来："你呢？你家老包做了一辈子家务，把你侍候得舒舒服服的，还差点断子绝孙。你为什么也不买单，要他净身出户？"

力姐哑然，大家哈哈笑了起来，力姐也跟着笑了起来，神情释然，好像意识到自己其实也无情，并没有吃亏，心里舒服一些。没错，她既一开始就确定自己超越性别和年龄属性的人设，就要安于它带来的报应，哪能便宜都让她占了呢？

有人大叫起来："没错，谁做家务谁是大傻子。"他并不避讳自己的无情无义。都这岁数了，要对世界坦诚一点。

林志民指着众人，一一数落了过去："大刘，你自己先出的轨；慧儿，你和老公打了一辈子；老牛，你死了老婆，你没毛病；老郑，老婆嫌你没出息，同学会时出轨了；大美，你老公死了，两个孩子在外地，一个也回不来，也没有人欢迎你去投奔。咱们这一帮老头老太太，不管怎么活，不管有伴儿没伴儿，有孩子没孩子，到最后都是光棍一条。所以人哪，就得看开，抓紧时间吃喝玩乐，别较劲。"

力姐大声道："没错，比如我吧，年轻时生了孩子，就一定能保证老包和我白头偕老吗？也不一定哪。没准儿他就觉得天伦之乐没意思，要跑出去浪了。在座的除了我，哪个没有生儿育女？谁现在成双成对？所以我还是做自己比较好，一门心思对自己好，死前吃光喝光造光，这样死了也不冤。"

一帮人用力地碰杯，哈哈大笑着，又通透又绝望，又快乐又悲伤。

林志民找了个代驾，晕乎乎地回到家，倒在沙发里的一瞬间，感觉脸上有什么东西，手一抹，居然是一根微不可见的蛛丝。他环视着屋子，看出了点异样，沙发的边桌上蒙了一层灰，绿萝叶也不再油绿发亮。仔细闻闻，屋里有股久无人居住的淡淡霉味。他翻出手机，发现雪华和他联系的最后一次，是快二十天前他在青海湖的时候。当时她来微信，问他什么时候回家，他心中激不起一丝涟漪，直接无视。浩瀚的青海湖就在面前，绿澄澄的湖水由于地势造成视觉偏差，似有从天边倒挂之势，恍惚间仿佛向他倾涌而来，"妻子"和这么壮美的时刻很不相宜。这两年来，他渐渐习惯无视她，但今天，不在场的雪华，存在感突然强了起来。

他打了雪华的手机，她没接，又打给大姐。林瑞玲支吾着，林志民不耐烦起来，道："再怎么和她翻脸，毕竟还是夫妻，难道要我去报失踪案吗？"林瑞玲这才告诉他，雪华上北京找林越去了。林志民震惊，立刻又给雪华打电话，她依旧没接。她一早就知道他反对她去骚扰女儿，肯定不会接。他又给林越打，林越说没错，妈妈在我这儿，先住一阵，散散心。

林志民急道："你现在住的是人家的房子，小许同意吗？"

林越道："有什么不同意的？我妈在这儿，又收拾屋子又做饭的，许子轩欢迎得很呢。"

林越要爸爸别着急，真替她和妈妈着想，就温言软语，和妈妈认个错，重归于好，以后两人好好过日子。否则他整天冷若冰霜，叫妈妈在那个屋子里怎么待？林志民心里有点后悔，却嘴硬，坚持说他没错，雪华不把那二十万元讨回来，他俩就没完。跟着他问林越雪华要住多久，林越没好气道："既然这样，她现在无家可归，我就是她的家。我在哪儿，她在哪儿，当然是和我一起住进许家。"

林志民道："就算小许没意见，他父母同意吗？"

第九章 我的妈妈无家可归

林越一阵心虚，跟着更加生气。爸爸这样前后夹击，誓叫妈妈无路可走，难道叫她露宿街头吗？一定要逼得妈妈给他下跪磕头、痛哭认错，才能解心头之恨吗？

她冷冷地道："爸，别再说废话了。现在这个问题是我和我妈需要解决的问题，不是你的问题。"

林越气恨恨地挂掉电话，她确实担心许子轩的父母有意见，妈妈未来何去何从，她也不知道。她突然有个荒诞的想法，她和许子轩的小家其实特别需要一个保姆，专门做家务尤其是做饭。妈妈现在的付出超过一个高质量住家保姆，住家保姆不但要包吃包住，还要给工资呢。而他们俩没给工资，妈妈还睡沙发，已经亏大发了。

但，难道去和许子轩商量，让妈妈以家务换取栖身之处和一日三餐吗？准丈母娘化身全职保姆——这无论如何说不出口。天哪，为什么操持家务者是外人时，你就要付出一大笔钱，而一旦是你的亲人或者伴侣，那家务就突然变得一钱不值？如果你想一五一十算清楚，整件事情就立刻变得令人不快，连带你的品行也充满拜金色彩呢？

林志民通完电话，坐在沙发上发怔。那股后悔在心底越扩越大，让他不由得嘀咕起来，难道这回对雪华真的太过分了吗？但他也没想到雪华会离家出走呀。为了抵消这份心虚，他起身，走了两步，他没错，妻子是个吸血鬼。这年头，二十万元多难挣呀，他凭什么帮大舅哥养儿子？想到"帮别人养儿子"这个点，林志民真的生气了，瞪起眼睛。雪华把两人的血汗钱白白地送出去给她的侄子，还跑去骚扰女儿！这个女人，活了一辈子，越老越愚蠢。林志民气恨恨地叉起腰，想个什么办法把她弄回来才好呢？

林越没想到,她的担心在接到爸爸电话的第二天就变成了事实。雪华这天中午刚刚从菜市场采买归来,在给自己做简单的午饭时,周明丽突然来了。

周明丽一直担心林越和儿子的相处模式,更记挂着儿子的轻微脂肪肝。脂肪肝应该少吃肉和重油的菜,但那样她又担心许子轩营养不良。偌大一条一米八五的男子汉,也不能一点荤腥都不沾,何况许子轩一直好吃,挑嘴。他单身的时候,即使是单住,周明丽也会隔三岔五上门给他做点好吃的,恨不得化身营养学专家,把儿子捧在手心,照顾到每一根毛孔。如今她视如珍宝的儿子交到了林越手里,林越却视他如草芥,让他东一顿,西一顿的像个光棍。周明丽每每想起这件事,都心如刀割,却又无计可施。许子轩交到哪个女孩手里,能像在她怀里一样安全呢?她只能时不常地上门来检查一下,提点意见。但许子轩又不让她和林越正面交涉,她只能趁林越不在家的时候,把自己买的高档食材带过来,顺便检查一下卫生和冰箱里食品的情况,以备及时提出意见,隔山打牛,叫许子轩间接传达给林越。

周明丽一般趁午休时候来,她知道中午小两口肯定不在。这天,她掏钥匙开门,雪华因在厨房开着抽油烟机炝锅,一时没听见声音。周明丽见厨房有个中年女人,以为是许子轩叫的保洁,探头一看,雪华正好抬起头来,两人打个照面,都吓了一跳,认出对方。

雪华强笑道:"亲家母,你好啊。"

周明丽也笑着,带了点狐疑,走进厨房,并不以亲家母回称:"你好啊雪华,你——什么时候来的?来了怎么也不和我们说一下,大家见个面,吃个饭呀?"

第九章 我的妈妈无家可归

雪华尴尬，含糊道："来了一阵了，来看看闺女，看看小许，过几天就走了。"

周明丽把给许子轩买的东西放进壁柜里，看到锅里炝了葱花，另一口锅里煮着面条，雪华忙说中午做个简单的面条给自己吃，晚上给两个孩子做会丰盛许多。周明丽听着高兴，又提醒雪华，许子轩有脂肪肝，不能吃太油。雪华说知道，会注意的。两人走出厨房，边说着，周明丽手习惯性地一抹沙发边桌，发现一尘不染，知道肯定是雪华干的，赞她勤快，雪华笑着谦虚。两人扯了一阵家常之后，周明丽就回去上班了。

晚上下班，照常是一桌丰盛的晚餐。吃着饭，雪华说周明丽中午来过，林越一怔，问她来做什么。雪华说送了些水果还有海参来，一边说一边暗暗看两个人的脸色。许子轩暗暗叫苦，过往母亲都是趁林越不在的时候来，每次送完东西他会跟林越说是快递送来的，这回因为准岳母在，就把这事撞破了。周明丽有这小家的钥匙，但论理来说，林越住进来之后，她作为准婆婆，不该随着自己的心意，不打招呼就掏钥匙开门，可这话怎么和母亲说呢？这房是父母买的，目前还在他们的名下。

父母的房，自然是想怎么用就怎么用了。父母和他是亲人，但对林越而言却是外人；雪华和林越是亲人，但对他、对他的父母而言也是外人。"内人"，外人，这关系，到底怎么去理顺？

三人谁都没说话，接下来的晚饭突然不香了，气氛沉重。吃完许子轩要去洗碗，雪华死活不让，收了东西去厨房。听着厨房的流水声，林越心里堵得慌。难道未来住到那个婚房里，准婆婆也会留把钥匙，随时不请自来，带着检视和窥探吗？

许子轩道："我会让我妈把钥匙交出来的，以后她再也不能不打招呼就上门，你放心吧。"

许子轩憋了一肚子火，第二天一早在单位给周明丽打电话，要她把钥匙送过来，以后要来必须提前打招呼，林越会不高兴的。周明丽又愤怒又伤心，这房是我们的，怎么能叫偷偷上门呢？

许子轩道："妈，你是不是控制欲太强了？换位思考下，如果你是林越，说好了，这房是给我们住的，结果未来的婆婆总是隔三岔五不请自来，掏钥匙开门，你不会感到隐私被侵犯，没有被尊重吗？"

周明丽怒道："你个臭小子，还没结婚呢就胳膊肘往外拐。张雪华没事跑到这小屋子里挤，你就没有感觉隐私被侵犯，没被尊重吗？我问你，不年不节的，她跑北京干吗？"

许子轩已经猜到林越爸爸和妈妈感情出了问题，也猜到准岳母未来没准儿需要长期和他们住，想让母亲接纳这一事实，索性道："告诉你，她妈暂时不走了。"

周明丽大惊："不走，什么意思？"

许子轩不耐烦道："我猜她和林越她爸出了点问题，具体什么情况，我们做晚辈的也不好追问。总之，她是林越的妈妈，林越的家就是她的家，她想住下，我总不能赶她走吧？而且她在抵两个保姆，家务有人做，衣服件件熨烫过，每天我们都吃得可好了，再也不用吃预制菜了，你不要再操心了。"

挂了电话，许子轩想，女人总是意气用事。如果请一个像准岳母这样勤快、干活质量这么好的住家保姆，管吃管住他还要给她至少六千元的工资,每周末还得让她休息一天。母亲永远算小账,可笑!他苦恼地揪住头发:为什么不能全款买个自己的房?这样就不用夹在媳妇和母亲中间受折磨了。

周明丽根本坐不住,中午直接打了辆车上门。雪华见她又来,吓一跳,情知这回来意不善。周明丽把房门钥匙掏出来,放在桌上,轻轻推到雪华面前,语重心长,推心置腹,意思是,她从此不会干涉小两口的生活,再也不会不请自来。但是,雪华是不是也该有这样的觉悟?这么小的屋子,小两口住正合适,三个人就太挤了点。林越和许子轩的婚房正在装修,那里虽然大,但那是婚房,别人住就更不合适了。做长辈的,要有为晚辈生活考虑的觉悟,对不对?

雪华完全明白周明丽的意思,脸上阵阵发热。"来北京帮女儿筹备婚礼"是情急之下的托词,其实来北京到底干吗,她根本没想好。住了几天之后,她意识到这非长久之计,迷茫中渐渐萌发去打工的想法。这想法越来越清晰,但迟迟无法实践。二十多年没在外上过班了,而且现在大环境这么不景气,大学生都找不到工作,她这个岁数了有什么工可打呢?无非保洁、保姆、超市导购之类的活儿,又上哪儿去找这种岗位呢?太难了!北京像个汪洋大海,该往哪儿游呢?她抱着女儿这块浮木,随波逐流,能拖一天是一天。

雪华不能回老家去租房、打工,城市太小了,很快人们便会知道她在家享福一辈子,老了居然被丈夫赶出门去,不得不沦为打零工租房住的可怜人。在北京待着,却可以解释为因为想帮女儿筹备婚礼。但此刻,雪华再也拖延不下去了,周明丽就像海面上打远处卷来的一个大浪头,把抱着浮木漂流的她猛地打翻,再不拼命游,就要被淹死了。

雪华道："放心吧亲家母，我这周末就会走，不会一直赖在这里的。"

周明丽出了口恶气，稍放了点心，转身想离去，又回身叮嘱雪华："咱们见面这个事，最好别和两个孩子说。我们当长辈的，要避免挑起矛盾，您说呢？"

雪华拼命点头，周明丽满意而去。

下楼时周明丽琢磨整个过程，又一次觉得自己明智。林越这个凤凰女，嫁妆微薄不说，居然还想把母亲陪嫁过来。哪有结婚后随身携带娘家的道理？她又气，又后怕，又得意自己的处理。她小镇出身，一路拼杀，全凭了这眼观六路、耳听八方的机警，才得到今日富足的生活。雪华住进来，也许并不会怎么样，毕竟产权都在许家，但谁知道呢？有一就有二，进攻才是最好的防守。张雪华今天能住在这小房里，明天就会跟着女儿住进万柳那个大房里。自己都舍不得住的好地段的大房子，装修得漂漂亮亮的，难道未来要便宜别人的妈妈？

雪华呆坐在沙发上，还没缓过来劲，林志民发来一长串的微信语音，痛骂她不懂事，给闺女添乱，要她立刻滚回家。再忍几个月新房就下来了，大家再也不用相看两厌了。再不行，她回娘家住一阵，也好过不识时务地骚扰女儿的生活吧？

晚餐，饭桌上照例很安静，气氛依然沉重。夜深了，许子轩睡去，林越翻来覆去，睡得不踏实。迷迷糊糊间，她起身上厕所，推门一看，门外客厅里的沙发上，母亲不见了，手机却还在茶几上。

凌晨三点的小区，夜风微凉，座座高楼睡去，雪华坐在小区外

第九章　我的妈妈无家可归

的马路牙子上发呆。凌晨真好，她近来爱上了这个时段，此时心事可以袒露无余，城市街头没有一个人，只偶尔一辆车匆匆而过。那样地行色匆匆，是回家吗？这么晚了不回家，也是为几两散碎银子而奔忙的苦人儿啊。可幸亏有个家，可以供夜行人迫不及待地投奔，让辛苦有个奔头。

她呢？她来处已断，没了去处。该何去何从？

林越披了外套，四处找着，小区里没有。她越找越心慌，越找越火大，想着一会儿找到妈妈，要大吵一架。事情已经够复杂的了，妈妈为什么还要火上浇油？就不能安静地待着，容她想出一条万全之策吗？下一秒林越又想转身回到屋里，和许子轩大闹一场，收拾行李连夜走人。准婆婆一定是和妈妈说什么难听话了，妈妈才会这样在屋里无地自容。但最后林越站定，只想狠狠抽自己几耳光，是她无能，才让母女落到这样难堪的境地。她发誓待会儿找到妈妈之后，一定要连夜搬出去，不干了！婚不结了！租个房很难吗？她一直租房住，只不过回到从前的日子而已。

林越胸中怒火翻腾，脚下生风地走出小区，一眼就看到妈妈穿着白天的衣服坐在马路牙子上，一动不动地看着前方，前方什么也没有。那背影叫林越窒息了一下，所有的火气都消了。

她跑到雪华面前，道："妈，回家吧。"

雪华看着女儿，本想脱口而出"我的家在哪"，又意识到那样像是在责怪女儿。她张了张口，勉强笑了下，把涌到喉头沉重的酸楚咽了下去，温顺地起身。

林越拉着妈妈的手走在小区里，像母亲领回迷路的孩子，安慰道:"妈,你别想太多了,我明天就出去租房,和你一起搬出去。现在房租降了,就这附近的房,一居室,六千元就下来了,放心,你女儿有钱。"

她坚定地朝雪华笑了一下,过于坚定,简直像咬牙切齿了。真好,她现在一个月能挣税后两万元,租得起六千元一个月的房给自己的妈妈。她突然意识到,原来一个月挣一万两千元和挣两万元,差别非常大,足足多出八千元可供辗转腾挪。八千元,那是一个人的尊严哪——不,两个人的。她心里涌出对宁卓的感激,是他给她提的薪!同时又意识到,她现在挣得和许子轩一样多了。和他比她只是缺了房,可房是他父母买给他的,所以他也不算多能干吧?

雪华慌忙道:"你绝对不能这么做,是我连累了你,我做得不好。要不是我,你和小许过得好好的。你要答应我,不因为这件事和小许生气,否则我更没脸回去了。"

雪华盯着林越,要她做出承诺,林越只好放缓口气,道:"我答应你。"

母女默默地走在黑暗中,走得很慢,尽量拖延回到那小屋的时间。

林越道:"我还是会去租房,给你住。你放心吧妈,我能安排好你。"

雪华道:"租房自然是要租的……北京也得有郊区、有平房吧?"

林越不知道她是什么意思,又立刻明白了,一时迟疑。

雪华道:"我上郊区租个小平房,应该很便宜吧?"

第十章

宁卓原名宁大鹏

第十章　宁卓原名宁大鹏

雪华坚决不能回丈夫的家。这番出走，林志民的冷若冰霜在她心中日夜放大、发酵。到最后，她一回忆起那个家，回忆起丈夫的脸，就像想到什么惊悚的杀人现场那样畏惧。太可怕了，这样分分秒秒地遭受一个人的轻蔑，自尊心分分秒秒地被凌迟。最可怕的是，被凌迟还特别有道理。到最后，她连想起生活多年的那座小城，都非常不快，硬生生产生了一种带阴影的回忆。

雪华的意思是，在北京租个便宜的房，对付着过七个月，七个月之后新公房就下来了。林志民既然同意拿出积蓄里的二十万元买那个房，她也就有了个养老的房可住。她开始打工，挣钱。房下来，她把房刷个四白落地，铺最便宜的地砖，能住人就行。这样，她就解决了这头等难题。现在身上有七八千块钱，每个月还有近两千块钱退休金，怎么也能熬过这几个月。她坚决不让林越给她租那么贵的房，林越说跟人合租，一个单间两千五百元也够了，她仍然嫌贵，想象着会不会有那种一个月五六百元的房，只要有张床能睡觉，有口电饭锅能做饭就行。这样即使打工不顺利，近两千块钱的退休金足够养活自己。母女俩各自苦口婆心地劝着对方，但雪华从未有过的坚定终于说服了林越。

上班，林越在网上浏览着各种租房的 App，都没找到这种房源。她给从前租房的中介打电话打听，对方说这类都是农民自己的房，不算正经房源，只能是自己想住哪儿，到实地去一家家问。

林越愁死了，难道要叫她亲自跑到京郊的农村去，挨家挨户去问吗？她满腹郁闷，问周围的同事，没人知道哪儿有这样的靠谱房源，更好奇她为什么要租这样的房子，林越支吾着说给亲戚租的。

去茶水间打水的时候，宁卓也走进来打水，问道："刚才听到你要租郊区的平房？"

林越敷衍道："是啊。"她不想和他聊太多，点点头要走，但宁卓道："我有亲戚，正好就住在北五环外的城中村，他在送外卖。"

林越一喜，止住步："那您能帮我打听一下吗？"

宁卓爽快道："没问题，你那是什么亲戚？"

林越想着也瞒不过去，实话实说："我妈。"

宁卓一愣，眼神中充满询问。林越苦笑了下，带了点哀求，点着头，道："领导快点帮我这个忙吧，真的快愁死了。"

宁卓道："我可以帮这个忙，你不许再生我的气。"

林越一怔。

宁卓道："我知道那天我那个话在你心里一直没过去。"

林越辩解道："我没有。"

"你有。我再说一次对不起，同时纠正一下，我用你，是因为你很能干，不是因为你不姓王。"

林越不知道说什么好，为委屈和释怀而窘迫，更怕情绪过多地落在他的眼里。宁卓见状，微笑地点点头，像是在说，我知道你原谅我了,还知道你现在很不自在。林越匆匆"嗯"了一声,转身离去。

这话在她心里没过去,在他心里也没过去。他知道他伤害了她,他的眼神似有千言万语,原来不是她的错觉。他是一直想向她解释来着,想把话说开,对吗?这证明至少她在他心中还是有分量的……所有情绪在心中如烟火般绽放,但林越最后强迫自己把这胡思乱想一把清零。无论宁卓心里怎么想,她要摆正位置。现在这份工资是宁卓给的,为了这份工,她爬着也要把活儿干好。她是为工作,不是为其他的什么东西。

宁卓果然很快就把房源打听到了,下午他把电话发给林越,是他那个送外卖的亲戚,叫宁博。林越打了电话,宁博很热情,说已经帮着找到房了,就在自己隔壁的院子里,屋子八平方米,有张旧单人床和桌椅,厨房和厕所都是共用的,一月八百元,随时可以看房。晚上回家,林越和雪华说了,雪华非常高兴,又惊讶于一个农村的自建小单间居然也要八百块,打算明天去看看。许子轩知道雪华要搬走,很不自在,一再声明他不嫌弃她在这里住,自己的妈妈也没有嫌弃的意思。

雪华道:"小许,我的确和越越的父亲出了点问题,不过能解决。我在北京住一段时间,老家的新房下来我就会走。我和她爸都有退休金,也有房住,养老不是问题,以后不会拖累你们的,你千万要和越越好好的。"她说得如此诚恳而坚决,许子轩只好作罢。

第二天,许子轩开着车带着林越和雪华,后备厢拉着一堆日常用品和雪华的行李箱,一路开到北五环外的农村。眼前所见几个城中村墙上到处刷着拆迁的字样，推土机、铲车轰隆隆，灰尘满天。他们沿着弯弯曲曲的胡同路，一直开到介绍人所说的那个村子深处，一边感叹没想到离中关村不到二十千米，居然有这样的地方。更离谱的是，这个区域离地铁稍微近一点的地方，房价居然要七万元左右一平方米，所以怎么能容忍土地白白地浪费呢？雪华本来嫌贵，此刻一听，长吸一口气，再也不发表意见了。

车在一幢农村自建房的门前停下，房东老头迎过来，引他们看房。这房的确很小，有套旧椅子、旧桌子，一张小单人床，此外别无他物。公共厨房和厕所各自在院里的一端，院子地面是水泥打的，年代久远，东一簇西一丛地布着蛛网般放射的裂缝，有的已坍塌成小小坑洞。一张白塑料长桌和一溜红塑料凳子放在院子里，上方支着一张巨大无比的蓝色遮阳伞。伞已褪色，暗淡发黄。房东说这是某位摆烧烤摊的前租客留下的，他不干烧烤了，东西就放在这儿，也不要了。正好平时大家谁做了饭，不想在屋里吃的话，可以在这里吃，图个热闹和敞亮。另外，这一带的确在拆迁，但轮到这里，怎么也得到明年了。雪华既然是短租，就踏实住着，不碍事。

房东介绍着，几个租客好奇地从各自的小平房里张望着，看着他们。许子轩和林越环视着，见这公共厨房不过是水池旁摆了一张破桌子，上面放了台煤气灶，一台老式抽油烟机悬挂在上面，四处油污，又简陋又肮脏。

许子轩道："不然咱们还是回去吧。"

林越小声道："妈，回城里租吧，哪怕合租，也比这儿强。"

雪华道："越越，我离开你爸家的那天就发过誓，再也不花你一分钱，而且要把那二十万元挣回来给你。"

林越急道："我从来都没怪过你。"

雪华低声道："可是我怪我自己，我对不起你和小许。"

林越知道妈妈性子拗，如果下了决心是一定改变不了的，一时无语。许子轩反而通透一些，道："既然咱妈坚持，你也就依着她吧。我们帮她安顿好，反正只是个过渡，周末多来看看她，七个月很快就过去了。"

林越和许子轩帮着雪华把小屋打扫干净，桌椅擦净，被褥铺好，买的锅碗瓢盆归置好，雪华已提前知道了窗户的尺寸，在菜市场找裁缝做了淡蓝色布帘，把屋里又脏又旧的塑料窗帘换下，整个小屋突然就像一个人睁开了眼睛似的，有了神采。房东探头进来看，直夸道："大妹子手真巧啊！"

林越心里稍宽慰了点，妈妈就是有这个本事，可以用很少的钱，把住处收拾得温馨宜人。妈妈生存能力很强，也许不用太过担心她。

雪华环视着屋子，问房东："这附近有菜市场没有？"

房东一指隔壁方向，笑眯眯道："几十米外就是个菜市场，啥都有，东西还便宜，附近几个小区的人还跑这儿来买呢。"

雪华笑了，有菜市场，她就能安置好自己的生活。她和林越上菜市场，买回来不少菜和肉，顺便还捎回两盆促销的绿萝，正好把窗台瓷砖脱落的地方遮住，又让屋里增添了一抹生机。忙得差不多时已经傍晚了，许子轩跑去小超市买了一箱啤酒，雪华三下五除二，炒出几盘菜，再切点市场买的熟食，大塑料桌上一时七七八八摆满了酒菜。许子轩招呼房东和几个院子里的租客一起过来吃饭，他们早已闻到了炒菜的香味，抽着鼻子直夸太香了。跟着各家也端出自家的晚饭，十来个人凑在一起，房东把院子里的大灯打开，院子顿时明晃晃一片。大家打开啤酒，喝酒吃菜。酒菜真是最好的媒介，让陌生人瞬间就热络起来了。大家说笑着，很热闹。

林越没想到，原本心情沉重、像落荒而逃的一次搬家，居然变成高高兴兴的一场聚餐。她看着妈妈，觉得妈妈太神奇了。许子轩频频向大家举杯，要他们对雪华多多关照。雪华笑嘻嘻看着这一幕，炒出来一盘盘菜，见大家一边吃得欢，一边夸奖她的手艺，历来是她的快乐所在。

正吃着，院外走进来两个人，打头的居然是宁卓。林越一怔，赶紧起身打招呼，跟着看见他身边另一个人。这是个二十几岁的小伙子，长得像未经雕琢过的宁卓，眉眼没他秀气，皮肤比他黑，比他矮一些瘦一些，不过目测也得有一米七五以上，像所有普通人那样微微含胸曲颈，衣着打扮也没有宁卓那样讲究。人人看他第一眼，都能立刻捕捉到他和宁卓之间那血缘关系。

宁卓道："这是宁博，我亲弟弟。"

林越又一愣，原来宁卓说的亲戚居然是亲弟弟。她赶紧和宁博打招呼，道谢。许子轩也过来寒暄，招呼他们一起坐下吃饭喝酒。宁卓兄弟也不谦让，坐下，林越倒了酒，双手捧给兄弟俩，感谢宁博给找的房，宁博连说举手之劳。大家借着酒，热闹地聊起天。

宁卓吃着雪华炒的家常菜，只觉得每一道都很美味，尤其是最常见的炝炒圆白菜，雪华怎么能炒得如此脆爽鲜嫩？他咂摸着，请教雪华做法。雪华道："梗叶分开，梗切细片，叶手撕，放入大蒜、干辣椒、花椒、蚝油、生抽、白糖、醋、盐。另外，我不用植物油炒，用五花肉煸出油，大火快炒。"

宁卓道："未来想吃到美味的家常菜，只能让阿姨这样的私厨给做了，林越你们两口子好福气。"

许子轩已有几分酒意，道："宁总，据说你以前是五星级酒店的大堂经理，怎么会跑来做预制菜呢？"

林越微惊，一捅许子轩，许子轩喷的一声，道："我就是对预制菜有意见，我就是喜欢吃现炒的菜，有锅气。"

他指着租客们，又虚空地指着这个村子，道："锅气，烟火气，这才叫人过的日子，可是你们把这些日子全毁了。"

许子轩借着酒劲把心里话说出来，又觉得话重了，赶紧碰一下宁卓的杯子，笑道："开玩笑，别当真。"

宁卓吃得兴起，把袖子撸起来，脚踩到旁边凳子下的横杠上，露出几分粗野来。

"你绝对不是开玩笑，现在像你一样反对预制菜的人很多，但预制菜是大势所趋。因为从采购到运输，从清洁到烹饪，从门店到整个后端的运营，餐饮业的成本，特别是人力成本每年都在涨，一对一现炒菜成本已经高到无法维持的地步。这个道理落到个人身上也适用，你问问林越，她每天下班都八九点钟了，回到家愿意做饭吗？"

林越笑嘻嘻道："不愿意。"

宁卓道："林越工资不低，单位时间成本很高的，为什么要浪费在做饭这么小的事情上呢？许子轩你做饭吗？"

许子轩道:"我不会做。"

宁卓冷笑道:"做饭有什么会不会的?听林越说你是搞人工智能的,高精尖的科技你都能去探索,做饭这么简单的事情你不会探索?非不能也,实不屑也。你觉得你的人工成本极其高昂,不舍得浪费在做饭这么低端的事情上。但你又特别在乎口腹之欲,想让别人做给你吃,因为别人的人工成本天然应该比你低廉。你要求市场或者你的亲人提供快速、廉价、健康、好吃的每顿饭,你其实想要的是妈妈。但有没有想过,妈妈们做的这些家务,如果放在市场上,你要花大钱才能买到?"

这话尖刻,且来势凶猛。许子轩尴尬地笑了笑,想着怎么回怼。雪华愣愣地看着宁卓,像是头一次听到这样的话。

宁卓道:"我认为预制菜进餐馆和在市场上售卖给消费者完全没有问题,只不过要明示,让消费者有选择,同时在生产环节遵守国家食品安全法的管理规定。做到这几样,我不明白大家有什么可反对的。预制食品给大家的日常生活带来方便,你觉得它不好,你不买不吃就是了,也不会有人强迫你。罐头食品、方便类食品存在几十年了,有谁反对过吗?它们不就是预制食品吗?"

许子轩非常生气,回:"可是我们没有选择,至少在公司上班的时候,我就不知道吃什么,只能吃外卖。而外卖大多是预制菜,尤其是那些什么盖浇饭、小碗菜之类的。食堂也用预制菜。"

宁卓哼了一声:"你可以自己做呀。我看林越有段时间就自己带饭上班,那不就是自己做的吗?你不会是不想做饭吧?"正是因为观察到这一点,他当初觉得林越做预制菜挺合适,她有下厨的直接体会。

又回到家务分工上了,许子轩不想碰这么敏感的问题,因为他的确理亏。他不说话,喝着酒。林越哈哈大笑,雪华也笑了起来,许子轩更恼火了,强笑着。

有的租客道:"我偶尔买料理包,口味重,吃着过瘾,但不能总吃,一个菜二十几块钱,以我们的收入也不能顿顿吃。平时自己下点面条,对付着就过去了。"

宁卓道:"预制菜口味重,这是生产工艺决定的,没办法,你少吃就是了。我也劝你们不要总吃,有空还是要自己做饭,新鲜饭菜当然更健康。就像方便面、自热饭,你也不会顿顿吃,救急而已。同样,你也不会天天下馆子。餐馆当天现炒制的菜,它口味就不重吗?油就不大吗?"

大家点点头,确实。餐馆的菜为什么吃起来香?就是因为它的味精和油都放得多。

"家常菜,料理包,711、罗森那种保质期三天的即热盒饭,外面买的三角饼卷熟食店的猪头肉,甚至是面包加牛奶,一周七天搭配着来,这才叫烟火气,这才叫现实的小日子。你想顿顿吃现做的、新鲜的饭菜,我就要反问一句,你是顿顿给人现做饭的那个人吗?你不是,凭什么要求别人是?"

林越点头,对她这样的上班族而言,确实就是宁卓说的这种方式更能解决日常三餐。他不愧是苦孩子出身的人,对生活的解读很接地气。许子轩见林越一脸欣赏地看着宁卓,心里酸溜溜的,冷笑了一下。

"还有一种办法,你购买市场服务。不过请你上家政软件了解一下价格,家政工做一顿饭三个菜,加上洗碗收拾,服务三个小时,至少一百八十块。仅仅是一顿饭而已,还没算上菜钱,工薪阶层根本就无法长期使用。总之,有钱你请家政,没钱你就自己干,又不出钱又不自己干,那你好好学习光合作用吧。"

宁卓为自己的幽默而扬扬得意,哈哈大笑,端起酒来喝。

许子轩请过做饭家政工,的确不便宜。他知道宁卓的话句句说在点子上,但那笑声让人恼火。他避开这个话头,反击道:"宁总说得头头是道,你自己做饭吗?"

宁卓道:"现在工作忙,家里有保姆,我不做饭。但我是从小做饭做到大的,我会做,而且手艺很好。"

宁博在一旁证明:"确实,我们都是吃我大哥做的饭长大的。"他看着宁卓,眼神带着崇拜。

许子轩哈哈两声:"露两手?"

宁卓扫视了一下桌面:"正好吃差不多了,阿姨,你屋里还有什么菜?"

雪华听两人交锋正听得入迷,愣了下道:"还有土豆,我来做吧。"

宁卓忙道:"不不不,我来做,你把东西给我就成。"

雪华和宁卓走向小屋,雪华提出一个塑料袋,里面装着三个土豆,递给宁卓。宁卓接过,到水龙头下洗土豆,削皮,噔噔噔切着土豆丝,一边点上火,倒油,所有动作一气呵成。

雪华好奇地在一旁看着,一边赞道:"这一看就是做惯饭的老师

第十章　宁卓原名宁大鹏

傅了。"

宁卓趁油还没热起来，从兜里掏出一盒烟，抽出一根在炉火上点燃，抽着。林越从来没见过宁卓抽烟，烟民身上总有难闻的烟味，她从没在与宁卓近距离接触时闻到过，他身上永远有淡淡的松木香水味，很是考究。此时却见宁卓嘬着嘴唇，微蹙眉，老烟鬼般饥渴地抽着烟。

少顷，见油热了，宁卓将烟叼在嘴上，腾出手，把辣椒爆香，然后将在凉水里拔过的土豆丝捞起，一股脑放进锅里，顿时油吱吱响着，锅铲嚓嚓响起来，干辣椒煸炒时的油辣香和醋受热时的酸香飘散在整个院子里。宁卓挽着袖子，嘴上叼着的烟头袅袅冒着烟，一只手掌勺，一只手前后颠着锅，动作非常熟练。林越恍惚想起小时候妈妈带自己回农村姥姥家串门吃酒时，临时搭的土灶上的大师傅也是他这般江湖做派。

不一会儿，菜已做好，宁卓抽完最后一口烟，把烟头扔到地上，用脚踩灭。雪华端着一大盘酸辣土豆丝和他走过来坐下，大家看着这道菜，都赞宁卓手艺好，做出来的菜不但色香味俱全，而且速度快，简直可以去当厨师了。

宁卓自谦着，说土豆丝过水时间短，淀粉没来得及全泡出去，脆度不够，又对林越笑道："我说过，我会做全桌土豆宴，十个菜不重样。做土豆我最拿手了。"

林越夹了一大筷子土豆丝吃着，只觉得味道和妈妈做的很像，酸香爽脆，但又有点不同。雪华品着，道："我炒这道菜时习惯放点白糖提鲜，我见宁总没放。"

许子轩吃着宁卓炒的土豆丝，没说话。宁卓替他倒了杯酒，同时给自己满上，笑着撞了一下他的杯："来来来，喝酒。"宁卓先释放善意，许子轩借坡下驴，展颜举杯，气氛重归于欢乐。宁卓一看酒没了，又让宁博现去买一箱来。

酒尽，林越数了下，宁卓至少喝了十五瓶啤酒，而毫无醉意。不过他估计是容易上头的体质，脸红红的，脖颈也红肿了起来，眼睛里起了些血丝。大家散去，宁卓踱到雪华租的小房门口，探头环视了一圈，回头对母女俩笑道："阿姨心灵手巧，做菜好吃，收拾屋子也有一套，在北京当个家政，应该可以挣到不少钱。"

林越笑道："哪能让我妈干家政呢？"

宁卓不以为然："为什么不能干家政？家政是绝好的就业机会。人要紧的是挣到钱，活下去。既然人都住到这儿来了，还有什么架子放不下？"

林越被他戳穿虚荣心，一脸尴尬。

宁卓笑着，许是酒气使他燥热得慌，他顺手把衬衫扣子解开两颗，一只手叉在腰间，背和腰微微垮塌。这模样和架势都透着几分粗俗，这一刻他更像宁博了。但林越并不反感，宁卓总是这样，曾经穷苦生活的痕迹总是会在不经意中流露出来，像抹不掉的前世。这样的宁卓使林越觉得亲切，和富贵比，穷困的原生态总是让她感到安心：她也是个穷孩子呀，至今仍然是。无论怎么出入高档写字楼，交了个北京籍的中产男朋友，手腕上套着九万九的玉镯子，她也抹不掉工人子女的出身。

林越还没回答，雪华却很高兴，说她就是这么想的，当个家政最适合她。大家有谁知道哪户人家想请小时工的，做饭、收拾屋子，都可以请她干，保证价格便宜活儿又好。众人回应着，都说有机会帮她牵线。

宁卓笑道："你这么着不是个事，得上家政公司找去。"

他回头对宁博道："博，你给问问谁和家政公司熟，牵个线。"

宁博道："好嘞。"

林越母女再三道谢。宁卓又让宁博帮着大家收拾完桌子，林越发现宁博对宁卓这个哥哥很恭敬，言听计从。大家散去，林越陪着雪华在屋里坐了又坐，直到深夜，雪华劝着，她才依依不舍和许子轩离去，临走又说自己会随时来看妈妈。

林越开车，许子轩晕乎乎倒在后座上。路过隔壁院子时，见宁卓和宁博站着说话，宁卓那辆黑色宝马就停在院子外，林越慢下车速，按了两下喇叭。两人朝这里看过来，挥手作别。宁卓在集团当一阵一身奢侈品、富贵逼人的赘婿，就得隔三岔五来当外卖员、住城中村的弟弟这里喝顿大酒，透透气。那他为什么对她也并不避讳呢？也许他当她是"自己人"。再怎么当赘婿，他在集团也孤独啊，怎么也得有几个"心腹"。

但林越又觉得还有一种可能，宁卓特别讨厌别人说他是赘婿，借着赘婿的名头暗示他穷困的出身，因为这是带敌意的挖隐私。但他掌握主动权时，愿意自己去大方展示出身，因为这样算为人坦诚，也是一种挑衅般的自信：我就是穷出身，又怎么样呢，现在还不是过得比你好，职位比你高？她又觉得更理解宁卓了：谁不这样啊？

林越开着车，许子轩昏昏沉沉，车上一时安静。林越问许子轩：

"宁卓当过五星级酒店的大堂经理？"许子轩说："是啊。"王晓辉告诉他的。

"你知道他们王家人背地里管宁卓叫什么吗？"

"叫什么？"

"王宁氏。"

林越嗤的一声笑，好刻薄。宁卓要是知道了，得气成什么样子？

许子轩在车后座也笑了声，半晌道："宁卓是不是长得很帅？你们女的是不是都喜欢这一款？"

林越老实接话："确实很帅。"

许子轩冷笑道："告诉你一个大秘密，这个人，从名字到长相，全是假的。"

许子轩的口气阴恻恻，夜色浓重，林越吓一跳。

"什么意思？"

"晓辉告诉我，宁卓从前不叫这个名字，叫宁大鹏，这名字是后来改的。而且宁卓从前也不长这样，他去韩国整过容，双眼皮是割的，牙齿是戴过牙套矫正过的，鼻子和下巴是垫的，脸是削过骨的，眉毛是文的。你看看他弟弟，两人眉眼像吧？都是一个妈生的，他弟弟就是个普通人，他为什么帅得像个明星？就因为他花了很多钱整容。你说他哪儿来的钱？"

林越如同在听遥远的地方某种惊悚的传奇，浑身起了一层鸡皮疙瘩："真的吗？"

许子轩也陷入这段传奇里，摇头叹气道："无风不起浪，总得有几分真吧？王闯几十亿身家，王如薇是她的独生女，美国留学回来

第十章　宁卓原名宁大鹏

的。宁卓要是没有两把刷子，怎么可能攀得上这样的阶层？"

林越道："那两人怎么走到一起的？"

许子轩道："他们是在宁卓当大堂经理的那家五星级酒店认识的，那时王如薇在附近的画廊策划一个画展，住在酒店里。宁卓是怎么把王如薇哄到手的，过程没人知道。我猜啊，宁卓这种凤凰男，肯定伏低做小，鞍前马后，把白富美侍候得舒舒服服的。这种男人最会这套了，一分钱不掏，空手套白狼，骑个共享单车跑几千米给女朋友送包子送豆浆，炒个土豆丝，折个千纸鹤，路边薅点绿化带的玫瑰花狗尾巴草扎一束花，美其名曰手作，情绪价值提供得足足的。当然主要的，还是他有张漂亮的脸蛋。王如薇这种亿万富婆的独生女，娇生惯养，不知人间险恶。同圈层的男人谁也不可能捧着她，也不可能特地把自己整得特别帅来讨她的欢心。宁卓这种软饭男就得手了，直接阶层跃迁。"

许子轩滔滔不绝，语气尖刻鄙夷，把一整晚在宁卓那里受的无名气一股脑撒出来。林越问为什么之前不告诉她，许子轩说也是最近和王晓辉聊天才知道这些八卦，本想告诉她的，但这两天因为雪华搬家的事大家心情沉重，没心情没机会传八卦，说完又特地叮嘱："宁卓这个人特别小心眼儿，一旦知道谁了解他的底细，传八卦，他会立刻报复。既然现在你知道了，千万别在公司和别人说。另外，和宁卓打交道要多一个心眼儿，此人非常不简单。你想想，正常男人谁干得出来整容去追富婆这种事？"

林越不知该说什么，含糊地"嗯"了一声。

"但是吧，想阶层跃迁没那么简单。王闯是什么人？她的独生女是小白兔，她可是千年老狐狸成了精的，能让人吃了绝户吗？有钱到她这种程度谁不早早地就做了家族信托基金，构筑财产防火墙？两人谈了五年恋爱，第三年开始同居，眼瞅着奔结婚去了，但王闯是不可能松口的。毕竟恋爱是一回事，结婚又是另一回事，万一孩子生下来，老太太走了，王如薇怎么玩得过流氓无产者宁大鹏？防火墙也挡不住火烧过来。可是王如薇就认定了宁大鹏，日夜游说她妈，说他非常能干，可以考验他。老太太没办法了，让宁卓来'王家菜'试一试预制菜这个事他能不能搞成。搞成了，他俩的关系还能有点眉目；搞不成，宁卓永远不能上位。晓辉他们管这个叫'王宁氏的结婚冷静期'，哈哈哈哈哈。"

林越听着听着，突然有一种轻微想吐的恶心感，今天太累了，而且信息过载。

第十一章

北京不相信眼泪

第十一章　北京不相信眼泪

第二天上班，林越被宁卓叫到他的办公室。进了办公室，林越见宁卓已精神奕奕，白色半袖衬衫加灰西裤，身上散发着似有若无的松木香气，不知是香水还是剃须水。昨晚酒后的粗俗江湖气质已荡然无存，看着很优雅。他一边端着一大杯牛奶喝着，一边让林越坐下。林越发现了，宁卓很爱喝牛奶，动不动就能看到他在喝奶。

宁卓说着工作上的事，林越想着许子轩的话，一时走神，端详着宁卓的脸：剑眉浓黑，带着毛发的自然绒感，如果后天能文出这效果，手艺真是绝；双眼皮细长，眼窝微陷，显得眼神深邃；山根与鼻梁过渡自然；上下嘴唇都薄，据说这样的男人薄情花心；牙齿整齐洁白如编贝，天生这样的好牙，少见。多喝奶能养出一口好牙吗？可能因为符合传说中的"三庭五眼"，额头、鼻梁、唇珠、下巴连成雕刻般的俊美轮廓。雕刻，那是上天的鬼斧神工，还是后天的妙手雕琢？

林越余光又看到办公室里屋的跑步机和家用综合训练器。人人都知道宁卓有健身的习惯，他的办公室里屋放着一张床，他平时工作很忙，有时甚至直接睡在办公室，但只要有时间都会见缝插针在跑步机上跑上五千米，或者在训练器上锻炼。平时众人都很佩服宁卓这一举动，觉得他毅力超群，怪不得身材挺拔健硕。但此时听着许子轩这么说，林越联想到这件事，突然觉得他勤于健身也带了一丝可疑的色彩。

但是下一秒钟，林越又觉得自己的想法很龌龊。世间就是这样，对穷困出身的人，道德要求更高，且喜欢恶意猜测。个个长了一双势利眼，包括自己。王如薇看上宁卓，难道只是他帅且会伏低做小吗？集团说要进军预制菜说了三年，后来虽然王闯出了车祸，一直在休养，但总经理王旭和其他副总难道就不能先把活儿干起来吗？为什么停滞不前？结果宁卓才来了半年，宣布预制菜改革不过四个月，第一批预制菜产品即将小规模试产，高下立判。他办公室堆了许多大品牌的爆款预制菜，他每一样都尝过，详细记下优缺点。有天晚上，下班已经十点半了，林越看他在办公室墙角的跑步机上挥汗如雨，才知道他因为试吃了太多预制菜，体重有上升趋势，于是赶紧见缝插针地运动。这样从容貌到身材、从能力到体力、从性格到毅力全方位无死角的男人，王如薇看上他，也理所当然吧。

见林越心不在焉，宁卓拍着巴掌，示意她集中注意力，她才回过神来。

宁卓问道："想什么呢？"

林越赶紧道歉："对不起，我一见到您，就想起我妈妈的事，一时走神。"

宁卓道："不用担心你妈妈，我觉得她生存能力很强。实在不行，她不是还有你吗？另外我弟弟在那儿，会照应她的。"

林越心头一暖："谢谢您。"

第十一章 北京不相信眼泪

宁卓："别老您您的了，现在认真听我讲，董事长同意你的提议了。"

林越惊喜地坐直身体，宁卓微笑地点头，他也很高兴。

"离直播还有大半个月，老太太这几天状态不错，她提出一个想法，训练师一直在带着她做康复训练，从明天起，可以把康复训练过程拍下来，在微博、小红书、抖音上每天发，预热。到直播那一天，正好气氛烘托到了，她上直播间，宣告自己归来，'王家菜'改革，进军预制菜。"

林越大喜："这比我策划的还要好。"

宁卓道："还有一个更好的消息，是给你的。董事长需要一个直播助理，我推荐你，她马上就同意了。"

林越愣了，张了张口，讷讷道："我……我不习惯上镜。"

宁卓摇头："你真让我意外，我以为你会高兴得跳起来。搭上王闯的IP，利用网络扩大自己的知名度，千载难逢的好机会。我都羡慕你，我本来自告奋勇申请和她一起直播的，结果被回绝了。"

林越好奇道："为什么？"

宁卓耸耸肩："她说我身份特殊，不想被人议论八卦，把直播带歪。"

他笑了下，也许是不认可王闯的话，也许是自嘲这个"身份特殊"。

林越苦着脸道："我上镜紧张啊，不是人人都能当主播的。"

"这个时代，没有人能说得准自己明天要干什么。机会来了，先抓住，先干再说。有个大三学生，家里不开饭店，本人也不是学烹饪专业的，人家就瞅准预制菜风口，搞预制菜产业，一个月就卖出上百万元销售额呢。你平时能说会道的，在集团干了七年，对网络媒体又熟，现在又是个预制菜产品经理，从头到尾参与了集团改革的过程，你当这个助理最合适。"

林越被他鼓动得跃跃欲试，表情却仍在犹豫。

"我发现了，平时聊天，你们总说什么女人一定要有事业，要抓住每一个机会搞钱。其实机会来的时候，你们又总是这么多借口，什么没准备好啊，什么没这方面的天分啊，根本就是叶公好龙。"

林越被他点中，尴尬地笑。

宁卓瞪起眼睛："我说实话，这个直播助理你必须当，不然王旭那边就塞人了。他可是虎视眈眈的。"

林越笑了，毅然道："好，我来当。"

宁卓松了口气，也笑了，不忘数落着："你也别先紧着做大梦，就是个助理，帮着拆拆包装，递个盘子，搭个腔什么的。主角还是老太太，你能不能沾上她的光，抢得上话，还两说着呢。"

宁卓这人可能在家当大哥当惯了，在他手底下工作，总能感受到他对下属的那种关照，一边数落，一边给机会，让人亲切又温暖。真好，管他什么出身，管他用她有什么动机，管他那张脸是天生的还是整容脸，和她有什么关系？他给她机会，他们是一个团队，在这茫茫北京，有人和你站在一起总是好的。

王闯的康复训练是在王家别墅里进行的，林越建议改成在康复医院的康复室进行拍摄。她解释，如果是在家里进行，有一部分网民就会去搜索这超大别墅的面积，接着查价格，然后议论富人的生

第十一章 北京不相信眼泪

活方式。六十岁的王闯经历严重车祸后坚持康复的励志,就会被网民对富人的猎奇甚至羡慕、嫉妒、恨冲淡,适得其反。王闯觉得很有道理,宁卓私底下夸林越对媒介传播规律很了解,选她当助理最合适不过,林越又一次觉得宁卓这人真不错。

王闯的车祸后遗症挺厉害,她的身体各部位机能基本恢复,但运行不畅,比如手指紧握时会有疼痛感,走路只能慢慢走,走快了就喘,不能全蹲,只能弯一点腰。康复师教她做着各种伸展动作,比如握弹力球以改善手指灵活度,吹气球以锻炼肺活量,小幅度拉弹力器以改善上肢力量。看着镜头前的王闯痛得龇牙咧嘴又强行笑着,一次次重复着康复师让她做的动作。林越又敬佩又担心,眼前这副躯体,也算是拼拼凑凑,挣扎了三年才勉强成形的。她能撑得住直播吗?抖音直播每一场要求至少播满三个小时呢。

她和宁卓商量着,当天可否采用接力直播的方式,即头一个小时由MCN机构的主播先播着,预告特别来宾,王闯播一个小时,再由主播做完最后一个小时。现在直播已经极为灵活了,有的直播间甚至能请来正处于各种宣传期的明星当个嘉宾,边聊边卖货呢。

两人正说着,此时王旭从门口走进来,在一旁看着拍摄,眼神不经意地掠过宁卓和林越。宁卓并没有回看他,低声对林越说:"昨晚我们在家吃饭,王旭也来了,说起直播这个事,他不甘心自己没有存在感,说让手下整理了一些王闯金句,老太太可以在直播间每一期结束时把它念出来。结果被她拒绝了,说这年头根本没有人买这种账,什么金句啊格言哪,谁爱听那玩意儿?莫不如一边吃菜,一边聊聊我当年怎么创业、怎么克服困难的故事更管用。所以你瞧，老太太还是非常接地气的。"

林越笑王旭这个人，满脑子陈旧理念，真难为他坐在集团总经理这个位置上了。此时王闯的训练告一段落，在康复床上坐起来，额头已微汗，喘息着。王旭和宁卓双双上前想去照顾她，但宁卓眼疾手快，抢先了一步。他唰唰抽出床边纸巾盒里的纸巾递给王闯擦汗，跟着端起旁边的保温杯，拧开盖子，递给她，同时另一只手已经接过她擦过汗的纸巾，揣在兜里。王闯喝了几口水，宁卓接过保温杯来，放在桌上，迅速伸出另一只手，一手扶住要下地的王闯的肩，另一只手让她抓着以稳定身体重心，口中说着"慢慢地，别着急"，脚已将王闯垫着站上床的小脚凳钩过来，推至与床平齐的位置，让王闯垫着下床。

这一整套动作一气呵成，每一拍都精准地踩在王闯即将要做的那个动作之前，完美衔接，像他是王闯身体和意识的一部分一样。王旭尴尬地立在原地，无趣地摸摸鼻子，假装不在意地张望了下别处。

林越看呆，想起许子轩评价宁卓说"软饭男伏低做小，把情绪价值提供得足足的"，一瞬间觉得宁卓曲意逢迎。但又想，宁卓平时对同事们也这样，也许照顾人的意识深刻于骨子里，又加上当过五星级酒店的大堂经理，更有服务意识。而王闯身兼病人、老人、宁卓女朋友母亲三种身份，所以他加倍呵护也不一定。林越很讨厌许子轩昨晚那些话，让她从此看宁卓总是带了标签，心神屡被扰乱。她强迫自己集中注意力，就事论事，不要总是去猜测他人的生活。

此时宁卓抬头，示意她过来一起照顾王闯。林越恍然记起，自己即将是王闯的直播助理，怎么这么没有眼力见儿，不知道上前去照顾,一时羞愧,赶紧上前,却又不知道该从何下手。

宁卓道:"拍得差不多了,你和我一起扶董事长去会客室休息吧。"

林越赶紧伸出手,扶着王闯往会客室去。王闯的手搭上她的手臂之际,传来一些温热,王闯尽量走稳,林越感觉到她颤抖的手臂在倔强地用力,低头一看,她的手背枯瘦,薄薄的灰黄皮肤上散布着几点老人斑,看着很可怜。六十岁不该显得这样老,可见车祸对她的折磨有多严重。

几人走进去时,发现王如薇不知何时来的,已坐在沙发上,一边刷着手机,一边喝着咖啡。她今天一袭淡紫色上下衣,那种紫相当特别,像清晨薄雾笼罩中紫藤花朦胧的紫,上衣几乎就是两片剪裁好的布缝制起来的,袖口喇叭状,下衣是七分长的收腿裤,款式一看就是小众品牌的限量款。林越隐约听说王如薇穿的衣服都是自己设计的,也许这一套就是。这么出挑的颜色,也就只有王如薇敢穿,穿得这样张扬又漫不经心。王如薇兴趣广泛但毫无建树,服装设计,画画,策展,拍短片,出诗集,全是只为取悦自己的乐子。所有人暗暗嘲笑她废物,但林越觉得,当个昂贵的废物才是这人间最大的特权,王如薇这一生比所有人都要尽兴。

王如薇见他们进来,只是抬头看了一眼,也没有上前关心母亲。宁、林两人扶着王闯坐下,王旭在后面拿着一个柔软的小靠枕,抢前一步,及时塞到王闯的腰间。王闯靠到椅背上,长出了一口气。林越学着宁卓的模样,把保温杯打开,递给王闯。王闯摆摆手,意思是不喝。林越把杯盖旋上,王闯看着她,温和道:"林越,来公司七年了是吧?年头挺久。"

林越恭敬回道:"快八年了,一直在策划部,这几个月刚调到宁总部门,当产品经理。"

王闯微笑道:"你不用对我太恭敬,过几天咱们要一起上镜,你太恭敬,显得我和员工不熟,这样不好。"

林越赶紧点头答应,一边见宁卓已坐到王如薇身边,王如薇把喝了一半的咖啡很自然地递给他,他喝了起来。王如薇接过他只剩一半电的手机,替他插上充电线,插到椅旁的电源插孔上,两人举手投足如老夫老妻,心有灵犀一点通。许子轩说宁卓能吃软饭必是提供给了王如薇足够的情绪价值,此时林越却觉得,王如薇对宁卓体贴入微,反倒是她给宁卓提供了情绪价值才对。并且看上去,王如薇关心宁卓胜过关心母亲。人与人之间情感多么复杂,旁人不过雾里看花罢了。

宁卓喝着咖啡,接着王闯的话笑道:"所以我觉得,这段时间林越要多和您接触,默契和配合度这种东西很微妙,镜头前是能看出来的。"

王闯道:"没问题。听宁卓说你在家也是掌勺的?"

林越暗悔自己要王闯不断抛出话题才能与之交流,明明此前一直很敬仰王闯,暗暗发誓如果有机会和她说话,一定要抓住机会多说,怎么到了她面前如此拘谨?林越赶紧道:"对,我妈妈做得一手好菜,她从小就叫我要学着做菜,现在有了自己的小家,一有时间我就会做。"

王闯感兴趣道:"哦,你结婚了?"

林越老实道:"没有,不过订婚了。"

王闯又问林越未婚夫做什么的、哪里人,林越一一答来。正说着,一直沉默不语的王旭接了个电话,说着说着,脸色一变,对着手机说着:"你等我打回去,马上。"

他挂了电话,打断王闯和林越的对话:"姑,刚才是成叔打来的电话,说后厨小秦现在在西单大街上,准备割腕自杀。"

所有人脸色均大变。

王闯问:"为什么?"

王旭看着宁卓,王闯知他意,也看着宁卓,宁卓欲言又止。王旭道:"小秦前几个月前不小心打坏了宁总的手机,宁总要他赔三十二万元,不然就让他坐牢。"

王如薇开口,声音清脆,傲然道:"没毛病。"

王旭道:"小秦被关了好些天,成叔来向宁总求情,宁总还是让赔钱,小秦没法,借了高利贷,赔了宁总这笔钱。这几个月高利贷利滚利,他还不上了。家里还有个吃奶的孩子,老婆在家当家庭妇女,家里没活路了。"

王闯看着宁卓,这是第一次,林越在宁卓脸上看到了惶恐的表情。

王如薇冷笑:"你问问王春成,他在派出所当着所有人的面说什么。"

王闯又看着王旭,王旭道:"成叔嘛,人老了,嘴没个把门的——"

王如薇高声道:"他骂我男朋友是吃软饭的小白脸儿,西北山沟沟里的穷光蛋一路靠陪女人睡觉爬上来的。什么意思?说我是傻子吗？"

王旭嘴角浮起一丝笑意，像是谦和地为了缓和紧张的气氛，又像是讥笑："人活在这个世界上，总是会有人说这说那的，咱也堵不上别人的嘴不是？"

王如薇道："大哥你听好了，再让我在公司听到有人这样说，无论他是本家还是外人，别怪我大耳光扇他。嘴我是堵不上，但可以撕烂它。"

林越目瞪口呆，这个王如薇，不开口时仙气飘飘，一开口令人大跌眼镜。也对，母亲骑着三轮车买菜时，她不过是个两岁的娃娃，一直到四岁，许多个夜晚都还睡在小餐馆饭桌拼起来的床上。就是这样的生活让她永远把餐饮业和油烟缭绕、地板黏糊糊联系在一起，深恶痛绝。她不是生下来就是个富二代，贫穷和奔波在她幼年烙下印记，在她成为白富美后还时不时作祟，令那些愤怒和惊恐化为粗野发作出来。不把愤怒和惊恐化为粗野，穷人想活下去倍加艰难。而富人的粗野平添几分权力感，有了金钱护体，粗野更加可怕。社交媒体上，许多知名富人的粗野程度不是早就令公众见识过了吗？

王旭道："对成叔有意见，宁总可以找他算账。小秦在'王家菜'待了十年，是个很牢靠的老员工，为什么一定要和他过不去呢？把事情一步一步走成死局，传出去说集团逼死老员工，对品牌的伤害极大，责任谁来负？"

王如薇道："王春成已经被辞退了，这就是他当长舌妇的下场。但他的徒弟打了宁卓，打伤了他的手，打烂了他的手机，难道不该有报应吗？老员工又怎么样？少拿资历说事。"

第十一章 北京不相信眼泪

宁卓一声不吭，从前那些或无奈或强硬或戏谑的表情荡然无存，变成满脸悲愤和委屈，任由王如薇大声地替自己说话。王如薇瞪着王旭，王旭嘴角微挑，仍是讥诮模样。王闯阴沉的眼神在王如薇、宁卓、王旭三人脸上巡视着，表情又失望又伤心。他们知道她投鼠忌器，他们互为鼠器，吃定了她，她都这么有钱了，还要受这种窝囊气。她又老又疲惫，但无依无靠，一睁眼身边全是要靠她的人。不但要靠她，而且要害她。

林越没想到自己会卷入这么狗血的家族混战现场，窘迫得不知该如何自处，非常紧张，又非常好奇，眼睛轮番看着这四个人的表情。换作她是王闯，也不知道该站谁。也许王闯设下生死场，任由亲侄子和准赘婿厮杀，谁杀出一条血路来，她都是最终赢家。但亲临厮杀现场，血喷到脸上时，王闯也未见得轻松啊。

王闯闭了闭眼，长长地叹了口气，道："林越你去给我倒杯水。"

林越突然醒悟，她实在是个太差劲的助理。本来该她主动去倒水，找个借口离开这里才是。她赶紧回了个"好"，起身拿起杯子匆匆离去，不忘把门轻轻关上。

林越不知去哪里倒水，四处找着开水房，一边想着自己这个外人走了，屋里的情景会不会更劲爆？其实宁卓在王家的处境，和自己在许家的处境一样。他们两人都是处在"结婚冷静期"被考验被掂量的下位者。只不过，许家的财富与林家相比，差距尚在普通人能想象的范围内，所以她敢不买许家的账；而宁卓和王家的差距实在是一个地下，一个天上，根本使不上半分力气，只好闭嘴听着。但林越完全明白那种屈辱感，她想起宁卓在小院里挥勺炒菜的模样，一时唏嘘。宁卓像个囚徒，拼命挣扎也甩不掉身上穷苦的锁链。她只是面对周明丽若有若无的挑衅，都已经气得受不了了，真难以想象宁卓这样被反复践踏，到底是什么心情。

林越接了水，走回会客室时，宁卓迎面匆匆走过来，道："我这就去找小秦谈判，你马上回公司，召集策划部的人一起等着。谈成了就没事，谈不成，自媒体会第一个爆出这个新闻。主题无非就是王闯预制菜改革逼死厨师，还会扯些什么中餐业会被预制菜冲垮之类的。本来现在关于预制菜的争议就不小，我们不想成为反面典型。所以，你立刻组织市场部的人，第一压舆情，第二抛出新闻应对。新闻角度你们立刻头脑风暴。"

林越紧张不已，连忙答应。宁卓要走，她又好奇地问："您怎么知道会有自媒体报道呢？"

宁卓哼了声："你觉得小秦这个事从头到尾，是谁指使的？马上要直播了，为什么选在这个时候自杀？"

林越突然明白了，匆匆回到屋里，把水杯递给王闯。屋里三人沉默着，气压低到了极点。林越出屋，打了辆车回到公司，召集相关部门严阵以待。两个小时后，宁卓发来消息，已和小秦达成一致，小秦放弃寻死，下周一回公司上班，加入研发部，与昔日的后厨同事一起研发预制菜。

这一百八十度大转弯令所有人猝不及防的同时，也让他们松了口气。林越本以为最多不过是宁卓把钱给小秦退回去，甚至再补一点当离职补偿金，没想到居然让他回来上班，实在意外。她揣测，面对王家人的无礼，宁卓向来以硬碰硬，你硬我更硬，所以宁卓这回是用什么手段说服同样强硬的小秦的呢？也许是服软？这可真是头一遭。

雪华经宁博介绍，认识了在村里住的同为家政工的朋友，朋友又把她介绍到家政公司。雪华顺利通过面试和体检，登记成为一名家政工。组长给她派了第一单，雇主买了最便宜的做饭钟点工套餐，雪华要在中午上门，做三小时的服务，给雇主做三个菜，清洁餐厅厨房。

虽然也在海淀，虽然组长给她就近派的单，然而北京太大，所谓的"就近"，居然也要十千米，而且交通很曲折。村口有公交，但必须公交倒地铁，而雇主家并不在地铁边，下了地铁还要走很远一段路。也可以等公交，但时间没保障。为这一单，雪华一直很紧张，既有对新生活新工作的忐忑，也担心迟到。第一单必须完美，否则会影响她的评价，影响接单。

雪华对路不熟，为了避免迟到，特地提前试着走了一遍路线。没想到公交倒地铁再步行，居然花了一个半小时。主要是公交路上太堵，北京的堵已经到了不分时间、不分地点的境界。五环外的这个地段因为在拆迁，加倍地堵。

雪华粗略算了算，刨去公司提成，她一次能挣一百二十元左右。每次出行，来回将近三个小时，加上工作时间，六个小时挣这些钱，合一小时不过二十块钱，工价并不高。她和别人聊了聊，才明白，家政工要做出口碑，做上道，把档期安排得满满的，才能挣到钱，刚开始都是收入微薄的。这也正常，哪一行的钱都不是那么好挣的，尤其服务业，挣的更是辛苦钱。

雪华沮丧，但后来换了个思路：平常做饭也做了，并没有人给她钱，如今就当在北京旅游了，闲着不也闲着吗？出入大街小巷，到处走一走看一看，还能挣到钱，不比干待着强吗？她这样想着，短暂地高兴起来。

晚上，雪华在小屋待着胡思乱想，林瑞玲又一次打来视频，劝她回家，甚至说实在不行，先在她家挤几个月也行。雪华苦笑，大姑姐两个孙辈养在家里，儿媳和女儿的二胎再过几个月也要生了，而且两家都在争着让她伺候二胎月子，正闹得鸡飞狗跳呢，怎么可能去她家住？雪华感谢大姑姐的善良，同时告诉她，自己正在干家政，明天就上工了。林瑞玲一时无法评价雪华当家政是自强还是可怜，只是反复说着"你瞧这事闹的，志民这小子真的太不像话了"。两人车轱辘话来回说了一小时，这才挂了电话。

电话打得雪华更加气血翻腾，坐立难安，索性出去溜达。这村子在山脚下，原与周边村子连成一片，但其他村子已拆，独留这一村。站在地势高一点的地方看，这村子在废墟里异军突起，在一片黑暗中灯火辉煌，如传说中的鬼市那样诡异。

明年这村子就拆了，但没拆之前，家家户户、小店铺、小超市仍是一副岁月静好模样，虽然夜深，小饭馆里仍有人在吃饭喝酒。雪华踯躅着，一家家、一个个窗口看过去，看着看着，忍不住心酸落泪。这小村土里土气，又因快拆迁了，卫生管理较从前粗放，路边下水道裸着，散落着垃圾，臭气熏天，尘土特别大，哪儿哪儿都显得脏。真难以想象这也是北京，但这是人家的家啊，本乡本土，再怎么临时凑合，也有即将到来的富足等着，故这凑合透着踏实。

第十一章　北京不相信眼泪

她呢,到底为什么,五十三岁了,还要在这异乡的农村飘零?

来这里的第一个夜晚,热闹的聚餐让雪华一时忘了孤独和落魄的感觉。女儿一走,她躺在这八平方米的小房,眼睛看着破损的瓷砖旧地面,尤其是那个行李箱,眼泪立刻就掉了下来。晚年无家可归是鬼故事,这样的鬼故事怎么能发生在她身上呢?虽然五十三岁并不能算太老,但这个年纪要去当小时工,怎么听怎么觉得凄惨。她错得太离谱,以致老年要买大单。一时间她怀疑起生养的意义来,怨恨女儿没看出母亲是在强颜欢笑,怎么能那么狠心地和男人开上车就走,单把老母亲扔在这种农村呢?而且以她对林越工作强度的了解,女儿白天也不会有时间来看她,甚至周末也加班得厉害,难道就这样被唯一的女儿遗忘在这小村吗?

雪华脑子不算聪明,年少时拼命读书,得以考上县高中,离开生养她的那个小村。可是基础太薄弱,尤其是数学和英语跟不上,高中三年一年比一年考得差,最终高考落榜。后来经亲戚帮忙,去了地级市炼油厂的厂部办公室,当了临时工,终于进城了。没想到,兜兜转转三十几年,她又住回农村,这算打回原形吗?年少时在农村,虽贫困却也有盼头,因为年轻。可年老了又住回农村,而且是租房住,是个流浪者,这可真是惨绝人寰了。

雪华每天内心挣扎着,有时想自暴自弃,干脆放弃"挣二十万向女儿赎罪"的计划,回到林志民的家,受他冷眼好了。再怎么狠心,他也不敢动手把她扔出去吧?她可以苟在客房,直到新房下来;有时她又想回到娘家,把事情和盘托出,让娘家妈和大哥大嫂接纳她,给一个容身之处。那小楼是花她和丈夫的血汗钱盖起来的，该有她一间；有时又想拨通林越的手机，要她来解救母亲于水火之中。干脆就让女儿在城里租个几千块钱的一居室，舒舒服服待七个月吧；有时她又陷入亢奋的意淫中，幻想突然在北京成就一番事业，带着鼓鼓的荷包，把丈夫、准亲家母高傲地踩在脚底下，给女儿大手一挥在北京买下大房。几种念头互相打架，折磨得她筋疲力尽，直到去了家政公司面试通过，接到第一单后，内心的滔天巨浪戛然而止：她既不会认输打道回府去向丈夫摇尾乞怜，也不会回娘家让老母亲和哥哥担心，更不能去骚扰女儿，辉煌伟业什么的更是浮云。她将成为一个家政工，挣小钱，攒至二十万元，向女儿赎罪。然后，回到老家，一个人住在新公房里，直到老死。

雪华以为自己想通了，心情一时平复，可此刻，明天就要上工，内心又纠结上了。她一边走着，张望着，伤心着，直到见到宁博身穿外卖服，在一家面馆里吃面。她走进去，和他打了招呼，坐到他对面。原来他刚收工，才来得及吃晚餐。

这段时间，雪华已经知道宁博大专毕业，今年二十六岁，一毕业哥哥就叫他来北京打工，之前是在一家社区团购网当客服。雪华感谢他为自己找房，牵线找家政公司，并告诉他明天上工。宁博见雪华情绪低落，情知她是因为住到这里，并且为要去当一个家政工而感到伤心，赶紧为她打气，鼓励她不用怕。她的手艺好得很，现在家政业特别缺人，好家政非常抢手，只要好好干，一个月挣七八千元并不难。

"雪华阿姨，您知道为什么预制菜是大势所趋吗？因为第一餐饮业的成本在提高，第二顾客对出餐速度要求也高，不只堂食不愿意等，外卖也火急火燎的。外卖平台为了让他们满意，规定我们在接单后三十分钟内必须送达,否则顾客有权利申请退款。一家餐馆既要做线下的堂食,又要做网上的外卖,很容易就会卡餐,就是出不来餐的意思。顾客会投诉,我们也不愿意接,慢慢这个店的外卖业务就死掉了,而外卖现在对一家店的收入影响越来越大,只有预制菜可以最大限度地保证出餐速度。"

雪华暗叹,她知道外面的菜许多是预制菜,但没想到,这也有一部分是由大家事事讲求速度和效率的消费习惯造成的。

"我哥告诉我,家务劳动社会化是大势所趋,外卖、预制菜就是因为这样发展起来的行业。大家不爱做饭的时候,会点外卖或者买料理包回家吃。家政也一样,不想干家务了,就会找小时工来干。现在大家观念都改变了,服务业也是一份工作。别看现在就业不景气,家政类的还是好找,好好干会挣到钱的。"

宁博奔波一天了,消瘦黝黑的脸却不见疲惫,而是兴致勃勃,眼睛发亮。雪华被他的干劲感染了:"看得出来,你们兄弟俩都很拼。"

宁博激动起来,道:"我哥才拼呢,从小到大,他都是一路苦过来的。他上高中的学费是每年暑假在工地上当小工挣来的,大学学费也是勤工俭学挣的,还供我们读书。"他一副怜惜又崇拜的口吻。

"你爸妈不管吗?"

"我妈在我十五岁的时候生病去世了,在这之前她和我爸一直在外面打工,家里还有个奶奶,但她年纪很大了,几年前也走了。我们四个小时候几乎都是我哥带大的,他就像我们的爸爸一样。"

雪华吓一跳:"等一下,你们家有五个孩子?"

"是啊,我下面还有两个弟弟、一个妹妹。两个弟弟一个在上大四,一个快高考了,最小的妹妹刚上高一。"

雪华暗暗咋舌,她知道某些家庭爱生育,但不顾家境生了这么多,让长子这么辛苦,听着真让人唏嘘。她不禁想起自己家,想起大哥曾经也这样无私地呵护过她,而她几十年的回馈居然让自己沦落到如此下场,一时心里说不出地酸楚,对宁家兄弟生出共情来。

"现在我和我哥最大的任务就是挣钱,把这几个弟弟妹妹供出来。所以你说我们不拼能行吗?但我相信,只要努力,不怕吃苦,我们全家一定会有出头之日。"宁博呼噜呼噜吃着面条,又咔嚓咬着蒜。一碗素面,让他吃得这样开怀。

雪华被他的激情感染了,想一想自己也是农村出来的,年少时也像宁家兄弟一样,并不怕贫穷困苦,只要得到一点工作的机会,就会拼命地干,为每一天比昨天的处境微微改善而喜悦,现在可见是安生日子过久了,生出惰性来。她的情绪振奋起来,说其实自己并不怕吃苦,只是住这里交通实在太不方便了。她打算明天一早就出发,宁可去楼下等着。但如果次次这样,这家政的活儿也太难干了。

雪华住在这里才明白,原来在北京,地段对交通来说这么重要,地铁房贵就贵在此。她住这里,房租是便宜了,但交通上很费周折。北京就是这样,要么用时间换钱,要么用钱换时间。而穷人的时间往往不值钱,穷人用时间换钱,为此就要遭罪。她感叹着。宁博说不用这么辛苦,你可以骑共享单车到地铁,下了地铁再找个共享单车,这样时间就有保证了。

宁博大口把碗底的面条带汤全部吃光,嘴一抹,结了账,带她出了面馆，到了公交站，指着一排黄色的共享单车给她看。雪华恍然，她的确在老家的街头见过这样的自行车，不同颜色的，有时排成一排，有时东一辆西一辆。但她从来没有骑过，因为不怎么出门，出门也有电动车，不需要关注这些东西。她看见了，但又"看不见"。这些年就是这样，她待在自己的天地里心满意足，视线之外的世界不存在。直到晴天霹雳，她被扔到异世界里去。

宁博手把手教她怎么用微信扫码开锁，怎么还车。雪华笨拙地操作着，见她仍懵懂，宁博要她索性骑上试一圈。雪华开锁，骑上，沿着村子小巷骑了一截，许多年没骑过自行车了，这种感觉很生疏。骑到头，她又原路返回，再依宁博所教，旋上锁，在手机上点归还，界面显示要求支付一元钱。她付完钱，释然。原来实操一遍就会发现，令自己畏惧的东西很简单，原本成为问题的也不叫问题。

宁博说："共享单车到处都是，你学会使用它之后，用来短途交通接驳特别方便。这些东西都很简单，别慌，别人都会用，你也一定会用。"

雪华高兴地和宁博挥手作别，回去睡觉，焦灼的心宁静下来，一觉到天亮。早晨，她被闹钟叫醒，起床做早饭，吃饭，洗了衣服，收拾完屋子，穿上家政公司的工服，背起公司配发的黄色工具包，往公交车站走去。到了之后却傻眼，昨夜里那一排共享单车全都让人骑走了。她顿足不迭，后悔来迟，见公交来了，只得随着人流挤上车。

到站后雪华又坐地铁，出了地铁，四处找着昨晚那样的共享单车，却没有发现同样的黄车，而全是蓝白色的车。她一怔，掏出手机，打开微信去扫车把上的二维码，却怎么也扫不出。身边不时有人匆匆扫了锁，骑上车离开。眼看时间紧迫，她有点慌，鼓起勇气，问一个刚刚扫开码的人，这东西怎么扫。那人指点，哈喽单车，支付宝扫码，车身上不是写着吗？雪华低头一看，果然车上的横梁上写着，她太着急，一时没留意。可偏偏平时用微信，不用支付宝。那人着急要走，喊着进微信搜小程序，说完骑上车走了。雪华汗滴了下来，老花眼一时看不清手机界面，差点哭出声来。她把工作包放到地上，绝望地想，北京怎么这么大呢？生活怎么这么难呢？人们匆匆从身边而过，无人理会她这个茫然失措的家政工。

雪华抹抹眼睛，抹掉不知是汗还是泪的液体，想起昨晚宁博说的话，别人都会用，你也一定会用，定定神，在微信搜索框里输入"哈喽单车"，果然跳出来选项。点开选项，进入小程序，见右上角有扫二维码的小框，用它对准二维码一扫，咔嗒一声，车锁开了。这一声轻轻击中雪华的心扉，顿时豁然开朗。没错，就是这么简单。她平时在家总玩抖音，并不是那种与互联网隔绝的老太太，不过是一时着急，迷了心窍而已。

雪华背着包，骑着车行驶在街道上，风从耳边掠过，一时心情愉悦，觉得已经融入了这座城市。但骑着骑着，觉得好像骑错道了。走路和骑车，这路看起来硬是不太一样。她下车，在手机地图导航上输入雇主家的地址，再上车，一手握着手机，把声音开到最大，依着导航的指示往前骑去。

时间不多了，她加快了蹬腿的速度，一边想着下回要去买个耳机，最好再买个腰包，把手机放进去，这样可以解放手。正想着，骑得太急，没留意前轮轱到了一块小石头，车头一歪，又由于左手握着

第十一章 北京不相信眼泪

手机,没稳住车头,连车带人摔倒在地,手中的手机摔出去老远。

这一跤让雪华顿觉天旋地转,一时发蒙。她狼狈不堪,定了定神,挣扎着要起身,但后面的大工具包重重地坠着,硬是爬不起来。有过路的女孩见状,赶紧上前扶起她,又有人帮她捡起手机,手机好险没摔碎,只是屏幕裂了道缝。她起身道谢,手掌心火辣辣地痛,一看,擦破一大块皮,渗着血。女孩掏出纸巾给她擦手,问要不要去医院。雪华忙说不用,自己赶时间去上工。好心的女孩把整包纸巾都送给她,离去。雪华上车,调整了心情,继续骑了起来。

这一跤摔得挺狠,胳膊肘撞青肿了,手掌心伤处一抽一抽地疼,不时渗着血。雪华故作轻松,好像只要忍住痛,忍住想哭的欲望,这件事就没有发生一样。摔跤这个事,羞耻感大过疼痛,这一跤宣告她凭自己能力在北京生存不下去,更宣告了她初老的身份:她五十三岁了,是腿脚开始不便、该颐养天年的时候了,不然怎么会连骑个自行车都会摔跤?她搞砸了一切,这满大街来去匆匆的人,每个人都知道了这个秘密。虽然他们谁也没看她,但她无地自容。

雪华咬住嘴唇,拼命忍住想哭的欲望,忍着忍着,导航提示她已经到了雇主家楼下。雪华下车锁车,手掌心的伤处不小心蹭了一下,她"嘶"的一声,借着这个劲儿,眼泪终于掉了下来。她掏出纸巾擦掉血迹,又轻轻拭掉眼泪,怕眼睛红红的,被雇主看到不好,使劲眨巴着,用手扇着眼睛,想让灼热的双眼赶紧冷却下来。

调整好表情和心情之后,雪华上楼,进了雇主家。雇主是一对八十多岁的老夫妻,五十多岁的独子已在国外定居,他们一直由保姆照顾。最近用了很多年的保姆回老家养老,他们又不想去养老院，吃了一段社区食堂送餐之后，嫌难吃，没办法，儿子便在网上购买了做饭套餐，想试试未来是否可以把做饭这件事外包出去。

雇主早已提前让楼下超市送来新鲜食材，雪华不负责买菜，只管做。她焖了米饭，做了三道菜，分别是红烧鲈鱼、家常肉末豆腐和蒜蓉生菜。老太太站在身边，一直在指导雪华该怎么做，雪华心里直烦，又不敢表露出来，假笑得脸都僵了。

三菜上桌，米饭盛好，老夫妻看着这丰盛的家常菜，很高兴，热情地招呼雪华一起吃。家政上门做饭时，的确是可以在雇主家吃，但不得和雇主同桌，并且必须自己带碗筷，贵一些的食材也自觉地不去吃，这是规矩。雪华忙说没事，在厨房吃两口就行，跟着她去工具包里拿自己的碗筷，一掏之下愣了，她居然忘了把特地买的不锈钢饭盒和筷子放进去，早上明明洗好放在桌上的。难道潜意识里不想带吗？因为带碗筷去别人家吃饭，这感觉像乞丐讨饭一样。她的显意识说服了自己当个家政工，潜意识却固执地抵抗。

见雪华在包里掏了半天，老夫妻知道她可能忘了带碗筷，再一次表示没关系，他们不嫌弃她，可以用家里的。但雪华坚决拒绝，饿一顿没事，第一天就坏了规矩可不好。她声称自己不饿，上午吃得晚。见她坚决，老夫妻也不再劝。

其实雪华已经饥肠辘辘了，紧张加奔波，又摔了一跤，加倍地耗能量，但不能表现出来。老夫妻买的这做饭套餐，原就包括饭后洗碗以及厨房和餐厅的清洁。她反正闲着，于是就先收拾厨房。干活前，她用一次性纸杯在饮水机上接了一大杯水充饥。喝完之后，只觉得胃里水了咣当，微微泛起恶心。她忍着，开始干活儿。虽然戴着橡胶手套干活，掌心也实在疼得慌，胳膊肘撞伤的地方已经肿起来了，手臂一弯就加倍疼。她一边干活，一边听到门外的老两口在拌嘴。

老太太说："好家伙，这条鱼，三十四块，豆腐五块，肉末五块，生菜五块，油、煤气……七七八八加一块儿，加上阿姨的钱，这一顿三个菜要超过两百块钱，比饭店的外卖还要贵。"

老头道："我可不吃外卖，哪有家常菜好，干净又营养。其实原材料不贵，人工贵，谁叫你不爱做饭来着？"

老太太怼道："我做饭可以，你洗碗吗？"

老头道："洗个碗能费多少事？我怎么不洗？"

老太太："洗碗不只是洗碗，还要收拾灶台和地面，要倒垃圾，要拖地。你干吗？你不干，所以得花钱找人干呀。"

老头道："你年轻时不都干了吗？你年轻时可没这么计较。"

老太太怒道："侍候你一辈子，我都八十三岁了，还要家务全包圆？我退休金又不比你少，凭什么都干了？"

老头道："我干，我干还不行吗？"

老太太道："拉倒吧，谁也别干。再摔一跤进医院，更麻烦。"

两人亲昵地拌着嘴，雪华听得好笑，又一阵凄凉。老伴儿老伴儿，老来伴儿。人活到八十三岁，还能有个能拌嘴的老伴儿，真幸福啊！她呢，余生还能有个伴儿吗？和林志民还能破镜重圆吗？真奇怪啊，她和林志民相伴半生，此刻想到他对她厌憎的表情，却觉得那样陌生，陌生得令她不寒而栗。

窗口飘来阵阵香气，是从别人家的厨房飘进来的。雪华抽着鼻子辨认着，辨出那气味里有葱姜蒜、八角、茴香、冰糖、老抽、料酒,还有一大块上好的五花肉与它们长时间炖煮后已相亲相爱融为一体的软糯香味。

她看着窗外的楼,想着这楼长得和自己家小区的楼也挺像,这老夫妻的家,和自己家也挺像。米白色橱柜泛黄发旧,老式抽油烟机,厨房白蓝方格地砖邻近水池处磨得发黑。过往这个时候,她也在自家厨房里这样炖着一块新鲜的五花肉,肉皮、肥肉和瘦肉比例非常完美。只有最最心无挂碍的人,才有心情在菜市场精心挑选出这么漂亮的五花肉,回家不厌其烦地洗、切、炒、炖。

这座座高楼里的每个家都在过什么样的日子?无论是悲是喜,是个人就得有个房,有个家,有个能收容灵魂和肉身的地方,有个风吹不着雨淋不着的窝。只有她,张雪华,被丈夫变相赶出家门,走投无路去投奔女儿,又被准亲家母赶走。她,张雪华,活得这么失败,像个乞丐般四处被驱赶,被迫沦落成旧社会的厨娘,要靠去给人家做饭维持生计。

雪华抹着灶台,悄悄滴落下眼泪,怕被门外的老夫妻听到,控制着音量,微不可闻地抽泣着。此刻她只觉得如在烈焰焚烧中般煎熬。救命!到底有谁能来救救她?这样的苦役还要熬到她挣够二十万元才能结束,简直遥遥无期。一小时这点工价,她要挣多久才能凑够二十万元……

雪华无声地哭了一会儿,听得老夫妻吃得差不多了,赶紧用袖子擦擦眼泪,走出去,强颜欢笑收拾着桌面的碗筷。三个菜都被吃光了,老夫妻夸奖着她的手艺,赞美她把厨房和餐厅收拾得那样干净,并又一次为没能一起吃饭表示遗憾。雪华再一次拿出假笑,说没关系。

第十一章 北京不相信眼泪

出了这家门,雪华直奔楼下的社区食堂,已到了快打烊的时间,饿得心慌气短的她匆匆点了最便宜的一碗面,糊弄饱。回到小村,已是下午三点多,雪华如得了一场大病般倒在小床上睡了个长长的觉。晚上她刷着手机,没有看到老夫妻在公司的 App 上对她的评价,想着也许他们太老了,不懂得用手机发评价。没关系,没评价就是最好的评价,无功无过,安然过关。

可第二天一早,雪华接到家政公司组长的电话,要她到公司一趟,雪华心中忐忑。去了之后,组长问昨天的服务情况,雪华说很好,老夫妻把菜都吃光了,直夸好吃,厨房餐厅她也都收拾好,两人当面表示满意呢。组长却说她被投诉了,今天不用去了。

雪华大惊,问为什么。

组长问:"你是不是一直在哭?"

雪华愕然,想起老夫妻那和善又热情的脸,心冷了一下。他们说着吃嘛吃嘛,一起吃嘛,表情那样诚挚,人心真是难测。她想辩解,却不知道该说什么。组长说,老夫妻投诉,雪华一进门就满脸丧气,眼睛红肿,一看就是哭过。收拾厨房时也在偷偷哭,让人心里发毛。做饭和收拾手艺是挺好,但这个人不吉利,是不是精神有毛病?他们都老了,不敢用,还是换一个人。

组长问:"你是不是有抑郁症?"

雪华鼻子一酸,眼睛一红。她这几个月以来心情低落,动不动就想哭。看到人家成双成对想哭,看到年轻夫妻抱着孩子也想哭;阳光灿烂,她想着世界这么美好她却还要悲惨地熬很多年才能死,所以想哭;乌云满天,她想世界果然一直这么悲惨,更想哭;想起丈夫的冷脸，她想哭；大姑姐一句暖心的话，更令她想号啕大哭；看到女儿，她直接哭出来。这是抑郁症吗？北京是什么地方，连伤心也不被允许？

但组长这么问了，雪华坚决不能哭。她看着自己红肿的手掌心，上午贴的创可贴松了，被她揭下来扔掉了。她咬紧牙关，挤出两个字："没有。"

组长探究地看着雪华的脸，雪华躲着她的目光。组长是个四十七岁的中年女人，河北农村人，中学毕业就出来打工，在这个家政公司干十年了。

组长没有再追问，目光落到雪华的手掌伤处，道："雪华姐，会来干家政的，都是有难处的人。要么没学历、没手艺，年纪又大了，找不到出路；要么家里突然出了大事，生活没个着落。我这么多年干家政，来来去去的家政工，看得多了，没有一个人是容易的。我只想说一句话，无论你有多不容易，把眼泪咽回去。你得先把眼泪咽回去，才能活下去。"

雪华紧紧咬住牙关，顶住胸口往上涌的复杂情感的冲击，那里面夹杂着痛苦、羞愧、感激、敬佩甚至是悚然的醒悟。顶过这一刻后，她说："我记住了，以后不会哭了。"她忍得太厉害，嗓子有点哑。

组长会意地看着她，温和地笑了笑："你换个想法，以前在家里做家务，没人给你钱。现在还干一样的活儿，却有钱挣。这是高兴的事，为什么要哭呢？"

雪华情绪渐渐平复，这话尤其中听，她点点头。

组长道："我会再给你派活儿，但要过几天。你的手心伤得有点厉害，再碰水怕发炎，等好一点再说。咱出来干活的，挣钱要紧，身体也要紧。你能上工了和我说。"

雪华道："好。"

组长起身，拍拍她的肩，临走前又道："其实干家政一开头心里苦，后面就不苦了。我靠当家政在老家买了房，供出了两个大学生。"

雪华在城里买了涂伤口的药，漫无目的地走着，一直想着组长的话，也是在学习，学习如何不哭。宁博说的话忽然涌上心头，他说别人都会骑共享单车，你也一定会骑。那么，这大街上来来往往的人，谁没伤心事？不可能每个人的日子都称心如意吧？人家怎么就能那么平静，很好地安置自己的悲伤呢？如果哭会让她走投无路，干吗还要哭呢？别人都能不哭，她也一定能。

最最重要的一点，走投无路会导致她向女儿求助，而女儿自己的路本来就窄，如果还要分一点给她走，最终也会导致女儿走投无路的。为了亲爱的女儿，她一定要顶住。

一直到天黑，雪华才回到小村。倦鸟归巢，如今她的巢，就在这一片废墟的包围中。废墟中一丛丛拆迁形成的碎砖混凝土包，看着像坟头，那是还没被规划好运到哪里抛掉的建筑垃圾。家死掉了，躯壳还来不及收拾，就是这副模样吧？一个个家的残骸沉默地蹲在暗下来的天色中，不动声色地看着几米之隔的灯火辉煌、烟火气旺盛的小村，那情景再诡异不过了。雪华走向这如鬼市般的小村，站在村口想，即使北京是烈焰熊熊燃烧的炼狱，站在炼狱口初老的她，从此也再不掉一滴眼泪。

第十二章

结婚应该计较吗？

第十二章 结婚应该计较吗？

许子轩这天回父母家，周明丽告诉他，万柳的房快装修完了，可以进家具了。然后再晾个把月，这房就能住了。所以这个婚，打算什么时候结？何时领证？何时举办婚礼？婚礼的规格有什么要求？打算在哪个饭店办？

许子轩听着，最后说要和林越商量。周明丽其实问这一串话是试探，张雪华突然搬走，她心知肚明是被自己赶走的，又高兴，又有点忐忑。和林越打交道这几次，她已经知道林越是个厉害角色，而儿子偏偏被这个女孩吃得死死的。

周明丽和许东多次长谈，关于林越这个准儿媳，她不满意。为此她庆幸设下"订婚"这个结婚冷静期。果然冷静冷静，一堆毛病就显山露水了。许东问她："儿子找什么样的儿媳，你满意？"

周明丽说，独生女为佳，家中两个女儿的也可，有兄弟的万万不可。农村的不可。一本以下的不可。丑的矮的不可，儿子也看不上，看上了也会影响后代长相。爹矬矬一个，娘矬矬一窝。年纪太大或太小的不可，长期出差的不可，脾气暴躁的不可……说着说着，她停下来了，愁得长叹一声。都说北京大龄剩女多，可许家的条件这么优越，为什么怎么找也找不到合适的呀？北京的适婚女人应该多得像苹果园大丰收一样，满山都是体面漂亮的大苹果才对。他们就像收购商一样，拿着个量果器，随便卡一卡，就有无数符合标准的果子可以挑到筐里才对，为什么这么难呢？

许东说："儿子满意，你不满意而已。你总是看小节，其实和林越结婚，儿子能损失什么？结婚这种事，男方一怕对方索要天价彩礼，二怕要求房本加名，三怕'扶弟魔'。林越以上都不沾，我们不吃亏。结婚这种事，更小心的往往是女人，只要把财产看好，男人横竖都不会吃亏。"周明丽知道他说得有道理，只得勉强同意，按计划往下推进。

这一天，夫妻带着林越、许子轩来看婚房。一进小区，林越环视着周围的座座高楼，暗赞这真是正儿八经的房，这才是梦想中的房。这小区物业管理严格，道路铺着洁净的小方格地砖，绿树成荫，连草坪都显得格外绿，是常年精心除虫施肥加喷灌，才能保持的新鲜肥壮的绿。楼体看着有年头，但外立面保持得很好，透着时间沉淀下来的优雅庄重。如果簇新，反而观感生硬了不是？房在五楼，一百二十平方米，三房两厅，每个屋都挺大。周明丽的审美品位很好，屋子的装修简洁大方，没有一丝赘饰：米色墙漆和栗色地板很搭；大阳台很通透，前无遮挡，阳光水一样地肆意泼洒进来。林越站在阳台，想象着自己在这里种花，喝茶，甚至给宝宝喂奶。许子轩指着不远处，说那里就是某家著名的私人医院，有月子中心，他会给林越买十五万元的月子套餐，他有个同事的老婆就在那家医院坐的月子，全程享受五星级服务。又指着不远处，中关村三小分校就在那里，走过去十分钟就到了。这房得亏买得早，放今天买不起

第十二章 结婚应该计较吗？

了,价格再怎么跌也买不起,父母有远见。林越顺着他指的方向看去,看到了岁月静好的蓝天白云。

林越一个一个屋转着,想象着,大屋是卧室,中屋是婴儿室,小屋是书房,也可以是保姆房,未来也许可以让妈妈来帮着她带孩子。她曾窥见的京城富足生活如今一只脚已踏进来了,比想象的更好,她成功了。只是,为什么没有想象中的雀跃?妈妈……林越心里窒了一下。妈妈执意要搬走,她岂不知是周明丽所为?所以妈妈如果来带孩子,周明丽又会作何理解?是鸠占鹊巢的无耻贪婪,还是带薪免费老保姆的无私奉献?女儿的家,是妈妈的家吗?再往深了想一步,这个家,是她的家吗?

林越再一抬头,这亮堂堂的新屋已黯然失色,因为她满脑子都是妈妈住的那个废墟中的小村,灰尘飘散,污水横流。

许东和周明丽跟在两人后面,指点着,周明丽想象许子轩和林越住在这里,不胜艳羡。谁不想住这么好的房?他们夫妻呕心沥血,打拼下的这好房,给儿子繁衍生息用,小两口能理解父母的一片苦心吗?当父母的总是这样,最好的东西舍不得自己享用,总是要捧在手心殷切地送到孩子面前。看到孩子露出开心的笑容,父母比自己亲自享受还要幸福。周明丽心情复杂,既有慨然牺牲的悲壮快感,又有不甘和嫉妒,但最后化为无声叹息。为了儿子!

"来来来,看一下,这里是书房。"周明丽热情地拉着三人进了书房,比画着,其实是试探,"越越看看,要打什么样的书柜,买什么样的电脑桌,你来定。这边一插排孔,想添什么家电都够用。"

今天带林越来看房,夫妻最重要的目的就是敲打她:我们出房又装修，这最后一哆嗦"买家具和家电"，是不是该轮到你了？当初两家见面，说的可是你家要出三十万元的嫁妆。这三十万元，买家具家电够了。该你上场表演了，总不能两手空空地住进这么好的大房子吧？我们不是在乎这三十万元，在乎的是你的态度。

林越环视着这书房，想象着哪里放书桌，哪里放书柜，柜顶也要买一盆郁郁葱葱的绿萝，让长长的枝条垂下来，与在柜子里一字排好的"主义们"一起见证她婚姻的成功。周明丽又拉着林越到了厨房，比画着哪里放冰箱，哪里放置物架。洗碗机下水口留好了，整体橱柜的颜色你来定……林越已感到索然无味：什么意思？厨房交给她来打理是吗？难道要像妈妈一样困在这个厨房，年复一年日复一日，任劳任怨地洗、刷、炒、炖？她的脸突然沉了下来，周明丽见林越一直回应不热烈，本就心里不快，见她突然不高兴，更不高兴了。场面冷了下去，许子轩父子困惑，不知道发生了什么，为什么两个女人就突然由面带微笑变成敌意流淌。

晚饭在饭店吃，气氛沉重。许东终于开腔了，拿出一家之主的架势，尽量使语气显得既亲切又威严，把之前问儿子的关于结婚的问题又问了一遍，最后抛出关键点："家具家电快点进，好散散味。这样，婚礼举行之后，你们就可以搬进去住了。毕竟年纪也不小了，结婚之后就该考虑备孕的事，新房新家具有甲醛，放味儿的周期长一点好。"

三十万元，在这大房子面前显得多么微不足道。林越心里作难，听到"备孕"两个字之后更生出被逼迫的心虚与恼火，但尽量控制着情绪，道："我不想住这个房。"

第十二章 结婚应该计较吗?

三人一愣。

林越道:"我有个想法,现在我们住的那个小房,市场价多少?"

许东迟疑着,周明丽道:"五百万元。"

林越道:"您看,我父母给我三十万元,我个人有二十万元存款,一共五十万元,我都给你们,能不能在房产证上加上我的名字?咱们去公证,约定我占有十分之一的产权。"

是的,这就是她的真实想法,这才是她一直犹豫不决的痛点。她不能掏钱去装点一个不属于自己的房子,她牢记妈妈因为没有房子产权而被爸爸驱赶的悲惨下场。无论占多少产权,只要房产证上有她的名字,就谁也赶不走她。她不能连让无家可归的妈妈来家里住还要掂量别人的脸色,枉为人女!

周明丽笑容已不快,道:"我们要你五十万元干什么?你这孩子,想法未免太多了。"

"想法太多"这种评价让林越心头火起,她瞪起眼睛回:"我掏多少钱,要多少产权,一分钱便宜也不占你们的,怎么能叫想法多呢?谁不懂家具家电都会折旧,十年八年后就不值钱了,我为什么要掏这个钱呢?"

周明丽再也伪装不下去了,道:"林越你是不是太计较了?这么计较,还怎么结婚?"

林越冷笑道:"你们不计较?好啊,现在立刻把万柳这套房公证一半产权给我,你敢吗?"

夫妻哑口无言,倒吸了一口凉气。

半晌,许东道:"那套小房才五十三平方米,将来怎么养孩子?"

林越不耐烦道:"我目前没有想到生孩子的事,只想自己可以有个心安理得住下去的房子。"

夫妻沉默。原以为他们做了天大的牺牲,搞半天人家居然不领情。结婚后,女方要拿出诚意来生个孩子,证明自己有融入这个家庭的意愿,这才是结婚的要义。孩子都不生,结婚干什么?

许子轩全程坐立不安,想开口,却又知道无论说什么,他都会被任何一方训"闭嘴",引发更大的战火。他既代表不了父母,也代表不了林越,他只能代表自己,可他不重要。真有意思,明明是他的婚事。

大家不欢而散。回到家,周明丽收到许子轩的微信,说可能林越有点恐婚,先别着急,再给她几天时间。周明丽冷笑,这两字与快三十一岁的林越多么不相宜,她有什么资格"恐婚"?林越和许子轩交往这两年,可一点没有表现出恐婚模样,订婚的大玉镯子收了,免费的房也住了,临到见真章了,居然提出什么房子产权加名的问题。坐地起价,待价而沽,这才是林越突然来这么一出的真实用意。

小房子,给林越十分之一的产权,理论上来讲没问题,实际上来讲很恶心。好好一套单独所有的五百万元的房,她装模作样地掏个五十万元,就要在人家的地盘上横插一脚。本来己方好好的主场,可疑人员混进来也以主人的面貌自居,这不是乱了规矩吗?买了瓶醋,要人家出大螃蟹,再愣说是合作,是公平,是AA,这不是耍流氓吗?她把这钱用在产权上,那么结婚、装修、买家具家电再没钱了。他们让独子就在这小破房里结婚,也不像话,到头来老两口还是得乖乖掏钱来帮着装修,置办家具家电。林越就是自私,吃定他们会舍不得儿子受苦。一个女人倚仗着男人对她的爱,对他的父母咄咄逼人,太气人了。

而且有一个最可怕的可能性:这房太小了,假如他们结婚了,而又坚定地不住万柳那个房,林越未来必然提出把小房卖了,换大房。按儿子的性格,他不可能在买大房的时候去计较产权份额,那么新房就是夫妻共有。倚仗着十分之一产权,她活生生地把另外十分之九变成了夫妻共同财产,这就是传说中的"洗房"吧?

这凤凰女倒是不要彩礼了,她要得更多,更多。而且她相当强硬。上门媳妇就要有个上门的样,心里有点数,懂分寸知进退,她却时刻都主场做派,太让人讨厌了。

房都装修了,花了他们五十万,材料全用的最好的,就这样放着吗?不想早说啊,现在怎么办?出租自是舍不得,谁会用婚房的标准去装修出租房呢?难道便宜租客吗?周明丽想到这些事,头痛欲裂,恨得直咬牙。许东这回也烦了,直说不如找个同样有房的北京人家来得简单,这样谁也不占谁便宜,谁也不用防着谁。找外地人真麻烦。

小屋里,许子轩和林越两人坐在沙发上,各自僵着身体。许子轩道:"我知道你在担心什么,我不会像你爸爸一样,相信我。"

雪华去村子里住之前,许子轩已经知道雪华到北京打工的来龙去脉了。当时他愕然,立刻批评准丈人太过分,不像个男人。他的批评情真意切,林越不置可否地挑着嘴角微笑。此刻林越又笑了,许子轩知道她不信,她和当时听到他那番批评时一样,笑容带着"你们都一个德行"的讥讽。他也知道自己的安慰很苍白,说想加名字很简单,明天就可以去。正好父母早就想过户一套房子给他,索性一并办了,但林越要求他必须与父母达成一致才行。

"我不太明白,为什么你父母对这个要求那么反感,好像我在算计你们一样。既然如此,你还是要让他们同意,毕竟这房是他们的。未来还要相处,这种事及早谈开得好。"

如果说林越从前对能靠上许子轩怀有了几分侥幸心理的话,现在这心理已没有了。她看出来了,这男人靠不住,这男人自己还在靠父母。往往是这样,你不知道你想依靠的人,他背后是什么,为什么能牢牢地站立在大地上。社会总是语重心长地让女人要当"独立女性",其实她看穿了,也并没有几个"独立男性"呢。离开了父母,他们也不能独立,她再也不想让中间商赚差价了。

许子轩焦躁,无计可施。他隐约知道父母为什么不同意,十分之一产权很公平,但父母不能接受林越这样的进攻,她说什么就是什么。自己父母与林越接触以来,没有一次占到过便宜,哪怕是口头上的便宜,这让他们非常窝火。这看似意气之争,其实争的是主场控制权,是未来漫长婚姻里谁说了算的话语权。每一次看似轻描淡写的交锋,都是一次服从性测试,要为未来的关系定下基调。父母代他冲锋,刀枪剑戟斧钺钩叉轮番上阵。而林越,不是他们想象中节节败退的无资产外地女,他们一时错愕。但许子轩倒是越来越佩服林越,这个女人脑子挺清楚,不简单。不简单的女人,比简单的女人更有意思。婚姻那么长,一个简单的女人既平淡如水,又不能共扛未来的人生风雨,有什么意思?

林越睡下,心里很平静。她窥见了京城富足的生活,但谢谢爸爸给她上了最宝贵的人生一课，让她知道，所有命运的馈赠都在暗中标好了价格。白天她和妈妈通过电话，雪华告诉她，自己当家政很顺利，放心吧。她悲喜交加，妈妈落水了，原本抱住她这块浮木，可她受不住，终于让妈妈又一次落水。妈妈凭了自己的力量挣扎着，试探着，终于一点点踩到了水底的石头，一步步往岸上走去，所以此刻她心里有了一点底。

雪华并没有向女儿撒谎。她的手养了五天愈合了，再次上工后突然一切都顺利起来了。那天，她骑了共享单车到了地铁，出地铁走了五分钟到了雇主家。她做的三菜一汤博得雇主好评，她没有忘记带碗筷，倚在灶台吃得很香，虽然吃时还是伤感。第二天又去上工时，这伤感轻微了不少。她收拾出来的厨房和餐厅十分干净，让雇主惊喜不已，赞叹连连，甚至拍了朋友圈炫耀自家阿姨的敬业与专业。下了工之后是晚上八点，她居然还有心情买了根老冰棍，坐在雇主家小区广场旁边吃边休息。看到居民在跳广场舞，她想起大姑姐也爱跳广场舞，动作那么滑稽，无声地笑了下，心情很好。

摔跤那一天的遭遇不知为什么，像个强大的格式化一样，让雪华焕然一新。她纳闷那天为什么哭成那样，更嘲笑自己第一次骑共享单车时歪歪扭扭的狼狈样。她在网站上的好评渐渐多了起来，组长安排的活儿也多了起来。最大的问题在于交通，由于住得太偏僻，且路不熟，每日浪费在交通上的时间太长了，否则接的单还可以更多。她算了算，按目前这样的情况，一个月可以挣四千五百块钱。加上退休金，一个月足有六千五百块钱的收入。这个数字让她激动了一下，暗地盘算着，假如当家政一个月能挣八千元，加起来不就月薪过万了吗？"月薪过万"这个词让她小小地震撼了一把，好像是一种成功的标志一样，莫名植入心中。

从前建材店生意好的时候，他们也有过每月进账数万的日子。但那会儿林志民在管账，雪华只能手心朝上跟他要钱，虽然他也给，毕竟和自己能挣钱不一样。一个靠自己的能力"月薪过万"的女人，说出去多让人敬佩。雪华开始往这个节点进发，不只接做饭的活儿，单独保洁的活儿也接，她不怕忙。

林志民憋了几个月，始终没接到雪华的任何回复，无论是微信文字还是语音，他渐渐不安了。原来被人冷遇，是这种感觉。一贯单纯的主妇妻子，突然消失在北京，再也无法掌控了。他和健身朋友们去钓鱼，还是老僧般入定，脑子里却不再纯粹，而是一片混乱。原本饶有趣味的事情，突然没意思了。他使劲扇乎着内心愤怒的小火苗，以对抗越来越大的空虚，然而"凭什么帮别人养儿子"这堆火渐渐熄灭，直至再也没有一点温度。

中午，几个走得最近的健身朋友相约到家里来做饭，林志民看他们在厨房吵吵闹闹，不再觉得热闹，只觉得聒噪。力姐在每个屋转着，赞叹雪华把屋子收拾得如此整洁。这房三室一厅，是老房子，每个房间都小小的，而且结构很不科学，老房都这样。但每一样家具摆放都非常合理，恰好嵌进那些原本很尴尬的空间里，连一处二十厘米进深的多余墙角，也打了薄薄一小条柜子，用来放杂物。柜子上摆着造型别致的白色花瓶，插着大朵的金黄向日葵绢花，令这昏暗一角瞬间明亮了起来。

厨房不大，两面小白格瓷砖墙面悬挂了四排收纳架，所有调料瓶及杂物均上架，有效地利用垂直墙面，操作台被全部让了出来，居然显得还挺宽敞。墙面、橱柜的每一扇门、每一瓶调料瓶瓶身、水池、水池的边缝，每一处都光洁如新，一点污渍也没有，甚至连螺丝钉也无一颗脏污锈黄。

厕所墙角低处粘着两个自带背胶的小黄鸭卡通造型的小盒子，收着通马桶的皮搋子和马桶刷。旁边是浴室，淋浴杆上卡着一个塑料小方筐，洗发水、沐浴液瓶正好放下，下方两个挂钩挂着一条平平整整的搓澡巾和一颗黄色的沐浴球，沐浴球蓬松柔软，花一样绽放着。

两个地漏处粘着两朵小小的淡黄色重瓣硅胶花，用来堵住下水道的难闻气味，避免生小黑虫，交错的花瓣还可以卡住毛发。真难为雪华上哪儿淘来这么多可爱的小东西，而且颜色搭配协调，审美在线，令整个屋子富有情趣。力姐再不做家务，也知道保持这样的洁净度，需要雪华付出极大的心力。

不过厨房干净，是因为雪华走了之后林志民根本不做饭，其他地方就邋遢多了。力姐骂林志民为什么老婆走了，他连地也不拖，到处是灰，是不是离开女人他就生活不能自理了。他也不辩解，懒懒地一笑。

今天轮到大刘和慧儿做饭，老牛和老郑洗碗，力姐和林志民负责吃。力姐从来不干活，但买肉买海鲜时她很慷慨，算不占人便宜。他们这一年来渐渐摸索出这种方式来解决吃饭问题，有时社区食堂，有时小餐馆拼饭，有时到谁家做饭，活得很像集体主义，大家是个温暖的大家庭。六十岁的大刘喜欢五十七岁的慧儿，但慧儿并不打算和他结婚。她说不想把朋友变成老公，恶心。

大家吃完，老牛和老郑洗碗，大刘和慧儿打情骂俏。力姐从背包里掏出进口复合维生素瓶，吃下一颗，一边喊着大家把厨房收拾到恢复原样的地步："别糟蹋了人家雪华的心血。"

看看屋里确实脏得不像话，林志民开始拖地。力姐坐在沙发上，刷着手机，看着抖音搞笑视频，发出咪咪的笑声。林志民拖到沙发边，力姐举起双腿，悬空，仍一边看，一边吸着一瓶软包装的脱脂牛奶。林志民想着昔日雪华在家拖地，自己也是这样双腿悬空让出脚下的位置，心中那个模糊的概念突然清晰了：力姐其实是个男人，她活得像绝大多数男人一样。

喝完奶，力姐去洗手间用牙线清理牙，再用便携式冲牙器冲牙。她很会保养自己，不是容貌，而是健康。因此她到了五十八，体态匀称，肌肉结实，体检指标样样合格。她把所有的精力和爱都给了自己，来人间这一趟一点亏都没吃，所以连老伴儿养了私生子闹离婚，她也心平气和，没被颠覆生活秩序。

都收拾完毕，大家坐下来闲聊，劝林志民好歹把雪华劝回家吧，半年了，冷战也差不多了吧。力姐讽刺林志民不是个男人，她收拾老包，是因为老包犯了致命错误，而雪华并没有，她那样贤惠，"扶哥魔"这个毛病，因为存款都在林志民手里，余生也不会再犯，所以林志民这个借口实在过分。

力姐起身要走，说约好了发型师剪头发。她这种非标准寸头很难剪，一直有个固定的发型师。临走时力姐说："林志民，去把老婆请回来吧，别那么小气了。"

第十二章 结婚应该计较吗？

林志民终于动心了，他的确想上北京看看到底雪华是怎么回事，到底女儿和未婚夫相处得怎么样，也快该准备婚礼了吧？最重要的是，到底妻子能不能回家。可他这一次领教妻子的厉害了，自己去，恐怕会谈僵，于是想求大姐一起去，他知道林瑞玲向来和雪华亲密。

黄昏他去找林瑞玲时，她正在小区楼下的小花园看着两个孩子，脚底下几袋刚买的菜。她把孩子从幼儿园接回来之后，他们都要在小区里玩一阵。等他们玩够了回家之后，她还要做饭，从早忙到晚，陀螺一样转，仅有的一点娱乐时间是周六下午。周六中午，儿女们都吃过饭了，把孩子带走，她可以睡一觉，下午去跳个广场舞。周日白天她要搞卫生，下午四五点钟时两个孩子就被送过来了，开始一周的循环。

两人坐在凉亭，看着孩子们欢闹。各家各户的孩子们被祖辈从幼儿园接回来时，都会在这儿玩一会儿，这个点他们的父母还没下班，小区仍显得寂寥。幸好有孩子们咯咯笑的玩闹声，可以抵御黄昏的太阳一点点往下沉时老人们心底那一片冰凉的空虚。孩子那么快乐，这证明人间尚有活的价值。成年人看遍的事情，他们都要玩一遍，借由孩子的眼睛，老人便觉得活着没有那么令人腻味。

林志民见大姐脸色发黑，比前一阵瘦不少，不由得心疼。这阵子林瑞玲跳不动舞了，像是失去了兴趣，或者失去了体力。据说人到七十岁，体力和健康会断崖式下跌，也许大姐到这个节点了。他暗骂姐夫真是异想天开，大姐七十岁了，姐夫七十二岁，两个古稀老人，怎么可能看得了两个学龄前儿童外加即将降生的两个婴儿？

林瑞玲的视线追随着两个孩子的身影，提防他们摔倒或者跑丢。她微笑着，突然竖起大拇指和小指，没头没脑道："带一个孩子，六年有期徒刑。"

林志民再一次劝大姐，二胎千万不能再管了，让他们各自解决吧。没有金刚钻，不揽瓷器活！这两家真够够的了，没商量好谁带二胎，怎么就敢怀孕呢？

林瑞玲说："他们觉得已经商量好了，就是我带。一胎都是我带，二胎当然也是我带。"她苦笑着，她的愤怒一向以哀愁表现出来，故即使已经觉得很不公平了，仍是平静的，只是轻轻捶着胸口，叫那些怒不可遏不要激动。

林志民怒道："你就不知道反抗吗？"

林瑞玲道："关键是你姐夫同意了。"

林志民："尽扯淡。他能看孩子？姐，你不能太懦弱了，他们现在所有人都逼你，就是要把你挤到墙角，逃也逃不掉。"

林瑞玲喃喃道："没错，他们现在就想把我挤到墙角，逼我说出带谁的孩子。但是我带谁的孩子，不都得把另一个得罪了吗？他们都拿孩子的姓说事，说二胎跟你姐夫姓，要是我不带，就得跟人家姓了。可是志民，你说——"

她看着蹦蹦跳跳的外孙子和孙女，沉吟良久，道："跟谁姓，反正都不跟我姓，为什么全要我带呢？"

林志民从未想过这个问题，一时沉默，有点心虚。其实他们所有人都是这样的，把林瑞玲当兜底的那个人。就像他，当年和雪华做生意，只要忙不开，就会喊大姐来帮着带林越，或者索性把女儿放大姐家几天。现在，他解决不了和妻子的问题，还是来麻烦她。

第十二章 结婚应该计较吗？

但他突然又灵机一动，如果大姐能离开几天，甩开一切置之不理，也许是个破局之举呢？叫这帮压榨大姐的浑蛋——也包括姐夫——知道，她甩手不管了，你们自己解决各自的问题吧。如此，他就不是在麻烦大姐，反倒是在帮她呢。

他把这个想法和林瑞玲说了，林瑞玲听着，没说话。林志民又说："我姐夫不是吹牛说他能看孩子吗？你就索性离开几天，把俩娃让给他看。他连这么大的娃都看不好，还有脸说能看两个婴儿吗？"

林瑞玲继续沉默，林志民又循循善诱："你今年七十岁了，如果带二胎，三五年内是脱不了手的。再往下岁数大了，恐怕逛公园都困难了。就当上北京旅游一趟，顺便帮帮我，一举两得。你可从来没去过北京呢。带大一个孩子，六年有期徒刑。"

这话打动了林瑞玲，她抬头道："我和你去。"

不知道林瑞玲是怎么说服一向大男子主义的老伴儿同意她陪林志民去北京劝雪华回来的，总之她拉着行李箱，穿上最好的衣服，像偷得了个假期一般，前所未有地容光焕发，和林志民登上了去北京的高铁。

林志民姐弟突然到京，雪华大吃一惊。林越通知她时，她正在雇主家做饭。林越带着许子轩以及林志民姐弟等在附近，晚上八点半，雪华来到他们说好的饭店。见到丈夫，雪华并没有想象中的激动和委屈，她奇怪自己为什么这么平静。大家见到雪华身后背着的那个大家政包，心中各有各的滋味。林越又难过又高兴；许子轩心虚，觉得母亲把准丈母娘赶走，害她沦为家政，脸上讪讪的；林瑞玲则是说不上痛心还是敬佩。

林志民心情最为复杂。妻子瘦了,并且有点说不出的变化,不只是外形。她还是和善地微笑,也许是因为从事的是服务行业,加上培训了几天待人接物的礼仪,身形挺拔了,不再含胸驼背,看着有风韵了些,又年轻了些。眼神里那点畏缩没了,多了笃定和淡然,微霜的头发按公司要求结成髻,穿了件黑色掐腰薄外套,很合体,并且透着职业,林志民突然觉得妻子很适合黑色。

夫妻先和许子轩谈结婚的事,林越说出小房的房产权加名一事,林志民不赞成林越节外生枝。掏嫁妆,高高兴兴买了家具家电,安安心心结婚,哪里不好?

林越说:"爸,女人必须住在房产证上有自己名字的房子里,这是你教给我的呀。"

林志民一愣,没想到她这么直接,一时说不出话来,尴尬地沉默。许子轩也不知道该说什么,雪华安静地吃着菜,显然林越早就和她商量过并得到支持了。有什么理由不支持呢?

林志民憋出一句话:"我觉得你不该对婚姻失去信心。"

林越笑道:"你觉得你有立场说这样的话吗?"

林志民本来说那话有点心虚,但林越嘴角带着讽刺的笑意,而且这话那么冲,他生气,激发了辩论欲:"人生是很漫长的,遇到问题再解决问题。一个人结婚的时候总想着离婚,总想着最坏的事情,总做出剑拔弩张的架势,日子就没法过了。我和你妈前段时间确实遇到了问题,现在这不是来解决了吗?"

林越道:"许子轩,你叫你爸妈把万柳那个房的产权公证一半给我,为什么不行呢?不会是总想着离婚,总想着最坏的事情吧?"

第十二章 结婚应该计较吗？

许子轩迟疑道："也不是不行……我没想着离婚。"

林志民却瞪起眼睛喊："无功不受禄，我们不图别人的钱财。"

林越道："无功不受禄，有多少功我受多少禄。所以你看，我掏十分之一的钱，要求十分之一的产权，你们这些长辈这么生气，是为什么？因为我没有晕乎乎地一头扎进婚姻里别人说什么是什么，太清醒了是吗？"

林越有更多的话没说出来，比如爸爸当年把两份遗嘱——一份爷爷奶奶的，一份他自己的——放到她这里，推心置腹地说要防着你妈妈时，固然打着的是为她利益的旗号，但他就没想过，女儿也是个女人，他们还总盼着她将来成为妻子和母亲，这叫她该如何看待婚姻这件事呢？爸爸把妈妈当贼防着，事实上就是告诉她，婚姻就是赤裸裸的利益博弈。这没问题，她也赞成，为什么他突然又换了一套逻辑，要她不要计较呢？妻子和母亲这种身份在男人这里，就如沙滩上的宫殿、纸糊的皇冠，当不得真，他自己非常清楚，为什么不能对女儿坦诚相待？连对女儿也要撒谎吗？

林志民暗恨开局不利。他们吵架时，雪华微笑着，一声不吭。从前她也不是很爱说话，旁人讨论着什么话题的时候，她也是这样安静地笑，听着，上好的气氛组。有她在，局面再僵也僵不到哪里去，她这样谦和地没存在感，是最好的存在。因为她会适时打岔，那些话没什么意义，却能让快僵起来的节奏瞬间软化，使双方即将对峙的枪口一滑，气场微妙地变好。她是人群中的配角，一盘大菜里的葱姜蒜，不重要，但不可缺少。

可现在雪华的微笑里多了点不与傻瓜论短长的冷漠，女儿的婚事对她来说肯定也是大事，故她并不是冷漠。她与女儿自有主张，但不想和他这个丈夫探讨而已。这样的妻子让林志民觉得很陌生，也很难开口。他看着大姐，她居然也没有强烈的参与欲，也有了点雪华置身事外的旁观感，只是东张西望，赞这饭店大，又夸烤鸭好吃，还是得上北京来吃烤鸭正宗。林越本来一直提防大姑，怕她那又多又绵长的劝解温柔地从嘴里纺出来，没想到她这样，也有点意外。

林志民只能硬着头皮对雪华道："回家吧，别赌气了。"

雪华看着盘子里的菜，笑容渐渐淡下去。他竟然敢把她的离家出走说成"赌气"，好像她才是无理取闹的那个人。他忘了他之前是怎样践踏她、驱赶她、冷落她的。他忘了他是怎样说走就走，自顾自地活得热热闹闹，玩得高高兴兴，每天像个跟屁虫一样围着力姐转，视妻子如空气的。现在他过了这个劲了，果然过了，就像女儿当时猜到的那样，觉得在外头鬼混没意思，家里还是得放个老妻，这样经济实惠。

如果林志民是在雪华被周明丽驱赶的第二天来找她——不，还可以再晚一点，在她摔了一跤、慌慌张张的那一天来找她，是在她无声地呐喊"谁来救救我"的那个煎熬时刻说这番话，她一准儿崩溃大哭，委屈倾盆而出，搂住丈夫，悔恨多年"扶哥魔"的行径，唾骂自己居然把钱偷偷送给侄子，发誓余生一定对丈夫肝脑涂地，加倍贤惠。

但一切晚了，经过那一天之后，雪华觉得，好像没有那么需要这个丈夫了。她心底还是惶恐，住在那个破村子里，还是每天浑身不自在，但有了点隐约的盼头，看到了某种微弱的希望。这希望，和丈夫无关。

她此时回忆起当初女儿来劝，林志民铿锵有力地说是她自己心甘情愿回归家庭当主妇的，心里加倍了然。丈夫闹这一出，实质并不在于她是个"扶哥魔"，而在于她是个手无寸铁的家庭妇女，一切要仰仗他，所以可以对她为所欲为。现在他仍然这么理解，觉得可以对她招之即来，挥之即去。

当年他们一起做生意，做得好好的。家庭需要，她回家了。她以为他们是战友，是伙伴，是牢不可破的利益同盟，没想到他戏弄了她，背叛了她。

他竟然敢这么看不起她！

她不能回家，回家就是对她这几个月痛苦挣扎和重生的嘲弄。她这些日子渐渐记起来了，二十多年前她也在建材店打理生意呢。她正在重拾自信。他说她三十岁就死了只不过到现在还没埋而已，那就好好看看吧，她现在可是单枪匹马在京城的大街小巷闯荡呢。他们俩到底谁离了谁不行，走着瞧。

雪华垂下眼皮，吃着面前的鱼香肉丝。芡勾多了，酱料太甜又太咸，青椒丝绵软，木耳不脆。预制菜就是如此，不是手工一对一的制作，当然只能是这样的口味，只能靠上面撒的现切葱花增加一点鲜活的气息。这就是她的工作之所以有价值的地方。

林越见妈妈没被爸爸说动，道："妈，如果我让我爸把那个房的产权证上加上你的名字呢？"

她希望爸妈破镜重圆。妈妈有勇气成为一个家政，她固然佩服，但这个年纪再战江湖，是不是有点晚了？不如就这样吧，回家安享晚年。林志民听女儿这么一说，心里咯噔一声，琢磨着妻子经这一番教训，应该从此改了"扶哥魔"的毛病了吧，加名字也不是不行，但要这么快就后退一大步地妥协吗？

他正想着，雪华抬头淡淡说："算了吧，不需要，反正公房下来之后我也有房住。"

林志民心里发急又发虚，这一次可真的把妻子伤透心了。一顿饭吃得非常失败。饭后，林越和许子轩先把林志民和林瑞玲送到旅馆，再把雪华送到小村。许子轩问要不要让两家父母见面，林越说算了吧，我们先把大的原则问题解决了再说，不然见面只是吵架。

林越陪妈妈待到十点半，雪华催了又催，她总是不忍心走。她工作一直很忙，平时很少来看妈妈，但这个小村和小屋一直在脑海里，如今再见一次，心里又难过一次。雪华说现在一个月能挣四五千元，这看似舒心的话也无法平息林越的难过。许子轩明白林越心里在想什么，回来的路上道："林越，我下周会约我父母把这个事谈清楚。"

他一只手扶方向盘，一只手有力地握住副驾的林越的手，道："你放心吧，我的家就是你的家。你的家，就是你妈妈的家。我父母就我一个儿子，他们会同意的。"

车窗外夜色深沉，林越的胸口沉沉压着大石头。只是这个问题吗？只是产权的问题吗？她还在害怕什么？

第十三章

首次直播爆单

第十三章　首次直播爆单

　　林志民根本不想在北京待下去，他来过北京很多次了，该玩的都玩过了，而且这次目的不但没有达成，还知道了女儿婚事因为房子产权加名节外生枝，心情非常郁闷。他听得出女儿怨他，因为她妈妈的事，也许还因为她在北京没房，不得不去与准夫家艰难地讨价还价。他一时又怨雪华，如果这些年没有把钱拿去贴补娘家，没准儿他们能攒下钱给女儿。可是想着想着，他又承认，即使手里有钱，他们也从来没有要给女儿在北京买房的打算。

　　未见得完全够不着，大房首付给不了，可以给小房；好的地段买不了，买偏一点的，甚至便宜的公寓也该买一套。只要存了想给女儿买房的心，手头宽裕的那些年是一定能把这个额度留出来的。明明知道女儿打定主意要留在北京的，怎能让她如此窘迫？

　　这几年，林志民慢慢捕捉到社会风气的变化：时代不同了，只要手里有房，女人谈婚论嫁底气就足多了；没有房的女人，在婚恋时总显得被动。但他仍然没有给女儿买房的意愿，他老了，生意一败涂地，无心恋战，甚至还暗暗庆幸生的是女儿，不用做强弩之末。

　　不只是他，周围绝大部分的人都这样想。绝大部分人，生了儿子后，无论有钱没钱，人生最大的任务，就是给儿子盖房或者买房。但生了女儿之后,却或松了口气,觉得省钱;或愁眉苦脸,觉得吃亏,但无一例外的,都会将"把女儿嫁出去"当成任务。从此,他们看待女儿的神情,顶好的也无非是怜爱,"希望她不要嫁到坏人家"的担忧和怜爱,最后会化作一声长叹:命啊。

他们担心女儿遇人不淑,将来没个家,命不好。但买房?不可能的。甚至有不少人还坚定地认为不能给女儿买房,哪怕女儿自己想买也会千方百计地阻拦。因为买了房她们有恃无恐,就不想嫁人了。一个女人开始不怕这个世界,她就开始可怕起来了。还是让她去茫茫人海碰她的命吧。

林志民渐渐意识到这个想法是错的。多么可笑,生儿子要买房,生女儿不用买房,女儿可以睡大街?养女儿应该像养儿子一样投资,最好给她买个房,或者给她凑买房款。不给女儿买房,就是逼她用嫁人生孩子换房住!千百年来,父母一再用催婚这个迫不及待驱赶女儿出家门的动作,向女儿证明:你没有家,父母家不是你的家,快滚蛋!

他刚才试图说服林越,其实心里是发虚的。某种程度来讲,女儿这件事,比雪华这件事更能提醒他的失败。女儿辛苦,就是他辛苦;女儿可怜,就是他可怜。天哪,为什么活到这把年纪才知晓这人间真相?

这种失败感一直萦绕在心头,在宾馆,林志民闷闷不乐,埋怨大姐,说好了来劝雪华回家的,为什么饭桌上一直不吭声。林瑞玲说:"你当雪华是什么人?她看着老实,其实脾气挺倔的。你当时叫人家滚出去,又给了好几个月冷脸看,现在又要请她回去,跟个没事人一样。当着我、女儿和准女婿，她不要面子的？"

林瑞玲要他放心，她会私底下去找雪华，有些话慢慢讲，软软地讲，效果更好。现在先别急，先旅游。林志民原是打着也可以旅游的旗号，让大姐陪着来北京的，也不好意思不兑现承诺。林瑞玲说生平最大愿望就是去天安门毛主席像下面拍个照，林志民在官网上预约了第二天的时段。

第二天，两人来到天安门广场。阳光灿烂，红旗猎猎，广场永远人流如织。林瑞玲在城楼下，找了各种角度，拍了许多照片，心满意足。拍完，林瑞玲看着宽阔的长安街来来往往的车流，道："真好啊！越越生活在这样的地方，真好啊！你说，我为什么不早二十年出门旅游呢？那时我的腿还有力气，可以玩更多地方。"她黯然神伤。

林志民安慰道："现在也不晚呀，你才七十岁，可以玩的时候还很多。"他说这话的时候，脑海里闪现出大姐比画着大拇指和小指说"一个孩子，六年有期徒刑"的画面，磕巴了一下。林瑞玲笑得又欣慰又凄凉，半晌脸色一正，道："好了，我的第一个愿望达成了。"

林志民又陪着大姐去前门逛老舍茶馆，接下来几天陆续去了颐和园、圆明园、天坛。他们出来的第二天，姐夫陈良庆就打电话问什么时候回去，林志民不耐烦地把他怼回去。第三天、第四天，外甥陈宇峰和外甥女陈美琪也打来电话追问，问他们妈什么时候回去，孩子想奶奶了，想姥姥了。林志民火大，把他们骂了个狗血淋头，这才消停。

在北京玩到第五天，林瑞玲说玩够了，她要去找雪华，她俩约好了，去雪华住处挤两天，这就是可以说体己话、劝雪华回家的好时候了，林志民先回去，到时候她玩得差不多，把雪华也劝得差不多了，姑嫂俩没准儿能一起回去。林志民依言买了票，带着期待登上了回家的火车。

直播在即，今天是公司预制菜最后一次测评。预制菜中心的大办公区，全体员工聚在一起吃中午饭，顺便测评。小秦也在其中，他回归之后，一直很沉默，和别人打交道也显得拘谨。林越曾私底下问过宁卓，为什么要让他回来。宁卓说，放在自己眼皮底下，总好过他不知待在哪儿，被谁当成冷箭射过来。林越琢磨，假使小秦是王旭放出来的冷箭，放在预制菜中心，难道不怕他搜罗点什么不利于公司的资料吗？她觉得事情没有那么简单，但宁卓虽然做出"自己人"的架势，可也未必能事事对她毫无保留，毕竟是上司，所以也就没再追问下去。

小楠把一大堆料理包放进大大的一口电火锅里煮着，水咕嘟响着，料理包们在水中微颤。预制菜中心所有人都聚在长桌边，聊着天，等着吃。唯有小秦看着这锅，脸色渐渐不对了。

他道："热料理包都这样的吗？放锅里煮？"

小楠道："是啊。"

"塑料加热不怕有毒吗？"

林越道："我们的包装袋都采用了可食用级别的PE材料，已经是很高的标准了。"

小秦摇摇头，慢慢说："可是我总觉得，就这样把塑料包扔进水里煮，再怎么可食用，它不会释放什么有毒的东西吗？再说了，这

第十三章　首次直播爆单

样的菜也会带着塑料味，影响风味啊，这不是很简单的道理吗？"

大家沉吟着，没人说话。

王旭坐在桌的那头，问道："这个问题怎么解决？"

王旭一开口，就招人烦。林越心里暗恨，这问题怎么解决？王旭号称和宁卓一起主导预制菜改革，但实际上他什么都不干，因为他什么都不敢拍板，他一遇到需要定夺的事情，要么就是一口否定，要么就去请示王闯。就是因为有了他，进度才会慢了一点。但王闯又不完全信任宁卓，不然为什么把王旭放在宁卓之上，宁卓自己不能单独拍板？因为王旭事事请示，王闯很放心。这真是个死结。

两个月前，王闯终于想通了，与其亲侄子和赘婿都在一条产品线上工作，不如分开抓不同的产品线。所以，王旭团队拨去做即配型预制菜，将"王家菜"的招牌菜配好料，做成半成品，主打线下超市客户。不过两个月来，即配型预制菜项目进展极为缓慢。宁卓曾经和林越点评王旭，没有饥饿感，所以做不成事，因为他不敢冒险。

虽已有分工，但预制菜中心名义上还是在王旭的整体领导下。产品都到了即将试上市的时候了，他居然还在装模作样问"包装袋的问题怎么解决"。好像他一过问，就算有在一起殚精竭虑地参与工作，即热型预制菜上市经由他英明指导才顺利推进一样。

林越正琢磨着怎么回答，宁卓道："料理包到了消费者手里，有条件的当然会拆袋，放进微波炉或者锅里加热。但也不排除有的人图省事，或者有的团餐用集中加热的方式来供餐。我们的材料符合行业标准，这就行了，实在无法干预到所有的消费场景。不独我们，整个行业谁不这样？"

他的话不软不硬，王旭喉结动了下，没再说话，小秦也不敢再说。料理包出锅，助理们一一拆包，放到大家面前的碗里。大家吃了起来，小秦也吃着，吃得很慢，像在仔细品尝，又像是难以下咽。

首次直播在林越心头一直沉甸甸，既因为首战意义重大，也因为要与王闯配合，更因为她从小就怕上镜。不知为什么，台下能说会道的她，一到镜头前就张口结舌，大脑短路。她不上相，镜头有放大的功能，在镜头里她的脸不知为什么，奇怪地变得又肿又歪。所以她对上镜很拒绝。

宁卓说她自我意识过剩，第一，她上镜并不丑，甚至还挺不错；第二，其实没有人会挑剔直播助理的长相。有心计的助理会想办法刷存在感，没心计的助理完成辅助本分就好。临直播前，他要求林越去王闯家，在她家的客房搭了个模拟直播间，和王闯来了两次短暂的模拟直播，以便让两人寻找真直播时的感觉。

林越完全没有想到，原本她视如畏途的直播，居然全程顺利。刚站到聚光灯下那一刻她大脑一片空白，手心全是汗，但当王闯站到身边，微微一笑时，她顿时心里踏实下来。王闯说开场白，接着把话头递给她，她本能一笑，也说了开场白。那几句开场白她背得滚瓜烂熟，毫不费力。接下来王闯就开始直播了，观众注意力一直在王闯身上，她只需要适时地辅助拆包，搭话就可以了。十五分钟之后，她就已完全镇定下来，变得轻松，甚至可以自由发挥与王闯打趣几句。

王闯恢复得很好，至少在直播的一个小时内，她展现出来的是已经康复、精神抖擞的面貌。首批十个菜，由王闯直播的有三个：

第十三章 首次直播爆单

宫保鸡丁、糖醋里脊、木须肉。她一边在电磁炉上加热着菜品,一边把从车祸到重新站起来的故事娓娓道来,不时穿插一些当年创业时的趣事和人生感悟。她是个绝好的讲故事高手,是个演员,还是个销售天才。也许这三者本质上都相通,那就是需要把想传递的内容用极具感染力的表情、音调和肢体动作表达出来,而且看上去非常真诚。或者她没有在演,只是把自己的生活讲出来,就够了。她这样的人,原本一生就抵别人十世,喜怒哀乐、得与失都比别人浓烈。人们喜欢看传奇,因为自己的生活太过平淡,又不敢冒险,借着看戏过瘾。又因为王闯不是戏中人,而是真人,加倍地吸引人。

王闯是女人,是单亲妈妈,是白手起家的民营企业家,是个出过严重车祸又顽强站起来的白发苍苍的老人,是在你无法精心烹饪正餐时提供救急的美味快手菜的贴心老母亲。直播到一半,宁卓和林越看到屏幕上飞速掠过密密麻麻的留言,就知道,他们这个策略成了。

王闯下播,众人扶她到了休息室。门一关,王闯像散了架一样,根本站不住,直往下哧溜。林越赶紧和宁卓把她架住,一抱发现她腰间全湿了,脖颈处白发已汗湿,她完全是凭着一口气在撑着啊。两人连抱带扶把她抱到沙发上,让她躺着。

宁卓道:"董事长,一千件货全卖光了。客服部门接到无数咨询电话,我们成了。"

王闯闭着眼,喘息着,露出虚弱的微笑,林越坐到她的脚边。这长达六个月的战役终于一炮打响,几个月连轴转的精神和肉体紧张一下子松懈下来,林越感觉自己也像散了架一样,深深低下头,双手捂着脸，揉着，只想回去好好睡一觉。一抬头，见宁卓抱臂靠在墙上，也是一副马拉松长跑到头的疲惫与释然，身上的风流倜傥气息全无，下巴胡楂青青，眼睛里布满血丝，看着老了不少。只不过，过往岁月艰难的时刻他经历得太多了，故精神上较她松弛。

他转过头来，与林越正好眼神一对，他微微一笑，她喉头哽住，感觉所有的努力都被人理解和接受了，这是他们俩并肩作战创下的伟业啊！她同时还有满满的自豪感和成就感，她是什么人啊？仅仅在半年前，她还是策划部寂寂无闻的基层员工，想跳槽又担心失业，现在居然参与了这个京派餐饮品牌的重生。

她看着宁卓，心中阵阵悸动。疲惫的宁卓，老气一点的宁卓，在她眼里加倍地性感。既有因一个人忙事业的专注感，也因那份狼狈而叫她感到格外地亲切。一个扛住生活重压的人，身上总是会透着这样的气质。

王家预制菜品牌一炮打响，订单纷至，终于可以给预制菜工厂下量产的大单了。"王家菜"集团的厨师班底已陆续辞退了五分之四，只保留了一些在各门店继续服务，做几个相对简单的仍需现炒制的菜品，优秀又愿意转型做预制菜研发的，就被集中到预制菜中心。研发部的众厨师此前没有集体参观过预制菜工厂，为了让他们对这个行业有进一步的了解，宁卓和林越带队去位于山东的预制菜合作生产厂家参观。

这不是林越第一次来预制菜工厂，每来一次，每一次穿上淡蓝色无菌服，消完毒，走进生产车间时，她都强烈地感慨：什么样的后厨，能有这样的洁净程度？什么样的厨师，能干得过这样的智能

第十三章 首次直播爆单

流水线？超声波洗菜机大大的池子里，机器滚槽不停翻滚，无数细碎水分子同时冲刷着果蔬表面，剧烈的震动下污渍被洗得干干净净；果蔬被洗净后，输送到长长的金属通道上，被一排喷头再次冲刷着，随即被转运到切菜机上；一排刀片起起落落，胡萝卜丁、黄瓜丁被源源不断地切出来，每一颗大小都一模一样；炒菜机锃亮的大机器臂翻炒着，配好的酱料被投放进去，机器臂翻搅着。机器们是无表情的、静默的，除了工作的噪声外别无表达。但看着厨师们紧闭的嘴，林越知道其实机器嘲弄了他们。那些运送的震颤声、吱吱冲洗声、嚓嚓的切菜声，都充满了歹意。金属的静默最残酷。

炒制完毕的成品菜被凉凉，灌装，抽真空，打包，再次送入双层水浴杀菌锅里，用一百二十一摄氏度的高温进行四分钟消毒，再集体打包成箱，由叉车运送到冷藏仓库储存。这家预制菜工厂在行业内属于做得很大的厂家，与共享代发货冷藏云仓库经营商合作，生产、仓储、发货一站解决。正是预制菜产业起飞时节，有不少预制菜品牌也在这个工厂下订单生产，生意很好。厨师们站在仓库内，面前叉车川流不息，一盘盘本该带着锅气的热乎新鲜的菜肴，就这样被压到面目全非，如僵尸般层层封印在透明的耐高温水煮PE内膜袋、印着商家品牌及各类配料表的双向拉伸聚丙烯薄膜外包装袋、土褐色的三层瓦楞纸箱子里，高温镇压它们一次，冷库的冰风又镇压一次，确保它们永远沉睡，直到某日被消费支付唤醒。

林越听到他们的心声：中餐做到这一步，太诡异了。菜应该经由人温热的手洗过，切过，炒过，热气腾腾的，放在盘子里端到桌上。肉贴着肉，才能心连着心。而不是这样冷的，与金属、高分子聚合物和纸皮为伍，这是对他们手艺最大的羞辱。他们贩卖的是个体不同的创意，手艺人一刀一铲的诚意，但预制菜三要素，即平均好吃、相对廉价和非常方便，把他们最珍贵的东西悉数磨灭。这二十万平方米、挑高六米的超大双层冷藏仓库，是预制菜的海洋，每一包料理包，都是十年厨师路梦想破灭浮起的泡沫。

林越见宁卓抱着臂，环视着，来回踱着步。他也曾是家里掌勺的那个人，心里会不会有她和厨师们这样复杂的情感呢？也许他不会有，只会琢磨着如何打造大单品和标准化物流配送吧？

她正想着，宁卓踱过来，对厨师们微笑着："以前没来过，不知道预制菜是这样生产的吧？通过集约整合把你们厨艺中最珍贵的部分提取出来，用现代化工业的方式大规模生产，这么系统的工程，会让你们摆脱后厨的狭窄天地，大显身手。我们首播成功，回去之后还要研发更多的产品，不只正餐，早餐和个性化的产品组合都要研发起来。以后我还会请相关的专家，给你们做营养学和食品卫生学基础理论的培训，你们的未来会非常光明。"

他果然没有复杂情感，有的只是踌躇满志。他真是个万中无一的人才，上掌握宏大叙事话术，听着很唬人；下可以当产品经理，扎根一线，亲尝咸淡。厨师们心情各异，但都点头回应着。

唯有小秦仍是心事重重的模样，道："宁总，你说到食品卫生，我刚才看到，预制菜打包之后，会送到高温杀菌锅里杀菌。还是那个问题，出厂前高温蒸煮一次，出厂后食客拿到手里又高温蒸煮一次，这样反复地高温煮，塑料微颗粒能不大量释放吗？我在网上看到说塑料微颗粒大量摄入，会对人体健康造成极大的损伤。"

第十三章　首次直播爆单

宁卓顿了顿，笑道："小秦你这是和塑料袋过不去了。"

小秦固执道："我觉得消费者肯定会有疑问的，你们不会有吗？"

他看着众人，寻找支援。这个人，从一开始打人，到后来闹自杀，再到现在反复纠缠塑料包装袋的问题，都透着一股"轴"劲儿。也许他是为了给自己厨师生涯挽尊，像是在说，别以为预制菜可以打败我们，其实它问题大了去了，我随便就能挑出一个来。然而厨师们集体沉默，被挑中而又一直愿意在研发部干的厨师，早就过了悲愤的对抗阶段，此时的沉默是无奈认命还是心悦诚服，他们知道这不重要，总之表现出来的是顺从就好。

宁卓道："大家吃桶装泡面的时候，一般都是用开水泡吧？面桶当然有塑料微颗粒释出，那为什么没有人质疑方便面，却要质疑预制菜？方便面不是预制食品吗？我们怎么能预判到消费者会以什么样的方式加热食品呢？再说了，日常生活里的瓶装水、茶包、挂耳咖啡包，甚至是含聚酯纤维的衣服，都有塑料微颗粒。塑料涵盖衣、食、住、行，连空气里也有，你质疑得过来吗？"

他严肃地看着小秦。小秦似被说服，但心潮起伏着，下一秒钟又不服气，只不过不敢再辩。林越道："小秦，目前我们所有的工艺流程和所用材质全部符合行业标准，谁也不可能做到完全不用塑料袋。不过你倒是提醒我们了，或许可以在包装袋上加一句提示：为保最佳风味，请尽量拆袋加热。"

小秦脸色稍缓，宁卓答："就这么办。"

回京高铁，宁卓和林越正好坐两人座。上车前宁卓让助理在火车站超市帮林越买了咖啡，此时正好可以悠闲地拿出来喝。他把咖啡从袋子里掏出来，拆开糖包和奶精，给林越倒上，搅了搅，递给她，另一只手已拿起纸巾抹掉滴在小桌板上的两滴奶液，撕开纸垃圾袋，把搅拌棒和纸巾扔进去。林越接过纸杯子，真的很少有男人能这样细心地照顾女人。就算是王如薇，也早就投降了。

宁卓自己却没喝咖啡，买了盒软包装牛奶。他撕开吸管包装，把吸管插进奶盒里，把塑料包装纸塞进垃圾袋，再把垃圾袋塞回座位前的小袋里。林越喝着咖啡，说糖少了，苦。

宁卓喝着牛奶道："少加点糖，对身体不好。奶精也不好，氢化植物油，有条件的话加纯牛奶。"

"我发现你很爱喝奶。"

"牛奶对身体很好啊，我建议你也每天喝点奶，最好四百毫升以上。"

林越苦着脸："不爱喝，喝牛奶总是肚子咕咕叫，胃里有一股气，要拉肚子的感觉。"

宁卓道："一开始喝奶是这样的。我读高中的时候去了县城，有家境好的同学每天一瓶奶，我心想，哇，这个东西好高级啊！你要知道那个年代，在我们那种贫困县，不是什么人都能每天喝一瓶奶的。我有次打工，攒了学费，路过超市，我就想，这牛奶到底是什么滋味，倒要尝尝。我狠狠心买了几瓶，回家给我的弟弟妹妹，每人一瓶。结果，每人都拉肚子，我也是。后来再也不敢喝了。我同学笑话我土，乳糖不耐受，多喝喝就好了。我心想土也好，一瓶奶两块钱，开开洋荤就好，实在喝不起。后来有条件了，我又开始喝了，拉了半个月肚子，就习惯了，再也离不开了。"

第十三章　首次直播爆单

五个孩子的农村家庭，贫困到了极点，想喝奶的确太奢侈了。林越小时候倒不是喝不起，是不爱喝，妈妈也不会逼她喝，但每天肉管够。

她随口道："你只比我大两岁，居然有弟弟妹妹。"

宁卓道："我有三个弟弟，一个妹妹。"

虽然林越早就知道了，但还是做出了惊叹的表情。

宁卓道："很吃惊吧？我们那里普遍这样，生很多个孩子，父母和孩子都活得很辛苦。"

他自嘲一笑，吱吱地吸着奶。

"那么辛苦，为什么要生那么多呢？"

"我也问过我爸这个问题。"

"他怎么回答？"

宁卓沉默了下："他没有回答，把我打了一顿。"

铁轨咔嗒，代替林越无言的叹息。她在心里对他越发亲近了几分，忽然想多聊一些个人的话题。

"你知道我妈妈为什么这么大岁数了，突然来北京打工吗？"

林越把事情大致说了一下，最后道："我妈说，她也知道一直扶持娘家，对不起我和我爸，但是没有办法，舅舅太弱了，姥姥太老了，怎么能忍心不管？我是个独生女，没有兄弟姐妹，体验不到手足情深，但是也能感受到'没有办法'四个字沉甸甸的分量。"

宁卓重复一下："没有办法。"像强调，像认命，苦笑了下。这话题太沉重，两人沉默着。这时林越手机响，是银行短信通知，发工资了，居然又涨了五千。林越把短信亮给宁卓看，眼神带着惊喜地询问，宁卓点点头。

林越笑了："谢谢宁总给我涨薪。"

宁卓道："所有人都涨了，一开始王旭不同意，说半年内连涨两次薪，没听说过。我说第一次不算涨薪，因为人员架构重组，岗位职能变了，我制定的工资不过是匹配岗位的市场价格而已。他还是和我磨叽，后来我去找老太太批的申请，趁着首播成功，老太太心情好，赶紧把这个事干了。其实你们现在的工资，就是业内中下水平，老太太心知肚明。但公司都这样，外来的和尚好念经，你们不是外面招的，是内部提升的老员工，老板就会觉得给你们加薪不能太大方。你不去找她，她不会主动给加的。"

他笑着，带了点狡黠，眼睛眯起来了，眼角已微有皱纹。他三十二岁了，是个成熟的男人，但有时那点莽撞和坦诚，又让他带了些没有城府的率真。

林越笑道："你不就是老板吗？"

宁卓转头看着林越。这一刻，他的眼睛显得格外深邃，又是那种似有千言万语的欲言又止，林越立刻后悔了，笑容讪讪地淡了下去。

她一直谨记着宁卓的身份特殊，但每天和他相处的时间超过和任何人，一起完成一项事业的甘苦与共，总会让她在恍惚间觉得离宁卓很近。那个在小村院子里颠勺的宁大鹏，在她心中越来越成为显性的存在，超过一身奢侈品的宁卓。她总不相信他会是那种整容追富婆的人，他太聪明、太能干了，而且自尊心又极强，根本不可能去做那种事。

第十三章　首次直播爆单

雪华有次闲聊时告诉林越，宁卓家里有五兄妹，他是大哥，最小的妹妹还在上高一，一家子全靠他供养。那一刻林越惊了一下，更觉得宁卓太不容易了。彼时她替宁卓打抱不平，说父母不应该不顾条件生那么多孩子，让长子活得那么艰难。雪华道："闺女，你们这代人觉得，人应该活得独立，兄弟姐妹谁也不拖累谁，谁也不靠谁。但我能理解宁卓这孩子，父母把我们生下来，我们别无选择，我佩服他有担当。"雪华眼睛晶莹，也许是想到年幼时大哥拉着她的手去上学的情景。

林越每次看到宁卓，都会想到妈妈因为扶持大舅导致婚姻破裂一事，对他的感觉更加复杂了。漫天黄沙中的西北小村里，宁大鹏手拉着年幼的弟弟妹妹，长兄如父，给他们做饭，照顾起居，打退前来欺负的顽童，这样的情景，当真催人泪下。大舅当年也是这样照顾妈妈的吧？解放、独立这一套理论，在贫穷和血缘面前，完全无用武之地。

这种贫困和血缘带来的羁绊使林越感到亲切，也越来越好奇，真诚地替宁卓着急：他身上到底背负了多少？他在王闯心目中到底是个什么角色？他和她一样，只是领薪水的打工人而已吗？否则为什么事事都要通过王旭的监管？这是王闯的通关测试，还是她要的泾渭分明，要他谨守某种不可逾越的界限？他在集团几乎全月无休每天超过十二个小时地辛苦劳作，王闯看在眼里，作何评价？他到底能不能通过王闯的考验，如愿和王如薇结婚，实现阶层跃迁，进而改变全家人的命运？这种秘密的共情越来越强烈，使她在这一刻终于越界了。

林越尴尬地扭过头，道："不好意思，我不该多嘴。"

宁卓道："没关系。"

两人又沉默，但宁卓突然问："你结婚的事准备得怎么样了？"

林越再度感到意外。他笑容倒是轻松的，像是"来而不往非礼也"。她突破了某种界限，他也趁机多问一些她的私事，他对她也有点好奇。不过呢，她已经订婚的事尽人皆知，这也不算刺探隐私吧？

林越道："结婚……"

她一时说不清楚现在和许家的这种局面到底会走向何方。许东和周明丽不喜欢她，可许子轩爱她，愿意一次次妥协，现在就看许子轩能和他的父母谈到什么程度了。无论如何，她和许子轩的父母不可能愉快相处，哪怕是结婚后。但或者是因为她和他父母相处太少，只要相处时间多起来，冲突多了，就会更加了解彼此，愿意各自去改变、去妥协吧？想结婚，大家总得付出些代价。也许未来的事情没有那么糟糕，谁知道呢？

宁卓的笑容变得意味深长，仍在等着她的回答。

林越道："你不觉得，现在的人要成立个家庭很难吗？"

宁卓道："确实，因为现在的人总是要得太多，什么都想要，又总是怀疑对方，觉得对方要得太多。"

林越道："都很计较。"

宁卓反问："你计较吗？"

林越想了想，诚实道："我计较。"

宁卓道："你基本回答了我的问题。"

两人都笑了。

第十三章 首次直播爆单

铁轨有规律的咔嗒声是最好的催眠曲,宁卓靠着窗睡着了,他实在是太累了。趁着他睡着,林越大着胆子端详着他,再一次赞叹,这是何等漂亮的一张脸,怎么会有人五官立体到这种程度?也许祖上有少数民族血统,他的高鼻深目才隐隐带了点异域风情……林越这样想着,忽然看到他眼皮舒展处似有一点瘢痕。她见他睡得香,大着胆子凑近,这回看得真切,那舒展处果然有非常浅的结节,不像是自然形成的,更像是割开过愈合的。

林越一怔。

到家时已是晚上七点,进了门,许子轩正在打游戏,听得动静,快步迎了出来,抱住她。她这段时间早出晚归,又频繁出差,他一个人在家当光棍,六神无主,游戏越打越空虚。他的怀抱很温暖,这一瞬间林越也感到放松,她闭上眼,什么也不想了。就因为这样的时刻,男女才彼此渴望吧?

两人坐在沙发上,安静片刻,林越问:"有什么吃的吗?"许子轩说:"啊?我以为你会在火车上吃呢,我在外面吃过了。"林越不说话,火车上的盒饭一股塑料味,她没要,宁卓也没要。宁卓出了车站,就被王家的司机接走了,回到王家,自有保姆做饭给他吃,而她只能空着肚子回家吃。

许子轩说:"要不给你煮个方便面吧?"

林越点头,许子轩走进厨房去煮方便面。

林越看着屋子,自妈妈走后,它就没有被好好收拾过。她忙,许子轩倒是不忙,每天六点多就回到家了,但他从来不主动收拾屋子,也没叫过家政。边桌上和地板上都一层灰,绿萝一直没浇水,有点发蔫。饭桌上放着一颗苹果,已经发黑发皱了,也没扔掉。许子轩一直是这样的,眼里没有活,只要她开了口,他就会去干;但只要她不开口,他不会主动去干。

许子轩和很多男人比,已经算好的了,他至少愿意去给她煮一碗方便面。只不过,假如是许子轩在外奔忙成这样,而她六点多就下班了,她一定会掐点等着他进门,做出丰盛晚餐。而他既不会主动问也不会做饭,顶多给她去点外卖,她不想吃外卖。而她在家,也不会让屋子脏成这样,就算不亲自动手,也会叫家政来收拾。

她也不想吃方便面,她吃预制食品已经吃到快吐了,只想吃一碗白米饭,一盘碧绿绿脆嫩嫩的炒油菜和鸡蛋炒西红柿,如果还能有碗鸡蛋紫菜汤,就再好不过了。她这样奔波,应该得到普天下的丈夫都能得到的那种温暖。但她得不到,因为她不是男人。她只能当妻子,当不了丈夫。好僭越,她居然想成为许子轩。

她没有和许子轩提前打招呼,提出想吃家常菜的要求,这是她的错。但她不提,是因为知道许子轩做不来这几道简单的菜。他下班后已六点多,让他现焖米饭,现炒菜,这几样东西他能做到晚上八点钟去。从不做菜的他动作极慢,这也是她的错,她没有培养他做菜的能力。也许是她潜意识里那个分工牢不可破:她做饭,许子轩洗碗。她不想破坏这个规矩,因一种轻微的畏惧感,或者说自尊心。

许子轩在厨房道:"我和我爸妈说好了,他们同意了,你什么时候不忙,我们去把房产权加名,公证。"

林越避而不谈,道:"我先上个洗手间。"

第十三章　首次直播爆单

她起身，去了洗手间，一进去就闻到一股臊臭味。马桶里一圈黄渍，马桶外沿和地上隐约可见几点尿渍，已经干了，呈现浓缩后的黏性。许子轩又趁她不在家站着撒尿了，他和她恋爱后，在她的教育下，知道坐下撒尿了。但偶尔也会懒得坐下，如果外面没有林越监视的目光，他就会解开裤子哗啦啦地尿，尿液在池中激情飞溅，是他彼时肆意伸张的意志。

林越走出洗手间，走向厨房，拉开冰箱，里面只剩两个鸡蛋、三棵发黄的油菜、半截干掉的黄瓜和一瓶已经过期的酸奶。她此刻焦渴难耐，多想吃一颗饱满的、汁水充盈的、香甜四溢的橙子，切去皮，只留下黄色的果肉，放在盘子里端上来。盘子里放着小叉子，每一块果肉的大小都适合一口吃掉，而不至于果汁从嘴角溢出来。只有妈妈会这样做。

林越呆立片刻，许子轩说快煮好了。面在锅里咕嘟着，林越说你怎么不往里打个鸡蛋呀？许子轩恍然，说哦，对啊，但又说，你怎么也不说？林越累得不想说话，如果是她煮方便面给许子轩吃，不但会往里打一颗鸡蛋，还会同时烫几棵青菜，让他营养均衡。他是脑子不转弯，还是根本不想在照顾人方面费心思？煮个方便面，已经把他所能提供的情绪价值耗尽，他的价值卡里再无余额，再提要求，就要透支了。透支，就不一定会埋下什么隐患了。

林越看到水池里有方便面的碎面渣、调料包的残渣，抽抽鼻子，一股馊臭味自垃圾桶传来，里面的食物残余好几天没倒了。林越把垃圾袋扎起来，套了个袋子，以防那里面馊臭的汁水滴下。她提着袋子走出门，放到门外。回屋之后，一抬头，看到阳台上晾着的衣服。那衣服是她走之前洗的,晾三天了,居然一直没收。

这都是很小很小的事,是那些飞舞着的小黑虫,它们不致命,真的不致命,只是让她发狂。许子轩在后面又问了一遍:"你哪天有空?咱们去变更房产证,然后去公证。先公证,后领证。"

他觉得这个说法很俏皮,笑了下。然而林越的潜意识里小黑虫一只只飞舞,顾不上给出一点笑容。

第十四章

老妈出走

第十四章　老妈出走

雪华的口碑传出去了，客户渐渐固定。一周七天，有六天的晚餐时段她约出去了，给人做三个小时的饭并收拾餐厅厨房。上午的时间比较灵活，接打扫的活。本来她七天都想排满，但想到林越说不休息的话，挣的钱不够买药。雪华觉得有道理，赶紧听话，每周留出一天来休息。上午睡觉，采买，做饭，洗衣服。下午骑上共享单车，骑二十分钟，到最近的商场去转一转。别看这小村庄，其实北京的西北五环外开发得越来越好，这附近的配套商业体越来越多，不然也不能一平方米七八万元啊。习惯了之后，雪华觉得这样的日子真不错，张弛有度。再说了，不生病就不花钱，节流就是开源。

宁博搬走了，说不干外卖了，找了个肉类公司干销售。雪华依依不舍，宁博帮了她不少忙，他在这里，她感到很踏实。宁博说您迟早也会搬走的，有条件还是搬到城里离地铁近一点的地方住，条件好，交通也便利。但雪华舍不得，她这房八百元，城里单间最少也两千五百元。一月多出一千七百元，一年多花两万多元，离她要攒的目标就又远了一步。能省一个月是一个月，拆迁之前她不走。

每月发薪日是雪华最高兴的时候，她现在攒钱上了瘾，连喝水都舍不得花钱。她在拼多多上买了个保温杯，自己烧水带水。雇主都很喜欢她，总是主动给她倒水喝，还招呼她歇一会儿。喝完了自带水，接他们点饮水机的水，不算占便宜吧？

她现在对北京的路渐渐熟了，导航用得越来越顺，效率提高了，折算下来工价也上去了些，现在每小时可以挣四十块钱左右。干活儿的时候她会在心中算账：上午三小时，一百二十块钱进账。下一单离这儿近，吃个盒饭十五块，想省钱吃个加鸡蛋的煎饼八块钱，共享单车一块钱就到雇主家，十块钱搞定。下一单是清洁的活儿，两个小时干完，又八十块进账。结束后马上衔接晚上做饭的活儿，又挣一百二十块钱。并且在雇主家吃晚饭，省了晚饭钱。扣掉地铁票钱和中午饭钱，她净挣三百块钱，充实的一天。活并不能天天排得这样密集且从容，但她已感到满足。

再具体点说，若以每小时工价平均四十块计，一分钟约合七毛钱，则从前干惯的每一项细碎的家务、每一个动作，现在雪华都能折算出结结实实的钱来：洗一把油菜，值五块钱；切肉，两块钱；拍蒜并切蒜蓉，一块钱；把鲈鱼清洗干净，在鱼身上斜片出花刀，最后抹上盐，鱼肚里塞入切得细碎的姜葱丝，应该能值个五块钱吧？洗碗，十块；拖地，二十块……时间一分分流逝，每一分钟，每一次举手投足，雪华心中的储钱罐都有钱币进账，轻微地丁零一声响，喜悦的声音。

走街串巷，进入许多家庭，对雪华来说，就像一场场冒险。然而这冒险往往也有开眼界的意思，还有钱挣，所以颇具乐趣。比如有一对新婚的二十多岁小夫妻，每周末请她上门做一次清洁。每一

第十四章 老妈出走

次打扫工作量都巨大：厨房灶台堆满了外卖盒，地板脏兮兮，衣服堆成山，桌上地板上一层薄灰。看上去在雪华上门服务之前，这对夫妻任何一方都不干活儿。

过日子就是这样，家务是最看不出成果的劳动，地天天拖，脏衣服立刻洗起来，垃圾马上收拾，碗马上洗，家也不会显得有什么特别的。整洁有序，各安其位，不是应该的吗？就像空气一样，谁会赞美空气呢？但不做，会立刻显出恶果来，整个家像垃圾场。好比缺氧，渐渐令人窒息。

雪华每次上门服务时都惊叹，居然能有人把日子过成这样。装修得这么雅致的婚房，客厅茶几处的实木地板上沾着黏糊糊的饭渍、西瓜汁滴下来形成的果渍，它们又被两双脚带到屋内的每一个角落；茶几上透明塑料果切盒里剩下的水果残骸都腐烂发臭滋生小黑虫了，也没有人把它端到厨房倒了；沙发上随意堆放着脱下来不洗又不想穿的介于脏和不脏之间的各色衣服，居然还有件胸罩；发财树由于长久不浇水，枝条已经快枯死，上面还挂着新婚贺卡，也没有一个人把它摘下来；浴室洗衣机上、盆里，脏衣服内外不分，就堆在一起。

雪华上门干家务时，小夫妻就坐在沙发上抠手机。雪华收拾到沙发处，每收拾一截，他们往旁边挪一截，但仍然全神贯注地玩手机。雪华暗叹，这被父母娇生惯养出来的独生子女，十指不沾阳春水，找了另一半，也是十指不沾阳春水。两个成年人，各自张着两只白嫩的手，大眼瞪小眼，把日子过成这样。如果她是小夫妻的父母，得急死了。他们能在职场上完成本职工作，做一个社会人，却

我才不想做家务

无法在家庭里完成本职工作，把"家庭人"的角色扮演好。

雪华曾经委婉地打听过，小夫妻说平时早出晚归，根本没时间做家务。雪华心想，"时间"这个东西，其实很辩证。假如养成随手干活儿的习惯，比如吃完的果盒随手扔掉，脱下的衣服及时洗，地板每日大致拖一遍，家里就能保持基本的整洁。但要命就要命在这个"随手"上，两人四只手，没有一个人愿意随这个手。

每次打扫加洗衣服，雪华都要花三个小时。小夫妻玩累了，双双去睡下午觉，一觉醒来发现窗明几净，衣服全晾上了，沙发空出来，地板拖好了，茶几上一尘不染。两人很高兴，还想留雪华做晚餐。雪华说时段已经约出去了，他们遗憾不已。雪华暗想，这两口子肯定又叫外卖，家政收拾出来的家这么干净，可以供他们俩下一周慢慢糟蹋。

雪华还有个客户，也很有故事。对方是个丧偶的老头，女儿给约的单。上门后是女儿接待，雪华一进门，一股由于封闭太久而混浊微霉的味道扑鼻而来。屋子很大，三室两厅，但东西很杂乱，有窗帘的屋都拉着帘，光线昏暗。一个消瘦的老头呆坐在沙发上，情绪低落，见她来了，只是微点了点头，也不说话。老头女儿自我介绍说叫刘雯佳，指点着屋子，该扔的杂物扔，卫生搞一搞。

这屋子照雪华看，每个房间都够收拾一气的。刘雯佳说您看着收吧，该几个小时就几个小时，您在网上的口碑很好，我信任您。雪华开始干活儿，一边干，一边余光看到了呆如泥塑的老头，心里微微不屑，这种老男人就是这样，一辈子不干家务，老太太一去，他就生活不能自理了，天塌了。

第十四章 老妈出走

顺理成章地,雪华想起林志民。林志民在家也几乎不做家务,她不在,他能习惯吗?对呀,所以这不是上北京找她来了吗?他让她回家,到底是什么动机?是觉得自己做错了,还是因为没有人侍候了?该死的王八蛋,以为他一辈子是家里的经济主力,就可以对她颐指气使?

他说她是心甘情愿回归家庭的,她吃了个哑巴亏,有苦难言。那么就顺从这个逻辑吧,从前她愿意回家,现在愿意在外面尽情地撒欢,想干什么干什么。广阔天地,大有作为,瞧瞧她,现在每月收入加上退休金一共九千块钱,快上万了呢,而他一个月才挣五千多元。假如他再上北京来求她,她就要让他给她做饭,做家务,把水果切成正正好好的小块,每一块都插上牙签,放在盘子里递给她,让他也尝尝侍候人的滋味,哼!

雪华一边起劲地干着活儿,一边在心里咬牙切齿地控诉着林志民。她收拾到里屋,拉开窗帘,打开窗,让新鲜空气和光线进来。地上摆着三个纸箱子,里面是一些旧衣服,她问怎么处理。刘雯佳道,这是我妈生前的旧衣服,她原本收拾出来想扔来着,后来生病了,就一直放在柜子里,现在扔了吧。

雪华和刘雯佳把第一个箱子抬出来,这时老头突然喊道:"不能扔。"

刘雯佳道:"爸,这些衣服我妈之前就收拾出来准备扔的,都是些十几二十年的旧衣服。她那些好衣服给您留着呢,不扔。"

但老头仍走过,把纸箱子扯过来,叫道:"不扔,一件也不扔。"他扯得太用力,纸箱子底漏了,衣服掉了一地。他蹲在地上,收拾着衣服。最上面的是一些穿懈了的旧秋衣秋裤、打底衫、薄开衫，秋裤的裤腿边缘都磨出毛边了，还有一些是旧枕套、旧毛巾。雪华家里也有不少这样的旧物，贴身的纯棉衣服就是这样，越穿越舒服，所以会一直穿到不能再穿，才依依不舍地收起来，旧枕套、旧毛巾是替换下来的。这些旧物，上一个念头是想扔了，下一个念头是别扔，万一哪天下雨，衣服没干，可以临时救急用。旧枕套没准儿哪天家里来客人了，可以给他们用。旧毛巾拿来当擦手巾，脏了再当抹布，一直到实在洗不出来了，再拿来擦地。

这些旧衣物勾起雪华的亲切感，去世的老太太想必是一个温和的、勤俭持家的好妻子、好母亲，才会让生者这样无限地眷恋。老头捧着一件洗脱色的浅粉色秋衣，终于痛哭起来。他用衣服捂住脸，像把头埋在妻子的怀里。刘雯佳见状，不由得也垂泪。雪华感怀身世，感同身受，也跟着落泪。他日若死去，丈夫会为她这样哭泣吗？也许只有闺女会吧。

半晌，雪华想起自己一小时四十块钱，已经哭掉客户一块钱了，不好再磨洋工，擦擦泪，问刘雯佳，里屋还有两箱子，可怎么处理？刘雯佳拉着她到屋里，眼睛红红的，小声道："总留着这些东西，我爸就怎么也走不出。您都看见了，一年多了，这屋子就常年门窗关着帘子拉着，他抱着我妈的旧东西，动不动就哭。这么下去不行啊，还是得扔，屋子收拾得通透，门窗打开，人才能振作。"

雪华沉吟了片刻，道："他现在反应这样激烈，强扔会伤着他的感情。我建议上网买几个真空收纳袋，这些衣服别看多，两个收纳袋一抽真空，就变成薄薄的两片。到时竖着立在衣柜里，或者叠着放在衣柜里都可以。那也等于看不见,不会时时刻刻让他伤心;但又保留了,给他一个念想。等以后他想通了再做处理,好吗?"

刘雯佳喜道:"就这么办。"

雪华掏出手机,给她看自己在家里用的收纳袋的款式,告诉她买这种就可以,又便宜又好用。刘雯佳下单,雪华走出屋,蹲下,对老头温和道:"刘先生,这些衣服咱不扔。我帮您先叠起来,放到衣柜里,好吗?"

刘先生抬起泪眼,愣愣地看着她。雪华见这模样,也觉得心酸,把他搀到沙发上,他顺从地坐下。她蹲下,一件件叠着衣服。衣服柔软,散发着洗过又被收纳在密闭空间里的不甚新鲜的洗衣液香味。这么私人的衣服,秋衣秋裤,小背心,胸罩,打底衫,每叠一件,雪华的心都被触动着,像抚触到逝者生前温热的肌肤。一个家庭最私密的伤痛就这样毫无保留地敞开,她虔诚地希望她的服务能够带来一些慰藉。

雪华把衣服收进衣柜里,纸箱腾出来,放清洁屋子时捡拾出来的不要的杂物:空点心盒,生虫朽坏的坚果,阳台许多死去绿植的枯枝败叶,空花盆。她接着把窗帘卸下来洗了,把窗玻璃擦得锃亮,屋子渐渐清朗了起来。

雪华接着收拾客厅,客厅进门处做了个镂空的多宝格架当隔断,里面放着许多杂物:过期杂志,报纸,拆开一半敞着口的茶叶包,样式丑陋的塑料摆件,空手机盒等。雪华一一收拾着,擦着,没想到擦到一处时,用来隔开每个小格的木板居然塌了下来。雪华一惊,坐在沙发上的刘先生哑着嗓子道:"没事,本来就是坏的,这架子很多年了。"

雪华小心地把小木板架回去，想了想，回头对刘雯佳道："如果方便，我建议你们换一个隔断，不要再用这种敞开式的多宝格了，第一容易落灰，第二看着也乱。打成带门的柜子，进门处这一面的上半部分做出凹槽，凹槽上方钉上挂钩，用来挂钥匙和包之类的杂物，下方放随手的杂物；中间做成鞋柜；最下一层放拖鞋，一进门所有鞋子入柜，换拖鞋，又方便又利落。现在这样，拖鞋和换下来的鞋都堆在门口，又乱又不方便。"刘雯佳听着，频频点头。

雪华收拾到客厅茶几处，看到边桌旁的墙面插着各种插头和数据线，全摊在边桌上，显得很凌乱，又建议道："这里可以买个插排，再买个插排收纳盒，将所有线入盒。总之，收拾屋子的原则是能收起来的绝不放在外面，这样才不会显得脏乱。"刘雯佳又点头不迭。

几间屋子都收拾了，雪华最后收拾厨房。厨房的灶台上乱七八糟扔着外卖盒、方便面盒、自热饭盒，一看老头的一日三餐就是瞎对付。刘雯佳叹道："我上班都特别忙，只有周末能来看我爸。平时是我给他点餐，我要不点，他都不吃，或者随便吃盒方便面凑合。"

雪华道："男同志一般都这样，不太会照顾自己。"

刘雯佳道："其实我家的饭主要是我爸在做，平时他照顾我妈居多。"

雪华感到很意外。

"我爸对我妈非常好，家务他做得更多，我妈这辈子就没做过饭。唉，她的福气实在是太薄了。"刘雯佳又红了眼圈。

第十四章　老妈出走

雪华足足干了五个小时,把整个屋子收拾得窗明几净,井井有条。她用专用洗涤剂把厨房灶台原本发乌的淡黄色大理石擦得焕然一新,连厨房下方墙边缝也用小毛刷刷得干干净净,露出腻子的白色质感,刘雯佳对她干活的细致程度和良好的态度赞不绝口。雪华这个活儿一直干到了下午一点,中间刘雯佳去买了盒饭回来三人一起吃。老头因为雪华处理亡妻衣服一事,对她生出了好感,吃饭时他收拾心情,也能聊几句。

雪华收工,刘雯佳送她下楼,一再感谢。雪华临走时,刘雯佳忽然说,看雪华在网上的晚餐服务评价非常好,想试试她的做饭套餐,一则让父亲少吃点外卖,二则趁着他并不排斥雪华的这股劲儿,让他能和别人多交流交流。晚餐时段雪华已经没有了,订中午时段也可以。

"书上说了,养成一种习惯需要二十一天,我想,如果每天中午我爸都能吃上热乎的家常菜,有人能一边做菜,一边和他聊聊天,也许他就走出来了呢。"

雪华心里一喜,她目前确实大部分中午做饭的时段还空着,正盼着能有人来定呢。如果这时段也能都排出去,一个月收入就非常有保障,而且中午那顿饭钱还可以省了。不错,中午自己吃也才十块、十五块的,但一则小钱也是钱,钱只有往储钱罐里放的道理,最好不要往外掏;二则在外就餐体验实在不好,十五块的盒饭现如今已经吃不到什么东西了,沙县小吃卖的卤香鸡腿饭最低都要十七块钱了。街边的烧饼夹香肠吃饱了也要十块钱,并且香肠一股可疑的香精味,店主手持毛刷以迅雷不及掩耳之势往烧饼上抹的酱黑乎乎的，也可疑得很。

出来打工这一段时间，雪华经常在外面吃快餐，她多么希望每餐都能吃上自己做的新鲜饭菜。最主要的是，在家里的饭桌上吃饭，可以吃"慢餐"。雪华的生活节奏向来有点跟不上这个世道，在老家还好，到了北京，她发现周围的人都那样火急火燎的。走路快，说话快，办事快，吃饭也快。快快快，要快，赶地铁三步并作两步朝前蹿，吃盒饭三口合作一口往下咽。所有人都散发出一种坐立难安、东张西望、蓄势待发的焦虑气息，这让雪华惴惴不安，潜意识里觉得好像要遭遇什么不测一样。

雪华和组长沟通，排了下手中的活，腾出完整的档期来，刘雯佳在网上下了单，订了雪华两个月的中午做饭套餐。她真是个贴心的好女儿，养成一种习惯需要二十一天，那就再加两个周期，彻底夯实这个习惯，誓要叫父亲走出丧妻阴影，重获新生。雪华需要每天中午十点到刘家，买菜做饭，一点结束。只要时间安排得当，刨掉交通所需，在晚餐之前，雪华还可以空出两个小时来接其他客户清洁的活儿。照这样子算，她已经实现月入过万的目标了。心中的储钱罐叮叮当当响个不停，雪华笑了。

雪华还有一家订晚餐服务的雇主，是两个同居的女孩，养了三只猫。第一次来做饭时，雪华见她们开了个罐头喂猫，说阿姨没来之前，我们俩也吃罐头。猫吃妙鲜包，我们吃预制菜，一个待遇。雪华被逗得直笑，一边又暗叹，现在的年轻人啊，不但饭不想做，连水果都不切，买果切。好几次她见她们捧着一塑料盒的各式水果切块吃，说楼下超市帮着分装好的。但雪华又想，年轻人懒了，她

第十四章　老妈出走

才有工作机会,不是吗?

这两个女孩对雪华很好,会热情地邀请雪华坐下来一起吃饭。在第五次之后,她们把家门钥匙给了雪华,要她采买后自行上门做饭,做好了等着她们回家。雪华多去了几次后隐约捕捉到一个信息:这两个女孩竟不像是普通的好友同租关系,而透着几分说不出的亲昵。有次她们说好的家政阿姨比好的情人还难遇,一边说着,一边挤眉弄眼,互相用胳膊肘轻撞了下对方。雪华毕竟高中毕业,也上网,那一刻心中明白了几分,暗自咋舌。随着相处的时间多了之后,她觉得,这两个女孩的生活和其他人的也没什么区别。大城市嘛,就该见怪不怪。这年头,什么叫家呢?也许两个女孩一起生活也可以成一个家;也许父母和一生不婚的子女也是一个家;那帮以力姐为核心的老男老女吃喝玩乐都在一起,人家看着也像个大家庭呢,集体主义大家庭;实在不行,一个人也能是一个家。

两个女孩的房是租的,租来的房里也有丰富的生活,但又因是租的,不便买家具,屋主原有的衣柜很小,她们的衣服难免就东一件西一件的,床上有几件,沙发上有几件,一个黑色推拉式铁质晾衣架放在卧室,也挂得满满的,还有一些书堆放在床头柜上,看着屋里很乱。有次雪华随口建议她们可以去买一个简易衣柜,女孩嫌简易衣柜看着廉价,而且塑料的有味儿。

"有布衣柜,里面骨架是可以拼接的钢材质,两边是布,前面是窗帘式的,一片布挡着,一半可以挂衣服,另一半可以买一沓推拉式收纳盒,放内衣裤和袜子。帘子用时拉开,不用时拉上,非常方便,又很漂亮,两三百块钱就够了。如果还嫌麻烦,还有洞洞板衣柜，把墙角利用起来，量好高度，几块板子一立，上面全是洞眼，架上横梁，就可以挂衣服，杂乱物品全部收纳在封闭的空间里，还可以当屏风使，打个隔断，让屋子一下子就整洁起来。"

租房过日子总是会有许多杂物：各种箱子，一时兴起买来却不会再动的乐器比如吉他，不喜欢却又舍不得扔的大毛绒玩具，不好用又舍不得扔的按摩器，房东不让扔的旧椅子，等等。雪华一边说着，环视着这被杂物塞得满满的小屋，提出更加完美的解决方案：假如房东允许，可以打一条吊顶轨道，安上帘子，所有杂物包括简易衣柜悉数隐藏起来，成本也不高。

雪华说着，在淘宝搜出一大堆商品给两个女孩看。两人大感兴趣，一件件看过去，感叹雪华考虑之周全、收纳办法之多。雪华反而惊讶于普通人如此缺乏收纳常识，其实把日子过得井井有条没有别的，只需要用心。也许她真的热爱做家务，所以会在这方面用心。她平时最喜欢刷的就是各大平台的家居类账号，现在网络那么发达，各类过日子的小绝招、小用具铺天盖地，只要她看到了，就会留心记下来，去实践，去采买。她的心都用在这上面，也就分不出精力去干别的了。

这天下午，雪华准备去给两个女孩做饭，她买了菜，走在大街上。街上很热闹，路过商业区，一层有街舞馆，透过大玻璃门，可以看到有人在馆里跳舞。旁边是健身房，大大的金属招牌，透着力量感。雪华在北京城里走街串巷，见了许多世面，渐渐理解林志民和力姐这群人了。他们活得蛮新潮，但也没什么大不了的。那种生活方式没有任何高妙之处，只需要打破常规，只爱自己，管他

第十四章 老妈出走

三七二十一。

她现在不是单身，胜似单身。时间是自己的，钱是自己的，想怎么过就怎么过。也许哪天她也可以辟出时间来学健身，甚至学跳舞。她想起林瑞玲爱跳广场舞，总爱拉着她去跳，而且最爱的不是节奏轻快的伴奏，是类似迪厅里的强劲舞曲。每次听到这类音乐，大姑姐都会眼睛一亮，和着节拍，脚跟一踩一踩，身子一抖一抖的，很带劲，彼时她总会嘲笑大姑姐老来俏。这么看来，自己竟活得比七十岁的大姑姐还要死气沉沉呢，林志民说得没有错。想到这里，雪华无声地笑了下，这时手机响了，竟然是从来不会给她打电话的陈良庆。

"雪华，林瑞玲在你那儿吗？"陈良庆一如既往地扯着烟酒嗓，隔着电话都能感觉唾沫星子喷在手机屏幕上，好像在他农村老家的田埂上朝远处牵牛的邻居喊"吃了没？"。

"没有呀，早回去了，怎么了？"

"林瑞玲说她要去你那里挤几天，把你劝回来。这出门都十天了，死哪儿去了？"听得出来，陈良庆的暴跳如雷里夹了几分惊慌。

林瑞玲失踪了。

从昨天起，所有人给她打电话，她都没接。偶尔她会在微信上回大家，说在北京呢，别催，过几天就回去。大家交叉印证，又因为被林志民臭骂过，便不敢再催，但心中总有疑虑。刚才，陈良庆给她打视频电话，她不接；儿女和林志民给她打，也不接。大家这才意识到大事不妙。

林志民和陈良庆上派出所报警，派出所的警察说："电话能打通，证明人家不想和你们联系啊。老太太在这之前有什么反常的举动没有？"林志民回想着大姐前后的情状，把情况说了一下。

警察道："所以啊，可能是她不想给你们带二胎，出门散散心，几天就回来了。现在没根没据的，你叫我们怎么处理？按失踪人口立案，也达不到标准啊。"

两人沮丧地回到陈良庆家，一儿一女下了班，携伴侣及孩子赶过来。两个孩子是林瑞玲带大的，和她很亲，以为林瑞玲死了，哭喊着我要奶奶，我要姥姥。大人又生气又怜爱，安慰着，但自己也惊慌，一时紧张悲伤的气氛充斥着整个屋子。林志民安慰大家，我姐可能真的就是去散散心，她说了，带大一个孩子，六年有期徒刑。估计是怕只要开始带孩子，就永远没有自己的时间了。说着说着，林志民突然暴怒，大骂姐夫和一双儿女不是个东西，大姐七十岁了，当牛做马一辈子，还要再带两个二胎？

陈良庆吼道："我老陈家的血脉，她来带怎么了？"

林志民逼到他脸上道："你老陈家的血脉，和我们老林家有什么关系？你自己带，凭什么叫我姐带？"

陈美琪挺着八个月的巨肚，呜呜哭了起来，一边给林瑞玲打电话，电话依旧没接。林志民道："别打了，你们都争二胎冠姓权是吧，都想姓陈？那就自己辞职带，让七十岁的老妈带，算怎么回事呢？"

屋里一片沉默，半晌，陈宇峰道："没事，老妈身上没多少钱，她玩不了几天，肯定很快就能回来。"

陈良庆忽然想起什么，快步走到卧室翻腾了一会儿后走出来，

第十四章 老妈出走

直眉瞪眼:"存折不见了。"

三十万元的定期存折在陈良庆名下,林瑞玲拿走存折干什么呢?她怎么能取走钱呢?陈良庆急得团团转,想去银行一问究竟,却已经是晚上七点多了,只能等明天。陈宇峰在网上查,说夫妻财产共有,如果老妈知道了存折密码,拿着结婚证、户口本、双方的身份证,把钱取走,完全可行。这种做法无可厚非,银行并未违反规定。陈良庆又回头去床头柜里找,结婚证、户口本、他的身份证还在,看来是林瑞玲偷偷带着相关证件把钱取走,再把它们放回去了。

陈美琪暗悔,她在老妈六十三岁那年,手把手教会老妈怎么把银行卡绑定手机,怎么微信支付,跟上了这个移动支付的时代,不料给了她全国自如移动的契机。

儿子埋怨陈良庆,怎么能让我妈知道密码呢?陈良庆无言。他每月退休金五千多元,留五百元给自己抽烟零花,存两千元,剩下的全部给林瑞玲做家用。陈良庆就是这样,大男子主义,但在钱上不会对老婆小气。男人挣钱就是给女人花的,他自豪地认为。儿子和女儿也会每月给林瑞玲不少钱,作为孩子们在这里生活的费用。她没有退休金,全靠丈夫和子女给。她老实巴交,一辈子顺着陈良庆,他从来没有要防着她的念头,也没必要。密码是儿子的生日,从来没改过,存折和户口本、两人身份证并其他一些重要的证件,一直放在带锁的床头柜里,钥匙两人都有。她是他忠诚的下属,永不会叛变。她像他们家那个用了四十五年的深褐色核桃木衣柜,这辈子他们换了不少家具,但只有那个家具,无论怎么搬家,永远放在卧室。这家具是结婚时他的父亲打的，结实耐用，它会陪他入土，她也是。

所以她怎么能突然消失呢？

大家吵吵闹闹，不得要领。这时，最小的孩子说："妈妈，我饿。"大家一看表，才意识到已经快八点了，还没吃晚饭呢。往常这个时候，孩子们和陈良庆在林瑞玲的照顾下已经吃饱了，一双儿女各自在外面吃，或者回家跟伴侣随便吃点。这时一堆人都挤在这个屋子里，吃什么就成了个问题。大家看向陈良庆，女主人不在，男主人就得成为主心骨了。陈良庆说随便吃吃吧，说着往沙发上一靠，但众人都看着他，要他做主。

他更烦躁了，跷起二郎腿，说："我随便吃点什么就好了。"

他看着众人，把这个主丢回去，要随便一个人，给晚饭随便做一下主。他很随便的，不挑。他是简单淳朴之人，没有什么口腹之欲，用家常便饭填饱肚子就得。假如此时有人往他脖子上套一张大饼，他一定会安静地转动着饼，和着二两白酒把它吃完，毫无怨言。所以此刻他要用烦躁先制住别人，让别人不要企图叫他操心。"吃什么"是个千古难题，休想叫他解题。但大家你看看我，我看看你，谁也没动。两个当老公的平时没有做饭的习惯，两个当老婆的挺着巨肚，怀孕八个月还在上班，本来就是全世界都欠她们的，此刻更是一脸理直气壮地悲愤。

这时大的孩子也哭叫着："妈妈，我饿。"

孩子们饿了只找妈，当妈的更愤怒了。如果只有妈妈和孩子在，妈妈必会第一时间冲出去解决问题，但人这么多，责任一下子摊薄了。两个孕妇手捧着摇摇欲坠的肚子，坐在沙发上，也一声不吭。

林志民看不过去了，说："吃点面条就行了嘛。"

他说着，也坐到沙发上。所有人都沉默，也不知在等什么。那朴素的面条，并没有分成一人一碗地从天而降，端正地落到每个人面前。

女婿彭军叹了口气，说不然点外卖吧。他说着，但没有行动。他是女婿，总不好跑到丈人家来给这一大群人的晚饭做主。大家不约而同地把目光投到他身上，他又强调一下，我吃什么都行。

靳菲菲瞪着陈宇峰，眼神要杀了他。他终于不情愿地走进厨房，翻了翻冰箱，问父亲："连鸡蛋都没有了，光杆面条怎么吃呢？"陈良庆说："光杆面条怎么不能吃？我浇点生抽就得。"陈宇峰翻了翻橱柜，挂面也没有了。他困惑不已："爸，我妈不在这些天，你都是怎么吃饭的？"陈良庆沉默，这些天他就是吃挂面就鸡蛋活过来的，原来煮挂面卧鸡蛋，需要站起身，走进厨房，接水烧水，打开橱柜拿出挂面，下面条，磕鸡蛋。鸡蛋他从来卧不成个囫囵状，全煮花成一锅浮沫，沾在锅盖上，又有一部分粘在锅底，烧成硬硬的黄痂。每个动作、每个场景都叫他烦躁，心头火一阵阵往外拱。而吃完面之后洗碗刷锅更叫他生无可恋，人活在世界上，为什么这么麻烦呢？

陈宇峰打开外卖软件，开始点外卖。可看了看又说，送到得四十分钟，忍得了吗？这时陈美琪的儿子又喊着"妈妈，我饿"，陈宇峰说算了，上饭馆吃吧。

下了楼，走了十五分钟，走到小区后门的街上。这里有不少馆子，但重庆小面不能吃，因为孩子吃不了辣，吃什么都行的陈良庆不吃汉堡王这类西式快餐，彭军不吃两条腿的任何家禽，所以不吃黄焖鸡米饭。林志民讨厌饭食是凉的，所以日料店也不能去，羊肉泡馍吃腻了……大家已经饿坏了，但又坚决不想忤逆自己的饮食习惯，嘴里说着吃什么都行，等别人挑了一家，却又一脸为难，笑着说出不想吃的原因。都饿到这个份儿上了，还不索性顺着自己的心意？

大家最后良心发现，要孕妇拿主意。但两个孕妇挑了半天，才找到一家所有人都能勉强达成一致的盖浇饭餐馆。孩子们已经饿了，直催着店家快点上餐。要快，快一点。这年头，没人愿意等，快快地吃，快快地活，快快地死。

点完单没三分钟，每人所要的盖浇饭就热气腾腾地端了上来。彭军吃了一口西红柿鸡蛋，苦笑道："预制菜。"

雪华自知道林瑞玲出走的消息后，给她打了无数个电话，都没接。深夜，雪华正悬着一颗心无法入眠时，林瑞玲回了条微信，说："我没事，你放心。"雪华问："你在哪儿呢？"林瑞玲答："明早通话，现在晚了，你睡吧。"雪华一夜睡得很不踏实，第二天一早六点就醒了，一睁眼，就立刻想到这个事，马上就接着打电话。没想到，林瑞玲一下子接通了，雪华惊喜得从小床上坐了起来。

"大姐，你在哪儿呢？"看着林瑞玲在镜头里的脸，雪华激动得嗓音都颤抖了。

"我在江南。"

第十四章　老妈出走

"江南？哪儿？"

"乌镇，水乡。雪华呀，我念叨了一辈子要来看看江南水乡，现在终于来了，你看。"

林瑞玲把手机一转，镜头里出现了白墙黑瓦、小桥流水、垂柳依依、青石板。林瑞玲起了大早在散步，兴致勃勃地转着镜头，要雪华和她同步领略江南美景。时间尚早，古镇小道上没什么人，水面上腾起淡淡晨雾，更显出水乡原汁原味的清雅静谧。看上去她心情很好，人也安全。雪华稍放心，又赶紧问她为什么突然跑了，也不和家人说一声。

"我和他们说，他们能放我走？雪华，我七十岁了，带大一个孩子，六年有期徒刑。六年后我都走不动了，说不定明天我就死了，死之前我得过点自己想过的日子。"林瑞玲脸上多了点伤感，但稍纵即逝，又是一副兴高采烈的模样。她七十岁了，突然搞了个与年龄极不相宜的天大恶作剧，她觉得解气，觉得特别有创意，特别佩服自己。她没有时间伤感，心中全是破釜沉舟的快意。

如果是在自己没出走之前，雪华无论如何不会赞同林瑞玲这样做。但现在她觉得这一切很合理，凡发生，必有道理。林志民要赶她走，林越要许家小房十分之一产权，力姐一头白发当健身教练，大姑姐卷走家里所有钱出来旅游，这一切，都很自然。现在如果天降一艘飞船，走下来几个外星人，雪华也只会呀的一声，坦然接受。

林瑞玲告诉她，自己有好些想去的地方、想做的事。这些事情没完成之前，她是不会回家的。她把家里的三十万元卷走，要把这钱花光，造光，尽兴而归。回家之后，他们将怎么对待她都无所谓

297

了。最后,林瑞玲的镜头停在一家早点铺前,靠近热气腾腾的蒸锅上,又转到挂着的手写餐单上:"草粿,豆腐丸子,咸汤圆,小馄饨,我要吃早点了。"

头一次,林瑞玲的嘴里没有源源不断纺出又多又绵长的话。时间不多了,她要用眼睛和脚去跟这个世界交流。她的镜头移到旁边的小河,一艘早起的乌篷船在澄绿色的水中吱呀摇过,视频猝不及防地挂断了。

第十五章

我无法成为像你妈妈和我妈妈那样的妻子

第十五章 我无法成为像你妈妈和我妈妈那样的妻子

五年级的时候,林越被班里的男同学欺负了。

她走过,那个男同学弹了一下她的脑门。她比他矮,被他这样对待很正常。这个男同学,弹了几乎全班所有人的脑门。他最高,最壮。

林越站定,耻辱热热地贴在脸颊,想转身骂他,但不敢,往前走了两步,却又觉得恼火,不甘心,终于回头骂了句脏话。很脏,是所有家长听到了都会勃然斥责的那种话。父母绝不会知道,林越乖乖女的外表下,藏了这么多叛逆。

可她又胆小,所以那句脏话说得很小声,骂完她害怕得腿发抖。再小声也被男同学听到了,他上前一步,又重重地弹了一下她的脑门。愤怒立刻压倒害怕了,她大声地再次骂了一句脏话,同时哇的一声哭了起来。哭声给了她勇气,她抓起旁边的书本,劈头盖脸地往他身上砸去。他愣了下,退了两步,嬉皮笑脸地假装没事发生,跑了。林越回到座位上,仍在发着抖,后怕,又觉得不甘。

她素来"有自杀倾向",就是挑战比自己强大的权威,一边畏惧又一边挑战,挑战完毕后浑身空虚,吓得站不稳,又解气又后悔。她一直不知道怎么整合自己这种特别容易应激的又心虚又愤怒的分裂情绪。

许子轩终于说服父母同意小房产权加名了。许东和周明丽来到小屋，四人在饭桌前坐下，面对面时，林越那种畏惧又升上心头了。她也不知道为什么，五十万元换十分之一产权，很公平，这不是她这样认为的吗？那到底心虚什么？

许东和周明丽一定是做了长时间的心理建设，才有这样心平气和的脸。许东先开口，说考虑到未来可能实行的遗产税等因素，他们其实早就想把房子产权陆续归到儿子名下，只不过因为不着急，所以迟迟未去办。这次林越既然提了，就先把小房的产权做变更，写上许子轩和林越的名字，并约定各自所占份额。

他们很平静，是杀身成仁、舍生取义的哲学式通透：为了儿子。林越很感激，可能就是这样的感激带来的心虚，她知道自己一直在打破传统上对于好儿媳的定义，而她能拿出来博弈的，便只有五十万元。她把五十万元放得太大了，企图用它撬动男女平等，也知道困难，所以往下推进的时候，总要硬着头皮。

林越硬着头皮谈到了付五十万元、变更产权和领结婚证的顺序：她掏五十万元，然后去做产权变更，变更落定后领结婚证。为了保障双方利益，她已经出了一份协议，林越、许子轩、许东和周明丽三方签字。

房子产权变更之前，她就得和爸爸要他之前承诺的三十万元"嫁妆钱"，自己目前的存款已经有二十万元，加起来一共五十万元，都打给许子轩。一手交钱，一手变更产权。这五十万元对于她这样的家庭来说太重要了，不能就这样给出去。许子轩只说父母同

第十五章　我无法成为像你妈妈和我妈妈那样的妻子

意了，可到底这个钱怎么给法，房产权何时变更，都没具体谈。她心里犯嘀咕，只好先拟了个合同。出一份合同显得很较劲，防着对方的意思。可这年头，谁不防着谁呢？许子轩看了合同说没问题，但他是个中间商嘛，说了又不算，当然要他父母看过点头。

许东和周明丽听到林越出了个合同，心里先有了一分不悦，脸上那份哲学式通透险些破功。但既然同意了她的提议，就得顺着她的逻辑往下走，于是又瞬间修复了情绪。许子轩建了个四人的群，林越把合同发到群里。许东和周明丽检视着合同，周明丽看到上面收款方写着许子轩，心里又咯噔一下。把五十万元打给儿子这个冤大头，不还是等于进了林越的口袋吗？就冲儿子这个窝囊样，结婚后他的钱不都得让林越捏着？这个女人把公平摆在面上，每一句都在讲公平，每一招都掐准许子轩爱她，而他们爱许子轩这条生物链。生了独生子的父母，活该是别人嘴里的一块肥肉吗？

周明丽指着收款方那一条，道："收款方应该是我或者轩爸，不该是他。"

林越怔了下，连忙道："哦，因为我只知道许子轩的银行卡号和开户行，所以就顺手写上去了。我原想的是给了他，他会给你们，你们是一家人。"

她说完，周明丽嘴角微挑了下，和许东交换了个眼神。林越见状，意识到他们在想什么。她为自己的疏忽而尴尬，更为对方的想法而恼火。四人一时沉默，这一沉默，气氛就显出微妙来了。许东说其他条款没有异议，你把合同改了吧，改完再发到群里，我们签完，一起去房管局。林越说"好"。

说完，四人又一时沉默，他们努力想把那微妙克服掉，一直等着，但那微妙硬硬地横亘在中间，愣是消化不掉，而且越来越大，越来越硬。太过沉默让人不安，周明丽开口道："你提前谈得很清楚，这也好。既然如此，我也来谈谈我们的意见吧。许子轩马上三十四岁了，你马上三十一岁了，结婚呢，大家就是奔着生儿育女，过一辈子去的。听说你这几个月一直在加班，在出差，我不知道你现在的工作到底是什么情况，还是要平衡事业和家庭之间的关系，不能太忙了。"

现在遍地失业，林越怎能不珍惜这份工作？顶头上司宁卓几乎全月无休，她又怎么开口去要求不加班不出差？何况现在第一批即热型预制菜上市，势头极佳，王闯已要求加紧研发第二批产品，面点、家宴菜、个性化产品组合陆续要上市，未来只会更忙。周明丽这种早就在北京扎根、体制内早涝保收、吃尽时代红利的人怎么能理解她这种私企打工人全力以赴背水一战的无奈？林越心里涌动着无数话，却又担心说太多会吵起来，只得含糊地"嗯"了一声。

周明丽原担心林越会反驳，见她温顺，胆子壮了一点，又道："我没有叫你家务全包的意思，只不过，成立家庭之后，女人的确应该更多地把重心放到家庭事务中来。这也是两性差异带来的分工，男人更加粗心，大大咧咧，他是向外拓展的，打下更多领地，为了老婆孩子能活得更好。女人更细心，更适合对内打理家务，培养孩子。这样分工合作，一个家庭就会非常幸福，两人都忙，家庭迟早出问题。"

本来前面林越就已经不快了，这会儿有人弹她脑门，她能忍？

第十五章　我无法成为像你妈妈和我妈妈那样的妻子

虽然害怕，也要回头较一下劲："我现在已经做了更多家务了。"

周明丽显出不以为然的笑容，口气仍尽量保持温和："你们两个人，能有多少家务呢？好几次我都看到了，你做饭，许子轩洗碗，内裤也各洗各的。洗衣服有洗衣机，扫地有扫地机，时不常还吃预制菜。你连饭都不做，到底有什么家务？再强调一遍，我没说你要家务全包，我赞成男女平等。但是将来有孩子之后，你们还要所有家务事均摊，这很难做到，过日子根本没有办法实现每人各领百分之五十那样的公平。我身边无数年轻夫妻，没生孩子前恩恩爱爱，有了孩子后，就倒在了这道坎上，你们一定要对经营家庭的复杂程度有心理准备。"

经营家庭有多复杂，周明丽是过来人，她认为这番话说得十足有诚意，不是在训诫准儿媳，而是在传递宝贵的人生经验。许子轩出生后到五岁时，是周明丽和婆婆一起带的。周明丽上班忙得团团转，下了班只要一回家，婆婆就会如释重负，立刻把孩子塞回给她。周明丽提议过请保姆，婆婆却又说有她在，根本不需要保姆，再说她讨厌家里有外人。周明丽有口难言，她上了一天班很累，本想着回家可以休息，没承想回到家，又有另一场硬仗要打。她也无法强硬地擅自做主请了保姆，因为这样一来，婆婆就会回家，而她万万不想让保姆单独带一个婴儿，太不安全了。

她根本指望不上许东，许东很忙，而且毫无带娃意识，加之婆婆已帮忙带娃，名义上他已经尽了那一半的义务了，故她也不敢支使许东。但实际上，婆婆能做的事情并不多。起夜泡奶、带孩子看病、上课外班、采买孩子各项所需这些事，总不好叫婆婆来干。原则上，只要有周明丽在，活儿就是她的，因为不可能看着婆婆干活，她理直气壮地在一旁闲着。另外有些活儿婆婆的确干不了，还有些则是周明丽自己不放心老人干。再到后来，家庭的清洁打理、居家所需大小各项物品的采买更换、房屋维修保养、各类费用及保险的交纳、人情往来、许子轩和学习相关的所有事宜……事无巨细，统统变成周明丽的活儿，由她统筹管理、推进执行。她也烦过，闹过，感到不公平，但天长日久，她渐渐无奈地接受了。这些琐碎的事，女人不操心，谁来管呢？一个不操心的妻子，也必然不可能是一个合格的母亲。不然难道离婚吗？难道让儿子生活在单亲家庭里吗？她是个异性恋，渴望有个家庭，特别喜欢孩子，不结婚怎么能得到一个孩子呢？何况许东和很多男人比，已经很好了，他至少把挣到的钱拿回家，不嫖不赌不家暴。

时光流转，到了今天，周明丽不认为儿子能比丈夫好到哪儿去，更不打算当一个比婆婆更贤惠的婆婆。现在历史的接力棒传到林越这里了，她得确保林越能接得住这一棒才行。接不住，儿子就要受苦了。而她万万舍不得儿子苦，又会把活儿接过来，外人就这样成功地实现了"隔山打牛"。

林越听着周明丽说的话，却没有感受到诚意，而只觉得又被弹了一次脑门。因为周明丽虽然一直在说"你们"，可眼神和口气却只是针对林越，好像经营家庭单纯只是林越的责任，好像只有林越将来要面对复杂的生活考验一样。同时她又记起，从前周明丽也亲切地叮嘱过，说许子轩眼里没活儿，有啥活儿你可以叫他干，但有一次她叫许子轩去倒垃圾时，周明丽正好在，脸色却很难看，强笑着

第十五章 我无法成为像你妈妈和我妈妈那样的妻子

说:"哇,许子轩被你使得团团转呢。"此时林越想着当时周明丽的那句话,心里加倍恼火,脸又沉了下来,加重语气,重复道:"我现在已经做了更多家务了。"

周明丽道:"可我看这屋子一直很脏。"

林越道:"你看到这屋子脏,是因为这几天我出差,没有收拾。如果在家,家务基本是我做,做饭只是你看到的一点点。

"没错,洗衣服是有洗衣机,但我需要把脏衣服分成内外衣裤放进去,放好洗衣液,设定好。许子轩每次脱衣服都卷成一团,我还要把它们抖开。洗完之后,衣服是我晾的。如果我叫许子轩晾,他就会每一件都原样挂上,抖都不知道抖一下,团成一团晾。也不懂棉衣、毛衣和薄外衣不能用硬硬的铁衣架晾,要用肩膀处是弧形的塑料衣架晾。他那样晾出来的衣服,每一件肩膀都鼓着包,难看至极。我不收衣服,衣服挂在阳台一个月,许子轩都不会收的。

"把脏衣服放进洗衣机前,衣服领子要用领洁净先搓过;许子轩头发脖子爱出油,他的枕套一周一换,换下来不能直接扔洗衣机,也要先手搓掉表面一层浮油,再放进去。这样的事,他一次也没有做过。洗衣机里收纳碎屑的小盒子,他一次也没有拿出来清理过。这屋子的浴室,下水有问题,容易积攒碎毛发,导致积水,许子轩一次也没有清理过,全是我掏的,你知道那里面有多恶心吗?镜子上的水渍、洗手池和水龙头上的污渍,许子轩一次也没有清理过。马桶,他一次也没有刷过;放擦屁股纸的垃圾桶满了,他一次也没有倒过;马桶垫一周一换洗,要手洗,因为很脏,他一次也没有洗过;有时他站着尿尿,喷得尿渍哪里都是,臊臭难闻,他一次也没有主动清理过。叫他扫地,他把扫地机一放,自己就去打游戏了,扫地机卡在桌子底下半天他都不知道。喝完牛奶的杯子,吃完水果放着果核的盘子,都那样随手放着,我不说,他永远不会主动拿到厨房去洗。地垫,他从来不洗;桌子,他从来没有擦过;床单、被罩、沙发套、靠枕、窗帘,他从来没有想过要换洗;冰箱里,鸡蛋破了蛋黄流到了隔板上,甜面酱碗倒了酱滴在门缝,凝结成恶心的块,他一次也没有清理过;微波炉由于经常热菜,内壁和门上溅满了食物残渣和油点子,他一次也没有清理过。厨余垃圾要及时倒掉,倒掉的时候记得再套上个垃圾袋,以防汤汁滴出来,可他总是不主动干,干也一路滴滴答答淌汁,臭不可闻。垃圾桶要洗一下倒扣过来晾干,晾完要再套回垃圾袋,这些事,他一次也没有主动做过。

"水费、电费、燃气费没了,我交;米、面、油没了,我买;洗衣液、洗发水没了,我买;卫生纸、抽纸没了,我买。家里这些东西,全是我在观察在留意,随时准备补充。换季了,厚衣服、厚被子收起来,薄衣服、薄被子拿出来,衣柜要倒腾,该干洗干洗,该抽真空抽真空,所有的收拾工作,也是我干。厨房地板砖坏了两块,是我找人补的;抽油烟机短路了,是我下单买,预约师傅上门安装;洗衣机进水管接头裂了漏水,也是我下单买来换。总之从客厅到卧室,从厨房到浴室,所有家务都归我。我就得眼观六路,耳听八方。而许子轩,在做什么?洗个碗,洗个自己穿的内裤,就叫做家务吗?"

林越一口气说完,眼睛瞪着许家三口人,想起妈妈是怎么被

第十五章 我无法成为像你妈妈和我妈妈那样的妻子

家务和育儿琐事消耗的，更加怒不可遏。妈妈正是要不停地超前思考、规划、动手，日渐深陷于庞大如山的鸡毛蒜皮中，日渐蝇营狗苟，才活成了爸爸口中"三十岁就死了，到现在还没埋"的陈腐模样。妈妈几乎是跪在地上，像对待肌肤一样，用旧棉毛巾一寸一寸地擦地板，因为到最后，这就是她唯一可发挥的阵地。

林越更恐惧地发现，自己也正在一天一天地变成妈妈，妈妈从小对她耳提面命的那些东西真奏效啊！哪怕她那样忙，回到家，总是会不由自主地留意到家里整洁与否。沙发垫子往外滑了，她给往里推推；桌上有块擦过手的纸巾没扔，她给扔掉，扔的时候不忘顺便擦下桌上的灰；地上有块碎屑，她走过去用指尖撮起来，扔到垃圾桶里。哪怕坐在沙发上休息，她一双眼睛也不停地巡视着屋里的每一个角落，突然想起，啊，地垫该洗了，被单该换了，墙角结了蛛丝要用笤帚把它绕下来，是不是该买电了……她就像个警觉的战士，枕戈待旦，要驯服生活这头怪兽。一旦发现哪里失序，立刻冲过去令其归位。

打赢这场仗，并不天然全是她的责任。但是，一切皆出于她"心甘情愿"。完全可以想象未来如果有孩子了，她会活得更加琐碎，鸡毛蒜皮山一样倾覆过来，将她埋葬。漫天全是一团团的小黑虫，向她无声地袭击过来。她奋力挣扎，而又无可奈何。是的，这样的生活之下，所有的女人都有着无可奈何的哀怨的脸。然后为了哄自己，只好说"心甘情愿"。

为什么同样在上班，却由她来全权负责两个人的生活？假如算笔细账，许子轩仅仅交给她五千块钱，便拥有了完全不操心的一种生活。而她省了三千块钱的房租，加上占了许子轩五千块生活费的一半便宜，即两千五百块钱，一共五千五百块钱，就身不由己地被套上了沉重的枷锁，这划算吗？她，缺这五千五百块钱吗？

不划算。是的，两性关系里，有时要算算细账的。谁觉得不划算，谁先翻脸！

许子轩的父母倒吸了一口凉气，这个女人，可真计较啊，居然不动声色地积攒了那么多鸡毛蒜皮的小事，伺机算账。许子轩回溯着同居这段日子，想着日常的点点滴滴，想着林越有时大喊大叫而他立刻依从，但后来林越就很少叫他，而是默默把活儿给干了，恍然大悟，原来她有那么多不满。

许子轩道："林越，我眼里没活儿，这的确是我的毛病，但你可以叫我干。"

眼里没活儿，多么呆萌可爱的缺点呀。不是偷懒，是没意识到，透着大大咧咧、没有心眼儿的懵懂气息，惹人怜爱。三十几岁的大男孩，睁着一双天真的眼，愣是看不见满地的活儿，但他知道人应该结婚生子，真神奇。

"叫他干活儿"这件事让林越很崩溃，因为每次她叫他，他的确去干了，但所有事情都要问，新买的筷子放哪儿了？衣领净在哪儿？没有了，怎么洗衣领？什么？居然可以用香皂洗？对哦哈哈哈哈！碗破了个口还要不要了？这个箱子该放哪儿呢？这包香菇该放哪儿呢？这件衣服该放哪儿呢？……真不知道他是故意的，还是缺心眼儿。要不就是活儿干一半，还要她跟在屁股后头收拾，每每叫她火大。

"我怎么叫你干？我说许子轩，你过来，把下水口掏了。你的

第十五章 我无法成为像你妈妈和我妈妈那样的妻子

确态度很好地做了，但下一次，你还是不主动干，下水口还是堵了。我有叫你的工夫，自己就掏了。你长不大，对经营一个家庭没有概念，像住宾馆一样。都是独生子女，为什么我天然就知道该干点什么，而你就不知道？"

许子轩困惑道："可能有的活儿在我看来没有必要，属于没事找事。比如袜子非要手洗，我说过了，袜子和外衣裤一起洗就行了。其实机洗更干净，我都不知道你到底在讲究什么，大不了每次倒点消毒液不就行了吗？还有啊，床单被罩至少一个月一换，地垫半个月一洗，地板两天一拖，洗衣机里收纳碎屑的小盒要随时清理，冰箱非得擦得那么干净，我觉得都没必要。标准降低一点，生活会更轻松。而且说实话，下水口主要不就是你掉的长头发堵住的吗？"

林越顿了顿，想着这个话，也是有一分道理的，琢磨着。许东和周明丽黑着脸，为林越的斤斤计较咄咄逼人，为儿子的通情达理。

许东道："林越，你说的这些，不想干可以请家政干，没必要激化成矛盾。"

许东虽然做生意，也并不是年入几百万上千万元的富豪，有些年份他甚至赔钱。但他嘴一张，说请家政，口气透着富贵人家的阔绰。从来不操心家庭事务的人总以为家政工可以解决所有的家务事，简直是笑话。林越又火了：

"找家政是不是得有人打电话约，在家里等着，人来了之后一一分配活儿给她干？家政怎么知道你哪件衣服该收，哪件衣服该拿出来？哪件衣服该干洗？家政怎么会帮你去买水、买电、买煤气，怎么会帮你修地砖、换抽油烟机、买水管接头？这些都需要有人去

311

留意，去统筹，去沟通，去安排，这难道不是劳动吗？再说回来，许子轩，家务标准再低，你也不会主动做的。床单被罩半年一换，你就会主动惦记着换洗吗？再有，以后有孩子了，家政怎么会陪你的孩子上补习班、作业打卡、出席家长会，怎么会在孩子发烧的时候陪着她熬夜、降温、上医院？你要的家政，是二十四小时保洁、厨师、育儿嫂和管家。你觉得这样的服务，需要多少人来干？需要多少钱才能做到？"

许家三人又沉默了，他们回答不了这个问题——但是且慢，问题不在于这方面，好像哪里不对。

林越突然想起怎么回怼许子轩刚才那番话了："顺便说一下，你说下水口堵是因为我掉长头发堵住的，可见你并不是眼里没活儿，你非常计较，一要叫你干活儿了，你立刻知道那个活儿是因谁而起，不是吗？再说了，你的枕套和衣领都要特地搓洗，因为你身上头上特别油，但我从来没有计较过那是因为你造成的，每次都是我特地搓洗过再放进洗衣机里的。最后，假如下水口堵真的是我造成的，那至少我自己处理掉了吧？也请你以后坐着尿尿，不然要及时清理掉喷到外面的尿渍。洗手间动不动让你搞得臭烘烘的，一个成年人，至少应该懂得体面处理自己的屎尿吧？"

当着父母的面，这话让许子轩脸红了，也让许东和周明丽勃然大怒，许东抬起头，眼睛瞪大，声音高亢了起来："林越，既然你这么计较，好，我也来和你计较一下。你说你出五十万元，拥有这房十分之一的产权。那么，我儿子是不是拥有十分之九的产权？你觉得十分之一和十分之九能等重吗？你一直在强调公平，那是不是该

第十五章　我无法成为像你妈妈和我妈妈那样的妻子

掏一半的房钱，才配谈公平？"

林越愣了。

许东继续："咱们退一步，就算你掏一半房钱，你和许子轩结婚十年或者你满四十周岁之后，按政策规定就可以申请户口迁进北京。请问，北京户口是不是可以给你的生活带来便利？"

林越傻了。

"有北京户口并不代表孩子可以上好学校，所以我们已经提前准备好了万柳那套房，对口小学可以说是顶尖的。这房现在挂牌价一千四百二十万元，请问，你又掏了多少钱？"

林越张了张口，想反驳，却无言以对。

"我儿子985本硕毕业，你什么学历？都是独生子女，我们两口子收入和你父母比高多了，资产远比你家丰厚得多，未来全留给我儿子。你们结婚后，实际上也等于给了你的孩子，你父母能留给你和你的后代什么？"

林越后背激出薄薄冷汗，脑子里急速地盘点着这一切，就像刚才急速地盘点着家务清单一样，但知道自己已溃不成军。这一桩桩一件件的计较，好丑陋，而这丑陋是她率先挑起来的。也许丑陋就是男女关系的真相？不，丑陋是所有关系的真相，关系里一旦锱铢必较，就会显出人性的冷酷来。

许东微抿了下嘴唇，因为直击林越的要害且知道置她于死地，表情带了一丝狰狞，报复的快意，口气冷静："你们这样的女孩，满口的公平独立，一肚子的鸡贼算计。你们不下嫁，美其名曰不扶贫，要找条件比你们好的男人。那我们条件比你好那么多，娶你图什么？图的不就是你能对家庭多付出一些吗？带着仨瓜俩枣嫁进来，跟我大谈公平，你配吗？"

林越道："将来孩子可是姓许。"声音已经干瘪低哑下去。

许东爽快："跟我谈冠姓权是吧？孩子可以跟你姓，姓林。你还能拿出什么东西来博弈？"

周明丽已知这事是谈不成了，叹了口气，起身，打算走了。许东也站起来，眼睛看到了书柜里林越那一排女性主义书籍，停留了好一会儿，看懂了那些标题，脸上浮出嘲弄笑意。现在的女孩，打着独立女性的旗号，把主义当成时尚单品披挂上阵，自以为就能在对阵中震住敌人，可笑！

许东顿了顿，道："林越，主义解决不了你们的问题，得靠实力。如果你觉得婚姻和爱情不可信，就应该单身，而不是来谈判，要这要那。"

他转向许子轩："我不同意你们俩结婚，闹剧到此为止，分手。"

周明丽和许东走了，林越和许子轩呆坐在沙发上，一时无语。许子轩惨白着一张脸，当年高考报志愿，他想报外地大学，父母不同意，说北京就是最好的地方，哪有北京的孩子往外报的，他温顺地听从了。考研时他想出国，父母又说爷爷奶奶舍不得你，他又听话了。他有过反抗的念头，但不强烈，有过，就算是对青春的一个交代了，没必要真的反抗。北京就是顶好顶好的城市了，父母给他安排的生活也是顶好顶好的了。父母始终为他的利益着想，毫无疑问。如果没有他们，单凭他，哪怕工资非常稳定，一个月两万元，这辈子在北京连现在住的五十三平方米的小房也买不起。

第十五章　我无法成为像你妈妈和我妈妈那样的妻子

林越浑身发软，心里一阵阵发虚。如果忍住那一口气，就不至于后面话赶话，导致这样的结局了。到底为什么，一定要去挑战比自己强大的权威，一边畏惧又一边挑战？据说人有生本能和死本能，也许自己的死本能太强烈了些。可她就是这样的性格啊，谁弹了她的脑门，她一定要打回去的，至少也要骂回去，哪怕吃亏。她对自己无能为力。

许子轩道："林越，咱俩在一起快三年，前两年你并没有这么计较。你受你妈妈那件事的影响太深了，是不是这样？"

也许吧，妈妈和爸爸一辈子过得好好的，突然被他赶走了，这真的太可怕了。像在丰收的地里刨喜悦的果实，却刨出了一具白骨。不，她不是被吓坏了，是醒悟了。

林越道："许子轩，我无法成为像你妈妈和我妈妈那样的妻子。我们分手吧，我现在就搬走。"

结婚等于两家资产重组，是她太自以为是了，她这家"公司"除了办公桌椅外零资产，想将自己作价"技术入股"，这是行不通的。那就算了，她不是宁卓，做不来卧薪尝胆忍辱负重的事，踮着脚去够泼天的富贵，太累了。

许子轩的头沉得脖子撑不住。托父母的福，他这辈子过的都是最简单的生活，连工作也只考虑技术就可以了，从来不用考虑人际关系，除了恋爱。算上这段，他搞砸了四段关系。他高大健壮，五官端正，家里四套房，北京人，985本硕，好工作，但就是搞不定婚恋。

第十六章

没有救世主

第十六章　没有救世主

大学四年，工作九年，林越攒的家当并不多。在和许子轩同居之前，她心里一直有几种念头在拉锯，有时是回老家，有时是去天津，有时是"也许有可能遇到个好男人"，更多的是"我就在北京赖着不走了"。在这些念头谁都没打赢谁之前，租房住的她是不可能置办家当的。她一直悬而未决地提着一口气，相信有美好的日子在后头等着她，她确信，那天到来时，她必要大操大办，买下心仪的超大懒人沙发、造型繁复华丽颗颗小灯如花苞垂下来的大吊灯、从墙这头顶到那头的大书柜，各种主义"一"字排开，见证她既有尊严又吃了红利、两手抓两手硬的幸福婚姻。

悬而未决的未来，现在是来了，还是仍然悬着呢？林越收拾着行李，内心阵阵发冷，脸庞阵阵发烧。她这副模样，大概和妈妈被爸爸暴跳着骂"滚出去"的情形差不多吧。太耻辱，太失败了。她打开衣柜，把衣服悉数收进行李箱里，收完后，看着床一时踌躇。床上的天鹅绒被是她买的，花自己的钱买的。她特别喜欢这床被子，轻软又厚实，被套是真丝的，淡淡的黄色里隐着极淡极淡的大朵白花，盖上它，像被梦包裹着。是冲着许子轩这屋里的双人床才买的，一般出租房的床都小，她不会买这么大的被子。这样华贵的双人被，做长长久久打算才会买，而给双人被换被套，也是两人一起做更方便。和男朋友或者丈夫一起换被套，是幸福的生活细节之一，甚至是象征。

要不要把被子带走呢？可是行走在街头，背着这么大一卷被子，也太凄凉了。拉倒，几千块，就当扔了。

林越收拾着书柜，跳过两人的合影水晶相框，把几盒香薰蜡烛和月球灯收进大手提袋。香薰蜡烛、月球灯这类小玩意儿是最经济实惠的家居情调用品了，又便宜，体积又小，能瞬间把出租屋打造成家的仿品。最后收拾的是书，她把主义们一本本放进背包里，带了点自嘲地想，许东说得对，主义解决不了问题，得靠实力。

收拾完一盘点，一共有四大行李箱，三大塑料袋，还有一些小零碎放在一个大纸箱里。它们在地上排着队，看着也满满当当的呢。然而这不算什么家当，家当应该是家具，一个流浪的人是没有家具的，没有家具沉沉地坠着，一个人就像浮萍，漂漂荡荡。行李箱、塑料袋，看着就是随时准备迁徙的模样，提着就走，四海为家。

许子轩坐在沙发上，勾着头，一动不动，一声不吭。既不苦苦阻拦，也不愤怒嘲笑。其实许东那话，并没有要她立刻滚蛋的意思，是她脸上挂不住，要用决绝地离去扳回一局。可再仔细想想，许子轩苦苦挽留，她就会留下吗？不会的。而他也不会挽留，她说的关于尿尿的话，太伤自尊了。在她嘴里，他成了连自己屎尿都处理不好的猪狗。他可以做，她不能这样说，男人站着撒了几千年的尿，这关乎男子汉尊严，是站着撒尿把男人和女人区分开来的。男人可以坐着撒尿，但这意味着失权，女人该见好就收，不宜大肆讨论，

第十六章　没有救世主

否则就是不知轻重，不识好歹。

虽然没有家具，但这么多东西，普通的出租车也装不下。林越叫了一辆搬家小货车，车到了，司机上来，分几趟搬完。最后离开时，林越把门钥匙还有放着翡翠镯子的盒子一并放在茶几上，手臂挂上塑料袋，背起包，把门轻轻带上。她没有抬头看沙发上许子轩的脸，但几乎可以感觉到，那咣的一声关门响撞击在他心上，随即而来的死寂，必将在他心中卷起惊涛拍岸的疼痛，像她一样。

她和许子轩不是卑劣的交换，他吻她的时候，她会怦然；他手指抚过她全身肌肤时，她浑身起的战栗货真价实。她爱过他，千真万确。

坐在车上，司机问去哪里，林越一时哑然。刚才她凭着一腔怒气强撑，收拾了行李，此刻脑子里一片混乱，一会儿觉得要去酒店开个房过渡两天，一会儿想和妈妈约一下，在她晚上的雇主家附近见面，然后一起先去小村出租屋挤两天。一会儿又觉得要不要先和妈妈打个招呼，自己先去出租屋候着。她现在惶恐无主，急需要和妈妈说说话，晚上有人陪。司机这么一问，林越踌躇了，让司机在路边停下，拿着电话，却不知该不该给妈妈打。

正在犹豫间，宁卓的电话进来了。看着宁卓的手机号，林越忍了半天的眼泪掉下来了。救星来了！他会理解她的，他也是苦孩子出身，知道无依无靠漂泊的滋味。如果他知道她现在的处境，一定会帮着出主意，告诉她该何去何从。他那么聪明，生活阅历那么多，已经活成了个人精。他看向她的眼神一直充满了理解，许多奋力挣扎的苦，她不说他就懂，他是最可信赖的依靠。

林越抽泣着接通宁卓的电话。

"你在哪里?"宁卓直截了当。

"我在……路上。"林越吸着鼻子。

她这声音肯定能听出来是在哭,但宁卓并没有放柔口吻,关切追问,而是说:"你马上到董事长家里来开会,出大事了。"他声音焦灼。

林越心一跳,是一个疲惫至极的人靠在某块石头上,不料那石头突然倒了,她猝不及防,险些摔倒的那种漏了一拍的心跳。

她清清嗓子道:"我在搬家,现在在搬家公司的车上。"

"东西多吗?"

林越看了下行李,迟疑道:"还行吧。"

"你把东西先找个地方寄存一下。预制菜包装袋被质疑有毒,视频满天飞了,已经有客户打电话要退货了。"

林越的悲伤立刻被吓得退潮,坐直身体,浑身绷紧,进入蓄势待战的状态。

"我马上到。"

他的口气这么急,去哪儿去寄存这一大堆行李呢?林越没办法,让小货车开到王闯的别墅外,把行李卸到院子里,然后快步跑进屋,到了大客厅。

这些日子王闯看着身体又康复了几分,不过神情郁郁不乐。同在的除了宁卓,还有产品部与市场部的成员。他们也是一样,好不容易周日休息一天,还被抓到了王闯家开会。圆桌边坐满了人,王如薇在不远处的沙发上刷着手机,偶尔往这边看。

第十六章 没有救世主

市场部的媒介把搜集到的视频一一打开，林越见那是一个几百万粉丝的自媒体博主，他做了一期非常翔实的节目，请著名的材料专家在实验室测评了"王家菜"预制菜包装袋的塑料微颗粒释放情况，对比了整包丢进热水里煮和拆袋加热两种情况，其结论是都有大量塑料微颗粒释放，热水连袋煮严重得多。博主质疑王家预制菜包装袋材质采取了劣质原材料，结尾要求厂家给出解释。

包装袋采购一直由林越在执行，她又惊又气："我们的材料并没有问题，可食用级别的PE材料，完全符合国家标准，业内普遍在用的，进货单、供应商资质证明都有，这就可以马上发澄清，并要求这个博主道歉。"

一个同事道："董事长三年未露面，一上直播就把品牌一炮打响。正好最近因为公众对预制菜质疑的声音很大，所以我们一下子成了众矢之的。"

众人沉思。

宁卓道："那我们就请林越把相关资料都拿出来，立刻拍摄，制作视频，拟声明。我们还要去一趟预制菜工厂，把相关的技术人员采访一遍，证明业内普遍是这类包装，这类包装完全符合行业标准。"

另一个同事道："其实大家并不会去思考这是行业标准，他们只是看到质疑之后，就会加入漫骂的狂欢中。"

大家讨论着，王闯蹙眉想着什么，道："这只是第一步，第二步呢？"

大家不明白她说什么。

王闯道："第一步，澄清，事情的影响小下去；第二步，继续卖货;第三步,我归来的效应渐渐减弱,王家预制菜作为市场的迟到者,声音小了下去,被淹没在铺天盖地的大品牌中。"

王闯环视了众人一眼,眼神太亮,带着锐利的震慑,还有浓浓的蔑视。她总是这样,或者这是一种心理控制术,用看不起你,逼迫你拼命往前跑来自证能力。林越再一次感受到和王闯共事的那种压迫感了:她经常在第一步的时候就想到了第三步,并已经拿出鞭子抽着大家往第二步跑了。

王闯冷笑道:"三年前公司就该做预制菜了,我们晚了三年,菜品研发实际上也不存在什么独门秘籍,别人做木须肉,我也做木须肉;别人做金汤鱼片,我也做金汤鱼片。菜品如此平平无奇,营销上又这么被动,大家是打算这三板斧抡完,就散伙吗?"

林越看了一眼宁卓,不敢说话。当初做预制菜,说的就是以王家招牌菜为基础,结合网络热点提炼出来的消费者偏好来开发首批产品。问题是王家招牌菜这些年已经变得稀松平常,再招牌,也无非市场中等水准而已。但这是王旭请示王闯后做的决定,现在难道又要把责任推到他们头上吗?王闯当时还在艰难的康复中,无暇多顾,只是求稳,现在她缓过劲儿来了,又嫌太过保守。第一轮直播后,王家木须肉已经成为爆款,爆卖了五十万份。"王家菜"在预制菜市场上姗姗来迟,有此业绩,她还不满意,真是无可奈何。

王闯对宁卓道:"你们先把声明视频做了,发出去。接下来,我要把全部包装换成纸包装,引领预制菜产业'以纸代塑'环保包装的新风潮。菜品不能独树一帜,我就要在别的地方突围。"

大家都很震惊,林越想说什么,又忍住了。

第十六章 没有救世主

"这视频不算危言耸听,但凡你们对行业有预判,就该知道安全和环保包装是大势所趋,这些年发达国家的高端预制菜都选择用纸来包装食品,连大品牌的矿泉水都在寻求纸包装。王家预制菜必须不停地有动静,一直到把品牌建立起来。我要来当这个'大势',不一鸣惊人,就死无葬身之地。"

林越终于忍不住:"可是董事长,纸包装有很多问题。纸制品要同时经受抽真空、高温杀菌、冷链储存和运输等不同变量的考验,工艺难度大,最重要的是成本非常高。而且加热方式也许就不能用水煮,影响B端供餐,影响销量——"

她想到光解决塑料包装袋撕口问题就费了多少周折,一时情急。这时宁卓喝道:"林越,这是我们要解决的问题,不要在这里说。"

林越看到宁卓冰冷的眼神,赶紧住了口。

王闯道:"我要重点针对C端。C端消费将是未来的增长点,餐饮最高销量一定是C端,一日三餐。而且消费者还处在被教育的前夜,大有可为。我只要把品牌打出去,万千消费者就会认。他们冰箱里要是能有王家宫保鸡丁、木须肉,未来就有机会把王家手抓饼、三鲜饺子塞进去,那才是高频产品。"

大家沉默着,既觉得她的要求太高,同时又觉得这要求不无道理,具有前瞻性,不愧是创始人。

王闯又道:"宁卓,你从前告诉我,你对集团未来的定位是一家互联网型的餐饮企业,你将像重视生产一样重视策划型售卖。但是截至今天,我没有看到你的互联网思维。"

宁卓低头，没敢说话。林越觉得委屈，预制中心的每次策划，先经过王旭，再经过王闯，一想到层层汇报审批，而王旭那样保守，所有部门的许多想法就率先自己否掉了。宁卓总不能次次绕过王旭去找老太太吧？就像上次林越提议王闯打响直播第一炮，这件事就被王旭大发雷霆地借机发作了一把，这怎么能怪产品部和市场部呢？

但站在林越的角度，看宁卓和王家人的关系，她又觉得谁她都能理解。王闯欣赏宁卓的饥饿感，但不信任他，可也未见得信任侄子。王闯把这样极端保守和极端饥饿的两个人放在一起，有时觉得是互补，有时觉得是互相牵制。总之，她谁也不完全信任，越不信任就越出问题，一出问题她就觉得孤独，心力交瘁，这让她恐惧，一恐惧又加倍不相信别人。恶性循环。

所有人都隔了一层肚皮，只有亲骨肉不会，亲骨肉是血掺着血，肉里有肉，是独立行走的另一个自己。但王闯的亲骨肉，此刻正在不远处悠然吃着保姆切好的水果，一边在手机上不知刷着什么呢。林越见王闯瞪了女儿一眼，表情是人质落到他人手里而她只能吃哑巴亏的郁愤。女儿非要无能且好色，她硬是没有办法，只好迁怒于外人。

王闯厉声道："你们不能我牵一下动一下，去看看已经上市的餐饮大品牌，人家上千家门店，上百亿净利润，都不敢怠慢，勤勤恳恳地抓热点，制造社交流行，隔三岔五就有大新闻爆出来。你们在干吗？给我做一个为期一年的营销新方案，原来那个作废。全纸质包装是王家预制菜品牌营销第二步而已，第三、第四、第五步要源源不断跟上。我不管你们用什么办法，总之给我整活儿，让我们的

第十六章 没有救世主

品牌住热搜上,听明白了吗?"

全体回答:"是。"

大家散会,走出王家。宁卓和王如薇走出来,看到别墅的铁门处一大堆行李箱,林越下意识地看了宁卓一眼,但他并未有半点脚步的迟滞,而是和王如薇走向停在不远处的车,上了车,车掠过林越,径直开出门。车过时,车轮带起来的微风拂动林越的发丝,粘到嘴唇上。这一刻,她的耻辱感比上午受许东的训斥还甚。

她还在期盼什么?她原本暗暗期盼宁卓是不是关切地过问一下到底发生了什么事,是不是跟许子轩闹翻了,此刻需要什么帮助,哪怕帮着把行李拉到外面好打车的地方也可以。甚至都不用,只是给出一个关心的眼神,点一点头,她心里也好受一点。她受不了宁卓这样冷漠,这样视而不见,不但她自以为的那点同属于底层出身的共情不存在,甚至连同事情谊也没有。他曾经给过她那么多的暗示,"你是我的人,你是自己人"的那些暗示,甚至是某些难以名状的四目相对时突如其来的失语,妙不可言的静默,难道全是活见鬼吗?

林越悲愤莫名,这时突然手机响了,又是宁卓。她的心又跳了一下,看着手机,赌气地故意迟了一下才接通。

"宁总您还有什么交代吗?"她特地把话说得公事公办。

"明天上午九点准时参加例会,讨论董事长安排的任务。你正在搬家,我怕你忙,千万别迟到。"因为经常加班,产品部已经不怎么打卡了,宁卓这是怕她明天不准时来了。

林越嗓子都干了,清了下嗓子:"好的。"

那头电话爽利地挂了,连一秒钟的停留也没有。

林越定了定神，努力集中注意力，但满脑子都是宁卓那疾驰而去的宝马、刚才那干巴巴的命令。王家别墅花园里高大、健壮、修剪得整齐的松柏，花岗岩的围墙，此刻和那辆宝马一起，形成四面八方的围剿，令她无地自容。她怎么能觉得和宁卓是同类呢？宁卓再不济，也过着开豪车住大平层享受保姆服务的生活，再不济，也是有权做出数百万、数千万元资金投放计划的老总。她呢？哪里和他一样了？而且到底为什么要对他有期待呢？她一边为和未婚夫分手而撕心裂肺，一边对上司想入非非，到底是怎么了？

林越给妈妈打电话，雪华正在给人做晚饭，林越说从许子轩家搬出来了。雪华立刻说我八点结束，然后就去找你，声音没显出一点惊奇来。

林越让王家的保姆帮着，把行李一件件搬出王家院子，走到好打车的地方，然后就一直坐在马路边等着。她也不想这样坐在马路边，身边一大堆行李，但她实在不知道去哪里。这么多行李，难道搬去住宾馆吗？难道打了车等在雪华的雇主楼下吗？她现在是一个强忍眼泪的无助的小孩，要等妈妈来了再做决定。

八点半，雪华打了车赶到，一下车，就看到女儿这样，心揪了一下，林越终于哭了。几个月前，雪华拉着行李在火车站，看到林越来接她时，眼泪下来了。今天倒了个个儿，她们母女真是凄凉透顶。

雪华坐在她身边，强忍着心酸，看林越哭。

林越哭着："我真的太惨了，谁听说过搬家搬到一半被薅过来开会的……太可恶了，王八蛋。"好安全，借着这个名义哭。她躲在这壳里，尽情发泄着无以名状的复杂心绪。

第十六章　没有救世主

雪华看女儿这模样，反而笑了，像看到她小时候在外面受了委屈时，既怜爱，又想借着笑容让她赶紧止哭，故这笑充满"傻孩子，一切都没有什么大不了"的意味。而且雪华现在和前几个月已经不一样了，当家政让她拾回二十多年前在社会上打拼的感觉，没什么了不起的，没什么可怕的。她同时还有一点庆幸，真好，在女儿落水之际，她已经在水中摇摇晃晃地站稳了，能托住女儿，至少是在精神上。

雪华道："打个车吧，先上村子里住几天再说。"

林越又叫了辆小货车，司机一会儿就到了，大家把东西搬上车，朝着小村的方向开去。林越看着路边掠过的街景，情绪渐渐平复，忽然道："妈，你现在一个月能挣一万元吗？"

雪华道："加上退休金，差不多了。怎么了？"

林越道："我一个月能挣两万五千元，还住什么郊区啊？走，住宾馆去。"

林越让司机开车去离公司最近的一家快捷酒店，因在最繁华的商业区，酒店双人间一天要七百块钱。即使如此，哪怕住上十天半个月，她也完全花得起。母女开了房，安置好，洗漱完躺在床上，心里又踏实又纷乱。踏实是自己做了主而且有能力做主，纷乱是最近几个月发生的大事太多，前十几二十年都没有经历过这么密集的冲击，虽然也都快速地适应过来了，但心里的节奏一时跟不上。就像灾后重建，房已建好，那震颤的体感仍在，不时令人眩晕。

雪华心疼得直念叨："一晚上七百元，我住那小房一个月才八百元。"

林越道："妈，等你一出门就能坐上地铁，就明白它为什么值这个价了。"

雪华叹,是啊,北京,房子,寸土寸金。顺着这个思路,她想到了林越为什么分手,许子轩不就是因为父母在寸土寸金的地方有几套房,才活得那样自在吗?当家政几个月,她去过好多北京人家,越来越清晰地意识到,正是有房和没房,把在京的人,区分开来。房价再狂跌,也是如此。原因很简单,是个人就得有个房住。

林越没提分手的原因,雪华也不问。没什么可问的,必是房子产权没谈拢,她早就做了这种心理准备了。她为自己从前对林越的疯狂催婚而暗自抱歉。

林越和认识的中介打了招呼,说要租房。现在房不好出租,房多客少,中介很殷勤,推送了无数房源。林越和雪华挑了几个,要妈妈明天就去看房,只要不上工,都可以去看,挑到满意为止。

林越庆幸自己当机立断,做了这个决定。酒店很舒服,走路五分钟就到了公司,她虽然睡得不好,却还是可以起床洗个热水澡,化了淡妆,收拾停当,和妈妈吃了丰盛的早餐,悠然地来到公司。为此,无人能看出她昨天被未婚夫变相撵走,带着行李在街头流浪的那些心碎。有钱真好。

早晨九点,宁卓准时出现在会议室,布置了任务,要求产品部立刻着手寻找品质与成本均适宜的纸包装,而且不只材质创新,在外观设计和使用体验上都要创新。王闯下的命令,他向来百分之五百地用力着。

林越领了任务而去。都散会了,宁卓却又发微信叫林越去他办公室。他总是这样,经常表现出对她的格外器重,要特地在密室里,

第十六章 没有救世主

说一些知己话,有什么话不能在众人散去之后在会议室说呢?以致让她总是对他想入非非。林越心里恨得很,却做出平静的模样。

在他的办公室,宁卓道:"你觉不觉得包装袋这个事,是小秦搞的鬼?那个博主请了重量级专家,进了实验室,这都是有成本的,为什么要这么大费周折地针对我们的产品呢?"

林越琢磨着,道:"如果是的话,小秦就不觉得自己嫌疑最大吗?你看,关于包装袋反复加热会释放塑料微颗粒的问题,是他三番两次提的,如果他和自媒体勾结,特地提供这样的角度,那他逃得了干系吗?"

宁卓沉吟着:"当然,他不会直接出面,他们都不用直接出面,找别人办就是了。"

他非常烦恼,却又找不到头绪。他入主预制菜中心以来,三番两次出问题,他总觉得是王旭搞鬼,但证据呢?

林越追问为什么要把小秦叫回来。宁卓说:"实话和你说吧,这是老太太的主意,先安抚小秦,把他放在眼皮底下,然后在工作中慢慢挑他的刺儿,找个岔子开了他。这样就不是公司因为要进军预制菜而对老员工痛下杀手,逼他们走绝路,而是他'不胜任转型后的工作岗位,知难而退'。"

他笑道:"老太太说了,你有饥饿感,这是好事,但不能太着急,该慢下来的时候要慢。"

林越也不知道为什么宁卓要和她说这种话。总之门一关,他突然又显得很"自己人",和她掏心掏肺的。也许对他而言,切换根本不是难事。或者他没有切换,只要不把一个人放在心上,他就可以这样自然地对待她。想起来了，就过问两句；想不起来的时候，在眼前都看不见。一切全是她过度解读罢了。

宁卓又问昨天搬家怎么样了，林越说还行吧，能解决。他这样忽冷忽热让她很苦恼，她不想和他说太多自己的事，决心从此要和他拉开距离。但他继续追问："分手了？"

林越含糊其词："嗯。"

宁卓用探究的眼神看着她，林越实在糊弄不过，抬头看着他。

他眉眼弯了起来："非常好。"

林越本来已斩钉截铁地下了决心，他却笑了。那决心一瞬间就又动摇了，也许因为他又开始关心她了吧。她进而想到一个可能性：昨天因为当着王如薇的面，他不方便关心她。其实作为一个上司，看到下属大包小包的，问一句发生什么了，很正常，而他特地视而不见，这反而不正常。那一点不正常是什么呢？她心里有点小雀跃。两人对视，一时无话，林越又觉得空气中有微妙的东西在流动了。

宁卓也许是意识到他那句话有歧义，又道："我是说，以后专心搞事业吧，只有事业是最可靠的。老太太关于品牌营销的思路是对的，我们必须定期有大动作，下一次直播，老太太宣布全纸包装，想必又能轰动一时。你作为她的助理主播，又能一起出风头了。"

他总是给她机会，总是为她的事业着想，可见她在他心里的确有着不一样的分量。她不该在他心中有这样的分量，因为这很丑恶，还危险。可这"丑恶"和"危险"为什么让她一阵阵悸动呢？尤其他怕她误会，还特地解释，他也在克制，他也知道这不应该。世间的事就是这样，"不应该"总是让人们特别受用。不应该的时刻

第十六章 没有救世主

积累多了，就会变成应该。

有人敲门，宁卓并未立刻回应。直到声音再次响起，才说请进。进来的是小秦，他居然是来辞职的，两人大感惊讶。

小秦道："我要走了。走之前有些话想和宁总说，从前打过你，对不起。后来又闹了自杀那一出，其实也不是我本意。总之，我不想再蹚这道浑水，我只是想凭着手艺养家糊口，以后所有的事情都和我没关系了。"

宁卓道："那你以后去哪里呢？"

小秦道："我师父盘了个小馆子，叫我一起做。馆子不大，就六张桌子，保证每一道菜都是亲手做的。我不相信我们厨师十几年的手艺没有用武之地，只能去给工厂的流水线打下手，我不相信中餐是你们这种做法。"

小秦说到这里，挺直腰，瞪起眼睛，声音和表情都变得坚决一些，宣战一般："我们要在馆子外面竖一个大大的手写牌子：'拒绝预制菜，全部新鲜食材，手工当日现做'。"

他微微冷笑，等着宁卓反戈一击。但宁卓想了想，点了点头，道："祝你和你师父生意兴隆，我也相信这类私家小馆一定会越来越受欢迎。"

小秦一拳落空，有些意外，怔了一下，点点头走了。两人一时沉默，这人真有意思，一根筋。宁卓自言自语："倒是小看了这个人。"

林越又开始昏天黑地地工作，四处联系纸质包装生产商，调试各种规格和参数，调整成本。雪华终于选定了一个出租房，那房位置、大小、价格都很不错，就是上一任租客走了之后，留下一些杂物，屋里比较脏。雪华本来想自己收拾的，但时间上和她的档期冲突了，每个单子都是服务了好几个月的固定客户，到点了都等着她上门服务，她不想失信，又着急搬进去，毕竟宾馆一天七百元呢。

不得已，雪华请了同为家政的同事来开荒。当她和林越说时，林越放声大笑。雪华也笑了，道："其实我也很想找个家政给咱俩做饭呢。吃现成饭是什么滋味，我一次没尝过。"

林越道："没问题，妈，哪天咱们请你同事给咱俩做饭。"

雪华却又道："得了吧，我们公司做饭的，谁的手艺也没有我好，这可是雇主们一条一条的评价证明的。"

林越说："那我做给你吃。"

雪华又故意说："你的手艺是我教的，我想吃别人做的。"

林越趁机说："不然让爸来北京玩，叫他做给咱俩吃。"

雪华不说话了，岔开话头。林越暗叹，她多么希望父母和好。

开了荒，雪华先把林越的行李搬进去，又抽空去小村搬家。住了一段时间繁华街区的宾馆后，再来到这废墟包围的小村，雪华已经不适应了，目及之处，无不破败凌乱，不由得生出一些庆幸和后怕。人就是这样，久居鲍鱼之肆而不闻其臭。但如果还要在这里住，雪华就会合理化这破败凌乱为"亲切接地气"了。

走向出租屋的院子时，雪华看到路边有个头发花白的老太太在卖菜，塑料布上摊着一小堆长得歪七扭八的黄瓜和几小把长豇豆。这老人是太穷了，才连村里的菜市场的摊位费都舍不得交，只能蹲在路边卖这一点自家种的蔬菜。雪华已经很多年没见过这样卖菜的情形了，蹲下问菜价。老太太道："黄瓜豆角都是一块钱一斤。"

第十六章 没有救世主

这些菜加起来，估计也就卖个十来块钱，但这钱也许对老太太来说非常重要。未来这村拆迁了，宅基地并田地一起被征用，她连这十块钱也赚不到了。农村许多老人就是这样，家里也许会有大笔收入，但不归他们支配，只能靠一些自种的蔬果换点钱用。时代飞驰而过，总有一些被甩下来的人掉到了缝隙里，比如雪华自己就是，幸好她在慢慢往上爬。

雪华动了恻隐之心，把菜全包圆了，给了老太太十五块钱。老太太惊喜又有点怀疑，怀疑雪华不过是可怜自己。

雪华道："这种自家种的菜味道好，我买来腌咸菜呢。"

老太太这才信了，微笑目送雪华离去。

雪华没有骗老太太，她真的要腌咸菜。从前住在村子里，她并不觉得那是可以腌咸菜的地方，现在这一室一厅虽也是租的，却正式得多，是在未来的终极稳定与过往的颠沛流离中暂得的一小段安宁。虽然不多，已足以让她有了腌咸菜的心情。没错，腌咸菜也需要心情。

她把黄瓜削了皮，切成段，把生抽、冰糖、醋混合，再把它们烧开凉凉，把瓜段、姜片和蒜放进乐扣盒里，将酱汁倒进去。这样泡一夜，就是爽口的小咸菜。再洗净一个吃空的黄桃罐头玻璃瓶，把豆角放进去，加入网上买的泡菜发酵菌，准备做成泡菜。做这一切的时候，雪华心头宁静。真好，生活回来了。

她把玻璃瓶放到阴面的阳台，每天看一眼。那里面封存了小村最后的记忆，是流离生涯的一小片标本，提醒着她，不要忘记曾经过过什么样的生活。

第十七章

活在当下，当下就是未来，未来已来

第十七章 活在当下，当下就是未来，未来已来

林越和妈妈租的小屋六千五百元一个月，比许子轩那个屋子大了十平方米，小区外两百米就是地铁，而且屋子的年头比较新，小区的设施都很好。住起来，居然感觉比住他的房子好多了。

林越从前总觉得美好的未来还没有到来，她会有美好的未来，那是一定的。也许就是结了婚，有了自己的家。到那个时候，她才打算放松下来，出租屋怎能做长长久久的打算？但现在不这么认为了，妈妈二十二岁和爸爸结婚，五十三岁时被爸爸驱赶，导致晚年生活动荡，这是长久，还是不长久啊？

林越算了下账，哪怕现在失业，手头的钱也足以让她们母女安稳地生活上两年。两年，对于当下的她来说，那就是长久的了。两年时光，她还怕找不到活路吗？更何况，妈妈的家政越干越来劲，收入稳定地提高呢。

现在住到地铁附近，交通方便，雪华又把一家远的雇主推掉，组长又立刻给她安排了新的活，尽着她住的地方，这么着调整了下，时间多出了不少。雪华周一至周六晚上做完晚饭，回到家九点左右。林越往往这时刚下班，在附近的街上胡乱吃点什么。能有什么吃的？左右不过预制菜罢了。雪华心疼，想着不接做晚餐的活儿

算了，专注做保洁，这样可以腾出时间来每晚给林越做新鲜的晚饭。但林越拒绝了，妈妈的时间能创造更大的价值，围着她转，显得她太自私。不是钱的问题。

雪华买了面条冻在家里，有时特地早点起，炒了菜，放在冷藏，保证林越晚上回家热一热，下点面条能就吃。但能解决大问题的，还是周末炖汤、酱肉，备在冰箱里。林越回到家，化汤切肉吃面，再加点妈妈腌得又脆又酸的豆角，拌点辣椒油，下面条棒极了。林越笑，这和她曾经做过的一模一样，这本就是妈妈的原创，她不过是学来的手艺罢了。也好，因地制宜地喂饱自己，这本就是一个人具备的生存技能，不为别人，为自己。

吃完饭，母女俩坐在沙发上吃水果，聊天，然后洗漱睡觉。雪华说起林瑞玲的事，林越对大姑突如其来的晚年叛逆啧啧称奇，又觉得很合理。哪有人能压抑一辈子？能量就是这么多，不在此时爆发，就在彼时爆发，而看不见的爆发最致命，能量在体内山呼海啸硝烟四起，杀死自己。大姑这一出，叫林越生出几分敬意。

她趁机告诉妈妈，不要把活儿安排得太满，留出一些时间来享受生活，逛逛公园，看看电影。等她工作没那么忙了，排出年假来，两人可以去旅游。你不是也没去过乌镇吗？乌镇戏剧节最有名，到时咱也走一趟，乌篷船划起来，大戏看起来。雪华听得心驰神往，眼睛都亮了。

林越最爱听雪华讲她遇到的奇葩客户，一个个小家浓缩了人间百态，丑陋与美好并存：刘老师一天比一天开朗了；那对同居的女孩又收养了一只流浪猫；那对没有老人搭把手的双职工夫妻焦头烂额地冲回家接孩子,在雪华做饭的时候争吵不休,而孩子在一旁惊恐大哭,如果他们都有个林瑞玲那样的长辈就好了。原来奶奶和姥姥才是"镇家之宝"。

雪华去过一户人家,那户人家把房租给一个年轻女孩,这女孩到期不租了,也不说,突然联系不上了,一个月的押金也不要了。房主上门收房时惊呆了,因为整个屋子已经成了垃圾场。这女孩租住期间点的外卖盒、饮料瓶、快递盒、霉烂的食物、丢弃不要的脏衣服甚至是用过的卫生巾等,把一室一厅都堆满了,门都推不开,连卧室的床上也全是垃圾。难以想象这女孩回来时是怎么爬进这屋里的,又是怎么生活的,睡在哪里。

这个单子是雪华和四个同事一起完成的,她们足足清理了一下午,清出二十袋垃圾。房主全程一脸崩溃,反复念叨着:"你们能相信吗?这女的可漂亮了,打扮得很精致,看着干干净净,交流起来也很正常,不像有精神病的样子。"

雪华和林越描述她收拾时如何与同事忍着恶心,给林越看当时拍下的垃圾成山的照片。母女想象一个人如何关着门,生活在自己创造出来的垃圾堆里,一再惊叹人类的多样性。一个人的精神世界坍塌了,才会这样生活吧?这女孩行走在人海中时,看上去那样正常,无人知道她的内心早已溃烂。

另外,那对从来不做家务的新婚小夫妻终于闹掰了。昨天下午一点雪华上门做清洁的时候,她发现小夫妻各自的父母也在,当着她的面吵起来,一点也不避讳。男方母亲指责女孩不是个女人,一个家糟蹋得像狗窝,父母没教她怎么当个妻子、当个母亲。女方母亲轻蔑地说，你儿子不干，凭啥叫我女儿干？我们家捧在手掌心里长大的宝贝，几百万元砸进去读到名校硕士，不是来给你儿子当保姆的。少废话，离婚吧。

两个母亲激烈对决时，小夫妻各坐在沙发一角，沉默不语。两个父亲抱着臂，来回踱着步，长吁短叹。雪华擦着地，听得心惊肉跳，又特别好奇，擦到两个母亲脚下时，实在尴尬，不知该怎么办。女方母亲说阿姨你干你的，把房收拾好，离婚时才能卖个好价格。

雪华讲完，点评说："我可算知道现在年轻人结个婚为什么这么难了，谁也不愿意付出，谁也不愿意妥协。"

林越说："妈妈，你这个话不客观。普遍来讲，人们都要求当妻子的在家务方面多付出、多妥协，而不是当丈夫的。所以你想说的是，因为女人不愿意多付出、多妥协，所以结婚难了。"

雪华一时语塞，林越嘲讽地看着她，又道："假如我能把家务全包了，我敢肯定，许家一定对我非常满意。那么，我要为了让他们满意，而回归家庭放弃事业吗？"

雪华迟疑道："倒也不必放弃事业……"

林越冷笑道："你是说我应该把事业干得很好，同时又把家务全包了？我十六年寒窗苦读，211毕业，为的就是过上这么辛苦的生活吗？"

雪华叹了口气："照你这么说，以后你们这代人要结婚就很困难了。"

林越道："许子轩他爸说得对，我不想往下找，想往上找男人，总要付出点什么，比如在家务方面妥协。我不想妥协，就要放弃占男人经济方面的便宜。人不能既要又要，我认这个道理。结不了婚就单身，也没什么了不起的。"

雪华道："小许和大多数男人一样，眼里没活，你叫他干——"

林越："打住，我不想操这个心。"

雪华只好换了个话题，气氛重归轻松。林越已经很多年没有这样，和妈妈睡在一张床上，可以聊天至深夜的时光了。和妈妈住在一起，简直太幸福了。她又买了条一模一样的鹅绒被，从前的认知太傻了，为什么总是因为想着未来，而凑凑合合地活呢？活在当下，当下就是未来，未来已来。

雪华也觉得幸福，从前她觉得自己已经失去女儿，女儿嫁到北京，余生可相聚的时间并不会太长，如今却可以和女儿生活在一起，而且并不是单纯靠女儿养，是两人一起打拼，感觉充满希望。她辗转在各个家庭里做保洁、做饭，雇主中耄耋老人居多。见多了佝偻的腰、雪白的须发、枯瘦的脸、蹒跚的步态之后，她觉得步子矫健的自己还很年轻，将将五十四岁而已，还能活很久呢。更重要的是，还能在北京挣很久的钱，真好。

那个因亡妻死去而执意不扔遗物的刘老师，雪华和他越来越熟了。刘老师六十岁了，是个退休的高中语文教师。雪华为他服务了几次，眼见他渐渐振作起来，两人相处也越来越融洽。有一天刘老师在微信上和雪华说，他要一起去买菜。很久没有去菜市场了，正好和她有个伴儿，一起走走。

两人约在菜市场门口见，见到刘老师时，雪华微讶，刘老师理了头发刮了胡子，脸舒展了不少，明朗的白衬衫使他显得儒雅，和昨日很不一样。她赞他看上去很精神，刘老师微有羞涩，笑道："很久没出来走走了，正好跟着你，有个伴儿。"两人笑吟吟一起走进菜市场，雪华心中的喜悦慢慢漾开，刘雯佳购买她的做饭服务，为的就是让父亲慢慢走出阴影，果然奏效了。某种程度上来讲，她也算是挽救了一个人，太有成就感了。

两人穿梭在各个摊位中，刘老师指着菜摊上的菜说买这个，买那个，又和雪华商量，哪个菜和哪个菜烧在一起更配，雪华也认真给出意见。两人不像服务与被服务关系，倒像是厨艺爱好者交流心得，气氛轻松和谐。有菜贩向刘老师打招呼："好久没见你来买菜了呀刘老师，老太太呢？"刘老师微笑，喉咙里含糊应了一声，以示回答。

回到刘老师家，雪华进厨房开始清洗食材，准备做菜。刘老师说今天我来做一道菜，咸蛋烧丝瓜，家里正好有咸蛋。雪华从未听说过这样的搭配，很好奇。刘老师进厨房，开始削丝瓜，剥咸蛋，准备好后又说这个菜最后烧，等你把白菜炖豆皮做好了我再来，不然早做完了要凉了。

两人在厨房，说说笑笑，刘老师洗着一把香芹梗，说自己最爱吃芦蒿："苏东坡《惠崇春江晚景》里写的'蒌蒿满地芦芽短，正是河豚欲上时'中的那个蒌蒿，其实就是芦蒿。我们江南多得很，这个东西无论清炒还是肉炒都好吃得不得了，可惜市场上不是经常有的卖，后来我发现一个秘诀，香芹梗口感和它有点像，所以买不着芦蒿的时候我就拿它当个平替。"

雪华从来没听过"芦蒿"这种南方菜，心想这刘老师口味别致，还有学问，吃个菜引经据典的。两人在厨房，说说笑笑，最后

第十七章 活在当下，当下就是未来，未来已来

共做了香芹炒肉丝、咸蛋烧丝瓜、白菜炖豆皮、肉丸子紫菜汤三菜一汤。这肉丸子汤也是刘老师做的，丸子里还掺了荸荠碎。雪华见他剁肉泥和荸荠碎的动作非常娴熟，赞他是老师傅，又问想吃肉丸子为什么刚才不让肉摊给绞成泥。

刘老师道："绞肉机我怕不干净，而且绞出来的肉太碎，没有颗粒感，吃起来层次不丰富。"

三菜一汤上桌，雪华本想站在厨房吃，可刘老师一定要她同桌吃饭，说："你就当是为我服务，因为我一个人吃饭没有意思。你要是怕公司责怪，我可以给你们领导打电话说是我要求的，算你的额外服务。我还要写感谢信呢。"

雪华终于推辞不过，坐下，开始吃饭。荸荠、丝瓜，这种东西，雪华很少买。她不知道荸荠该怎么吃，嫌丝瓜有股泥土的味道。香芹也很少大把的炒着吃，最多拿它拌点花生米、撒在汤面上当个调味。可是刘老师做出来的这三道菜却让雪华赞不绝口：香芹清香，口感脆韧。鲜甜的荸荠中和了肉的微腥，汤里又放了用热油炸出来的焦香的葱花，加了干紫菜，当真是说不出来地鲜美。更特别的是咸蛋黄烧丝瓜，咸蛋黄挖出来和丝瓜一起用热油爆炒，加少量水烧制。炒过的咸蛋黄有一种特殊的香气，丝瓜的土味没了，醇厚油香的咸蛋黄浓汁裹着清甜的丝瓜，层次丰富。

雪华头一回意识到原来"层次丰富"是一种妙不可言的滋味，这几十年的烧菜生涯，她或许误打误撞，烧出过这样的口感，但从未有意识追求过。刘老师是浙江嘉兴人，长得秀气，居然还烧得一手江南好菜，而且性格温和，他的妻子当真没福气。

刘老师道:"从前别人都说我没志气,在学校不争名不争利。年年高考毕业后,我收到的学生祝福卡片和鲜花都是最多的,但是评职称时总把我落下。我不在乎,我老婆也不在乎,我们都是想着过小日子的那种人。她爱种花,我爱烧菜,小日子才是有滋有味呢。"

他笑着说,却一瞬间红了眼圈。雪华唏嘘,待要安慰,又怕反而勾起他伤心事,顿了顿,道:"我是北方人,很多菜不知道怎么吃,烧法也就那几样,以后真要和您多多请教了。"

刘老师缓了缓,也知雪华是特地岔开话题,怕他伤心,配合地笑着,道:"谈不上请教,我觉得您的白菜烧豆皮就很好吃,我家不怎么吃豆皮的。认识一个新朋友,就拓展了一种生活可能,感谢我女儿请了您来给我做饭。"

他称雪华是"朋友",雪华心里一暖。两人吃着,聊着,雪华谈到大姑姐突然卷了家里的三十万元去全国旅游,前一阵在江南水乡,离你们老家很近。刘老师啧啧惊叹,又说其实能理解。雪华点头,是啊,人只要老到足够的年纪,就能理解许多从前不能理解的事情。因为更接近死亡了,死亡令人通透,在死亡面前,再出格的事情,也显得稀松平常。

刘雯佳已依雪华之言,帮父亲买了插排和插排收纳盒,把插头都收了起来,把那个当隔断的老旧多宝格柜子拆掉,重打了一排带门的白色柜子。雪华吃完饭,干完厨房和餐厅的活儿,时间还有富余,她便把屋里其他地方的杂物都收纳到这个柜子里。她干着活儿,不时问刘老师这个东西还要不要,那个东西给您放柜子里可好?刘老师在一旁依着她的话回答着,打着下手。两人搭配着干活

第十七章 活在当下，当下就是未来，未来已来

儿，很默契。

干完活一看，整个屋子显得更宽敞明亮，多出不少空间。雪华又建议刘老师，空出来的边桌可以买盆蝴蝶兰装点下，正好遮住桌边那处被磕破墙皮的角落，又能给沉闷的客厅增添一抹亮色。刘老师要她明天一起去菜市场旁边的花市一起挑选。

离开的那一刻，雪华看到刘老师扶着门看着她，神情竟有点可怜巴巴，不由得微微不忍。刘雯佳平时都在上班，只有周末能带孩子来看他。假如没有她这个家政每天上门，刘老师这漫漫长日都是一个人待着，好孤独。

下了楼，雪华想着江南水乡，给林瑞玲打电话。林瑞玲接通，大声道："雪华，看见没有？我来上海啦。"

她自豪地转着镜头，让雪华看外滩林立的高楼，东方明珠塔高耸的发射塔指向天空，黄浦江水浪滔滔。林瑞玲站在船上，两岸高楼从她身后掠过，雪华仿佛感到她的满怀豪情，也开怀起来。

"刚才我听船上的人聊天，有人说晚上要去陆家嘴一家特别有名的酒吧喝酒，说在那里喝酒，看到的夜景是全上海最棒的。我本来想去东方明珠塔看上海夜景的，后来一想，我活七十岁了，从来没有去过酒吧，我一会儿问问他们那家酒吧具体地址；晚上去一趟。我又去酒吧喝酒又看上海夜景，一次完成两个心愿。"

雪华想象一身廉价涤纶黑色碎花老年衫、头发花白、体态肥胖、土里土气的大姑姐坐在上海高楼的高档酒吧里，不由得笑了起来。林瑞玲道："笑什么？只要有钱，他们能不让我进？雪华，我看电视，老看年轻人坐在酒吧里，端着一杯花花绿绿的什么玩意儿

347

喝，我死之前一定要尝一尝那是什么味道呀。"

雪华骑着共享单车，去往下一个雇主家，一边想象七十岁的大姑姐像电视剧里那些时髦的年轻人一样泡酒吧，端着一杯花花绿绿的什么玩意喝，觉得那情景很荒唐，却又有一点说不出的感动。大姑姐这把真的玩大发了，而她其实也玩大发了。幸好呀，幸好来到北京当家政，进入生活的新篇章。否则，老家的公房下来之后，她住进去，一个人待着，有什么意思？那样的生活，六十岁和八十岁有什么区别？

她从前兴兴头头地采买烧制，原是有观众的，丈夫和女儿就是她最捧场的观众。如果单做给自己吃，恐怕没几天就泄气了。就像刘老师，烧得一手好菜，原是表演给老伴儿和女儿看的。女儿结婚了，离家了，他至少还有老伴儿这个忠实观众。单把他一个人剩下后，他突然觉得这一切没有意义了，最终还是请了个家政来一唱一和，才让他重新找到生活的乐趣。但她也不可能整天陪着他，所以她一走，他就流露出那种可怜的神情。可怜这种表情，真的不堪。人最好不要显得可怜，这世道，人一显出可怜，就离倒霉不远了。

可见人老了，也许不怕死，但怕死前那漫长的孤独，而事业和兴趣是抵抗孤独最好的武器。雪华曾经把做家务当兴趣，只表演给丈夫和女儿看。如今做家务是她的事业，她的观众是千家万户，这个观众离场了，还有无数观众，她永远不孤独。想到这里，她蹬车的脚步更有劲了。

晚上八点，雪华给雇主服务完，走在回家的路上。她现在住城里，往家里赶的心情从容多了。夜景很美，八点多也正是热闹的时

第十七章　活在当下，当下就是未来，未来已来

候，雪华经常这样走一段路，骑一段车，有时甚至都看见地铁了，也特地走路和骑车，就当消食和锻炼了。

北京太大，动不动从这个地点到那个地点要几十千米，骑共享单车和走路也要很久，这也是一种变相的健身。雪华慢慢感受到丈夫和力姐那一群人的乐趣，原来对身体的管理是有乐趣的。她明显感觉到自己瘦了，腰身小下去，腿也有劲了。她回想着那时在力姐的健身房见到的动感单车，彼时自己那目瞪口呆的样子，真是太出洋相了。那就是放在健身房的自行车而已，至于那样大惊小怪的吗？

雪华有天在一个公园门口看到有人在发自行车骑行团体的招新小广告，接过来看了看，那上面无任何商业目的，只是纯粹的骑友招募。但当时忙着赶路，没有细问，小单子也不知丢哪儿了。此时她琢磨，以现在的体力，一口气骑个二十千米也可以的，再练练，骑五十千米也不是不行。如果能加入这样的团体，就像林志民和力姐他们那样，一群人骑着自行车，说说笑笑，一起到某个风景秀丽的地方，应该会很有意思吧？

还有，她总看到路上不少骑共享单车的年轻人戴着耳机，大大的黑色海绵罩住耳朵那种，看着很酷。一边听着音乐一边骑车，想必很带劲。赶明儿她也买一个，戴在耳朵上，放着比力姐健身房里还要劲爆的音乐，一口气骑它五十千米，哼。

雪华正愉快地畅想着未来，腰包里的手机响，是林瑞玲。她已经坐到她说的那家酒吧里了，压低嗓音道："雪华，我来开洋荤了，给你看看。"

视频里，林瑞玲已换了一身新衣，是一件中式领口的深红色连

衣裙,"A"字形,下摆很飘逸,配上满头银发,竟有了几分大城市老年女性知识分子的优雅。雪华为之惊艳,"哇"的一声。认识林瑞玲几十年,雪华从来没见她穿过如此艳丽的颜色,绝大部分时候都是黑色,她胖,自以为黑显瘦。林瑞玲说中午打过电话后,想了想,干脆去大商场买件新衣服算了。大上海的大商场,正经衣服啊。四千五百块,桑蚕丝的,好牌子的。所以她今天穿上正经衣服,来酒吧喝酒,赏上海夜景,算完成了三个心愿。

雪华想起陈良庆如果知道土气又节俭了一辈子的老婆,买了四千五百块钱一件的衣服,不知道会绝望成什么样,烟酒嗓会号叫成什么样,不由得笑出来。

林瑞玲端起一杯东西,在镜头前晃了晃:"知道这个叫什么吗?叫 Mojito,鸡尾酒。我在这儿坐半天不知道点什么,服务生说不然你就喝这个,好喝。我就点了,还要了点小吃,一共花了两百三十五块钱。端上来之后我看了半天,也没有鸡尾巴毛啊,为什么叫这个名字呢?"林瑞玲哧哧地憋着笑。

雪华坐到马路牙子上视频,笑话她出洋相,那玩意儿喝得惯吗?小心你一个老太太醉倒了没人照顾你。林瑞玲说特别好喝,清凉凉,酸酸的,香香的。老太太这辈子没有在这样的地方醉过,估计那感觉会很好。跟着又喝了一口,吧唧着嘴,发出享受的"嗯嗯"声。又把镜头偷偷转向酒吧内,让雪华参观。这酒吧挺大,建得很有风格,立柱、斜撑钢梁和抛光镀铬镜面形成弧形,连接各个区域,看着有点像太空飞船。镜头里传来轻微的音乐,不成调,懒懒散散,绵软入骨。

第十七章 活在当下，当下就是未来，未来已来

雪华啧啧称羡，又故意说你一个老太太坐里面不难为情吗？林瑞玲说根本没人管你，这里面有老有少，有中国人有外国人。上海真好，谁也不管谁。

镜头随着她的话转动着，来到大落地玻璃窗前。远处，整个外滩的景色星星点点。近处，座座造型各异的高楼如琼楼玉宇，楼体上的巨幕LED屏变换着炫目的斑斓图像，灯带闪烁不定，空中又恰好起了淡淡的雾，每一座闪耀的高楼在夜幕和薄雾的映衬下，像最美的梦，由于太过壮美，又像洪荒初开或末日降临。只有创造或者毁灭之际，才会这样山崩地裂，天地倾覆，极尽可能地燃烧，现出这般奇异的绚丽。

"我现在在八十七层，距离地面三百三十多米，这个酒吧曾经被什么什么纪录评为'世界最高酒吧'。你这辈子一定要来一次，还喝这个'鸡毛酒'。"

即使隔着镜头，雪华也被这繁花着锦、烈火烹油的灿烂夜景震撼到："像仙境。"

"是啊，雪华，我这也算升天了，上天堂了。"林瑞玲把镜头转向自己，满是皱纹的脸笑成一朵大菊花，眼睛里闪着泪花，与窗外的灯海交相辉映。

两人通完话，雪华坐在马路牙子上，托着腮，回味着方才一幕，一时感慨。大姑姐走进这高档消费场所的一瞬间会不会胆怯呢？雪华想象如果是从前的自己，一定会胆怯。那样的场所，不是她能去的。没有资格。当妈妈的，不应该穿着贵衣服，花两百三十五块钱，就为了喝一杯饮料，吃一点干果，在外无所事事地

浪费一整个晚上。当妈妈的,有钱应该花在家里,花在孩子身上,有时间应该陪家人。吃喝玩乐?光想一想,自己都要唾骂自己了。

不过现在的雪华,想法已经完全不同了。刚才林瑞玲在视频里还问她,当家政当得怎么样了,雪华的脸也笑成一朵花,挣得挺多的呢,大姐,没想到做家务能挣这么多钱,咱俩一辈子家务白干了呀。林瑞玲压低嗓音,如传授什么真经般神秘而郑重:"雪华,对自己好一点,别等到临死之前才知道享受。"

此刻雪华想,去趟这么好的酒吧,两百三十五块钱就可以欣赏到这么极致的景观,她完全花得起。不过特地跑上海一趟太费事,北京就没有这么好的高楼酒吧吗?这可是首都,这样的地方有的是吧?赶明儿等女儿有空了,一定要和她一起泡一次酒吧。到时她也要去买一件正经衣服。的确,她也没有一件"正经衣服"。

雪华掏出手机来查北京的高楼酒吧,又刷着朋友圈,这时她看到林瑞玲的朋友圈发布了一条刚才酒吧的视频,文字写的是"我现在所在的地方可是世界最高酒吧,距离地面三百三十多米",再度失笑。女人这辈子,"硬是没办法"的时刻有很多,很多。那也轮到陈家人尝一尝那是什么滋味吧,林瑞玲卷钱跑去吃喝玩乐,并公然炫耀,他们硬是没办法呀。

雪华这趟来北京当家政工之后,才意识到,原来家务可以被分拆成好几项,每一项在市场上请人做,都要花不少钱。她所在家政公司带娃保姆,月薪六千至八千元,其中,孩子多大、要不要同时负责做饭、是否住家、月休几天,价格都有详细的区别,月嫂就更贵了。

这么看来,林瑞玲把两个孙辈从出生带到了今天的四岁和

第十七章 活在当下，当下就是未来，未来已来

五岁，每天还要给他们做饭、陪玩、哄睡，创造的经济价值已近百万。但无人领这个账，儿女依仗着"爱"的名义公然漠视。如果爱这么伟大，倒也不好意思算账。可爱为何是单向的？单向的爱，叫什么爱？或者他们认为，单向的爱才是爱。如果爱也需要爱作为回报，那不是又算账了吗？爱怎么好谈回报？但林瑞玲是人不是神，怎么能不求回报？

雪华看着林瑞玲朋友圈那几张炫目的照片，想了很多，最终点了赞，并发评论："大姐，好好享受。"然后，她把手机放进腰包里，感觉到解气。陈家人的微信她都有，这"好好享受"四个字带了挑衅，就是特地要让他们看到的。他们越生气，她越高兴。

雪华正要走时，不知为什么，潜意识里突然莫名掠过林瑞玲最后一段话，微微不安。大姑姐自从出走之后，每句话都谈到了死，她说的心愿，听起来像遗愿。怎么回事？难道她这番破釜沉舟的叛逆，背后竟有隐情？几个月前最后一次见林瑞玲时，没觉出她有什么异样来呀，难道得了什么不显山不露水的不治之症吗？

雪华正琢磨着，电话又响了，居然是许子轩。他要求见个面，雪华犹豫了下，想着让许子轩知道自己和女儿现在住哪里，是不是有点不安全。

雪华现在不把许子轩看得那么重了。不是说许子轩不好，这孩子不错，她这么认为。只不过，分手后男方一直纠缠甚至对女方发出人身威胁的新闻时有所见，她不想让林越惹上这种麻烦，万一呢？许子轩在她心目中不再是那个她和丈夫要讨好的有房有车的京籍贵婿了，仅仅是女儿的前男友。这很奇怪，许家和林越的实力对

353

比并没有发生根本性的转变，是她的心境变了。

雪华和许子轩约了家果茶店，特地约到离家比较远的地方，距离足以让许子轩无法对她们现有的住址产生联系。许子轩看着憔悴了许多，他说给林越发过几次微信，约着见面谈谈，但林越太忙，总约不上，也许忙是借口。雪华连忙说不是，公司的产品包装出问题了，她现在火烧眉毛，被领导按头加班。许子轩笑了下，她的领导就是那个宁卓吧？雪华觉得他的笑容有点耐人寻味，却不知为何。

许子轩进入正题，说和父母抗争过，他们终于答应再也不干涉他和林越的关系了，只要林越愿意，他可以马上解决房子产权加名的问题。

许子轩没有告诉雪华，他向父母做了怎样激烈的抗争。生平第一次，他对父母大喊大叫，说父母从来不尊重他，一直在控制他，从大学报考志愿到成年后交女朋友。父母根本不想让他真正地独立，想把他牢牢控制在手心，一直到死。

"为了拿到你们一套房，我要永生永世做你们的奴隶吗？"许子轩激动地吼着，细数前几任京籍女朋友是怎么样让父母横挑鼻子竖挑眼的。一任女朋友有弟弟，父母说这样的年纪，北京人，有弟弟？宁可为了生儿子而违反计划生育政策，这样的家庭不能沾，拿咱们当大血包呢。一任女朋友是博士，不会做饭，父母说那个女孩太强势了，而且家境比他们好，会面的时候对方父母很傲慢，许子轩婚后肯定受气。一任女朋友是温良的北京独女，家境相当，各方面都很好，但是单亲妈妈带大的，对妈妈言听计从。父母说妈宝女不能沾，你瞧她从来不做饭，将来谁伺候谁呢？

第十七章 活在当下，当下就是未来，未来已来

许子轩问，我到底得找什么样的女朋友你们才满意呢？许东说，你妈妈这样的，我们家有资格按这个标准找儿媳妇。许子轩绝望地回答，找不到，找不到！贤妻良母绝种了。

许子轩问："我和哪个女人结婚，不会遇到谁做家务、谁看孩子这个问题呢？我和林越之间没有大的矛盾，我相信一定能磨合好，是你们硬要插手，才导致她不愿意和我继续的。"

许东说："你想一想，我们条件不差，找了个家里一文不名的，和你结婚了，成天在外面忙碌，好不容易回到家，做点家务还那么计较。而且连孩子都不生，你图什么？"

许子轩道："她没说不生，只是说现在太忙，先顾不上考虑这个。你们为什么一定要对方立刻给出答案，给不出，就要否定对方呢？"

周明丽道："因为我们害怕呀。就冲她事业心那么强的模样，就冲她咄咄逼人的模样，我就知道她不可能把重心放在家里。你看看她一个月出差几天，加班几天？这样的话，未来即使你们有孩子，那孩子就是给我生的，因为我不可能舍得你每天围着锅台转，生活里只有尿布奶粉。要比谁对孩子心狠，我这个当奶奶的一定比不过，到时候受苦的就是我。我活这么大年纪，还要再养一遍孩子吗？"

从前，周明丽的婆婆只在许子轩两岁半之前帮着带了孩子，而且只要周明丽下班，婆婆就迫不及待地把孩子交到她手里。两岁半许子轩上了附近的幼儿园，住在隔壁小区的婆婆除了晚上放学时帮着接一下，其他的都不管了。六岁，许子轩上了小学，放学后上学校的课外班，直到周明丽下班把他接回家，婆婆再也没帮过一点

忙，她终于迎来彻底的解放，可以在黄昏的时候去跳广场舞了。周明丽心里不满，却又知道这很难启齿。婆婆帮到这个程度，已经算可以了。她同时悟到，婆媳关系就像骑跷跷板，婆婆快活了，儿媳就惨了。她想当个半新旧的婆婆，林越就必须当半新旧的儿媳。林越当了全新女性，她这个婆婆只能把旧式的账一股脑全买了，凭什么？她都没要求无资产外地女林越百分之百臣服，已经很讲道理了。

许子轩道："我的孩子将来我自己带，什么都不用你们管。而且她的妈妈也可以帮忙，我不觉得未来的生活有那么恐怖。"

他提出一个要求，其他房都不要，小房给他就好，马上去变更房本，产权怎么个登记法，由他来决定，父母不要再管了。许东说："我请问你，你们生了孩子之后，需要我们带吗？没钱了，需要我们掏钱吗？出事了，需要我们兜底吗？"许子轩手一挥，吼道："不需要，不需要，统统不需要，我死了都不要你们管。"

许东夫妻伤透了心，儿子现在这样大手一挥，大包大揽，声称不用他们管，其实未来出任何事，他们作为父母都是兜底的那一方。但是儿子以自己为人质要挟父母，当然奏效。

他们终于答应了，现在就看林越愿不愿意了。

雪华从来没有讨厌过许子轩，他性格温和，各方面条件都很好，除了眼里没活儿。可在雪华的标准里，"眼里没活儿"已经算最最小的缺点了。她见过林越和许子轩相处的情景，许子轩不干活儿，但只要林越叫他，他会欣然去干。男人成熟晚，让女人慢慢教好了。在林越的教育下，许子轩会长大的。

林志民就不干家务，早前两人一起经营建材店，回到家还是雪

第十七章 活在当下,当下就是未来,未来已来

华干家务;后来他负责在外面挣钱,她负责家务育儿;再后来他退休了,但几十年就没养成做家务的生活习惯,改不掉。也没必要改,那些家务,雪华就干了,不干家务她干啥呀?

陈良庆也从来不干家务,雪华的大哥也不干家务,父亲也不干家务。总之她认识的男人做家务的少,家务这个东西好像天然和他们绝缘,他们笨手笨脚的,干不好。不管是故意的还是真的,总之干不好。没办法和他们较劲,一辈子那么长,天天较劲,太累了。

许子轩有那么理想吗?未见得。林越自己条件就很好吗?不是。那林越这辈子不婚不孕吗?万万不可!所以雪华答应许子轩,回去和林越谈谈。但她留了个话口,说自己不能强迫女儿,也不保证林越一定会回心转意。

许子轩脸上又现出一些迟疑,道:"另外,有件事要提醒林越,和宁卓不要走得太近。这个人很危险。"

雪华一怔,为什么突然提到宁卓呢?

"您见过他,不觉得对于一个普通男人来说,他长得太刻意地好看了吗?而且哪个正常男人会把身材练得像个健身教练?就是个普通人,又不进娱乐圈,每天都搞得好像有一万台摄像机在对着那样搔首弄姿,想干吗呀?"

"刻意好看"这说法很妙。好看本是优点,但刻意好看,就显得贼头贼脑、别有用心以至于可恶起来。雪华想着宁卓那张在人群里太过出众的脸、挺拔健壮的身材,品着这个说法,一时无法对宁卓下判断。

"他整过容,全脸都动过刀。名字是假的,原名叫宁大鹏。阿

姨，您想一下，一个农村出来的非常穷的男人，学历也不怎么样，普通一本学工商管理的，万金油专业，啥也不是，怎么能和亿万富翁的独生女谈上恋爱呢？晓辉和我说，他们整个家族都在怀疑王如薇遇到杀猪盘了。"

雪华吓一跳，回想着和宁卓兄弟接触的过程，并不觉得有什么疑点。但许子轩的脸色太过凝重，口气太过神秘，又不像唬人。

"王闯是不可能答应宁卓和王如薇结婚的，即使他把预制菜做起来，也不可能。王家整个家族也不可能就这样放任一个外人把王家吃了绝户，他们正在调查宁卓，已经搜集到许多证据了。宁卓出局的日子不远了，林越要有点眼力见儿。"

雪华离这么爆炸性的故事太遥远了，她听过最猛的八卦，也无非是小区里哪个男人出轨，老婆在街上把小三打了一顿。"杀猪盘""亿万富翁"这类词，只能存在于电视剧和抖音短视频里。

她讷讷地问："有什么证据呢？"

许子轩压低嗓音："比如，宁卓在夜总会上过班。"

他意味深长地挑挑眉毛，又自己恍然大悟："所以我说他为什么有钱去做全脸整容呢。"

雪华一时被这巨大的信息量冲击得目瞪口呆，缓了下道："不是说在五星级酒店当大堂经理吗？"她被感染得也不自觉地压低嗓音，挑着眉毛，显得鬼头鬼脑。

"那是后来，最早他就是酒店前厅部的一名前台，管入住登记的，谁知道怎么那么快就升大堂经理了。不过有个原因倒是可以考虑一下，酒店的行政副总是个五十来岁的女人，特别喜欢宁卓。"

第十七章 活在当下，当下就是未来，未来已来

许子轩停下，特地留出让雪华惊叹的时间。那些窃窃私语多年以来从各种压低的嗓音里鬼鬼祟祟地传出来，在空中似有若无地飘荡着，传到了王家人耳朵里，在王晓辉的嘴里嚼了又嚼，再压低嗓音地吐出来，飘荡到许子轩这里。现在他也这样特地压低嗓音，挑着眉毛，鬼鬼祟祟地把它说出来。不出所料，他在雪华脸上看到了当初他听说时一样的表情。

许子轩又道："公司很多人都知道林越是宁卓最得力的下属，每天两人都关在宁卓的办公室里嘀嘀咕咕。"

他顿了顿，口气伤心中带了点嘲讽："阿姨，宁卓这样的男人如果想收服一个女人的心，没几个女人抵挡得住，毕竟这是他吃饭的看家本事嘛。所以我猜——"

他再度停了停，像是这话难以启齿："林越之所以突然和我很计较，而且分手又分得那么坚决，也许和宁卓有关。无论是男方有意，还是林越不小心陷入对方的——勾引，或者是我误解了两人的关系，总之，林越心里该有点数。为了林越好，您要劝劝她。"

第十八章

把男人放在女人的位置上，他就成了女人

第十八章　把男人放在女人的位置上，他就成了女人

雪华一直到林越回到家都没有缓过劲来。林越累极，瘫倒在沙发上，靠在妈妈的肩头，一时没顾上看她的脸色，好一会儿，才发现妈妈沉默得异常。

雪华把许子轩求和的事说了，林越踌躇。许家服软，她大获全胜，却并无半点喜悦可言。她分手的痛苦比想象的要少、要浅，也许是涨了工资又看到事业前景后，她胆气足了；也许是妈妈在这里，而且隐约意识到妈妈会在较长一段时间内陪着她，没有那么惊慌了。但可能是许东的那番侮辱太具分量，他真是个最好的女性导师，她从前不过是纸上谈兵，而他亲口告诉她，主义解决不了问题，要靠实力。

她谢谢他给指了一条明路，搞事业才能解决问题，而不是搞男人。她现在"报仇"的冷硬心气，超过了对重归于好的渴望。她就是这样一个人，一旦不能感受到尊重，爱就会迅速褪色。

雪华说："小许是个不错的男人，你不要错过他。因为你和谁成家，都不可能舒服。养儿育女，柴米油盐，样样需要操心，不可能舒服，有些责任不能逃避。"

又是这番理论，林越火大，道："妈，我就是觉得不公平。养儿

育女,柴米油盐,样样需要我操心,而我的丈夫一点也不用操心,我不干!我明确告诉你,我不干!我就想光上班,回到家后什么家务都不做。我就想有人侍候我,衣服有人洗,卫生有人搞,土豆丝切得比我还细,比我还有眼力见儿。想到家务这个事永远归我,我就想把厨房砸了。你们为什么都要逼我去过那种不舒服的日子?如果我成个家,需要以不舒服作为代价,我宁可不结婚。"

一个家如果脏乱差,人们首先指责妻子邋遢,而如果是一个男光棍的家,人们则会怜爱地说"唉,这个男人没个女人,你看他家里多乱"。为什么这世道默认女人做家务天经地义呢?

现在人们倒是进步了,说"可以两个人一起干",可是怎么个"两个人一起干"法?许子轩已经很温和,愿意听从分配了,她不还是一样憋屈?首先,眼里有活儿、时刻操心着如何分配,这就很心累;其次,不主动做家务的人根本就是叫一下动一下;最后,她要是叫狠了,你看这四面八方的父老乡亲会不会跳出来教训她太强势,没个女人样?

耗不起,磨不得,生不起这个气!

雪华坚持劝:"不可以。妈妈会死在你前头,到时你孤单一个人,怎么熬?两人在一起是需要磨合的,你去教他怎么做一个丈夫、一个爸爸。"

林越吼道:"我不是他的妈,没有义务教他。你们就想让我稀里糊涂无可奈何地一步一步变成你们想要的样子,然后等我醒悟的时候,一切都来不及了。你们就想看到我一副绝望的样子,告诉你,没门儿,我不干!"

第十八章 把男人放在女人的位置上，他就成了女人

雪华固执劲儿上来了："一代代都是这么过来的，男人不吃喝嫖赌、不家暴，还能把钱带回家，已经是好男人了。"

林越非常绝望："妈，你也认为家务一定归女人做？"

雪华顿了顿，道："我认为家务一般是女人更操心，不是义务，是自然它就这样。因为和男人比，女人更没办法待在一个脏乱差的环境里，更愿意把家经营得很温馨。"

林越道："你觉得自然，我觉得不自然，假如我就可以忍受脏乱差呢？"

雪华轻笑了一声，笃定道："你不能忍受。"

林越愤怒于她那掌握人间真理的态度："你还有脸劝我呢？我爸来请你回去，你为什么不回？"

雪华愣住了，没想到女儿用这个来堵她的口。

她勉强道："这不一样。"

林越抱起大臂，往后仰了一下身子，拉开距离以增强嘲讽审视的分量感："哪里不一样？"

雪华道："我想给你挣钱攒嫁妆，女人结婚多带点钱，胆气足。我想弥补你。"

林越道："好啊，那你和我爸常年两地分居也不是事。我把他叫来，咱们租个两室一厅，一家三口大团圆。"

雪华叫了起来："不要。"

她一想到要和丈夫共处一室，就觉得尴尬，简直惊慌起来。

林越哈哈两声："你瞧，妈，你有自尊心，我也有。我不可能用操持家务去维系一段婚姻，你明白吗？你做了一辈子家务，有什么

好下场吗？"

这话直接扎雪华心上了，一时失语。林越则觉得一招致命，大获全胜，捧起雪华切好的水果吃了起来。

雪华恼羞成怒，冷不防道："你不会是因为宁卓，而拒绝跟小许和好吧？"

林越正吃着苹果，一口卡在嗓子里没咽顺，噎得翻白眼，半天吞下去后，咳嗽大作，咳得眼泪都出来了，脸呛得都红了。她回过神来，惊讶地看着妈妈。雪华紧紧盯着她的眼神。林越避开她的眼神，清着嗓子，雪华心里明白了几分。

林越缓过劲来后，啼笑皆非道："我怎么可能喜欢宁卓？他是什么人？"

雪华不说话，仍看着她，林越有点心虚，继续叉着水果吃，然而被妈妈盯着的那半边脸越来越僵。

雪华长叹了口气："越越，长得这样漂亮的男人，不是一般女人能降得住的，而且他的心气也一定高。你是成年人，心里明白，其他的不多说了。小许交代两件事，我原样转达。第一件，无论宁卓事业干得如何，王闯绝不可能答应他和她的女儿结婚，不可能让他吃绝户；第二件，王家已经搜集到许多对他不利的证据，比如他在去五星级酒店上班之前，在夜总会上过班。"

林越内心已方寸大乱，面上仍做出不以为意的模样："夜总会上班，也有可能是当服务员勤工俭学呀。宁卓家境那么差，他去夜总会当服务生挣小费，有什么不可能的？"

雪华一怔，想着这倒也有可能。林越扳回一局，乘胜追击："王

第十八章 把男人放在女人的位置上,他就成了女人

家这帮人就别徒劳了,宁卓是王如薇想要的人,他们算老几?而且这是什么年代了,怎么还能有'吃绝户'这个概念?这是清朝穿越过来的僵尸说的话吧?真要说吃绝户,你认为,是家族宗亲更有可能吃王闯的绝户,还是赘婿?宁卓和王如薇生的孩子,百分之百是王闯的亲骨肉;王家这帮外甥侄子生的孩子,和王闯有半毛钱的关系?你认为王闯想防,更该防谁?王旭今年迫不及待让刚大四的儿子来集团市场部实习,又是想干什么?"

雪华如梦初醒。林越冷笑道:"妈,你这么多年送钱给我大舅,送到他们理直气壮地认为我表弟结婚你就该掏彩礼,咱们家就是他的家。直到把你逼得和我爸婚姻破裂,逼得你逃到我这儿,你还坚持认为亲戚最重要,亲情最有分量。要论亲情,是我的孩子和你亲,还是我表弟生的孩子和你亲?"

雪华羞愧,想着自己果然糊涂,却仍强撑着:"你心里是不是向着宁卓?"

林越道:"是,我向着他,我真心希望他能和王如薇结婚。因为他非常聪明、能干,应该得到他想要的。最主要的是,他给我机会,栽培我,在我退缩的时候点醒我。他站稳脚跟,得势了,我就会更好,仅此而已。难道因为上司是个漂亮的男人,我就要避嫌,从而牺牲事业机会吗?"

她坦然地看着雪华,她从没想和宁卓发展什么深一点的关系,对他的指望也只是事业上的。她说得那样坚定,也是说给自己听。她对他越来越好奇,与他相处时总是患得患失,而他对她的好,催化了这一点怦然。也许在这种"怦然"还没发酵成"爱"之前,某

一天她该主动离开。但不是现在，现在她在行业的资历尚浅。不错，沾了王闯的光，她的认证微博多了几万粉，大家管她叫助理小姐姐，但这份认知度尚未带来实质的利益，她需要再努力。这个时代，无论任何行业，关注度就是机会，就是财富，她要牢牢把握这个机会。感谢宁卓，他点醒了她，他是个太好的领导。

林越同时对许子轩产生一阵轻蔑，这轻蔑更冲淡了分手之痛。如果不传八卦，许子轩在她心中顶多是个"妈宝男"；这一传八卦，他不但幼稚，还多了几分猥琐。她随即又发现，她其实内心看不起许子轩，不喜欢他啃老，还有理直气壮地天真。

雪华脑子里嗡嗡的，今晚被许子轩和林越的话轰炸得晕头转向，她突然觉得自己白白活到这么老，看不懂许多简单的道理。关于婚姻、亲情、名利地位，她过往自以为看透它们的本质，后来婚姻遭变时，她修正了一些看法，修正过后信心满满，以为这回应该完全正确了，她终于是个又旧又新的人了。新，是她因为命运的际遇见识广了些，与时代接轨了；旧，是她认为旧的传统未必样样糟粕，还是有许多可取之处。比如女人终究该结个婚要个孩子，这认知她不可撼动。全新或者全旧的人，在雪华这里都不可取。但现在这一切完全被颠覆了，她迭代了又迭代，仍跟不上节奏。

母女闷闷睡下，朦胧的梦里，始终有一口锅，在跳跃的炉火上前后颠动着，燃着的烟头袅袅散着雾气。

林越和同事忙得晕头转向，在全国各地寻找生物全降解植物纤维制品厂家，对比参数和成本。纸质包装不耐水、不耐油，易受潮变质，而且不好加热。最终定下来，用纸餐盒而非纸包装袋。于是开始

第十八章 把男人放在女人的位置上，他就成了女人

新一轮的沟通、对比。好不容易定下来福建一家用甘蔗渣生产环保餐盒的厂家，王闯又要求，盒内覆膜也不得用塑料材质。遂又遍寻全生物降解薄膜之类的生产厂家，不但要求环保，还得高阻隔、易开启。大家累到面无人色，终于初步定好包装，王闯又发指示，要打造"全环保"概念，连冷链物流也要环保，于是又寻环保冷链保温纸箱……

林越可算是见识到王闯极致的做事风格了，她会用鞭子抽得你连滚带爬，三步并作一步地往前冲，不知不觉中成长得极快。林越觉得自己都快成半个包装材料学专家了，她学广告出身，原与这行不搭界，然而人在江湖，有时顺势而为，有时当逆水行舟。未知固然带来恐惧，更带来惊喜。并且随着对环保包装的深入了解，林越就越佩服王闯，她的嗅觉真是灵敏，永远领先时代半步。要不是那一场车祸，王闯早已在预制菜产业抢得先机。

许子轩又发了几次微信，要求见面详谈。林越一来的确太忙，二来没有心思，于是都拒绝了。许子轩有天发疯一样打电话，挂了又打，挂了又打，林越不得已跑到楼梯拐角接了。许子轩的口气透着哀怨，问："难道真的要我父母亲自向你道歉你才肯回头吗？"林越一听到他父母就生气，冷冷地说："不必，我再也不想和他们沟通了。"

许子轩道："那到底为什么，你不肯复合？"

林越微信振个不停，那是不同的客户发来的信息，林越一一回复着他们，这边许子轩还在唠叨个不停。林越终于忍不住了，处理完工作后，回答："我想清楚了，我不适合结婚。"

许子轩沉默，半晌冷笑道："你只是不想和我结婚吧？"

林越不想纠缠："随你怎么想。"

许子轩在那头突然失控了:"你不想结婚,为什么和我谈了三年恋爱?为什么同意订婚?我是你的实验品,是你生产出来的预制菜小样?你根据我这个小样,来调试你婚姻的正品?"

林越也火了:"好,许子轩,我告诉你,我要的婚姻正品,就是你家务全包,你同意吗?"

许子轩哑然,林越果断挂掉电话,虽然情绪仍在激烈起伏,却又惦记着即将要开的月例会。她张了张嘴,揉揉脸,把因吵架变得扭曲的脸调整成正常模样,又试着笑了笑,表情正常地走出楼道。从上个月开始,王闯每周都来公司上两天班,她正在恢复往日的工作节奏。她一来,林越明显感觉公司所有人的弦都绷紧了。自己全力以赴都不够呢,还有心思管许子轩怎么想?

大会议室人坐得满满当当,王闯端坐主座,宁卓和王旭分坐桌子一边。王旭做着寡淡如水的开场白,林越想着一会儿要汇报的内容,喜忧参半,他们终于谈定了一家使用百分之九十七的可持续纸张来源生产纸箱的厂家,至此王闯的要求全部完成。这是好事也是坏事,好事是王闯会满意,自己能力又提升了,王闯像个大功率榨油机,不把员工的潜能榨干到最后一滴油誓不罢休。坏事是如此一来王闯可能会高估他们的潜能,认为提出多刁钻的要求他们都能满足,不如下一次把要求再提高一些,也许还能从他们身上再榨出油来……

王旭正说着,忽然有人敲门,是前台小妹,手里拿着一个密封的牛皮纸袋,说有客户送过来的,一定要当面交给王总,并且要立刻看,和公司的业务息息相关。

第十八章 把男人放在女人的位置上，他就成了女人

小妹走出去，王旭迟疑了下，道："不会又是哪个自媒体和我们过不去，送来资料想敲诈我们吧？还是拆开看看。"

王旭说着，撕着档案袋。牛皮纸太结实，不好撕，一用力，袋子被扯破，里面的东西掉出来，撒落一地。几个员工赶紧起身，帮着捡起来。一看，大家的脸色都变了。林越坐在比较远的地方，看着像是一沓照片，但不知道是什么内容。她见宁卓拿过照片，看了看，眼睛瞪大，又抢过旁边人手中的照片，脸色越来越难看。王闯也看到照片了，脸色沉了下来。大家探头看着，虽不知道是什么，也知那必是和宁卓有关，林越隐隐看到所有照片上的人好像都是宁卓。

王闯厉声道："给我收起来。"

几个员工一时迟疑，不知把照片放到宁卓还是王旭面前。

宁卓道："放我这儿吧。"

大家把照片放到他面前，宁卓眼睛阴沉地盯着对面的王旭。

宁卓道："王旭，你到底想干什么？"

所有人愣住，王旭道："什么意思？"

宁卓道："这照片你从哪儿弄来的？"

王旭愕然，双手一摊："这是前台送进来的，和我有什么关系？"

宁卓沉默，努力消化又一次成为众矢之的的痛苦，掂量爆发的代价。但理性是如此弱小，才刚冒头，感性就让他突然起身，脚踩到椅子上，跳到桌面上，跟着纵身一跃，像头野狼一样恶狠狠地扑向对面的王旭，连人带椅子把他扑倒在地。

这一切发生得太快了，众人惊叫着，一时不知所措。宁卓牢牢地压在王旭身上，挥拳不休，一拳一拳狠狠地打在他的脸上。很久

很久以来，他就想这样，一拳一拳地打在王旭的脸上了。他蓄了太久的力，每一拳都特别有劲，发狂地要把那些围绕着他的无穷尽的流言杀死。

十几年前，他也是这样，愤怒地挥动拳头，打在工地上欺负他的民工身上。再早一点，十岁那年，他也是这样打同村的孩子，只因他们逼宁博吃蚯蚓。愤怒伴着他的一生，让他变得暴力，他努力克制自己不要使用暴力，但命运总伺机而动，要把他打回原形。

场面一时大乱，照片散了一地。林越捡起来，几张是二十出头的宁卓坐在夜总会的卡座上，穿着黑色衬衫，带着少年的清瘦，头发略长，眉眼年轻俊美，但看得出的确是单眼皮，长相也与现在略有不同。一个女的正搂着他，手端着杯子送到他的嘴边，看不出是喂酒还是灌酒，几个女的在一旁拍手笑着。还有几张写真照片，宁卓打扮得有些油头粉面的，穿着带亮片的紧身衬衫，或以手撑下巴做沉思状，或对镜头挑逗微笑。另几张是大了几岁的宁卓，穿着白衬衫，身材已有健硕挺拔的轮廓，在某个酒局上与一个五十多岁模样的女人喝交杯酒。其他的照片不用再看了，它们都指向某种不可言说的香艳。

王闯大声喝着，几个男员工方醒悟过来，大着胆子上前，七手八脚把宁卓制住，把他拉起来。宁卓仍暴跳如雷，眼睛全红了，挥着拳头，踢动着脚，吼叫着。王旭已经被打得鼻青脸肿，嘴角不停地流血，有人把他搀起来，他瘫倒在椅子上，抖着，半天挤出一句话："帮我报警……我要告他……"

员工无人敢动，王旭颤抖着拿起自己的手机，要去拨报警电

第十八章　把男人放在女人的位置上，他就成了女人

话，王闯大喝一声："谁报警谁给我滚蛋。"

王旭的手停住。王闯怒气冲冲往外走，临走前又回头警告道："今天的事，谁往外说，查到一个我开除一个。"

她走了，宁卓狠狠甩开钳制着他的几个员工，摔门而出。

所有人都走了，那引发战火的照片们居然就那样躺在桌上，无人理睬。林越想想不是个事，见所有人都离开了，赶紧向会议室走去。可是走到门口，林越又犹豫了，想起许子轩警告说，王家人已注意到他们总是关着门在办公室谈事。她想转身走，又站住脚，她是他的下属，他们是一个团队，交往不密切，工作如何进行？她效忠顶头上司，理所当然。她这样偷天换日，把对他的关心换成谄媚，说服了自己，于是不再犹豫，走进会议室，把照片都收起来，揣在外套里，快步向宁卓办公室走去。

她敲着门，无人应答，野兽疗伤的时候最凶险，要不要冒险呢？她鼓起勇气，拧动着门把手，走了进去。宁卓呆呆坐在沙发上，白衬衫因为搏斗中的撕扯，掉了一颗扣子，袖子染上了一抹王旭的血，发型也乱了。

林越把照片放到他面前的茶几上，也不知道该说什么，只好一指照片，意思是我帮你收起来了。宁卓却抬起头，瞪着她，问："为什么要把这些照片拿过来？你也觉得这是我见不得人的罪证吗？"

林越已大致摸清他的脾气，他受辱时会进入应激状态，不分青红皂白地拿起机关枪一顿扫射，扫完后又会很快后悔。他们真像啊，为着这个像，为着她在不久前也这样被人家当面侮辱过，这一刻，她当他是朋友，是同类，不是暗暗喜欢的男人，更不是顶头上

司。哪怕事后会被证明是自作多情,也认了。

她在他身边坐下,笑了笑,温和道:"我从来不这样认为你。"

宁卓那股绷着的劲儿一下子就松了,他用双手揉着脸,吸气和呼气都带着颤抖,克制着激动的情绪,怕失态让自己再度难堪。林越无比同情他,他们俩都在玩一种高难度的游戏,但她的难度量级轻太多。她有选择,不高兴了可以公然怼许子轩的父母,果断退出,而且因为是独生女能得到父母的支援,虽然不多。

他却没有,他身后有一个庞大的、赤贫的家庭,要代替父母照顾四个小孩,再加上一个六十多岁、因为常年在工地上打工而落下尘肺病的老父亲,其实父亲也是他的小孩。宁博虽然已经上班了,但收入不多,这个家的经济主力一直是宁卓。他叫大鹏,可这双翅早已折断。他给自己改名叫宁卓,硬要在贫困中杀出一条血路,卓然于人群中,但一次次被打回原形。改名改不掉宿命。

良久,宁卓的情绪平复,抬起脸,长出了一口气,拿起那张夜总会的照片,看着,道:"读大一的时候,我在夜总会上班,当服务生,工服就是这种黑衬衫。那年,我最小的妹妹刚刚三岁,宁博快中考了,两个弟弟还在上小学。只要让客人高兴,我们就能拿小费。另外,客人买的酒越多,我们的提成也就越多。我很受客人欢迎,因为我服务态度特别好,又很配合她们讲笑话,酒量还好。她们灌我酒,我高兴,喝得越多,我挣得越多。喝酒算什么?跟在工地上和泥比起来,轻松多了。"

他拿起那些写真照,道:"这个是大三那一年,我在街上被一个星探拦住,说我有当演员的潜质,可以免费给我拍一套写真集,向各

第十八章 把男人放在女人的位置上,他就成了女人

大影视公司推荐我。我心想不要钱,拍就拍吧,从小就有人夸我长得好看,没准儿真能当明星呢。等拍完了,他却说我得上他们公司的表演培训班,一期学费一万八千元。我知道上当了,就不干了。"

他又拿起那张喝交杯酒的照片,道:"这是我们酒店的行政副总吴莉,莉总。这是那年尾牙宴,大家都喝大了,闹着喝交杯酒。每个人都要和领导交杯,他们就专挑我这一张……"

他止了话,停了停,才又说:"难为他们上哪儿找的这些照片,又是让谁送过来的,这么费尽心机地来害我,四处散播谣言说我为了当男公关,花了一百万元去韩国整容,削骨垫下巴。我承认,我的确割过双眼皮,戴过牙套矫正过牙,就这两样,其他的没动过。"

长得好看又野心勃勃的穷人,更容易遭遇流言蜚语。在世人眼里,他们本该安分地受穷,或者脱层皮求温饱,却用姿色抄近道,简直作弊。如果居然还敢整容,那就是想拦路抢劫了。容貌和家世一样,都是天生的资本,但不知为什么,富二代享受父辈荫庇就那么理直气壮,穷人享受颜值资本却往往带了一丝可疑的色彩。人们一边赏心悦目,一边轻慢他们。

林越不由得想起《大明宫词》里那句经典的台词:"把男人放在女人的位置上,他就成了女人。"是啊,王旭那帮人对付宁卓的手段,和给女人造黄谣,进行荡妇羞辱,是一模一样的。宁卓如果是个女的,一样会被放在放大镜上翻来覆去地检查,誓要验出品性上的污点,而且只会更严重。不过宁卓好歹是个男人,他敢举起拳头,许多女人却只能哭泣。

宁卓见林越看着他的脸发呆,以为她不相信,又怒了,嘲讽

道:"怎么,割双眼皮、整牙很奇怪吗?你们城里人,大学毕业甚至一高考完,爸妈就会带去拉双眼皮、戴牙套;怎么轮到我这个穷人这么做的时候,就有原罪,就显得别有用心了呢?"

林越笑着:"怪不得你的牙这么整齐,告诉你一个小秘密,我的双眼皮是大四那年拉的,还开了眼角呢,就是想着找工作时外形能有优势,让人力部门对我留下好印象。"

宁卓怔了下,怒气消失,神色缓了下来,有点不好意思。安静片刻他又道:"毕业时我找工作,通过投简历得到了五星级酒店前厅部接待的工作。在那里,我看到有钱人、精英,普遍都比一般人更注重修饰自己。我意识到,只要好好捯饬一下,我会更加出色,得到更多的机会。其实我也是靠长得好看才得到那份工作的,我并不隐瞒这一点。

"那时我还在夜总会兼职,给客人推销酒。我攒够了钱,给自己矫正牙齿、割双眼皮。莉总觉得我外形出色又勤奋,接待客人时又热情,客人都喜欢我,就把我提升为管家服务员;后来知道我很懂酒,又提我当行政酒廊经理,最后升到了大堂经理。我的考评年年第一,因为我比所有人都努力,升职加薪是我应得的。酒店拍宣传海报时,我每次都是站中间的主角。

"莉总喜欢我,我知道,我升迁比别人快也有这个原因。太多女人喜欢我了,男人有多讨厌我,女人就有多喜欢我。她们向我提供机会,为什么要拒绝?我根本用不着出卖自己。"

宁卓近乎调情地向林越挑挑眉毛,像是在说"你也不例外,我知道你也喜欢我",这一刻他又显出一些无赖来。林越移开眼神,

第十八章 把男人放在女人的位置上，他就成了女人

又不适又受用。宁卓自得地笑了，身子往后一靠，跷起腿，脸上显出一抹凌厉的傲慢。他的情绪已平复，刚才因受辱产生的自卑没有了，他知道自己与生俱来的资本，又自信起来。

林越想着雪华转达的许子轩的话，犹豫着要不要提醒宁卓，王家不会就这样放过他。但又觉得这样在这桩家族争斗里介入太深了，而且显得很搬弄是非。再说了，许子轩说的话，真真假假，也不可全信。总之，她这样弱小无助，权衡利弊总是没错的。所以林越最终只是问："你今天把王总打了，以后打算怎么办呢？"

宁卓道："士可杀，不可辱，打了就打了，该怎么办就怎么办，我接受。我告诉你，我的人生从来都是我本位思考，不会一直当别人的棋子，所以任何人也别想永远拿捏我。"他的怒气又上来了，对着虚空的敌人瞪着眼睛，如兽般浑身绷紧，蓄势待发。

缓了缓，他又道："但是，今天的事和你没有关系，无论我是走是留，你把环保包装这个事搞定，和老太太上直播，把第二炮打响，对你非常有好处，我看到你的微博粉丝一直在涨。"

林越一下子就又心软了，她每次提醒自己不要喜欢他的时候，他都会用实际行动让她推翻戒心。她点点头，垂下头，微笑地看着自己的手，掩饰感动。但他立刻感受到她的心思，也笑着，看看她。他再无能，再处于下位，于她而言，他仍然可以是个保护者，资源提供者，人生导师。

他经常可以捕捉到她的感激与仰望，这种感觉抵消了一部分被戏弄的耻辱感。他当惯了大哥，当大哥固然累，却也有这种成就感，这也许就是他很乐意和她相处的原因吧。

第十九章

人间烟火最珍贵

第十九章　人间烟火最珍贵

雪华和刘老师越来越熟了,每次上门服务,刘老师都会和她一起去买菜,买菜的时候会问她爱吃什么,也会问她有什么新的做法是他没吃过的,可以买来烧着吃,让他开开眼界。雪华已理解他不只把她当家政工,还当解闷的朋友,于是也不拘束,爽快地提出自己的看法。

买完菜回去之后,两人会依着刚才的交流,各自烧菜。雪华好做饭,但全凭直觉和兴趣,认识刘老师之后,才知道,原来一道菜可以涵盖人情世故、天文地理,甚至可以上升到哲学高度。

比如两人在厨房,雪华烧最拿手的菜地三鲜,刘老师就会谈到《红楼梦》里贾府做茄鲞,贾府白玉为堂金作马,所以吃得起山珍菌菇干果鸡肉配茄丁。曹雪芹是江南人,现代江南人吃茄子更常见的做法,是热油爆炒葱姜蒜,加老陈醋、番茄酱、生抽、白糖,调出酸甜的油汁来烧切成花刀的茄子。无需山珍海味,加一点点肉末就好吃。如果用长条茄子,切成圆块,油炸后,再用以上方法烧制,便是一道江浙地区传统名菜"东坡茄子"。

雪华说到女儿在"王家菜"集团预制菜中心工作,刘老师又说:"其实贾府的茄鲞就是古代的预制菜,因为它做好了并不立刻吃，而是封存在瓷罐子里，要吃的时候再拿出来。想吃点花样，可以加别的新鲜食材，比如书里提到的就是'用炒的鸡瓜一拌'，空口吃应该也可以，我想大概和现在超市里卖的真空包装的即食类产品差不多吧。对了，你知道鸡瓜是什么东西吗？"

雪华年轻时也看《红楼梦》的，毕竟谁不看《红楼梦》？"茄鲞"这一情节也知道，但的确不知道鸡瓜是什么东西。

她说："就是鸡丁吧？"

刘老师道："曹雪芹打小在江南长大，我们就管腿肉叫'瓜子'，比如牛腿瓜子、羊腿瓜子、猪腿瓜子、鸡腿瓜子，因为腿上的腱子肉一瓣一瓣，长得像条瓜，有没有？其他地方也有管腿肉叫瓜条的，所以鸡瓜应该是鸡腿肉。"

雪华恍然大悟："原来是这样。"

刘老师道："曹雪芹生于昌明隆盛之邦，花柳繁华之地，诗礼簪缨之族，温柔富贵之乡，可到头来，也无非落个白茫茫大地真干净。可见吧，人这一辈子，富贵也好，贫穷也罢，就那么回事。"他流露出一些伤感。

雪华打岔道："就是，活好每一天最重要，今儿吃顿好的最重要。"

刘老师的伤感淡了，笑道："没错，这一天三顿经常被人说琐碎，没意义，我却觉得对自己和家人来说，这种烟火气最重要。每个小家庭幸福了，整个社会才会健康。家是最小国，国是千万家嘛。别觉得我唱高调，我真的这么认为。"

雪华想起丈夫轻蔑地贬斥过自己"一天你吃完早饭就准备做午饭，睡过午觉就准备做晚饭"，却一瞬间伤感了。她曾辛苦保持家的烟火气，被最亲近的人弃如敝屣，却在陌生人这里得到了认同。为什么要逼她把这幸福的心甘情愿，拿来换钱呢？某种程度上来讲，她做家务挣得越多，心里就越难过。

刘老师看她突然伤感起来，虽不知为何，却也隐约猜到几分。这个年纪当家政工的人，多少是因为家庭经济不宽裕，或是夫妻关系出了变故。他从未窥探过，因为这有违他的教养，但更加怜惜雪华了。这个女人真好，长得很端正，温和又随和，做事勤快，爱干净，厨艺好，哪个瞎眼的男人不珍惜她？

饭桌上两人吃得百感交集，竟一时无话，生出一些异样来。此后，雪华默默无言地收拾着餐厅和厨房，刘老师在客厅安静喝着茶，没再多言，直到雪华说再见，刘老师送她到门口，扶着门框目送她走，雪华感觉背后僵了一块，令她走路姿势都不自然起来了。

林志民去健身的次数少了，现在他更喜欢钓鱼。好像那些冲劲一夜之间消失了，进入五十六岁的林志民突然恢复成正常的老人了。不知道是三年来太高强度的"玩儿"耗尽了他的元气，还是他玩腻了，需要停下来休整，但更有可能是因为失去了雪华这个观众。从前有她当"混吃等死"的对照组，他可以立"励志老人"的人设；现在观众跑了，而且貌似比他更励志，一下子把他衬得灰头土脸的。因为林志民侧面打听到，好家政工在北京一个月挣万八千不是个事。老了之后，身体强壮固然很酷，会挣钱岂不是更酷？并且雪华身体一直很健康，从来也不生病。

更让林志民意外的是林瑞玲，老实了一辈子的大姐不鸣则已，一鸣惊人，每天都在朋友圈发自己吃喝玩乐的视频，她去的那些地方,他都没去过呢。除了去上海泡酒吧之外,有一天她居然去三亚住了一家长得像外星飞船似的五星级酒店。林志民上网查了那酒店,一晚上要三千多元,他再度愕然,看着大姐躺在酒店沙滩的躺椅上拍下的蓝天碧海视频,感觉她像被外星人夺舍了。

两个二胎生了,靳菲菲生的是儿子,让娘家妈来带娃,如愿以偿地得了冠姓权,如愿以偿地一儿一女组成了个"好"字;陈美琪生的还是儿子,婆婆来带。她哭得很伤心,不知道是因为没拿到冠姓权,还是因为又是个儿子。她私心里也想要这个"好",想要个省心的小闺女,香香软软、能和妈妈亲亲贴贴的小棉袄,但两个儿子?两套房!可能她哭的是这个。

陈良庆本来严阵以待,准备带两个学龄孩子外加两个襁褓里的婴儿,突然一拳落空,不但儿女全在他们自个儿的家解决问题了,连老伴儿也跑了。并且由于生二胎,儿女各自忙得不可开交,也顾不上来看他,家里冷冷清清,死寂一片,这让热闹了一辈子的他极度不适应。从前林瑞玲在家的时候,他一天到晚刷视频,林瑞玲唠唠叨叨,他一边看视频一边针对她的议论发出讥笑,是最好的二重唱。现在他还是刷视频,却觉得没意思,短视频突兀的笑声、喧闹声响在这空荡荡的屋里,加倍显出孤独。他一个人唱独角戏,唱不来。

林志民有时会去看姐夫,两个人都单身一人,做个伴儿也好。林瑞玲每炫一条朋友圈,陈良庆那股火就在心中又腾地燃起。但随着她炫的朋友圈越来越多,他由每日的暴跳如雷变成了阴沉的平静,毕竟谩骂不休也需要力气。那股火烧了又烧,把他心中通红滚烫的愤怒淬炼成了冰冷坚硬的钢铁。

第十九章 人间烟火最珍贵

"就她那败家样儿,三十万元能玩多久?我在这儿掐着手指数着,等她花完,还不是得乖乖地滚回家?一进门我就给她一个大嘴巴子。"陈良庆期待地说。

林志民虽然也觉得大姐不可思议,但姐夫这么说,他还是道:"动她一下试试,你扇她一下,我扇你十下。"他撸起袖子,亮出强壮的手臂。陈良庆心中的钢铁一下子稀碎,只好移开眼神,不敢再强横,换成悲愤的控诉:"整个家人仰马翻,有她这样当长辈的吗?这是抽什么风?"

他控诉着,但那些悲愤毫无用武之地。林志民不是女人,不会同情他。唠叨半天,到了晚饭点,林志民不耐烦了,说得吃饭了。

陈良庆说:"我随便吃点什么就行。"

林志民起身要走,陈良庆问他去哪里,林志民说吃饭。去哪儿吃?废话,当然是去外面吃。

陈良庆说:"随便做点什么吃吧。"

林志民说:"你会做吗?"

陈良庆说:"厨房有干面条,你下点面条咱俩吃。"

林志民已经在穿鞋了,道:"想什么呢?"

陈良庆只好起身,也去穿鞋,紧走了两步,跟上了小舅子的步伐。小舅子再凶他,也比一个人在家刷抖音刷到眼睛得了飞蚊症、刷到快出幻觉要强。有时他把手机关了,抖音的哈哈笑声还响在耳畔,刮着耳膜。

两人走在大街上,一家一家看过去。麻辣香锅、涮涮锅、重庆火锅、烤串店、炸鸡店、重庆小面、羊肉泡馍……没有一家想吃

385

的。晚餐时间是这条街最热闹的时候，路灯燃了起来，招牌红红火火亮着，人来人往，两人却只感到凄凉。薄暮应当是每个人步履匆匆往家赶的时刻，晚餐是正餐，正餐应该在家里吃。厨房蓝色炉火跳跃，锅铲嚓嚓响着，抽油烟机呼呼转着，一盘盘热气腾腾的、为家人量身定做的菜端上来。人们在饭桌上坐下，慢慢地吃，而不是这样满大街像条流浪狗一样惶惶然，不知去哪里觅食。

两人逛了街，又逛商场，关于吃什么意见总是不一致，最后来到商场地下快餐城的某家连锁快餐店，要了两碗牛肉饭套餐。牛肉饭已经是这十几家档口里最接近家常便饭的了，但陈良庆抱怨说它那个蒸蛋一吃就知道是预制菜，家里的蒸蛋根本不是这个味道。林志民说好歹牛肉浇头不是啊，你看那灶台里不是有个大锅在煮牛肉？陈良庆探头一看，果然敞开式的柜台里，一口长方形大锅咕嘟冒着热气，店员正在把一勺勺洋葱土豆炖牛肉舀出来，浇到一碗碗白米饭上，一股炖肉的香味飘散在店里。陈良庆稍安心了些。

林志民不耐烦地劝他快点吃，少废话。陈良庆刚夹起一片牛肉，却又叹了口气，扯扯林志民的手，林志民顺着他指的方向看去，只见店员打开不远处一台立式冰柜，从里面拿出几包真空包装的预制菜递给一个顾客。林志民走近冰柜，拿起一包预制菜一看，那赫然就是锅里正在煮的洋葱土豆炖牛肉。

顾客付完款走了，陈良庆叫住路过的店员道："你们这个锅里煮的牛肉浇头，和冰柜里的料理包一模一样啊？"

店员答："是啊。"

林志民不满地道："合着我们来吃饭，你们干的事，就是给我们热一下料理包？"

店员道："你们逛街，毕竟也不能带口锅吧？我们这店面房租贵着呢，挣的就是让你们方便这个钱，不然你们想吃饭的时候怎么办？"

陈良庆气愤道："那我们还不如自己回去焖点米饭，热点这个料理包呢。"

店员爽快道："也可以啊，网上商城有，你下单直接送到家里。"

陈良庆叹了口气，林志民掀开桌上的调味盒，报复式地舀上几大勺辣椒油，道："这个是家里没有的，多来点吧。"

陈良庆沮丧地往后一靠："不想吃了。"他吃饭好喝酒，这家店既没有白酒也没有啤酒，这预制快餐就突然一口也吃不下去了。

林志民大口吃着，他已经饿坏了："你可真多事，刚才我说吃牛肉面你又不愿意。"

"不想吃，汤底不正宗，加了太多味精，吃完嗓子里不干净，老像有痰。"

陈良庆说着，掏出手机来刷抖音，忍不住又去看林瑞玲的朋友圈，发现她发了一条在广东吃烧鹅的朋友圈，烧鹅皮油亮红润，看着就很香。看招牌，她到了顺德，吃完了烧鹅又吃双皮奶。陈良庆把每张图都点开，仔细看，嘴唇翕动着咒骂，烟酒嗓由于不敢大声，而发着嗞嗞啦啦的气声，如长满粗糙老茧的手指抚过绸缎勾起毛刺。

林志民连饭带汤呼噜了个精光，一抹嘴，也掏出手机来看大姐的朋友圈，心里同样五味杂陈。玩得这么开心的大姐知道自己又添了个孙子和外孙子吗？也许她已经不在意了，否则怎么会在一盘盘广东烧腊前有笑容灿烂的自拍？她可能已经知晓一个真相了：她离开之后，天并没有塌下来。两家的亲家上阵，加月嫂，该吃奶的吃奶，该上学的上学，该上班的上班，生活居然也运行得很好。世界离了她，照转。那她该围着自己转，不再围着别人转了。或者不知什么缘由，她的世界有比天塌了更重要的事，导致她这样气壮山河地放肆。

林志民其实挺羡慕姐夫，大姐这样每去一地都播报着自己的动态，吃的什么，玩的什么，固然是挑衅，看着气人，但至少知道她的行踪。而且大姐迟早会回来的，三十万元供她赌不了太久的气，并且她也太老了。但雪华不一样，雪华会挣钱，而且越挣越多。女儿告诉他，妈妈干家政口碑非常好，现在在家政 App 上档期全部排满，许多人想抢她的时间段都抢不上，她至少可以再干十年。

雪华再也不发朋友圈了，从前她会转发点心灵鸡汤，或者发一点自己做的菜，每一条朋友圈都坐实了她没分量、落伍的家庭主妇形象，令他鄙夷。现在她的朋友圈是仅半年可见，半年内一条也没发。他给她打电话从来不接，微信也不回，她的心门严严实实地向他关闭了。赶她走并非他的本意，他只想吓唬她一下，让她知道以后该怎么做，没想到给了她开启新生活的契机，一发不可收拾。

林志民怏怏回到家，半夜胃里翻江倒海，这大半年他吃得不规律，今天又吃了太多辣椒油，老胃病又犯了。他翻箱倒柜，找出过期的胃药吃了，躺下，勉强睡了几个小时。早晨，力姐发来微信，说今天拍动感单车视频，这可能是最后一次拍了，因为她已经同意老包的离婚请求，条件就是把健身房转给别人，转让的钱还完经营

第十九章 人间烟火最珍贵

欠款后，两人一人一半。

林志民大吃一惊，那以后大家健身怎么办？力姐说等我处理完这个事，再去盘一家健身房呗。实在不行，干别的也行，怎么玩不是玩呢？

林志民找出最好的一套运动装，精心打扮了一番，来到了健身房。大家都很惆怅，三年来，他们成群结队地健身、聊天、聚餐、出游，健身房就是他们的灵魂，借由灵魂的召唤，他们相聚在这里，从这里出发，找到了别样的老年生活乐趣。以后这据点没有了，该怎么办？

他们这样年过半百的老人，最受不了的就是日复一日在家待着。已经没有事业可言，死却又一时半会儿死不了，不找些热烈的营生来干，使劲扇动生命的火炉，火苗就要渐渐熄灭了。

力姐却显得轻松，一切都要结束了，一切也是新的开始。靠着老年健身这个点，她已经成为本城最火的自媒体博主，每月流量分账都有几千块钱，并隐约有出圈的趋势，社会活动多了起来，比如被品牌邀请，做点直播；媒体采访她，谈谈作为少有的老年女性健身教练的心得。IP才是最值钱的资产。力姐心里明白，别再和丈夫耗了，趁早与他分割，未来的红利才不会被沾了光。

她这个路线和别人不一样，越老越值钱。只要撑得住，她这份事业可以干到死，没见著名的"励志老人"王德顺快九十岁了，还有戏拍，活动邀约不断吗？王德顺是男的，她正好填补了女性"励志老人"这个空白点，并且由于女性在这个年纪活得这么强悍的非常少见，她的前途更加光明。

林志民看着力姐的神情，明白了，有事业的人才不怕老不怕孤独，有钱挣，有人捧，忙都忙不过来呢。像力姐这样的，一辈子把全部的精力都放在自己身上，成就自己，引来无数热切的目光汇聚，她生命的火苗永远燃烧，就是死，也会有嘉宾云集的葬礼。而他们这样退休后无所事事的老人，就只能靠着婚姻与子女来驱散孤寂和死亡的恐惧了。

大家骑上了动感单车，强劲的音乐响了起来，力姐一如既往地喊着口号，打着拍子，音乐和口号真是最好的操控，众人拼命踩着，像中了蛊一样。

林志民知道力姐将会这样描述这段视频：和爱人相约丁克一辈子，晚年却被他背叛了。为着尊严，她慨然离婚，健身的女人无所畏惧，老年生活一样很精彩。加油，每个女人都能有美好的未来，哪怕像她这样迈向六十岁门槛的女人！

视频会爆红，林志民确信，因为力姐此前从未在网络上透露过自己正在打离婚官司，这是她生命中最大的创痛了。她这样一辈子顺风顺水的人，岂能白白地痛？丁克、被背叛的妻子、私生子、渣男、老龄励志、独立女性——每一个关键词都能引发山呼海啸的评论，每一条评论都能为力姐的个人品牌添砖加瓦，这是老包对她的补偿。至于他会在舆论风暴中遭遇什么报应，她也很期待。她失落的爱，她那些午夜醒来时的空虚寂寞冷，需要有恨来对冲。

林志民对力姐有多佩服，就对自己有多失望，讪讪地，有一种拙劣感。说不清为什么，好像他被力姐误导了，利用了。明明她并没有骗他，这三年来他在这里也玩得很愉快。暴风骤雨般的音乐中，大家的腿踩动不休，林志民的胃突然一阵绞痛，一股猛烈的恶心涌至喉头，呕了一下，身子一偏，一脚踩空，从车上摔了下去。

雪华再来上工时，做了很多的心理建设。刘老师仍像昨天一样，在微信上告诉她，十点准时菜市场门口见。雪华回了个"好"，从回完之后的每一分钟，都又期待又忐忑，暗暗觉得这简直像约会。雪华越走近菜市场门口，越紧张，快到拐过弯就能看见菜市场的时候，雪华停下脚步，靠在墙上，向自己解释说是走累了，要休息一下。

那个自己却道："你分明是怕太紧张，导致失态，所以要停下来调整心态。"

雪华生气了，对自己说："我就当他是个朋友，是他先说我是朋友的。而且他是雇主，对雇主生出什么心思，这违反职业道德。"

这样辩论了一个回合后，雪华冷静下来了，没错，刘老师是雇主，她好不容易才把家政干顺手，找到一条生路，不要节外生枝。她澎湃的心潮平息了些，定了定神，向菜市场走去。拐过弯，一眼就看到刘老师站在门口，正往她来的方向眺望，看到她时，他笑了。幸亏做过心理调整，雪华才能把自己的笑容控制得稳稳的，否则她根本接不住他这经由一上午的等待而酝酿出来的浓烈热情。

今天刘老师要请雪华吃螃蟹，雪华推辞，说太贵了。刘老师就改口说自己想吃，请雪华陪自己吃，这说法每每能逗笑雪华。

刘老师买了四只三两重的母蟹，要烧"螃蟹炒年糕"，地道江南菜。他仔细地用牙刷刷着蟹，洗净后剁成几块，用热油煸炒葱姜丝，再倒入螃蟹大火快炒。放进年糕焖的时候，刘老师手撑着灶台，和正在剥毛豆的雪华谈起一种失传的河蟹吃法：猪油蒸蟹。据说此法起于常熟，民国时曾盛行，可惜现在没有人会做了。扒开蟹壳，将熔化了的猪油倒入其中，将蟹置于装了黄酒的碗中蒸。蟹膏丰盈香浓，猪油醇厚润滑，想来二者融合的味道会很美妙，不过胆固醇应该很高。莫不如"花雕酒蒸蟹"来得清爽，酒香中和了腥气，使蟹倍加鲜甜……用砂锅将鸡块与蟹同煲，名曰"蟹煲鸡"，也很好吃，这是广东做法……

雪华从未听说过这些奇奇怪怪的吃法，西北海鲜少，她家几乎不吃海鲜，最多吃点冰冻海虾。她听得津津有味，此时便插话，说大姑姐这两天正在广东吃烧鹅，看着可诱人。两人再一次感叹起林瑞玲的不按常理出牌。

吃饭时，刘老师拿出一瓶酒，说这花雕是学生送的，给自己倒了一小杯，又要请雪华喝，雪华忙推辞，说自己下午爱犯困，不能喝酒。

刘老师说："不然就小半杯，花雕搭配着蟹黄蟹肉吃，滋味是最美妙的，而且助消化。"

雪华闻得酒香馥郁，见那酒液蜂蜜般橙黄发亮，也觉得诱人，笑道："那我就来一点尝尝。"

刘老师给她倒了小半杯，雪华举起杯，和刘老师碰了下。叮的一声脆响，明明没有什么意义，却让两人开心地笑了起来。雪华啜着酒，觉得口感醇厚绵甜，回味悠长。她夹起一块炒年糕尝着，又糯又弹的年糕条裹满了经由热油爆炒过的蟹黄汁，既有糯米的粮食香甜，又有着蟹的鲜甜，味道果然妙不可言。

第十九章 人间烟火最珍贵

她赞江南美食做法多,刘老师说:"其实广东才是老饕的天堂,我一直想去广东玩来着。如果,如果以后有时间,我可以请你去广东玩。咱们自驾,开着车一路吃过去。广东的每座小城都好吃,每一地都有出名的菜:顺德烧鹅、中山烧乳鸽、阳江鱼生、河源盐焗鸡……"

雪华听得心驰神往,随口应着:"好啊。"

刘老师说:"真的吗?"

雪华一怔,看着他,刘老师微笑着,带了点羞怯的热情。

如果都只是随口说说,类似于"哪天一起吃饭",这不算事;如果对方追了句"好啊,哪天",这个事就严重了。雪华不想这个事情这么严重,脑子急速地转着,岔开话题道:"哎哟,我还不会开车呢。"

刘老师虽然微微有点失望,也松了口气,他怕惹恼雪华,雪华这一打岔恰到好处,他也顺着这话题道:"其实学车无他,唯手熟耳,熟练工种。一个人会开车,世界就广阔多了。自驾游非常有意思,你真该去学学开车。"

两人谈起了开车,气氛重归于轻松。虽只是小半杯酒,雪华也已微醺,她已经很多年没有这么快乐了。吃完,雪华收拾着桌面,刘老师帮着一起收拾,雪华忙阻止,刘老师说动一动,助消化。

两人收拾着,雪华恍惚中有种错觉,觉得在自己的家中,但一瞬间又觉得可笑,几十年来,林志民从来不会帮她做家务,这怎么可能是她的家呢?这是别人的家,曾经有这样一个女人,她可以吃到她男人做的饭,吃完饭后两人一起收拾,原来人间可以有这样的婚姻模式。

那个女人真幸福啊,住在这么好地段的大房子里,在阳光灿烂的大阳台一盆盆地养花!她的幸福戛然而止了,单抛下刘老师一个人怎么活?他才六十岁,余下的二三十年,他这满腹的天文地理、满腔的柔情与呵护,就这样白白浪费了?

从前雪华觉得老年人没有爱情,两颗双鬓斑白的头相拥,对着彼此的皱纹,除了经由对方一再地确认死亡将近外,别无用处。此刻却觉得,假如能和刘老师一起开车去旅游,一路吃过去,那将是何等快乐的一件事。快乐,应该就是爱情了吧……

水龙头的水花溅到热热的脸上,冰凉凉的,惊醒了雪华的胡思乱想。她关了水龙头,手撑在水盆边,发着怔。她出来打工,就是来打工而已,怎能生出这么多旖旎的遐想?

此时,刘老师恰好又往这边走来,她此刻万万无法承受他任何一句温和的话语。谢天谢地,手机恰好在口袋里嗡嗡作响,雪华擦擦手,接通电话,是林越来电,口气很着急,说爸爸胃病加骨折,住院了,但她正在外地出差,而且马上就要第二次直播了,实在走不开,妈妈能不能回去看一眼。

雪华心里咯噔一下,道:"你别着急,好好工作,我这就请假回去。"

雪华在医院见到丈夫时,两人都很不自然。在雪华心目中,林志民已成半个陌生人。林志民则是因为本就愧对妻子,现在这样的狼狈相,又落在妻子眼里,更显得自己失败。但他又窃喜,骨折后朋友们紧急把他送进医院,大刘、慧儿、老牛、老郑四人轮番照顾

第十九章 人间烟火最珍贵

他,照顾了几天之后,大家有点不耐烦起来了。林志民知趣,他们聚在一起,原本为吃喝玩乐,怎可叫人家端屎端尿?但正好是可以把妻子叫回来的节点啊,此时不叫,更待何时?他就给林越打电话,暗示她叫妈妈回来。林越既走不开,也与爸爸想得一致,妈妈和爸爸僵持了这么久,本苦于这结何时能解,正好天遂人愿。

朋友们见雪华终于回来了,都很高兴,一是觉得自己从道义上解脱了;二是中国人历来喜欢破镜重圆结局,看戏的癖好。他们起哄着:"志民,老婆回来了,你可算有人管了。"雪华笑着,并不反驳。

正热闹时,力姐来了。前几天她忙着剪视频,处理和老包的事,没来得及看林志民,今天短暂地抽了个空。她再怎么不食人间烟火,也知道上医院探望病人是该送点礼物的,左手举着一束大大的鲜花,右手提着一袋水果。雪华向她道谢,接过花。两人一照面,均微微一笑。雪华此刻对力姐的感觉与从前完全不同,不知为何,对她多了一份亲切。此番出走赋予雪华不同的心境,她突然在某种程度上能理解力姐。

这红红黄黄造型别致的花束非常大,在床头柜上一摆,其他东西悉数让位。大刘接过那袋水果,打开一看,笑道:"力姐,志民是胃病,你买了这么多香梨和西柚,想整死他呀?"

大家笑,力姐也不以为意,跟着笑道:"梨不是败火吗?全是进口的,贵着呢。他不能吃,你们吃。"她对人间烟火的耐心就这么多,给出一点,象征自己尚在人间,这就够了。而人们也很习惯她这样,不但习惯,而且佩服。

正好是饭点，慧儿已经帮着林志民从医院食堂打来饭，是一碗软烂的面条，上面浇了点土豆肉末。林志民皱眉，说一股大锅煮出来的饭菜的味道，不好吃。大家都看向雪华，让老公吃好，尤其是让生病中的老公吃好，是妻子义不容辞的责任。雪华没说话，只是帮他把一次性筷子掰开，交错着刮了刮毛刺，递给他。大家调侃着雪华，还是得老婆好。力姐并没有加入起哄，一直站在窗边打电话，健身房有人要接手，她忙着议价。

林志民的左腿闭合性骨折，并不算严重，打了夹板，养了两天，可以出院了。医院见家属来了，问要不要出院。林志民说，要！住在医院实在太不舒服了。雪华帮着办了出院手续，两人打了车，一起回了家。力姐的花束实在不好拿，林志民说不然扔了，雪华却说难得人家一片心意，拿着吧。林志民腿不方便，坐后排，但力姐的花束占了车里最大的位置，害得他不得不紧紧贴着窗坐。

到了家，雪华拉开门，屋里一股久不通风的混浊味道扑鼻而来，处处蒙尘。雪华先把沙发擦了擦，让林志民能有个地方坐下，接着拖地，收拾屋子。林志民坐在沙发上，看着妻子忙忙碌碌，恍若隔世。他给正在出差的林越打视频电话，告诉她自己没事，妈妈回来了，又转着镜头，给林越看正在卧室换被套的雪华。

林越正在回京的火车站候车室，看到妈妈在家里忙碌的身影，看到熟悉的摆设，看到爸爸消瘦的脸，又白了一层的头发，眼泪不知不觉流了下来。有什么东西坏了下去，也有什么又好了起来。时光流逝，人们总是要付出一些代价，好在这代价不会白付。

林志民也鼻子发酸，安慰道："我没事，骨折不严重，胃病吃了

第十九章 人间烟火最珍贵

药,以后好好保养也没事。你安心工作,不用惦记。"

林越让他把电话给妈妈。雪华接过电话,林越道:"妈妈,你回家吧,不要再回北京了,以后和我爸爸两人好好过。"

雪华道:"你放心吧,别惦记着,我这头先忙,挂了。"

雪华把家收拾得一如往昔地窗明几净,被套枕巾全换了之后,把林志民搀扶到卧室的床上。林志民躺下,头触到枕头,如释重负的一声呻吟,很快就沉沉睡着了。

他醒来时,窗外已漆黑一片,看看手机,晚上八点了,这一觉他足足睡了四个小时。厨房传来炒菜的声音,客厅亮着橘黄色的落地灯,空气中有炖肉的香味。他不想起床,恍惚忆起某些熟悉的片段。童年的时候,偶尔黄昏时突然困了,饭前先去眯一觉,半梦半醒的间歇,听着外面有大人说话或者厨房炒勺刮擦着锅底的声音,看着外面的灯光,心头也是这样踏实。那是时光在缓慢流淌,而人可以安心地顺着它漂流的懒洋洋的喜悦。

良久,他方坐起身,下床,深一脚浅一脚地挪动着来到客厅。雪华在厨房,看到他已经起床,把砂锅端过来,放到餐桌上,那是一锅香浓的猪骨山药汤。

雪华道:"吃饭吧。"

她的动作一如既往利落,口气如常,像中间这一段长长的出走没有发生过。几十年的夫妻,她犯过错,他也犯过错,两错相抵,水过无痕。他曾经反复克服对她"扶哥魔"行径的不满,像端着一碗有沙子的饭一口口吃掉,她也应该是这样的吧?人偶尔的失控在所难免,所以他赶她走,嘲笑她,冷落她,这些事,她也该像把饭里的沙子一样咽下去。过日子不就是这样？人非完人，孰能无过？一笔勾销吧，都这个岁数了。

雪华还是睡客房，行李箱里的衣服也没拿出来挂在衣柜里。林志民能理解，哪能说和好就和好啊？再过几天，气消了，一切就都恢复正常了。夜里，他依然睡得很香。即使雪华不睡过来，只要想着客房里有个她，有个无言的、忠实的、温乎乎的、活生生的老伴儿，他的心里就有底了。

第二天起床，阳光灿烂，桌上一如从前，摆着丰盛的早餐：现和面现煎的葱油饼，摊鸡蛋，粥是养胃的小米粥。昨晚力姐那束花已经被雪华拆成几束，摆到窗台、餐桌和边柜上，明媚媚的，是均匀点缀的喜悦。

林志民挪动着，坐到了桌边，想起妻子做的羊肉泡馍最好吃。从前早餐的时候她会给他做羊肉泡馍，羊腿肉头天晚上放到电炖锅里，定上时，早起时已炖至软烂。浓郁的汤里撒一点白胡椒粉，馍是去楼下买的，买回来还是热的，泡在汤里吃，外层酥脆，内里软糯又有嚼劲，吃完胃里暖乎乎的。

"好久没吃羊肉泡馍了，明天你给我做吧。"

老婆回来了，他终于告别东一顿西一顿地吃预制菜了，谢天谢地。家常菜的魅力，就在于这样的小火慢炖，一对一的手工定制。当她把这食物端给你时，每一口你都能感受到爱意和被尊重。妻子是个伟大的人，她忍住了日常生活的庸碌、乏味，直接把丰盛热烈的结果给他。有了妻子，他才能忍受这庸常到令人抓狂的日子。为什么要到今天他才发现这一点？幸好他发现了这一点。

第十九章 人间烟火最珍贵

雪华没说话,两人吃完早餐,她收拾着餐具和桌面,道:"昨天下午你睡着的时候,我在网上请了个护工,十点他会来面试,差不多你就用吧。"

林志民大惊,问道:"那你去哪儿呢?"

雪华道:"我要回趟老家,看看我妈和我哥嫂。"

林志民松了口气:"那你一天也就回来了吧?不用护工,我点两顿外卖,凑合一天没事的。"

雪华道:"不回来了,我和公司只请了四天假,好多雇主都在等着我呢。看完他们,我就回北京。"

林志民看她的脸,觉得不像开玩笑,心沉了下去,哀求道:"雪华,我真的错了,原谅我吧。别走了,咱俩好好过日子,不行吗?这个岁数了。"

晚了,她不愿意了。雪华平静地看着他。好好过日子,是指"她好好地伺候他"吗?才吃上免费的早餐,居然又点上菜了,指名道姓要吃羊肉泡馍。她二十几年精心呵护他的胃,他一年就把它毁了。这个岁数了,身体不扛造了,才意识到她这个妻子格外实惠是吗?

过往她觉得奉献是幸福,感谢林志民,毁了这一切。她永远无法找到心甘情愿地做家务的感觉了,在这个家的厨房做饭,每一分钟她都感到屈辱。她在北京做家务,每一分钟都是可以挣钱的;在这个家,她却只能白干,以换取栖身之地。感谢丈夫,让她在初老的年龄知道原来家庭之外的世界那么公平。

雪华道:"前三十年,我一直在给我娘家钱,伤害了你和女儿的利益，我的确应该和你说对不起。但我别无选择，而且想了想，这几十年我家务全包，换算成家政费用，也足以抵销了，所以咱俩互不亏欠。至于亏欠女儿的，我会补偿。从今往后，我挣的钱全部给她攒起来，帮她买房。"

雪华说完，在微信上把护工电话发给林志民，还有一个快递单号，林志民看着微信，一时发愣。

雪华道："闺女公司推出了药膳预制菜套餐，正赶上打八折，二十道菜两百五十八元，我给你下单买了一套。你每顿焖点米饭，也不难，那个预制菜微波炉一打就行。这行就是这样，护工不管做饭，十天半个月的短期保姆又难找。想来想去，这个办法最实用。护工报价一天四百元，用几天你自己和他谈吧。"

林志民苦笑，道："我不想吃预制菜。"

雪华笑了声。她也不想住到许子轩的家里，让周明丽驱赶；她也不想住到废墟里的小村那八平方米的小屋里；她也不想骑着自行车，慌慌张张地赶往雇主家摔了一跤；更不想辛辛苦苦地做了饭，却只能从自己的包里掏出碗筷来，站在异乡形形色色的厨房里吃饭。她不想的事情很多，慢慢去克服，直到有一天做通了自己的思想工作，就想了。人活在世上，要遵循丛林法则。天地不仁，以万物为刍狗，人会变心就是证据。几十年夫妻一朝翻脸不认人，是最残忍的事，这么残忍的事，她都忍下来了，他也必须忍受孤独和寂寞，这是法则。

或者再公平一点，明明应该两口子最亲近，她却一点一滴把家里的血汗钱偷给娘家人，在林志民心中，她也很残忍、很无情，那她认了这个判定。这稀里糊涂一本烂账，到此为止吧。人活在世间就是这么无奈，可谁又称心如意事事周全？

雪华道："那你就自己做，另外不要给闺女打电话告状，不要影响她的工作，你就说护工照顾得很好。"

林志民知道雪华去意已决，急了："我雇你，你一天多少钱？"

雪华道："我不喜欢护理这个工作，只做饭和搞卫生。我现在一小时工价六十，你还抢不上，因为全排满了。"

雪华拉起行李箱出门，林志民本能地起身，一脚深一脚浅地跟在她后面。她这次回来，拖地，洗衣，做饭，插花，他以为是新的开始，没想到是结束。人们对待葬礼一般都很庄重，这不一定代表眷恋，也可能是出于人道主义。他早该知道啊，白和她当了三十二年的夫妻，到现在才明白她是一个怎样的女人。

林志民扶着楼梯，一级一级地跟在她后面，明知道跟不出个结果，却仍是徒劳地跟着。雪华也不管他会不会摔倒，只是提着行李箱下台阶。公婆留下的这个房不好，老房，没电梯，不适合养老。真幸运，他们说好了新公房归她，那里有电梯。

当初离开的时候，她提着行李箱，一级一级下台阶的时候，眼泪一滴一滴往下掉。她知道自己的性格，这样一走，多半是不会回头的。如今她回来了，再次确认，她是不会回头的。走的时候这样想带了赌气，现在这样想却很坚定。丈夫犯的错固然可恨，但还有另外一层原因，那就是外面的世界太有意思了。她有什么必要回来给他免费烧饭洗衣？是北京各种各样的商城不好逛，还是颐和园、圆明园的景色不够美？有时间了还想顺着大姑姐的脚步，开车下江

401

南，把她玩过的地方都玩一遍呢。终于知道这些年林志民为什么使劲往外跑了。

雪华走出楼洞，见林志民还在跟着，回过头，对他说："等下个月公房下来，我会和女儿再回来一趟，到时候我们顺便去民政局，把离婚手续办了吧。"

林志民道："我不会和你离婚的。"

雪华冷笑应道："当初死活要离婚的不是你吗？"

林志民气急败坏，避而不谈，喊："你是不是在北京勾搭上什么人了？"

雪华哼了声："你猜呢。"

第二十章

意料之外，情理之中

第二十章 意料之外，情理之中

雪华包了辆出租车回老家。老家离城里一百多千米，过往如果林志民不开车送她，她就得早早去赶大巴，花半天时间。这两年他陪她回老家的次数越来越少了，真是后知后觉，为什么现在才明白呢？当时还以为他要健身没有时间呢。好在，现在她舍得打车了，三百块钱，两个多小时，她就到家了。自己挣钱，可以过上多么自由的生活。

雪华坐在车里，看着窗外掠过的风景，想，以后可以去学开车。从前她觉得买车、学车这些事都离自己非常遥远，丈夫会就行了，一个女人家，操什么心？现在觉得，方向盘还是掌握在自己手里更自在，想什么时候走，就什么时候走。她在网上看过二手车，便宜的不过三万五万，十万八万的就已经很好了。原来买一辆车，根本不是什么天大的事，从前为什么对这些事情这么敬畏呢？等凑够承诺给女儿的二十万元，以后再挣的钱，也许可以有一部分花在自己身上。刘老师说的开着车到广东自驾游，一路开过去，一路吃过去，这样的生活想想就很爽啊。三五万的二手车，开不到广东吗？

雪华已经一年多没回去看老妈了，去北京之后，大哥和她通过两次电话。他们全信了她去北京帮林越准备结婚事宜的借口，妈妈为了孩子嘛。侄子张宇翔没进城，只在本县县城开了个小门脸儿，专做快餐小炒。钱哪里来？他老婆向娘家要回来十万彩礼，盘的店。雪华鼓起勇气拒绝侄子投奔，自以为是天大的反叛，却什么事都没有。人人都在为自己打算，这天经地义，是她把关系复杂化了。娘家的日子照过，无人来追问你是不是生我们的气了，你这个姑姑太不像话了。如果她早点拒绝，该有多好？

雪华进门时，母亲和兄嫂都歪在沙发上看电视，象征性地看，表示自己醒着、有事做的那种看，因为电视上正在播着极其拙劣的保健品广告。这些年电视台日薄西山，白天时段几乎都被重播的电视剧和垃圾广告占领。母亲和兄嫂这些不会使用智能手机、视力又不好的人，就被抛在旧时光里了。旧时光里的人就是这样，只要醒着，就让电视响着，电视是家的灵魂。看点虚假广告也好啊，还有人愿意骗他们，这证明尚在人间。

见雪华回来，三人都惊喜，唤着雪华的名字。一年多没见，他们更老了，母亲八十五岁了，已是风烛残年，稀疏雪白的头发勉强团成个小小的髻，脸皱得像个干核桃，牙齿几乎全掉光了，由于眼皮松弛耷拉，眼睛看着像睁不开。兄嫂都六十五岁，长年重体力劳动，落下一身病，看着也比同龄人要老。雪华曾有过的被娘家吸血的怨恨，在这一刻烟消云散。怎么可能向这样又老又病弱的三个亲人讨要那二十万元啊？分到她手里的人生的牌就是这样，她只能尽力去打，打不周全也没办法。向谁讨要公平？老天爷吗？

大家拉着家常，三人细细地问着林越在北京怎么样，何时办婚礼。雪华回答小两口感情很好，不过都很忙，可能还要再拖一阵。

第二十章　意料之外，情理之中

她在北京暂时住下了，孩子太忙了，一日三餐不好好吃，她得给做饭收拾屋子。三人连声说是，孩子们在北京不容易。

大哥说起张宇翔夫妻在县城的小炒生意，门面非常小，专做现炒菜，卖盖浇饭、青椒肉丝、西红柿炒鸡蛋、醋熘圆白菜，都是最便宜的家常菜，食客图一口锅气。生意很好，一天挣个三四百元不成问题，就是太辛苦了，没日没夜干，这钱实际上就是两口子的工钱。雪华赞侄子这个路线走对了，现在没有几家餐馆在招人的了，只有开厨师的份儿。他真要进城去打工，找工作会极其困难，还是得自己干。

大家聊着，母亲渐渐合上眼睛。到了这个岁数，活着也是一件辛苦的事，所以她一天动不动就睡过去。雪华怜爱地看着母亲。大哥说："到饭点了，我去打点饭吧。"打饭？雪华很惊讶。大嫂说咱村新开了个食堂，说是国家的什么"一村一食堂"计划，一餐一个人花三到五块钱就能吃饱，对老人来说特别方便。吃了两天，觉得还成。他们都做不动饭了，大哥腰椎间盘突出，不能久站，不能弯腰洗菜，大嫂的手风湿病太厉害，抬都抬不起来了。不过也不是总吃，不然对他们的收入来说还是贵，只在实在不想做饭的时候才去买来吃。

大哥带雪华到院子里，指着前方村超市方向，雪华见旁边起了座长长的白平房，上面挂着"爱心食堂"字样。雪华好奇，和大哥一起去食堂。进了食堂，雪华见里面卖的菜和自己在北京社区食堂看到的大同小异，素菜居多。来买饭的大都是老人，这几年人口外流得厉害，这个原本一千多人的村子，目前就剩几十口人常住了，大都是老人，还有不多几个营生还在村里的中年人。这些弯腰驼背、步履蹒跚的白发老人都是看着雪华长大的，笑着和她打招呼。雪华一一回应，看着那些菜，想了想，道："我既然回来一趟，就别吃食堂了，到超市买点菜，我做饭吧。"

雪华和大哥买了肉和菜，回了家。农村的自建小楼没别的，就是大，厨房也很大。当初大哥保留了个土灶，想着偶尔要吃大灶菜了，可以做。雪华说："今儿咱就用大灶做菜，我也很久没吃大灶菜了，还挺想念这烟熏火燎的味道呢。"

大哥大嫂很高兴，好久没开火了，家里的炉灶只要一动，就显得这个家特别有人气，尤其是大灶。土灶旁堆了一大堆杂柴，天长日久地备着，却没人有心思去用它，此时正好派上用场。雪华开始洗菜，切菜，炒菜。嫂子引火烧柴，三人一边聊天，一边做菜。母亲在噼里咔嚓的炒菜声中醒来，蒙眬的眼里看到柴火的跳跃，鼻子闻到了燃烧的柴火和猪油爆炒菜混合在一起的味道，恍惚间以为回到了几十年前，儿女尚小，土灶炉火正旺，屋顶炊烟袅袅，她咧开没牙的嘴笑了。

雪华给母亲做了软烂的肉末炖老南瓜、蒸蛋羹，给大哥大嫂炒了尖椒肉片、孜然羊肉粒，用圆白菜、西红柿、菠菜混着凉粉做了道粉汤。余生相聚次数不多了，但只要有时间，她仍愿意认认真真地烧制可口的饭菜，与亲人们这样共坐一桌，闲话家常。

妈妈回到爸爸身边，林越心里踏实多了，更加全力以赴地准备第二次直播。全纸包装不只是技术问题，最重要的是成本问题。王闯的要求，根本就是又要马儿跑，又要马儿不吃草。但是预制菜中心这匹马做到了，他们不知疲倦地连跑了三个月，三个月几乎不眠

第二十章 意料之外，情理之中

不休，把这三个月过成了半年，解决了全纸包装耐潮、耐冷、耐热、耐油、便于储存和运输、耐蒸煮的技术问题，还把成本控制在能获微利的范围。

林越有同学在互联网大厂工作，平时总抱怨"996"，但依林越看，工作强度根本没有自己高。掐指一算，她三个月平均每天只睡了四五个小时，瘦了八斤，脱发，焦虑，每天都靠无数杯黑咖啡顶着。宁卓也一样，又瘦又憔悴，再也没有时间健身了，但每天开会，他都会鼓励大家挺住，这只是暂时的项目攻关，等第二次直播结束，就给大家放假。林越烦躁时也会讽刺地想，他把王旭干掉了，迎接的何止是第二次直播胜利？简直是终极胜利。

那天王旭被打之后就回家了，此后再也没有出现在办公室，也没有报警，这事就这样过去了。林越从风言风语中得知，王旭和他的儿子已经被王闯一并停职了，何时回来上班未知。因为照片一事，王闯勃然大怒，连同王旭挑唆王春成和小秦闹事的旧账一并查了出来。侄子和赘婿这一战，终究是赘婿赢了，所以宁卓当然豪情万丈，这是在为他自己的千秋伟业打基础啊。

这天是第二次直播前的最后一次测试，助理煮着料理包，虽然已测试过很多次了，林越还是很紧张，因为今天王闯在场。所有人都在偷偷观察着王闯的脸色，揣测她对这批新产品的态度。王闯盯着锅，开口第一句就是："这批包装有个问题……"

林越浑身紧了一下，心往下沉，其他的话都听不进去了。到底还有什么问题？这批包装，采用了国内最新技术制造的纸盒包装，外包高强度、高柔韧，内包高阻隔，水煮、微波炉加热都没问题，完全符合王闯的要求，已经是整个行业最超前的包装了，还要求什么？真的干不动了，她身上再也榨不出半滴油来了，已经油尽灯枯，常常感到胸闷气短，再不结束这场战役，就要猝死在工位上了……林越恍惚想着，眼眶发热，嗓子里哽着一个大硬块。

此时王闯问道："林越，你怎么了？"

林越发现自己畏惧王闯已经到了骨头里了，因为她的眼泪瞬间被吓回去了，怨恨也消失无踪。她强笑道："没有，就是最近有点过敏，眼睛总发痒。"

她揉了揉眼睛，咳了下，调整了下表情。宁卓担心地看了她一眼，他也紧张不已，没有人在王闯的要求下不紧张。但他仍开口替她说话道："大家最近加班加得太狠了，可能有点累。"怕惹恼王闯，他赶紧强笑了下。

王闯不理睬，道："设计不够个性，就不容易让消费者有分享欲。我昨天看了一款爆款酸菜鱼，它那个包装就是一条鱼的形状，特别有巧思，我在小红书上看到的。人家就能做到这一点，让消费者买完之后，还有兴趣拍下来在社交媒体分享，你们要学习。"

她兴致勃勃地找出那条帖子，给大家看。大家传看着，无论是看没看进去，点头如捣蒜总是没错的，包括林越。她抬头，看到宁卓，彼此都看到了眼中的如释重负和一点自嘲的苦笑。

第二场直播喊出"以纸代塑，全产业链环保，美食原汁原味"口号，再获全胜。王闯当然不是只喊口号，而是巧妙地把自己真真假假的人生经历融入直播。比如她说小时候去买烧饼，刚出炉的芝麻烧饼，小贩会用纸给包起来，那种草纸很粗糙，用芦苇和麦秸秆

第二十章 意料之外，情理之中

做的，还能清晰地看到一小段一小段的植物纤维。为什么叫草纸？因为真的用植物做的。从前觉得很土，现在却突然觉得那才是纯天然的包装。王家预制菜采用的全新纸包装，从纸盒到内里的覆膜都是由甘蔗渣压制的，不但加热时不会造成塑料微颗粒释放，而且丢弃时也会很快降解，不会污染环境。王家笋炒腊肉，选用"三肥七瘦"黄金比例将新鲜优质猪肉制成腊肉，搭配莫干山鲜笋晒的笋干，炒成香喷喷的下饭菜。这么纯天然的美食，用这么环保的材质包装，美味完全不会走样……

王闯口若悬河，各种乡土传说、各地民间风俗信手拈来。林越在一旁拆包递给她，帮着点上火，一边微笑着搭话。三个小时的直播，如跑一场全程马拉松。林越尽力往前跑，跑得精疲力竭，双腿千斤重，根本无心去领受路旁的喝彩声，只想一头栽倒再也不起来，但遥遥看到终点门时，又忘了疲惫，只是咬着牙，拼命跑。结束语响起，则是撞破终点门的那一道彩虹线，林越强撑着等到导播示意可以结束后，僵着笑容，机械地走出直播区域，走到休息室，瘫倒在沙发上。耳边传来了嘈杂的说话声，那是同事们在兴奋地说着弹幕刷屏、又爆单了之类的话。但她一句也没往心里去，整个人是木的。这时王闯坐到她身边，这次直播，她的体力已经恢复了，倒是林越像是大病一场。

王闯虽也疲惫，精神却很好，笑吟吟地看着林越，问："怎么？三个小时就把你累垮了？"

林越心想你天天睡得香吃得好，好几个保健师在家里帮你复健，我又出差又加班，还要直播三小时，能一样吗？她扯扯嘴角，

411

连笑都没有力气了。

王闯打量着林越，眼神非常复杂，是赞许，又像是怜惜她这么辛苦，点着头，若有所思道："林越，嗯，很不错。"

宁卓坐在对面，察言观色，道："要是没事，先回去休息吧，你已经连续加班三个月了。"

王闯发话："回去休息吧。"

林越道谢，起身。她知道王闯还要带着宁卓和几个高管去庆贺二次直播爆单，宁卓在不久前也暗示过，二次直播成功后，他将向老太太申请把林越提升为总监，并再次加薪。她应该和王闯和高管们走得更近些，但现在她只想回到家，好好睡一觉。

林越这一觉睡得天昏地暗，连晚饭都没吃。雪华没叫她，知道女儿累得太狠了。这几个月她有好几次都想叫林越不然别干了，这么干下去得过劳死，林越安慰，这一次是特殊任务，以后产品再怎么调整，也不会像这次这么难了。雪华知道女儿不可能不干，就像她自己特别珍惜家政这份工作一样。工作是她们在北京的立足点，没有工作，她们就如浮萍一样，在北京四处漂流。雪华只能尽可能地抽出时间，为女儿精心炖好肉汤，炒好菜，让她下班后回到家热一热就能吃。

林越这一觉睡到第二天，睁开眼，已是早晨七点。晨光清澈，她的脑子也一片清明。这场酣睡像大雨，洗去疲惫的污尘，她恍如隔世，也许人升级打怪成功后，都会有这种感觉。她感到自豪，又顶住了一次淬炼。从今往后，无论多重、多急、多难的工作，都难不倒她。她甚至对王闯升起一份感激之情，要不是王闯拿着鞭子疾

第二十章　意料之外，情理之中

声厉色地在后面抽着，她怎么知道自己居然有这么巨大的潜能？下一秒，她又笑话自己，这可能是斯德哥尔摩综合征吧？

雪华已备下丰盛早餐，昨晚没吃饭，林越饿坏了，雪华看着她狼吞虎咽地吃，又心疼又欣慰。睡够了的林越脸上脱去那层萎靡的灰色，神情也不复沉重焦虑，眉头舒展了些。她问起爸爸的情况，雪华说不要担心，他正吃着你们的药膳预制菜呢。林越咽下粥，笑了，原来妈妈是有点恶趣味在身上的。

雪华道："你们那说明书上可白纸黑字写着呢，薏仁猪肚鸡汤、虫草百合鸭肉汤，养胃健脾。"

雪华避重就轻，但林越还是知道了妈妈死不回头的决心。她终于放弃劝他们重归于好的念头了，妈妈劝不动她和许子轩和好，为什么她这么自负，一定要说服妈妈呢？可能潜意识里有鄙视链吧，认为老年人的自尊没有年轻人的自尊重要。爸爸曾经对她"都这个岁数了"这句话反应非常激烈，可见自己对父母也不够了解。也许妈妈开始享受在北京的生活，像爸爸当初策马奔腾，要抓住夕阳最后一抹余晖一样。

林越去上班，走在路上脚步轻松，周围的一切都显得那么明丽可爱。她失去了所谓的"婚姻"，但事业蒸蒸日上。原来想和世界产生深度联结，不用通过男人这个中间商。

林越来到公司，同事们都在告诉她，第二批货有多热销，客服部门又接电话接到手软，跟着抱怨也许马上又得出差了。林越并不怕，其实她还是没彻底休息过来，三个月的过劳应该要用三个月的休息才能弥补，但奔波在路上让她感到充实。再说宁卓已经答应要给她争取升职加薪了，照自己这个努力程度，没准儿再过几年，她就能在现在这个小区付个小房的首付。走路就能上班的小房，和妈妈可以安心居住的小房……正心驰神往，宁卓在微信上叫她去他的办公室。

来到办公室，坐到宁卓对面，他却迟迟不说话，林越觉得奇怪，难道王闯又布置下什么超高难度的任务了吗？她一阵畏惧，但又立刻想，她有多累，宁卓就有多累，只会更累，为什么他就从来没有她这样的畏难情绪呢？不要怕，只要在他的领导下，和他并肩作战，多难她也不怕。

林越等着，宁卓却沉吟着，迟迟不开口。又微垂下眼，看着桌边的笔筒。一种遥远的不祥预感隐隐地升上心头，林越渐渐悟到什么，强撑着。

"宁总，有什么事您可以直说。"

宁卓抬头，很快道："你被辞退了。"他说得这么快，像是如果不这么快，这话他就说不完，会中途放弃。他说完，眼神直视着她，一秒，两秒……他要挑战自己，越无情，越能成就伟业。但终究修为还不够，在第三秒钟时败给良心，眼神微微移开，再次看着桌上的笔筒。

林越看着他，那张嘴几天前还在说要为她争取升职到总监，是她大意了，妈妈转告过许子轩的话，王家人早就把他们的过从甚密看在眼里。王闯怕影响二次直播，才一直忍到现在。她终于明白王闯昨天为何看她的眼神如此复杂了，谁戏耍这样一个工作到快过劳死的可怜人，心里不泛起点波澜呢？

第二十章　意料之外，情理之中

林越想质问，想痛骂，想哭泣，却一句话也说不出来。宁卓垂着头去看自己的手，他要用这样无助的姿态让她知道，他也做不了主，其实他什么都做不了主，他和王旭一样，只是王闯手里的一枚棋子而已。

他来上班，刚坐下，王闯打电话告诉他，把林越开掉，如薇不想再在公司见到这个女人。宁卓愕然，问为什么，随即又意识到为什么，慌乱解释说只是欣赏她的才干，她能为公司所用，他们之间清清白白。他刚说了两句，王闯就打断说不用再解释。他挣扎着，又说可不可以让人力和她谈。王闯说不，如薇要你亲口把她开掉。

王如薇不直接和他说，是不想和他吵架，从前他们就为这类事吵过，这阵子她在家也从来没有提过这件事，她知道他怕王闯，她这个中间商说话不一定好使。王闯和他讲，他连屁都不敢放一个。王旭走了，那个挡在他和王闯母女中间的人走了，他终于要直面这个事实：他的日子难过，其实和王旭无关。

林越瞪着宁卓，他那天还说，他历来是我本位思考，任何人也别想永远拿捏他，这是他太过自负了。王闯一个眼神，就能把他打回原形。又或者，他的确是我本位思考，涉及尊严时，他会挥动拳头，但开除她，并不影响他的尊严分毫。她算什么东西？他曾以大哥、人生导师、保护者自居，如今看来不过是虚张声势而已。

太孤独了。她一直以为的那种默契，即使刨去一点点暧昧的成分，由战友般的情谊和同为凤凰的野心与痛苦构成的默契，原来从不曾存在。此刻，那天在王家别墅他开车疾驰离开时的屈辱又升上心头了。她以为她是谁？被驱逐，也许正是一直自作多情要付的代价。

该怎么追问为什么，为什么开除她呢？人们以为他们有私情，他们什么都没有发生，但私情又分明在她心底，她不算枉担虚名。她无辜，又并非无辜。王闯母女的嗅觉真敏锐，她早该离开。

　　好孤独，这种感觉，那天离开许子轩家的时候也有。但想想当时自己是怎么干的吧，她平静地收拾着东西，挺着脊背拉起行李箱离开，一点也不曾失态。是的，她可以做到这一点。当天她可以，现在依然可以。

　　林越道："人力已经知道了吧？"

　　宁卓微微点头。

　　林越道："好的，我这就去办离职手续。"

　　宁卓道："我和人力说的是你主动辞职，不过该给的补偿金还是会为你争取。"这是他能为她做的最后一件事了。

　　林越点点头，起身离开。她如此镇定，她为自己而骄傲。她挺直的背甚至一直到走出公司大楼的门，走在大街上，走进小区，都不曾松懈。她不只是为了让宁卓和公司的人看看她有多坚强，而是整条街，甚至整个北京，都不能看到她的狼狈。

　　雪华还在家里忙忙碌碌地炖肉、炒菜。她把这些东西备好，女儿回来热一热就可以吃了。正忙着，却见林越回来了，手里提着两个大塑料袋。她还以为林越又要出差呢，从厨房走出来，嘴里埋怨着说"你们公司真把你当大牲口使了"，一出来却见林越颓败的神情，意识到不对，再看看她手中的塑料袋，里面装着杯子、剪刀、纸巾、一小盆绿植，还有若干本子、书、大文具夹等物品。雪华没有在职场上待过，也知道这是离职了，才会从工位上带回来的东西。

第二十章　意料之外，情理之中

林越放下东西，此刻才泄下那口气，瘫倒在沙发上，半晌开始哭，越哭越伤心，无声地哭。她在"王家菜"集团待了八年，八年，足够一个人和一家公司之间长出血肉，离别时要撕扯这血肉，谁能不痛？更何况她心中还有难言之隐。

雪华坐在她身边，也觉得难过，又隐隐释然。等到林越渐渐缓过劲来，她安慰道："离开是对的，再待下去，对你只有坏处。"

林越红着鼻头，擤着鼻涕，仍在抽泣着。

"你不要再骗自己了，你喜欢宁卓。但你不能喜欢他，他也不会喜欢你。"

这句话让她再度失控，她的眼泪是因为离开公司而流的吗？就在公司宣布预制菜改革之前，她难道没有数次想跳槽的念头吗？假如没有宁卓这个事，她会这么难过吗？为什么这个人要这样出现，把原本一桩简单的事搞得这么复杂呢？

更加可恨的是，他们之间其实什么也没有。宁卓对她的确是亲近了些，但那全部是因为工作，想想吧，从共事以来到现在，他有说过任何一句涉及对她的感情之类的话吗？没有，一句也没有，所以其实只是她单方面在心底用力过度地对他。

林越擤着鼻子，对雪华道："你到底在发什么神经啊……三番两次地说我喜欢宁卓，我根本从来没有喜欢过他。谁突然被辞退不会哭呢？不要在这里乱猜好不好？"

雪华将信将疑，问："真的吗？"

打死也不能承认，不能。这既然是难言之隐，就让它死在心底，永不见光。林越吼道："当然是真的！"

第二十一章

萍水相逢了无痕

第二十一章　萍水相逢了无痕

林越得到了十六个月的补偿金，以离职时的税后月薪计。不算多，也是一笔钱。雪华让她休息一段时间再说，不要着急找工作。

林越从前为着上班方便，租了这个房，此刻却觉得离公司越近越扎心。每天醒来，走出小区，走几步，就能看到对面"王家菜"的办公楼，楼下就是总店，"王家菜"三个金字闪闪发光，刺痛着她。她走了，对于集团来说如水过无痕，对于宁卓来说应该也是。她转身往相反的方向走去，其实也不知道去哪里，但往相反的方向总是没错的。

今天是雪华最后一天为刘老师做饭，前两个月服务期结束后，刘老师又续了一个月，到今天，整三个月的服务结束了。雪华不缺单子，刘老师不买她的服务，组长很快会把她的档期排满。但雪华很失落，每天能来见刘老师一次，她已渐渐习惯。雪华向自己辩解说，其实那几个固定客户，比如那两个养猫的女孩，她也对她们产生感情了，而她们对她也很好，有时甚至会喊她"雪华妈妈"。她并不想和刘老师发生点什么，仅仅是出于人与人之间萍水相逢的一段缘分要结束了的怅然。

这失落里还掺杂了女儿被辞退的难过，原来她们在北京的每一处锚点，并不牢靠。工作会丢，人会离开，朋友会变成陌生人。这就是北京，它时刻都在波动，在调整。如广阔的河面上水流湍急，她们划着小舟，没有一刻敢放松，要顺着水流的方向而为，还要随时留意河道两旁的大石头及大树的枝杈，否则小舟就会倾覆。极大的不确定性既是北京的魅力，也是它的残酷。

雪华心情不好，刘老师看出来了，他心中也涌动着许多想说的话，但觉得不到时候，也许等这一餐饭结束时，等雪华要离开时，他才有勇气讲出来。两人都沉默，刘老师又拿出一瓶花雕酒，给雪华和自己倒上。雪华也不推辞，两人碰杯。两人熟了之后，渐渐这样，把这三个小时过成了老夫老妻模样，她做饭，他打下手，两人一起吃饭，都喝上一杯，吃完两人一起收拾。原来在婚姻外和异性有这么一段，令人如此沉醉。林志民也是寻得了这种乐趣，才天天围着力姐转吧？

刘老师真的不错，虽然六十岁了，但身体很好，退休金也高。如果和林志民离了婚，他倒是个理想的再婚对象。最主要的是，他是北京人，他有房，他缺一个妻子，而且看上去挺喜欢自己的。她们母女在北京漂着，真的太辛苦了，假如，假如她能有这样一处落脚地，女儿是不是也可以稳定一点呢……

此时门锁被拧动，刘雯佳提着个袋子走进来，叫了声"爸"，一抬头见雪华也坐在桌边吃饭，两人正举杯喝酒，气氛和谐，不由得微微一怔。刘老师说："来了，我们吃饭呢。"雪华看到她的表情，意识到不对，赶紧起身，心中那点遐想已吓得无影无踪。

刘老师却很淡定，说："坐，坐下吃，雪华。"

第二十一章　萍水相逢了无痕

他向女儿解释道:"我叫她陪我吃的,一个人吃没意思。"

雪华讷讷道:"我还是上厨房吃吧。"

刘雯佳道:"没事,雪华阿姨,您陪我爸吃吧。"

雪华拘谨地坐下,不再能轻松地谈笑,草草吃了饭,见刘老师吃完,赶紧收拾着桌面。刘老师喝了酒,已至微醺,坐在沙发上飘飘然。刘雯佳今天来,原是来给送药,顺便来看他的。父女俩在沙发上说话,刘雯佳话里有话说:"这一年多了,头回见您喝酒呀。"刘老师心不在焉,眼看着雪华在厨房忙碌,喊了句:"雪华,你要是累,就放着,我来收拾。"

刘雯佳又一怔,雪华赶紧扬声道:"哪能啊,刘老师您真会开玩笑,哈哈哈。"

跟着雪华下意识一看刘雯佳,两人什么也没说,雪华却从刘雯佳眼神里品出许多意味来,心里暗暗叫苦。

雪华收拾完餐厅和厨房,出来向父女告别。这是她最后一天服务,照理说刘雯佳会和她谈一谈,要么续约,不续的话也客气两句,赞扬一下她这段时间的服务,为这段短期雇佣关系画上句号。但刘雯佳只是摆摆手,淡淡一笑。而刘老师居然也没有说什么,只是眼睁睁地看着她背起包走出门。

雪华走出楼门口,每走远一步,就难过一分。没走几步路,感觉累得背不动包,她慌乱地四顾,想找辆共享单车骑,可找半天也没有找到。她又走了几步,坐到绿化带的水泥隔断上,一时不知所措,心头又难过又混乱。这时她理解了女儿,女儿必是很喜欢宁卓,才会在这样猝不及防地被迫离职后大哭,因为这意味着他们以后不会再见面了，就像她和刘老师一样。萍水相逢真是一件折磨人的事情。

其实她有刘老师的微信，大可随时联系，但她是有自尊的一个人啊，没有工作上的需要，和刘老师有什么联系的理由呢？没有工作上的需要，刘老师联系她，还要不要见他呢？当然不能见。这种感情只是这几个月天天见面才培养出来的，只要不见，很快就会消失。可能正是因为注定要消失，才显得这样迷人吧。她居然对丈夫之外的一个男人产生这样的感情，这太可怕了。雪华此刻急需和谁说说话来转移注意力，躲过对自己的考问，再不干点什么，她快跟自己交代不过去了。当然是大姑姐，永远的大姑姐，谢天谢地，还有大姑姐。

雪华拨通林瑞玲的电话，林瑞玲秒接，镜头那边看着很热闹，像是在一个游乐场，背景声里非常嘈杂。

林瑞玲大声道："雪华，我在迪士尼。"

雪华惊讶道："你又回上海了？"

林瑞玲道："是啊，我玩得差不多了，突然想起来，菲菲和美琪都带孩子来过迪士尼，当时回去之后他们一直在说有多好玩多好玩，那个地方不只是给孩子玩的，也是给大人玩的，从前想玩还得去香港呢，我一想我死之前也去不了香港了。"

她把镜头的自拍调成后置拍摄，代替了没说完的话："所以我就来到了上海迪士尼。"镜头里盛大的花车游行，喧天的乐声中，一辆接一辆造型奇特、装饰得无比华丽的花车缓缓驶过，迪士尼的经典童话人物们依次出现，或欢歌热舞，或招手示意。此刻，真假之间没有了壁垒。什么是真,什么是假呢?活着应该只有一种正确的方式:人们欢聚,什么目的也没有,只为乐一把。孩子们早就比成年人更懂得这个道理,他们玩着玩着,玩出了另一个宇宙,并把成年人也裹挟进来。看看吧,在场的成年人,哪个脸上不绽放着灿烂的笑容,哪个不蹦得和孩子一样高,喊得和孩子一样大声?

林瑞玲说:"雪华,以前你知道的,我走几步,就累得不行,腰酸背痛。真奇怪啊,我出来这么久,每天走个不停,一点也不累呢。"她一边说,一边喘气。她怎么可能不累?但她太高兴了,这高兴抵消了累。

雪华笑着,也大声喊着:"花钱玩,当然不会累。"

林瑞玲道:"但我哭了好几场,刚才听那个什么奇缘,把我听哭了。两个女孩,可漂亮了,一个穿蓝裙子,一个披红披风。"

林瑞玲很遗憾无法精准地向雪华描述在剧场听《冰雪奇缘》时的感受,歌声里的情感太复杂了:由一开始的低吟徘徊、犹豫试探、不甘心、奋力挣扎到激越高亢,有一股劲儿从谷底往上爬,一直爬,速度越来越快,直蹿天空,终于在云际引爆,炸成满天燃烧的激情。高潮部分全场大合唱,声音响彻剧场。林瑞玲在壮观的大合唱中起了浑身的鸡皮疙瘩,哭着,也不明白哭什么,总之就是一直一直遗憾。一个人意识到自己永远地错过什么,而又来不及挽回了,才会这样哭。

演出有多壮美,林瑞玲走出剧场时就有多失落,幸好还有花车巡游。总之这迪士尼乐园就像从人间单辟出来的一小块天堂,进了这极乐世界,每一个角落都有趣,每一分钟都有高潮。她很快高兴起来，兴致勃勃地到处走着，看着，哪里有人群，她就凑过去。乐声响起，她在人群中快乐地起舞，脸上烧起红晕。奇幻旅程快结束了，她久久不愿意离去。

雪华觉得林瑞玲这趟旅程很明智，如果生活卡顿在某个节点上，不妨先离开一会儿，换个心境，也许下一刻人生就顺畅了。她进而又想到，对刘老师产生依恋，不过是暂时的。刘雯佳当初请她的时候不是说了，养成一种习惯需要二十一天，只要从今天开始不再见他，二十一天之后，就不会难受了。目前这种感情不过是像使惯了的一只杯子摔坏了，种的一盆花死了，轻微的失去感，它不严重。雪华的心情稍微平复了些，起身往前走去。

林越可以想象同事们会怎么议论，她走得太突然了。在网络上她每天都可以刷到关于王家预制菜全纸包装的报道，这次策划真的大获成功，王家预制菜夯实了第一次直播的效应，抹去塑料包装释放微颗粒的负面效应，并引发了行业关于包装升级的讨论热潮。

公司谁都知道，这里面有林越这个产品经理不可磨灭的贡献。这样一个功臣突然在高光时刻离开，她犯的错误必是严重到无法将功抵过了。是什么样的错误呢？只有任人评说罢了。但没有人来微信上问她，她也不是一个爱发朋友圈的人，同事们仍在发着加班、产品研发、出差的朋友圈，她也不再评论和点赞了。一周，两周，渐渐地，林越觉得自己已经和"王家菜"集团没什么关系了。

宁卓一直没有联系她，从前他会发朋友圈，但几乎全是工作内容，不过他的朋友圈设的是仅一个月可见，最新一条是第二次直播爆单后的庆祝内容，自林越走后那天起，他也再没发过朋友圈。也

第二十一章　萍水相逢了无痕

许他会发，只不过把她屏蔽了。

朋友圈分组屏蔽一个人，是很常见的一件事。貌似此人不爱发朋友圈，实则在另一个空间里活跃得很，不过他的生活不打算向你敞开而已。那么对于你来说，这个人和不存在也没什么区别。林越几次想把他的号删掉，却没有下手。她向自己解释，这个人不重要，就让他像个僵尸一样在朋友列表里趴着吧，特地删除，倒显出他的重要性了。

合作方们渐渐知道她离开的消息了，来打听，她一概回答："太辛苦了，'007'的工作对身体伤害太大，打算休息一阵。"有几个合作方便来邀请，休息够了可以考虑来公司上班，我们没有王老太那么周扒皮。预制菜产业大热，到处缺人，林越这样成熟的产品经理，又具备一点知名度，是抢手的香饽饽。林越还不想上班，一则没休息透，深深的疲惫感尚渗透在骨髓里；二则这个事来得太突然，一个人离开待了八年的公司，风华正茂的八年啊，怎么也有种一脚踩空的失重感，何况还是那样一个人亲手把她开掉的。

她每天起床，买菜，做中午饭，打扫屋子，睡午觉，再起床，准备做晚饭。妈妈每天那么忙，这回倒过来，她来照顾妈妈。雪华中午和晚上都在外面吃，晚上九点钟回来，总有一个井井有条的家在等着她，换下的脏衣服洗完又晾干，叠得整整齐齐收在五斗柜里；一盘切成小块的苹果和哈密瓜插着牙签，递到她手里。

雪华干家政，有大量的清洁洗涤工作，虽然会戴橡胶手套，但是有一些活儿必须裸手干。比如洗碗，有许多家庭的厨房没有条件安洗碗机，她必须一个个洗，戴手套无法感受到是否把碗洗到洁净发涩，油是否已彻底洗掉。所以她的手伤得很厉害，手背皮肤皲裂，手指长着细密的裂纹，像干涸的土地，指缝边都起了毛刺。林越买来专门护手的马油和手套，每晚给妈妈的手上厚厚地涂上油，细细按摩，再给她戴上手套，这样养护一晚，皮肤就会恢复很多。雪华每晚回来，要把抹布和拖布洗净晾干，这些活儿林越也帮她干。

雪华半辈子习惯照顾别人，这回让女儿照顾，她有种懒洋洋的喜悦，同时也体会了一把丈夫的感受。原来在外奔波一天，回到家，有人侍候，是这种美妙的滋味。既有"家庭顶梁柱"的充实，又有别人服务到每一根毛孔的惬意，并且因为自己是挣钱的那一个人，接受服务心安理得，还有种自豪感呢，人的确还是上班的好。林越却觉得心酸，妈妈总心疼她上班时的工作量大，其实妈妈的这份钱又岂是好挣的？人哪，活在这个世界上，没有一分钱是白来的。

这天，林越下楼买菜，走出楼门口却碰见了许子轩，她大吃一惊。许子轩赶紧上前解释说是让王晓辉在公司问人，辗转得知她家地址的，没有暗地里跟踪她。林越警惕地看着他，许子轩有点伤心，道："你放心，我不是追上门来泼硫酸的变态。只不过，我还是想见到你，和你谈谈，我知道你从公司走了，现在总算不忙了，可以见我了吧？"

两人去了附近的咖啡厅，许子轩见她连家门都不让进，更伤心了。这几个月以来，他思念成疾，瘦了一大圈，她也瘦了，但绝对不是和他一样的原因。许子轩看着林越，在她眼里看不到一丝情感，只有疑惑和戒备，忽然悟到了，林越从来没有爱过他。

不错，接吻的时候她心跳很快，抚摩她的时候能感觉到她因

第二十一章 萍水相逢了无痕

战栗而起了鸡皮疙瘩,但那是本能的性反应。只要她并不反感眼前这个男人,甚至都不用谈到爱,靠本能,她就能有这样的反应。她靠这浅浅的爱和他维持了三年。而后来,因为家务和房产纠纷,连那浅浅的爱也没有了。因为这爱太浅,所以她才会对家务那样计较吧?是他没有魅力,没能让她深深地爱上他。

许子轩心里火烧火燎的,伴随着强烈的耻辱,恨意重重滋生出来。倒也好,他今日前来,本就需要恨作为驱动力的。

他道:"知道你为什么被开除吗?"

林越喝着咖啡,没回答。

"王如薇不允许宁卓身边有任何一个女人,本来预制菜中心和宁卓共事的人,一个女员工也不能有的,后来王如薇被王闯痛骂了一顿,宁卓这才能在用人的时候不忌性别。但你俩交往太密切了,你迟早是会被干掉的。本来第一次直播成功后你就会出局的,但活儿太多,任务赶任务,一时没机会,才容你到第二次直播。"

林越面上若无其事,脑子里却在拼命复盘第一次直播后的情形,原来在预制菜中心的每一天,她都踩着钢丝和地雷闯关而不自知。许子轩知道她在凝神思考,怜悯地笑了笑。

"王家菜"集团就像一个斗兽场,侄子派和赘婿派呐喊着,红了眼,冲上去乱砍乱杀,誓要分出个胜负。王闯及王家其他人坐在高处,悠然看着他们厮杀。场中人完全不知自己命运如何,连他这个在门口听动静的人,都比场中人要更知晓他们的下场。

他的笑容令林越反感,她反问道:"你和我说这些东西,想干什么呢?"

许子轩道："今天上午，宁卓被开除了。"

林越大吃一惊，本能问道："为什么？"

许子轩妒火中烧，讥笑道："你瞧，你就是那么关心他，露馅了吧？还敢说不喜欢他？"

林越道："你发什么神经？跑来说这些，不就是想让我关心吗？我关心了，你又卖关子，不说算了，我本来也不是很在意。"

她端起咖啡悠然喝着，许子轩却又忍不住道："因为王旭调查发现，宁卓把他的弟弟宁博介绍到'王家菜'集团肉类供应商'强农肉联公司'的北京分公司上班。"

林越愕然，之前听妈妈说宁博不干外卖了，去了家公司上班，原来去的是那里。

"王旭举报宁卓大肆利用集团的资源结党营私，以权谋私，宁卓根本解释不清楚，因为宁博就在销售部上班，你说他想干什么？"

许子轩想起王晓辉学王旭说话的口气，他也依样学着王晓辉。他这个三传手力求把宁卓如何卑贱且阴暗，而王家又如何识破他卑贱且阴暗的那一幕，原汁原味地告诉林越。

在王家客厅，王旭说："看过韩国电影《寄生虫》没有？富人打开一条缝，穷人就会钻进来，像蟑螂一样，开始扎窝，生出一堆崽子。又像真菌四处蔓延，藏在黑暗的角落里，顺着湿气爬到你的地下室，怎么杀也杀不死。一个夜总会的头牌男公关都敢弄进家里来，将来死都不知道怎么死的。"

王闯面色阴沉，王如薇大叫着"你给我滚出去"，但王旭充耳不闻，声音平静而坚定："宁大鹏有三个弟弟，大弟弟已经杀进集团的

第二十一章　萍水相逢了无痕

业务里了，二弟弟马上大学毕业，三弟弟高考完了，再过四年大学毕业也来了。等你和他有孩子之后，宁家就像特洛伊木马一样杀进王家，永远都赶不走了。你们母女是斗不过这么多男人的，这种兄弟众多的穷人家庭，碰都别碰一下。"

王如薇跳起来，抓起茶杯兜头往王旭脸上砸。王旭一边躲着，一边仍高声冷笑着说："上门媳妇软趴趴，上门女婿杀全家。任何一个有自尊心的男人，都不可能容忍女人骑在自己头上。一旦得到机会，他必反杀——"

王旭说到这里，王闯起身，啪地猛扇了他一巴掌。王旭呆住。

王闯冷笑道："也包括你这种男人吧？这些年难为你在我的公司忍气吞声了。滚吧，你找自媒体泼包装袋的脏水我不再追究，回去告诉你爸，这辈子我们恩断义绝，不得踏入公司和我家半步。再来惹我，立刻送你坐牢，你采购贪污的烂账就在我抽屉里放着呢。"趁着她最虚弱的那三年，他着实捞了一笔。

这番转述听得林越相当震撼，许子轩也久久沉浸在如此狗血的场面里。林越琢磨着，道："现在工作不好找，宁卓因为和这些合作方熟，顺手把自己的弟弟推荐过去，这也不算什么以权谋私吧？而且集团的肉类供应商一直是强农肉联的山东总部公司，北京分公司刚成立不久，也没什么业务交集。"

许子轩冷笑道："这你就错了，无论他有什么用意，这么做犯了王闯的大忌。谈谈恋爱怎么样都可以，动她的生意资源那就死定了。王闯是个控制狂，被害妄想很严重，如果不是这样，'王家菜'集团也不会三十年来只有她一个人苦苦支撑着，连个职业经理人都留不下，内部也培养不起来一个能接班的人。"

但是王闯终究还是赢了，她默默蛰伏，熬过了奄奄一息的三年，即使知道宁卓是个危险人物，也咬着牙用他。等到缓过劲儿来了，转型初见曙光了，立刻将宁卓干掉。姜还是老的辣，要没有这份坚韧，王闯怎能创下这偌大的家业？

林越道："这些和我有什么关系呢？宁卓无缘无故把我开了，我本来也挺恨他的，他被开掉我高兴，你不高兴吗？"

许子轩一时语塞。林越冷笑了声，越看他越觉得猥琐，怎么就这么爱嚼舌根呢？

许子轩缓了缓，换上温和语调，道："林越，咱俩和好吧。那个房已经在我名下了，你现在失业，没收入。我们结婚，房产证可以加名，你解决了生存的问题，可以慢慢想想以后的生活怎么规划。我父母说过不会再干涉我们，我也会学着做家务的。你说我的那些都是对的，我从前的确没有经营家庭的概念，我正在改。"

他想起怎么在家里头一次睁开眼睛，看到满屋的活儿。原来地不擦，两天就脏了；原来垃圾不及时倒，垃圾桶不清洗，的确会发臭；原来脏衣服不会自动飘进洗衣机里把自己洗净，再飘到阳台把自己晾干，并自动叠好飘进衣柜。林越说过的一桩桩家务，他列了个清单，每天去一点点对照，检查自己做了没。他换了心境，这点点滴滴做起来就不再那么烦，竟有了养成的乐趣。

林越见他那样，又感到意外，神色变得柔和。许子轩紧紧盯着她的脸，捕捉着每一丝表情变化。她先是深思，微有开朗，但眉头又蹙起来，眼神再度回到许子轩脸上时，他心一沉。

第二十一章 萍水相逢了无痕

果然，林越说："我觉得我不适合结婚。"

许子轩道："不，我觉得你很适合，你只是被我父母给吓怕了。我说过，他们不会再干涉我们了。"

林越道："我从前做家务，是忍着才做的。做饭，拖地，洗衣服，我样样都讨厌。说实话，我对家务已经有应激障碍了，如果我们结婚，你能家务全包吗？以后有孩子，你能带孩子吗？我想专心搞事业。"

许子轩张着口，他先前以为她这么说，是故意为之，哪有女人敢叫男人家务全包的？她不过是在说气话，说过头话而已。

林越加了句："真的，我一点家务也不想做，可以吗？"

许子轩笑了声，恼火道："你不想回头没关系，我先给你打个预防针，千万不要和宁卓在一起。现在他被王家扫地出门了，可能会来找你接盘。你记住，谁和他在一起都不会幸福的。"

他凑近，再次露出一些鬼祟的神色："宁卓这个人，所有女人都只是他往上爬的台阶。你知道吗？他原先有一个青梅竹马的女朋友，高中同学，是他老家隔壁村的，和他一样家里穷得叮当响，一直谈到大学毕业，你猜他们为什么分手？"

他顿了顿，道："因为那一年他去了五星级酒店上班，认识了那个莉姐。"

他以为林越会惊讶，但林越冷静道："我对宁卓不感兴趣，他就算谈了一百个富婆也不关我事。现在你回答我，你能把家务全包了吗？我只想专心搞事业，一点家务也不想做。"后面这句话，她几乎是一字一顿说的，咬牙切齿。

许子轩看着她的眼睛，判断她到底意欲何为，但那眼神的底色太过坚硬，根本看不透。他终于放弃了，摇摇头："天方夜谭。"

他起身走了，林越嘴角浮起一丝微笑。他说他爱她，却不愿意家务全包。几千年来，多少女人用家务全包来表达爱呢？轮到男人，他就觉得是天方夜谭了。可见他的爱是假爱，他也不过是浅浅地爱了一下她而已。而一旦意识到她没有家务价值，他那浅浅的爱也迅速消失了。

林越走出咖啡厅，走进菜市场。她挑着土豆，手触到冰凉的土豆的一刹那，与许子轩博弈的恨与解恨消失了，想起了宁卓，潜意识里一个影影绰绰的女孩形象浮了上来，愁苦的，又是忠贞的，和年轻的宁卓走在一起，两个瘦削的背影很和谐。

刘老师没有再续做饭套餐，这是自然的。他已经走出丧妻的阴影，接下来的日子可以不借助雪华这根拐杖，自己走下去了。雪华和组长说档期空出来了，组长却没有给她安排新客户，而是说经理找她谈事。雪华去了经理室，经理问她，愿不愿意转型当初级收纳讲师，专门给新入职的家政工培训收纳整理技巧。

雪华大吃一惊，"讲师"这个词和她产生关系，太魔幻了。组长解释说，其实没有听上去的那么高级，但是这个岗位非常重要，收纳整理也是一种天分，许多家政工并没有，但雪华有。当家政工这半年来，雪华在网上没有一条差评，而且客户大量的赞扬是集中在她特别擅长收纳整理这方面。

寸土寸金的北京，家里的每一平方米都不可浪费，雪华正好踩中了雇主们的痛点。她每次入户做清洁整理，不会就着活儿干活儿，而是会顺便给雇主做一些空间规划和收纳的建议：该如何挪动家具位置，巧妙利用各处死角，最大限度提高空间利用率；该扔掉哪些赘余物品，或者赘余物品如何废物利用。这就是她的清洁整理质量比别人高的秘诀。

雇主如果同意，她当场就会实施，还会把雇主家的物品进行分类和筛选，将不需要的物品处理掉，需要保留的和雇主沟通后，根据对方的使用习惯进行整理和排序。她叠的衣物，体积又小又平整，因为她长年跟着网上的收纳博主学习叠放技巧。另外她还会热心分享自己用过的家居好物，各类想都想不到的奇妙设计，比如小刷子、支架、省空间的置物架、小收纳盒、一个顶八个的小挂钩、用来遮盖破损又无法修补处的漂亮垫子、刚好可以嵌进角落里的异形小角桌……这些都是她平时上网时刷到，买来亲自使用过的，实用又便宜。

经理说，公司让雪华考虑一下，如果愿意，把手中还在服务的单子做完后，就可以转岗成初级收纳讲师，周一至周五打卡上下班，周六日可以休息，平时不怎么加班。工资不高，每月税后六千，不过这个工资只是初期阶段的标准，公司会定期送她去参加收纳的相关提高课程，等她综合水平上来后，工资会渐渐涨起来的。

经理道："收纳这一行前景很好，公司很缺这类人才，不过你没有系统地学习过相关的知识，比如你有直觉，但你说不出色彩搭配和空间布局的科学道理。收纳这行，会干，更得会说出个所以然来，这才能让客户服气。所以一开始工资不会给你很高，但只要你的能力上来了，很快就会给你调薪的。"

雪华实在没有想到,她这几十年经营家庭,原只是出于爱,对家人的爱,使她转化为愿意去琢磨收纳清洁技巧的动力,没想到还能得到这么高的社会认可。可见爱,只要去爱,是会有好结果的。她这样好好过日子的一片赤诚,终究没有白费。

　　雪华笑着说:"我当然愿意。"

第二十二章

我本位思考

第二十二章　我本位思考

　　林志民、陈良庆和儿女接到林瑞玲的电话，赶到她说的那家餐厅。众人三个多月没见林瑞玲，心情已由一开始的心急如焚、中期的怨恨担心到现在的"回来就好"。女儿陈美琪接到电话后就开始哭，一推门见到林瑞玲，冲上前去抱着她号啕大哭。大孙女和大外孙子也跟着扑过来抱着她哭，林志民红了眼圈，林瑞玲也哭了，一边说："你们看我这不是回来了吗？"

　　陈宇峰也哭了，擦着泪说："老妈，你可真是吓死我们了。"

　　儿媳妇靳菲菲和女婿彭军既悲喜交集，也有点讪讪的。林瑞玲此番出走，根源就是为了不想带二胎这个事。她和自己儿女来这一出没什么，横竖是亲骨肉，打不走骂不散，没有隔夜仇，但他们是外人，总感觉此举是林瑞玲在控诉他们。

　　陈良庆瞪着眼睛，冷笑着说："你还知道回来呀？"心中却是长长地松了口气，一块大石头终于落地。想揍她的欲望早已无影无踪，这辈子他没打过她。

　　林瑞玲没有回答，而是说："先吃饭。"

　　她早已点了满满一桌菜，全是贵菜：烤羊腿、大盘鸡、红烧鲈鱼、椒盐大虾。过往谁提议上饭店吃，她总是一脸痛心，坐立不安，如今却这样慨然点了一桌。大家吃着，心里多少有些不安，老妈这样一反常态，可见这辈子被他们损耗得太狠了，狠得她突然变了个人。不变成另一个人，她还是会被他们剥削的。所以这顿饭，是老妈起义行动的结束，也是开始。从这顿饭起，她要在余生不多的日子里换一种活法，一种延续卷钱出去吃喝玩乐的自私自利的活法。没见她都没有过问两个二胎的情况嘛，是，这些日子以来，舅妈雪华一直与老妈有联系，想必早已一五一十说了个仔细，但照她从前的模样，必要问到孩子的每一根头发丝才是呢。

林瑞玲不在的这段时间里，儿女已习惯照顾自己的孩子，所以大孙女和大外孙子不再缠着林瑞玲。摘鱼肉、剥虾壳这类从前她做惯的事，现在都是各自的父母在做，林瑞玲也不抢着喂孩子了。大家也觉得没什么不对，本来就该如此。

菜吃得差不多，林瑞玲放下筷子，道："我要说一件事，我走之前，因为咳嗽，胸痛，低烧，上医院拍了个片子，肺部有一片阴影。医生叫我做个增强CT，说只有这样才能进一步确诊是不是癌。"

大家愣住了，陈美琪又哭了，握住妈妈的手叫着："妈。"一握之下发现，她的手果然摸起来比常人要热。

"我一想，是癌的话，我这个岁数了，也别治了，所以我拿了三十万元出去玩。明天我就去做增强CT，是癌，我不治，就当三十万元给我治没治好；不是癌，我这辈子也没玩得这么痛快过，就当三十万元买回一条命来，我又重活了一遍。顺便和你们说一下，这钱还挺经花的，我花了三个月，居然还剩一半。"

林瑞玲并没有叫儿女别哭，她脸上神情很轻松。这番出走攒了太多的快乐，以至于可以抵消死亡。又或者，回到家之后，她并不觉得有什么可眷恋的，到此为止也可以。

第二天一早，儿女并其伴侣还有陈良庆、林志民，六个人浩浩荡荡地把林瑞玲簇拥进医院，做了增强CT，又做了痰化验。第五天，化验结果出来了，是早期肺结核，不是肺癌。所有人绷紧的神经松了下来，包括林瑞玲。她说得那样轻松，其实谁面对生死不在意呢？

陈美琪疑惑道："为什么会得肺结核呢？感觉现在很少有人得这个病了。"

医生道："一般来说，免疫力下降，生活环境不好，导致抵抗力差，就容易被结核分枝杆菌感染。她的化验结果里没检查出病菌，这是好事，证明病情较轻。你们平时要让老太太多休息，居家环境注意通风卫生。另外，老太太，你做饭时把抽油烟机打开，我知道不少你这个岁数的老太太不爱开抽油烟机。"

林瑞玲忙说："开，开的，就是抽油烟机年头有点久了，不太好使。"

陈宇峰道："我马上下单换一台。"他掏出手机来网购，一边内疚。这几十年来，没有任何人关心老妈那一盘盘的菜是怎么做出来的。

医生抽抽鼻子，闻到陈良庆一身的烟臭味，皱着眉头问陈良庆是不是老烟民。陈良庆没说话，陈美琪抢着说："是，我爸抽了五十年烟，一天两包。"她早就恨死了爸爸吸烟，自她和哥哥有孩子之后，他不会当着孩子的面吸烟，但两个孩子都不喜欢和他接近，说他身上臭。他不在客厅抽，但睡觉前会在卧室抽，妈妈嫁给他之后，不知道吸了多少二手烟。

医生道："被动吸二手烟，会让人的肺部受到极大伤害。大爷，以后别当着大妈的面抽烟了，最好戒了吧，对自己也有好处。"

林志民瞪着眼睛道："听到没有？以后别让我姐吸二手烟。"

陈良庆烟酒嗓嘶嘶啦啦地"嗯"了一声，听不出是抗议，还是答应。

给林瑞玲开完药取完药，众人喜气洋洋地走出医院，林瑞玲却愁眉苦脸。陈美琪搂着她，亲着她的脸，问她："你不高兴吗？"

林瑞玲笑了下，笑得比哭还难看。

她怎么不死呢？怎么还不死呢？假如她得了绝症，就不用带孩子了。

她是爱孩子，很爱很爱那样软软糯糯的生命。但是，给宝宝们洗澡，把屎把尿，泡奶，做饭，喂饭；扶着他们学走路，哄睡，梦里惊醒了要随叫随到亲切安抚；生病了要忧心如焚战战兢兢，每半小时量一次体温，拿出朝圣般虔诚的耐心，相信自己熬住了，他们就能退烧；带出去玩时，眼睛时时刻刻要关注着，防着他们受伤，防着他们打架，更防着被拐走，因为哪怕只走神了几十秒钟，孩子就会不知跑哪儿去——这种提心吊胆的完全被吞噬的生活，真的像地狱。孩子，是天堂也是地狱。

她也是人，她七十一岁了，浑身疼，精力不够，真的想睡到自然醒，起来有人做顿饭给她吃，吃完了可以去公园散散步，心无挂碍地看看眼前花盛开，草摇曳。可是，医生说她的病吃半年药就会好。半年后,她没事了,从道义上来讲,能不给儿女带孩子吗?两个大娃是大了,也仍需要接送,做饭,侍候着洗澡上床睡觉;两个二胎还小,亲家总难免有疲惫时,她不得轮班吗?能坐视不理吗?

她再也不想带孩子了,她又不能不带孩子。这一生,头顶上总有个不知什么的东西,高高地严厉地瞪着,她必须向它有所交代。

林瑞玲哭了起来,任大家再怎么迟钝,也能看出来,那哭不像喜极而泣,而有着丰富的含义。

新建公房下来了,林越回了趟家,看看爸爸,顺便把房产证办了。林志民的胃病好了,原来吃预制菜不妨事,不过最主要的是药起了作用。腿愈合了,但他不敢再激烈运动,改散步。五十六岁的他头发更白了,在公园散步,打打太极,表情祥和。他曾经剑拔弩张地对抗着什么,现在他知道,那东西就是死亡。死亡平时不怎么理他,关键时刻烦了,小小地推一把,他就败下阵来了。现在他学乖了,以后要温和地生活,做个标准的老人。

林越和大姑、爸爸一起散步。他们已经知道她和许子轩分手,工作也辞掉了,正在休整。没有人来劝,劝和许子轩和好,劝赶紧再找个工作之类的。风在面前拂过,草叶轻轻摇摆,阳光灿烂,这样活着就很好。林志民谈到现在这套公房可以简单装修,先租出去,一个月千把块钱,也是一份收入。这是林越的收入,他都帮她攒着。另外,他一个月五千多块的退休金,用不完,也会攒着。假如林越想在北京买房,把这房一卖,七零八落的钱凑一凑,再加林越自己的积蓄,没准儿能够个小房首付,据说北京的房价跌惨了呢。

"你妈现在不是挺能挣钱的吗?她和我说了,她也要攒钱给你买房。"林志民试探性地提起雪华。林越却没有接他的话茬继续谈论妈妈,她没有能力劝动妈妈回到爸爸身边。

"将来我也不一定非在北京不可。"猎头发来许多岗位邀约,工资都很高,允诺的前景也可观。感谢王闯和宁卓,在这一年的时间里让她成功转型到最热赛道,成长这么迅速,为将来的事业打下坚实的基础,但她不着急做决定。

林越劝爸爸学做饭,妈妈一时半会儿回不来了,得学着照顾自己。林志民笑着看向大姐。

"他现在一天三顿在我家吃。"林瑞玲说。

林越向雪华汇报林志民和林瑞玲近况的时候,雪华刚收工,在沙县小吃吃中午饭,听到林志民现在三顿在姐姐家吃,笑了。

"你爸这辈子命好,老婆走了,老姐接盘。反正他总有的吃,也没必要学做饭。"

林越告诉雪华,她跟爸爸和大姑说了,妈妈被转岗成初级收纳讲师了,一月税后六千元,打卡上下班,就像个白领似的,以后还会涨薪,还会被送去学习。爸爸被"讲师"这个词震撼到了,半天没说话,大姑则眉开眼笑。

"妈,大姑让我告诉你,一定要去高楼上喝'鸡毛酒'。啥是'鸡毛酒'啊?"

雪华一口拌面差点喷出来了,告诉林越,那是你大姑在上海一家酒吧喝的鸡尾酒。林越也笑了,大姑可真洋气呢!原来只要有机会,多老的女人都能给自己找乐子。

雪华刚挂了电话,电话又响,居然是刘雯佳。她大感意外,大半个月过去了,刘雯佳没再续套餐,刘老师也没有在微信上和她说话,那点萍水相逢的痛渐渐消退了,没想到这事居然还没完。

刘雯佳和雪华约在附近的奶茶店见,雪华不知她此番前来是敌是友,本有点忐忑,但又一想,自己对他们又无所求,无所求的人,能被什么东西要挟到呢?于是心情平静下来。

两人见面,刘雯佳有点难以启齿的样子,一杯奶茶全喝光,东拉西扯半天,才道:"我爸联系过你没有?"

雪华摇摇头,想了想,把微信对话给她看,最后一次对话是最后一天约时间一起买菜。刘雯佳欲言又止,想着要不要把父亲宛如失恋的颓丧模样告诉雪华。

最后一天雪华结束服务后,刘老师和刘雯佳商量,要再续雪华的两个月服务。他的眼神希冀,闪闪烁烁,难为情,却又坚持。

刘雯佳道:"爸,续完两个月之后,你怎么办?终归是要一个人生活的。"

刘老师嗓子里咕哝了句什么,刘雯佳听懂了他说"到时候再说"。

刘雯佳忍不住戳破:"你知道有不少保姆或者家政就是想靠嫁人找饭碗吗?脑子清醒一点。"

刘老师脸唰的一下通红,道:"张雪华不是那样的人。"

刘雯佳数落着:"你知道她有没有老公,什么来历,家里到底出了什么状况才来当家政?你什么都不知道,就和人家喝起酒来了。她是家政,你要有规矩。"

刘老师是斯文人,老实人,一句话也辩解不了,半晌居然哭了起来。刘雯佳万分烦恼，父亲为什么就学不会自己待着呢？谁这一辈子活到老不会面临孤独？她提出她一家三口住回来陪他，刘老师不说话；她又提议他搬到她的小家去住，他也不表态。最后她也恼了，问他到底想怎么样。

刘老师悲伤道："我就想有个伴儿。"

他的满腹诗书和一手的做菜绝技总得有个去处才行，他也很羞愧这样离不开女人，看上去很下流似的，老色鬼一个。其实他没有那个意思，一个活生生的、有温度、能对他笑的同年龄段的异性，什么都不做，一起买菜，一起做菜，一起品尝菜的滋味，就很快乐了。

而且他想有个人懂他的老，懂这个岁数的人对生命的眷恋，对死亡的恐惧。年华正茂的子女怎么可能理解父母对衰老的感受？人老了，三句有两句不离"人老了"。一夜醒来，骨头酸痛，视线更模糊，使劲眨了眨，看见镜子里的自己头发又花了一层。可他们每对子女说一句关于这方面的话，听上去都像抱怨和乞求怜悯。其实不是，只是如实地描述，描述在生命的长河里一分一秒漂向终点时难以名状的感受。这感受也不完全是痛苦和恐惧，有时也有好奇和欣慰，好奇人为什么走这一遭，终点是什么，欣慰苦役总算要到头。这描述总是不能得到正确的反馈，像打球没有对手。这种感觉，就是孤独。

太可怕了，他才六十岁，这漫长的日子就像在暗夜里无边的海面上漂流一样。以人均寿命计，他至少要再漂二十年才能靠岸，那不如现在就死了，死了倒好。

刘老师又回到之前的静默状态，在沙发上一坐就是半天，吃饭就是方便面或者点心对付两口,有时甚至不吃。窗帘又拉上了,午睡一睡就到下午五点,醒来继续在昏暗的客厅发呆。

刘雯佳实在没办法了,于是来找雪华。但她不知怎么开口,奶茶也喝完了,没个缓冲,话又没说完,空气一时有点尴尬。雪华不知她想说什么,那天和刘老师推杯换盏时,刘雯佳的眼神牢牢记在她的心里,难道刘雯佳是特地前来警告,不要对刘先生有什么非分之想吗?他们又没有联系。

雪华道:"刘小姐,那天吃饭,的确是您父亲一再要求我坐下来一起吃的,不信您再问问他。"

刘雯佳道:"我知道,我不是这个意思,我们想定您长期的做饭套餐,比如说半年。"

花一个月四五千块钱,请雪华每天上门给父亲做做饭,消解他的寂寞,这个钱刘雯佳愿意出。父亲喜欢雪华,雪华能提供情绪价值,这个单她作为女儿可以悲壮地买了,不过还是要盘算得周全一点才行。

雪华一怔,道:"这您得到 App 上去购买。"

刘雯佳道:"和您单独买,您不用和公司分成,不是更划算吗?"

雪华道:"必须通过平台,我们不能那样干,因为那样没有职业道德。而且平台会给我们上人身保险和财产保险,打碎客户东西平台会赔,对你们也是一个保障。但是我很快就不干家政了,公司要我转岗当收纳讲师。"

刘雯佳失望道:"哦。"

又是一阵沉默,雪华实在不明白她还想干什么,正想告辞,刘雯佳却忽然又高兴起来，道："您不干家政就更好了。雪华阿姨，您是单身吗？"

雪华愣住："为什么问这个问题呢？"

刘雯佳道："我直说了吧，我父亲很孤独，我们想给他找个……女朋友，陪他聊聊天，散散步什么的。"

她像是要强调什么，补充了一句："就是做个朋友。"

说完，刘雯佳既期待又忐忑，心想雪华不知听懂了没有。一个女朋友的虚名，不至于让雪华生出什么妄念吧？这年头，大城市退休单身老头就是外地中老年妇女再就业的机会，这样的报道时有所闻。一份情绪价值，不值当赔上父母一辈子的积蓄。

雪华由于震惊，气笑了，一时说不出话来。刘雯佳以为她动心了，只是不好意思回应，于是继续道："您转岗不再当家政了，这反而是好事，和工作完全无关了，可以纯粹地和我父亲交个朋友，我感觉你们俩也挺聊得来呢。"

刘雯佳倒不是前来警告她不要对刘老师有非分之想，竟是相反的意思，不过那意思更叫雪华恼火。刘雯佳觉得她是无依无靠的、贫穷的、失婚的、好脾气的老实外地女人，只要丢出个有房的、退休金高的北京单身老头，她们这样的女人一准儿饿虎扑食一样地扑上去。她们这种人的时间像水一样不值钱，不拿来陪男人，拿来做什么呢？人们总是这样，心中有一套识人的模板，一厢情愿地去给任何人套，觉得别人必能为我所用。而这样做没有任何理由，就觉得自己是上位者，可以任意想象和支配下位者。

雪华温和道："刘小姐，假如不当家政了，我和您父亲一起聊聊天,散散步,对我有什么好处呢?"

刘雯佳愣了。

雪华道:"我的时间非常宝贵,不会浪费在不相干的人身上。"

她背起家政包,起身走了,甚至不顾背着包操作不方便,没等到脚踏出奶茶店的门,就掏出手机把刘雯佳删了,想了想,把刘老师也删了。

阳光灿烂,林越收拾完屋子,把手洗净,细心地擦上护手油。妈妈当上收纳讲师这件事最让林越高兴的是,妈妈的手终于可以摆脱各类清洁剂的折磨了。再怎么每晚精心呵护,一双在白天备受折磨的手总是修复不过来,这也是一种漫长而微小的酷刑啊。

这护手油有一点淡淡的松木香味,总能勾起林越一丝隐痛。其实如果是轰轰烈烈谈了一场恋爱倒也罢了,正因为从没有实际发生,只是她反复想象,才会每一个细节都引发无限的涟漪。因为留白太大了,可以供她尽情地涂抹。

林越正发呆,手机振了一下,居然是宁卓在微信上和她说话。

他问:"在吗?"

林越一惊,心跳加快,把手机放到沙发上,本能地起身,要逃避他的到来。发了会儿怔后,走进了厨房,故意去干家务。活儿都干完了,但她此刻必须有活儿,她得是一直在忙碌,忙到没工夫看手机,直到半小时后无意中看到手机,才看到他在和她说话,然后漫不经心地回了一句。

她胡乱地在厨房收拾着,把晚上要做的油菜拿出来洗,一片一片掰开,切掉根部,用洗果蔬的洗涤剂冲出一大盆泡泡,再一片片洗着菜。反复清洗完后放到滤网上晾着,又擦着湿乎乎的灶台,拖着地。足足过了二十分钟,直到情绪稍微平复了些,才擦了手,给宁卓回了个"有事?"。

宁卓那边秒回:"有空吗?想和你见个面。"

他这样迅速地回了微信,她心里一阵舒服。这二十分钟里,想必他心里七上八下,琢磨着她到底在干吗,怎么想的,会不会回。反正这二十分钟里,他是寸步不离手机了。

她回:"什么事呢?"

宁卓回:"来我公司细聊好不好?我有很多话想和你说。"

这句话像是他低低在耳畔说的,又让她的心狂跳了起来。她恨自己矜持不起来,到底还是回了个"地址给我"。

宁卓所说的写字楼地点有点偏僻,外观看着也不高级,一望而知租金不高。他说"来我公司",这是他自己的公司,还是又找的下家?林越一路猜测着,走进楼里。楼内的装修显得陈旧,走廊也不甚干净,淡青色大理石地砖因年代久远而显得暗淡。

她走进宁卓所说的502号房间,进门的长条黑色大理石前台是旧的,墙上挂着"卓然食品有限公司"几个金字。卓然?那么,他是成立自己的公司了。办公室里有二十余个工位,办公桌椅、电脑和打印机也是旧的。最里面是一个小屋,像是总经理办公室。看上去,他一揽子接收了某个破产公司的办公设施。这年头,遍地都是做不下去的公司,但他迎难而上,这是他的性格。

屋里一个人也没有,阳光穿过略显肮脏的落地玻璃窗投进来,整个办公区倒也通透明亮。这办公室顶多七十平方米,办公条件也寒酸，与"王家菜"集团总部甲级写字楼的豪华的副总独立办公室不可同日而语。不过这回纯纯的是他自己的舞台。在主场驰骋，该称心如意了吧？

林越正感叹，余光看到门外有人走来，扭头一看，是宁卓。他指缝间夹着一根快吸完的烟，走到门边，用力地吸着最后几口，淡淡轻烟中脸显得心事重重。从今往后，天高地阔，全由他一个人闯。喜悦多大，就会伴生等量的恐惧。野心与胆怯混合在一起，就形成了他脸上这复杂的表情。

他吸完，把烟头扔到地上，用脚后脚踩灭，一抬头，两人视线正对，他微笑着走进来，走到林越面前，道："嘿，好久不见，最近好吗？"

他身上淡淡的烟草味混着熟悉的香水味，勾起林越难言的情绪，但她迅速镇定下来。这一路她反复在心中练习如何不激动失措，最后是靠着对他迅雷不及掩耳在她立了大功的第二天一早开除她的恨做到的。

林越道："还行，你也不错吧？"

宁卓点着头，抱着臂，在屋里踱着步，笑着。两人一时无语，少顷林越道："卓然食品？"

宁卓道："我的公司，刚注册完。"

林越赞道："名字不错，挺大气。准备做什么？"

宁卓道："打造一个全新的预制食品品牌，就像——我们一起打造王家预制菜品牌一样。"

他一边说着，走近她，看着她。林越知道他又在释放魅力了，他知道女人一般抵挡不了他的凝视。她没接这个话茬，也踱着步，躲开他的眼神，如躲开攻击，环视着屋子，像在掂量他是否有这个实力，调侃道："你够有钱的嘛，这才多久？就开了公司。"

宁卓坦率道："不瞒你，莉姐给我介绍了一个投资商，他们的主业是烘焙，非常看好预制菜产业，先给我投了五百万元，后期还会分几个阶段投。当然，我自己也投了些。"

他说过，他历来是我本位思考，绝不会一直当别人的棋子。果然如此，他离开"王家菜"集团才一个多月，自己这摊生意的架子就搭得如此完备了，可见一直在为离开蓄力，不然宁博怎么会去专门给预制菜品牌商供货的肉类公司上班？所以他被王闯开除，一点也不冤，王闯早就嗅出他身上不对劲的气息。他俩真是旗鼓相当，她借他缓了口气，他借她进入最热赛道。

而且他并不忌讳提起莉姐，他知道人人都在猜测他和莉姐的关系，包括林越。他这样坦率地提及她，是无招胜有招的意思，好像吃定林越无论怎么认定他们之间的关系，都会买他的账。他是谁？他是宁卓，他这样一个男人，没故事才奇怪呢。故事云山雾罩，若隐若现，是对他的加持。人们一般都认为这样的人，有点东西。至于那东西是什么？猜去吧，越猜他越迷人。她突然起了个念头：他那些香艳照片，背后的真相真如他所说吗？

她试探地问道："所以你和王如薇……"

宁卓顿了顿，道："她……"

他沉吟再三，给了个定义："到此为止。"

人人叫他软饭男，屏息等待他像社会新闻里杀妻骗财的赘婿一样，对富家女下毒手。他俯首帖耳，人们说他杀猪盘，迟早露出真面目；他暴跳如雷，人们说他果然露出真面目。没有一个男人承受得住这个。而他全年无休，却只得到了远低于同行的工资，连他在酒店的待遇都不如。他以为王闯要用这样的方式来考验他，没想到是羞辱。她用那样残酷的方式告诉他，你被我耍了，你就值这个价。想往上爬，总是要遇到这种践踏。他试了六年，够了，是时候掀开新的篇章，最好的回击就是这样。

这时外面走进来几个人，居然是小楠、宁博和一个年轻男子。林越呆住了，小楠怎么会在这里？那年轻男子眉眼间和宁卓、宁博有几分像，难道就是宁卓的二弟弟？宁博手里提着一盒饭，小楠和那男子手里提着扫把、桶、几大袋纸巾、卫生纸等用品。公司初创，百废待兴。三人看到林越，神情各异。小楠叫了声林越，表情不自然，宁博叫了声林越姐，很热情。宁卓介绍那男子，果然是他的二弟，叫宁涛，大学刚毕业，以后要和大家一起做事。

林越点头回应，看着宁涛。宁涛和宁博都挺高，五官与宁卓都有着几分相像。但颜值这个东西就是这样，差之毫厘，谬以千里。也不知道五官哪里有点微妙的不同，就会使一个人沦为路人，另一个成为帅哥，宁卓算是中了基因彩票。宁卓的名字既然是后改的，宁博、宁涛自然也会是。父亲给他取"宁大鹏"这样土气的名字，想来几个弟弟的名字也大差不差，但宁卓一一都给他们改过来了，用了"博"和"涛"这样充满力量感的名字。他要用这样的方式，抹掉家族孱弱穷困的前世，换来惊涛搏击、卓然于世的今生。户口本名字改没改不要紧，重要的是用这种面貌行走江湖。

宁家这三条大汉——未来还要再加一个三弟，四兄弟齐心协力闯江湖，是一定能成功的。他们对大哥宁卓那样崇拜，言听计从，兄弟齐心，其利断金。不过，话说回来，四条高大的汉子齐刷刷往那里一站，威胁扑面而来。换成林越是养了独生女的王闯，也的确会感到本能的恐惧。

大家寒暄了几句，宁卓对三人下了任务，大家领命而去。小楠拿了公司营业执照和公章去银行办事，想来她在公司的定位是行政。宁卓应该很信任她，才会将这么重要的东西交给她。他们之间何时建立了这么深刻的关系呢？宁博和宁涛说着招聘的事，在电脑上收着简历，一边商议着，做着初筛选。看上去，业务已经紧锣密鼓地开展起来了。

宁卓交代完任务，走过来，林越问："小楠怎么也……"

宁卓道："是啊，她也不想在那里待下去了，虽然王家集团舞台大，但她在那里只是一枚小螺丝钉，我这里给她的空间更大，所以她义无反顾地辞职，跟了过来。怎么样？你要不要也加入？"

林越笑着，一时迟疑。

宁卓低低加了一句："有你陪我创业，我会觉得非常有底气。"

他抬头，眼神透过因炽阳照射而变得耀眼的玻璃窗，固定在遥远而模糊的一个点上："这个行业还处在爆发的前夜，未来复合增速会达到每年13%。目前市场格局极为分散，和其他成熟行业不同，并没有出现哪几家头部品牌可以独占市场份额的现象，这正是我们可以施展的机会。以我们在'王家菜'集团实操过的经历，业务很快就能做起来。原料供应商和工厂都很熟了，流程都在心里，难的无非是打造品牌。但产品创新迭代和品牌传播的互联网打法，咱们俩都很熟了，所以我很有信心。而且它是一个巨无霸式的产业链，只要我们把下游的零售餐饮做熟了，未来完全可以向中游的食品加工和物流甚至是上游的农业种植、养殖延展切入，空间不可估量。"

林越听着，看着他目光长远地描述着阔大的未来，心里却有一种感觉越来越清晰。宁卓把目光收回来，投到她身上，见她发着怔，像是被他描述的前景打动了，微微一笑。

林越道："你刚才说什么？有我陪你创业，你很有信心？"

宁卓往前一步，靠她更近了，目不转睛地看着她："没错。"

从认识他以来，林越总是受不起他的凝视。没有几个女人能够抵挡得住他的凝视，那样似有千言万语但欲言又止的眼神，像一潭不见底的水，温暖的，幽深的，令人心悸又心甘情愿地被吞噬。但这一刻，林越再也不用回避他的凝视了，直视着他。

他要她加入，他知道她喜欢他，就像他知道小楠喜欢他一样。他还知道莉姐喜欢他。他性魅力高，他这张网根本不用四处撒，她们就自动游过来了。没关系，统统笑纳。在他眼里，她们并不是具体的个体，他看向她们的眼神永远无法聚焦，她们只有一个名字：女人！无论谁，都是女人，被他迷得神魂颠倒的女人，能为他所用的女人。那潭水她沉到底，看到了四个字："为我所用"。

有大用，能带来资源的，比如王如薇、莉姐，他苦心维系；有中用，能干活儿的，比如林越，他适当地释放一些信息勾住她；有小用，能跑腿儿的，比如小楠，他给她效劳的机会，让她在他身边工作。他并不在乎她们怎么想，并不在乎她们对他的爱会伤害到她们自己。

他从小太苦、太无助了,只要有人愿意对他好,捡到篮子里就是菜。小时候村里人收完土豆后,总会有一些不成样子的小土豆遗落在泥土里。孩子们都会去捡,他带着弟弟们也去捡,那些被锄头削掉半边的残余土豆块,同村的孩子都不要,他却一块块捡进篮子里。就像他去拾柴火一样,每一根枯草枝都是好的,干掉的半片菜叶子也能烧火啊。

他是这样长大的,这不能怪他。他的爱已经给了他的三个弟弟和小妹妹,还有得尘肺病的老父亲,实在没有力气再去爱女人了。他用尽力气去唱出属于自己的奋斗之歌,但她不愿意成为他宏大旋律里的一个和弦。

他要她加入,用的却是"陪我创业"这样的字眼。没错,公司名字叫"卓然食品",他一个人的公司。

可林越是不会"陪"任何男人创业的,她有自己的事业要干,没兴趣"陪"别人。而且她已经看清一个真相:许多时候,女人只要进入和男人的亲密关系,不知怎么的,走着走着,就会自动站到了男人的背后;许多时候,做妻子的不知怎么的,活着活着,就会退缩到家庭这一方小天地里。也许是情非得已,也许是甘之如饴,总之要很小心才是。她如此喜欢宁卓,这样的甘之如饴也许会令她更容易陷入情非得已。

他也许知道她迷恋过他,但她抵死不认就好了。谢谢自己的克制,如此,那些悸动、挣扎、克制、困惑,就可全盘否认。但话又说回来,她的感情又有多了不起?她迷恋他,和所有的女人一样,不过就是因为他长得帅罢了。他的灵魂复杂而迷人,然而谁的灵魂不复杂?只因没个漂亮的躯壳包装,灵魂就失去引人探究的魅力了?好色终归是要付出代价的,她不是王如薇,这个单她买不起。她也不是小楠,瘦削的背影沉默而忠贞。她足够爱自己,只对自己忠贞。

林越这样想着,对宁卓一笑。

他不明就里,也笑了。

尾 声

你在哪里？

林越拉着一个行李箱在高铁候车室等车，宁卓来了。他硬要来送她。他问："就一个箱子吗？"林越说有四个大箱子已经先打包快递过去了。

人声嘈杂，两人一时无话，半晌宁卓还是不甘心追问："为什么要去重庆接受那份工作，不来我这里？"

林越道："人家给我开的工资好高的，还有年底奖金，实在挡不住诱惑。"

宁卓的挫败感不像装的："我以为我们之间……有战友的默契。"

林越打了个哈哈："领导，生活是很残酷的，我得先挣钱呀。"

宁卓沉默，再抬头时笑笑："我本位思考，倒也没错。"

两人都笑了，宁卓已释然。林越要进站了，她起身，向宁卓伸手告别，宁卓握住她的手，这是他们从头到尾唯一一次身体接触。他的手温暖又有力，和她想象的一模一样。

雪华要上工，没有来送林越。她们租的房还有十天到期，到期后雪华就不租了，因为公司提供宿舍。她已经退休了，公司不用给她交社保；作为补偿，她也不用交住宿费。

雪华蛮赞成女儿去重庆那家食品公司，工资照原来翻了两倍，职位是产品总监，谁不去谁是傻子。林越当初接到猎头电话时，心里半喜半怕，怀疑自己到底有没有能力接住这份工作。雪华一锤定音，别人都敢掏钱请你，你反倒退却了？休把自己看扁，去！

活到五十四岁，一家三口各奔东西，家不成个家，但雪华已经不感到悲哀了。她心里有一个桃花源，那里鲜花盛开，她有个洁净明亮的家，有丈夫，有女儿，她一盘盘地炒菜，端上来，一家三口吃着，说说笑笑。那样的地方存在于她心底，供午夜梦回时徜徉，这就够了。

母女俩在家里分别时，雪华期期艾艾，还是对林越说："到了重庆，如果有合适的男孩，也可以试着相处一下。"

她说着说着，声音颤抖起来："没能让你对婚姻家庭有信心，是我们当父母的错。可是，妈妈真的不想看到你一直孤零零的——"

林越笑了笑，拉起行李箱出门，雪华也就住了嘴。

站在站台等车进站时，林越突然想起妈妈临别前的这番话。一阵风刮过，增加了离愁，再也没有比孤身一人奔赴未知的明天更让人感到彷徨的了。林越握着行李箱把手的手紧了紧，宁卓手心的温暖尚在掌间残存，心头突然一室，这一刻凄凉得无法忍受。又一年过去了，三十一岁了，还是没有家，搬家时一件家具也没有，还是这样，随时迁徙，行李箱、塑料袋提起就走，四海为家。

这样的日子，到底什么时候是个头呢？前方有什么样的命运在等着她呢？

火车进站，林越随着人流走进车厢，放好行李，坐到位置上。火车启动，渐渐加速，疾驰起来，窗外的景色掠过，林越紧闭着嘴，那股心酸的飘零感的冲击浪潮渐渐退去，心情慢慢平复下来。人不能既要又要，她不想让别人做主，那她就要给自己做主。前路再迷茫，也是自己选的，自己领着自己往前走就是了。

再说了，假如她是一个男人，比如宁卓，同样的情境中他会有飘零感吗？应该不会有吧，有的只会是兴奋和开疆拓土的踌躇满志。男女到底有什么本质的区别呢？那几本主义就在背包里，她从十八岁起就看了那么多主义，却还是没能戒掉这种暗暗期待有人可依靠、有人能引导的劣根性。不过，再给一点时间吧，她能克服的。铁轨咔嗒，她渐渐睡着，梦里很平静。

今天是雪华最后一天当家政，晚上没有做饭的活儿，下午三点给雇主做完清洁后，雪华特地回了趟住处，放下家政包，换下家政服，坐地铁到了CBD一家有名的商场，准备买一件"正经"衣服。

林越一直鼓励妈妈买件贵衣裳，一开始雪华还舍不得呢，她余生唯一愿望就是给女儿挣钱，帮她买房，无论在北京还是在重庆，但林越是这样说服她的："我还不知道会在哪里发展呢，不着急买房。而且妈妈，假如你活到九十岁，还有三十六年的好日子，为什么要凑合过呢？不会连我大姑都比不上吧？如果你过得不好，我买上房又有什么意思?"

　　这孩子,话这么毒,却这么有效。雪华到了商场,挑了件三千五百块钱的红色真丝连衣裙,穿上它,拍给林越看。在高铁上的林越迅速回了句"买它",雪华毅然扫码,付款。没错,她至少还有三十六年好活,应该慢慢地把好东西都挨个尝一尝。

　　女儿走前还和她聊,去了重庆要先买个便宜二手车。之前的车是许子轩的。林越受够了,她要买辆车,方向盘掌握在自己手里的感觉,多棒。她要雪华也去学车,先不考虑买房的事,未来雪华可以去重庆找女儿,母女自驾,玩个痛快。

　　雪华穿着新衣服,走在商场里,路过每一扇玻璃窗都要照一下,想象自己穿着这昂贵的衣服,开着车飞驰在高速路上的情景,觉得很带劲。这样想着,脚下越发生风,昂首走着。她要去附近的"高楼"喝"鸡毛酒",庆祝自己明天的新岗位。她打听过了旁边这家酒店八十层就有家酒吧,据说是全北京最高的酒吧,在那里可以欣赏到京城最美的夜景。明天她就要去公司,和经理一起商讨、整理自己的收纳技巧,做成简单的教案。这是很新的领域,雪华一想到这件事就非常兴奋,浑身充满跃跃欲试的激情。

　　雪华走进这家酒吧所在的酒店,一楼大厅的大理石地面光可照人,空气中漾着似有若无的音乐。雪华渐渐喜欢上这样的北京,北京太大了,可以各凭本事活下去,而且复杂才精彩,总有很新奇的景观等着她去发现、去享受。她坐上电梯,刚关上电梯门,就觉得电梯如平地起飞般上升,一阵失重的强烈眩晕感袭来,耳道里感受到了气压的压力,胀得痛。刚咽了咽口水,解开耳道堵塞的感觉,

尾 声 你在哪里？

缓一缓心悸，电梯已轻微叮的一声，止住上升，八十层到了，这速度也太快了。

雪华走出电梯门，走向酒吧。迈进那扇门，先到的是酒店的酒廊，这酒廊是敞开式的，直通酒吧，两边连为一体。公共区域的大桌台上摆着造型各异的鲜切花，暗紫色沙发看着既华贵又舒服；长长的灯带一条条从屋顶垂了下来，如一串串晶莹剔透的巨型宝石，与一排排高高的玻璃酒柜交相辉映。雪华从来不曾涉足过这类场所，没见过这种完全脱离烟火气、仅为乐一把而存在的生活，心情既紧张又兴奋。她走到落地玻璃窗边，挨个从不同角度看着远方的北京。离地面太高了，眼前的景象抹上奇异的色彩，地面的一切都变成了小小的模型，人也成了蚂蚁，这种悬空感令人轻微眩晕。

雪华按捺不住激动，给林瑞玲打了视频电话。林瑞玲很快接了，镜头里她正扎着围裙在厨房做饭。雪华小声道："大姐，我来了，现在我在一家酒店的八十层，这里有家酒吧距离地面三百三十米，据说是全北京离月亮最近的酒吧，我也上天了。"

她转动着镜头，给大姑姐看窗外的景观，北京城尽收眼底：长安街上车水马龙，晚霞在西山燃烧着，落日余晖洒在紫禁城宫殿群上空。镜头回到酒吧里，林瑞玲看到酒柜，叫道："雪华，一定要喝Mojito，'鸡毛酒'。"

雪华笑了："一定喝。"

林瑞玲老练地叮嘱："记住，要加青柠檬，不要黄柠檬。"

雪华收了手机，挨着一扇窗户俯瞰北京城，惊叹着。这地方特地要用三百三十米的垂直高度叫人意识到，你已不在尘俗的喧嚣

463

里，尽可短暂地逃离，进入一个不真实的梦境。但它又能用这环绕的落地玻璃窗让你遥望着人间烟火，这种亦幻亦真的体验，真是太棒了。

音乐在耳边微微流淌着，灯光绚丽复古，吧台里的调酒师手法娴熟地晃着调酒器，与雪华视线相对时，他友好地一笑。雪华也笑了下，看着吧台里各式各样的酒，想着一会儿要多品尝一些不同的饮品，回头可以和林瑞玲炫耀。这时手机响了，居然是林志民发来的微信文字："我已经到北京站了，现在来找你，你在哪里？"

雪华握着手机，一时不知道该怎么回答，她在哪里？窗外，长安街上的路灯一盏一盏亮了起来，座座高楼燃起灯火。更多的灯亮了，星星点点，璀璨无比，夜幕降临了。